ullstein

ELFIE LIGENSA schreibt seit Jahrzehnten erfolgreich Romane und Drehbücher und lebt mit ihrem Mann, einer eigenwilligen Katze und immer mal wieder auch vielen Adoptivhunden in der Nähe von Köln.

Von der Autorin sind in unserem Hause bereits erschienen:
Im Herzen der Feuersonne
Mittsommersehnsucht
Mitternachtssonne am Fjord
Töchter der Freiheit

Elfie Ligensa

Das Paradies liegt in Afrika

Roman

Ullstein

Besuchen Sie uns im Internet:
www.ullstein.de

Wir verpflichten uns zu Nachhaltigkeit

- Klimaneutrales Produkt
- Papiere aus nachhaltiger Waldwirtschaft
- ullstein.de/nachhaltigkeit

MIX
Papier
FSC FSC® C083411

Neuausgabe im Ullstein Taschenbuch
1. Auflage Juli 2021

Umschlaggestaltung: bürosüd° GmbH, München
Titelabbildung: Trevillion Images/© Rekha Garton (Frau);
www.buerosued.de (Landschaft)
Satz: Pinkuin Satz und Datentechnik, Berlin
Gesetzt aus der Sabon
Druck und Bindearbeiten: CPI books GmbH, Leck
ISBN 978-3-548-06391-1

Die Guten sehn im Wein nur edle Tugend,
die Bösen nur Verbrechen, Trug und List.
Wein ist der Spiegel unsres bunten Lebens:
Man sieht im Weine, was man selber ist.

Omar Chajjam, 1048–1131

Teil 1

1

Langsam stieg die Sonne hinter den östlich gelegenen Weinbergen auf. Ein goldrotes Tuch legte sich über das Land, und die Tautropfen, die eben noch auf den zartgrünen Blättern der Rebstöcke geglitzert hatten, verdampften innerhalb weniger Minuten.

Karl Ruhland ließ den Blick weit über die grünen Hügel schweifen, und wie immer wurde sein Herz weit beim Anblick dieses von Gott gesegneten Fleckens Erde. *Hopeland* bestand erst seit fünfundsechzig Jahren, doch es war bereits eins der größten und bedeutendsten Weingüter Südafrikas. Mit Besonnenheit und viel Fleiß hatte Karls Vater das Gut aufgebaut, er hatte die schwarzen Arbeiter von Beginn an bezahlt, keine Sklaven gehalten, sondern dafür Sorge getragen, dass es allen Menschen auf *Hopeland* gutging. Mit Fleiß und Treue war es ihm gedankt worden.

»Guten Morgen, Lieber.« Von Karl unbemerkt war Sophie hinter ihn getreten. Zart legte sie den Kopf an seine Schulter, schaute mit ihm hinaus auf die sonnendurchglühten Rebhänge. »Es wird heiß werden heute. Hoffentlich hat Kimani mit seinen Leuten gestern noch einmal die Grenzzäune an der Ostseite geprüft. Du weißt, mit den Leuten von Gut *Summerset* gibt es immer wieder Ärger.« Sie biss sich auf die Lippen. »Verzeih, ich wollte nicht an die alten Wunden rühren.«

Für einen Moment verhärtete sich Karl Ruhlands Gesicht. »Ach, weißt du, ich denke auch viel an meine Schwester und ihren Mann. Die beiden haben so viel Leid über unsere Familie gebracht. Ich werde es Madeleine nie verzeihen können, dass sie den Mörder meines Bruders geheiratet hat. Mutter hat es das Herz gebrochen.« Karl Ruhland, mit seinen einundsechzig Jahren immer noch stattlich, wandte Sophie sein sonnengebräuntes Gesicht zu. »Aber du hast recht, davon wollen wir heute nicht reden. Diese Familienfehde soll uns die Tage in Kapstadt nicht verderben.«

»Ich mache mir aber Sorgen. Ich ...« Sophie biss sich kurz auf die Lippen. »Ich habe so ein ungutes Gefühl. Madeleine hat lange nichts von sich hören lassen. Vor zwei Jahren hat sie das letzte Mal geschrieben.«

»Und Geld haben wollen. Als ich ihr nicht die gewünschte Summe transferiert habe, sondern nur einen Bruchteil davon, hat sie sich nicht mehr gemeldet.«

»Eben. Das stimmt mich besorgt. Und ihr Verwalter drüben auf *Summerset* ist auch beängstigend ruhig.«

Karl lächelte, ein kleiner Faltenkranz entstand dabei um seine dunklen Augen. »Vielleicht hat er endlich eingesehen, dass er nichts gegen uns ausrichten kann. Mit dem Besitz geht es immer mehr bergab, ich bin sicher, dass Madeleine über kurz oder lang verkaufen muss. Aber das soll uns nicht kümmern. Komm, gehen wir hinunter zu Christopher. Er will gleich nach unserer Abreise mit einem Kontrollritt beginnen.« Stolz schwang in seiner Stimme mit, als er hinzufügte: »Er macht seine Sache ausgezeichnet, unser Sohn. Ich habe es nicht eine Stunde lang bereut, ihm vor einem Jahr die Verantwortung für *Hopeland* übertragen zu haben.« Er wies hinunter zum Gutshof. »Schau nur, er geht schon zum Stall.«

Es schien, als hätte Christopher gespürt, dass seine Eltern ihn beobachteten. Er schaute kurz hoch zum Gutshaus, hob die Hand und winkte den beiden zu. Gerade als er die Stalltür erreicht hatte, wurde diese von innen geöffnet. Der junge Stallmeister führte einen gesattelten Apfelschimmel auf den Hof.

Karl Ruhland lachte leise. »Da haben Josy und Kimani ihren Enkel aber früh aus den Federn geworfen!«

Sophie lächelte. »Seit du ihn zum Stallmeister gemacht hast, ist Pandu ungemein fleißig geworden. Unsere treue Josy ist sehr stolz auf ihn, und das mit Recht!«

»Er hat sich ja auch wirklich gut entwickelt.« Karl wandte sich ins Zimmer zurück. »Vor zwei Jahren, kurz nach dem Tod seiner Eltern, war er noch undiszipliniert und leichtsinnig. Um nicht zu sagen arbeitsscheu. Aber inzwischen …« Er zog sich einen leichten Hausmantel über, »inzwischen ist er unserem Sohn eine wirkliche Stütze.«

Sophie Ruhland, mit ihren dreiundfünfzig Jahren immer noch eine sehr schöne Frau mit schlanker Gestalt, nickte. Sie trat ebenfalls vom Fenster zurück und ging zu ihrem kleinen Frisiertisch, der an der rechten Seite des geräumigen Schlafraums stand. Sophies langes dunkles Haar wies nur vereinzelt graue Fäden auf, sie kämmte es sorgfältig, dann steckte sie es geschickt mit drei breiten Schildpattkämmen auf. Während sie ganz mechanisch diese Handgriffe tätigte, gingen ihre Gedanken um drei Jahrzehnte zurück.

Madeleine, Karls Schwester, war ein wildes junges Mädchen gewesen. Klug, aber eigensinnig. Neugierig auf die große, unbekannte Welt und leidenschaftlich. Und genau diese Neugier und Leidenschaft hatten sie in die Arme von Johannes Lammersburg getrieben, einem mehr als zwanzig Jahre älteren Mann, dessen Vater von Beginn an der größte Feind der Ruhlands gewesen war.

Als der junge Ben Ruhland im Jahr 1795 ans Kap gekommen war, um sich hier als Winzer eine Existenz aufzubauen, gab es gleich zu Beginn handgreifliche Auseinandersetzungen mit seinen Nachbarn, den Lammersburgs. Die Herren von Gut *Summerset* beanspruchten die Wasserrechte für sich allein, sie zerstörten die Gräben, die der junge Ben mühevoll errichtet hatte, sie gingen keinem Händel aus dem Weg. Eines Tages griffen sie den deutschstämmigen Winzer sogar massiv an, nur mit Mühe konnte Ben sein Leben retten. Tagelang lag er mit starkem Wundfieber in der armseligen Hütte, die seine erste Behausung war. Gepflegt wurde er von Sina, einer bildhübschen schwarzen Sklavin, der er am Tag seiner Ankunft in Kapstadt begegnet war und die er aus Mitleid von ihrem brutalen Herrn freigekauft hatte. Sinas Sohn Will, damals ein kleiner Junge von fünf Jahren, war nun Kellermeister auf *Hopeland*. Treu und sehr ergeben arbeitete er für den Sohn des Mannes, der ihm und seiner Mutter einst die Freiheit geschenkt hatte.

Kaum jemand ahnte, wie sehr auch Sina und Will unter den Lammersburgs gelitten hatten. Sina hatte Ben nie genau erzählt, was sie mit ihren ersten Herren erlebt – und durch sie erlitten hatte. Doch sie hasste Johannes Lammersburg und seinen brutalen Vater mindestens so sehr, wie Ben Ruhland es tat.

Es gab nur einen Menschen auf *Hopeland*, der damals mit den streitsüchtigen Nachbarn Kontakt hielt: Sebastian, Ben Ruhlands zweitgeborener Sohn. Leichtfertig war er, fast so gewissenlos wie Johannes Lammersburg, sein älterer Freund, mit dem er nur zu gern die Wirtshäuser und Bordelle von Kapstadt aufsuchte. Tagelang konnten sich die beiden Männer auf diese Weise amüsieren. Auch die Jagdleidenschaft teilten sie – ein Vergnügen, das eines Tages in einem tragischen Unglück endete: Bei der Jagd auf wilde Paviane erschoss Johannes versehentlich seinen Freund. Dieses Geschehen vertiefte den Graben zwischen den beiden Familien noch mehr.

Johannes mied Gut *Hopeland* lange Zeit hindurch, geplagt von seinem schlechten Gewissen und der Angst, sich für seine Tat doch noch verantworten zu müssen. Dann aber sah er Madeleine – und verfiel dem jungen, leidenschaftlichen Mädchen mit Haut und Haar. Immer wieder trafen sie sich heimlich, und wenn sich Ben Ruhlands Tochter auch darüber klar war, dass sie ihren Eltern mit ihrem Verhalten das Herz brach, so konnte sie doch gegen ihre Gefühle nicht an. Bar jeder Moral gab sie sich Johannes hin und ging eines Tages mit ihm fort in die Fremde.

Johannes Lammersburg … wie sehr ihn die Ruhlands hassten und verachteten! Doch Madeleine liebte ihn – und folgte ihm erst nach Kairo, dann nach Cornwall und Brighton. Wo sie im Augenblick lebte, wusste niemand auf *Hopeland*.

Entschlossen verdrängte Sophie die Gedanken an die Schwägerin und die tristen Erinnerungen, die ihr immer wieder die gute Stimmung zu verderben pflegten. »Lass uns hinuntergehen und frühstücken«, sagte sie und stand auf. »Wenn wir uns beeilen, sind wir noch vor der Mittagshitze in der Stadt.«

Hopeland lag östlich von Kapstadt, etwa drei Stunden Kutschfahrt musste man einkalkulieren, um zu dem weitläufigen Besitz zu gelangen. Karl konnte sich noch gut daran erinnern, dass er als kleiner Junge die Fahrten in die Stadt als Abenteuer empfunden hatte. Wenn sein Vater ihn mit zum Hafen nahm, war dies für Karl immer wie ein Ausflug in eine andere Welt gewesen. Die fremden Gerüche, die Menschen aus vielerlei Nationen, die durch die Straßen liefen oder sich in den Kneipen trafen … exotisch war das für Karl gewesen.

Auch heutzutage war die Gegend nahe am Wasser noch ein Kosmos für sich. Kleine Häuser standen dicht an dicht; teilweise waren sie windschief oder drohten zu verfallen, da sie noch aus dem siebzehnten Jahrhundert stammten, aus der Zeit, da Jan van Riebeeck diesen Ort dazu ausersehen hatte, Anlaufstelle für die Handelsschiffe auf dem Weg nach Indien zu sein. Morsche Holzschuppen, neuere Lagerhallen, düstere Kneipen und massiv gebaute Verwaltungsgebäude der verschiedenen Handelsgesellschaften wechselten sich ab. Dazwischen fanden sich immer wieder Wirtshäuser mit düsteren Hinterhöfen und Bordelle, in denen es wie eh und je hoch herging, wenn wieder ein neues Schiff in den Hafen einlief.

Es war eine Welt, die sich von dem Leben im Stadtkern von Kapstadt gravierend unterschied.

In den letzten Jahrzehnten waren immer größere, prachtvollere Häuser errichtet worden. Weiß oder gelb getüncht und mit Ornamenten verziert, zeugten sie vom neuen Reichtum der Bewohner, die aus England, Holland, dem preußischen oder habsburgischen Reich hergekommen waren und am Kap eine neue Heimat gefunden hatten. Seit 1859 wurde an der Eisenbahnstrecke von Kapstadt nach Wellington, der nordöstlich gelegenen Siedlung im Weinland, gebaut. Für die meisten Bewohner der Region war diese neumodische Errungenschaft wie ein Wunder, jeder wollte dieses Gefährt bestaunen, doch viele gestanden ein, dass sie Angst hätten, einmal einen Zug zu besteigen.

Sophie und Karl hingegen waren gespannt darauf, zum ersten Mal mit einer Eisenbahn fahren zu können. Mit dem Amerikaner Cornelius Vanderbilt stand Sophie in regem Schriftwechsel. Ihr Vater, vor drei Jahren verstorben, war mit dem visionären Reeder, der sein Vermögen einst mit dem Betrieb von Segelschiffen gemacht hatte und nun in Amerika einige Eisenbahnlinien betrieb, gut bekannt gewesen. Vor einigen Monaten bereits hatte Cornelius Vanderbilt die Ruhlands eingeladen, ihn zu besuchen. Während Karl die weite Seereise scheute, war Sophie begierig darauf, die Neue Welt kennenzulernen, und hatte diese Einladung angenommen – wenn der Termin der Reise auch noch nicht feststand.

Josy, die Schwarze, die seit mehr als vier Jahrzehnten auf dem Gut lebte, schenkte Kaffee aus. Als blutjunges Ding war sie einst nach *Hopeland* gekommen und war der Familie eng verbunden.

»Wir fahren gleich nach dem Frühstück los«, sagte Sophie. »Hast du alles gepackt, Josy?«

»Alles ist fertig, Missis Sophie. Die Kutsche steht bereit, die Koffer sind aufgeladen.«

»Danke.« Sophie nickte ihr zu. »Ist meine Schwiegertochter schon aufgestanden?«

Ein Lächeln glitt über Josys Gesicht. »Sie stillt das Baby. Klein Charlotte war ziemlich unruhig in der letzten Nacht.«

»Sie ist doch nicht krank?«, erkundigte sich Karl Ruhland besorgt.

»Aber nein! Ich denke, die ersten Zähnchen machen ihr Probleme.« Sie wandte sich um, als ein kleiner Junge mit lockigem, braunschwarzem Haar ins Zimmer stürmte. Er trug kurze dunkelblaue Hosen und dazu ein hellblaues Leinenhemd, das er nicht ganz zugeknöpft hatte. »Victor! Hab ich dir nicht gesagt, du sollst warten, bis ich komme und dich hole?«, schimpfte Josy liebevoll.

»Hab aber jetzt Hunger!« Der Vierjährige lief zu Sophie und schmiegte sich an sie. »Granny, bekomme ich heute Pfannkuchen mit Sirup?« Er schob trotzig die Unterlippe vor. »Victor hat keinen Hunger auf Brei. Bin doch kein Baby mehr!«

Sophie strich ihrem ältesten Enkel zärtlich übers Haar. »Natürlich bekommst du Pfannkuchen.«

»Oder magst du lieber Eier mit Speck?« Karl schob ein Stück des knusprigen Frühstücksspecks auf die Gabel. »Schmeckt sehr gut. Und macht stark!«

»Ja. Das mag ich auch!« Victor, der seinen Namen in Anlehnung an Queen Victoria bekommen hatte, nickte begeistert und kletterte neben seinen Großvater auf einen hochbeinigen Mahagonistuhl.

»Ich hole ihm noch eine Portion«, bot Josy an.

»Ach was, er kann meinen Rest essen. Ich bin satt.« Karl schob dem kleinen Jungen seinen Teller hin. »Lass es dir schmecken, Junior.«

»Danke.« Victor nahm das erste Stück Bacon, dazu etwas Ei, und kaute begeistert. Dass sein Hemd ein paar Fettspritzer abbekam, störte ihn nicht. Als seine Großmutter ihm eine Leinenserviette reichte, legte der kleine Junge sie achtlos beiseite.

»Lass ihn heute mal«, meinte Karl, »er genießt sein Frühstück, dass es eine Freude ist, ihm zuzusehen.«

Sophie sah ebenfalls lächelnd auf den Vierjährigen, der in diesem Moment versuchte, ein besonders großes Stück des knusprigen Frühstücksspecks auf die Gabel zu spießen. Als es nicht gelang, nahm er einfach die Finger. Sophie wollte ihn ermahnen, doch dann ließ sie es, sie wollte Victor die Freude an dem außergewöhnlichen Frühstück nicht nehmen. Stattdessen nestelte sie ihre goldene Taschenuhr, die an der Rückseite mit einer Rose aus kleinen Flussperlen geschmückt war, hervor und warf einen Blick darauf.

»Wir müssen gleich aufbrechen«, sagte sie mahnend.

»Ich bin fertig.« Karl schob seinen Stuhl zurück. »Dir noch einen guten Appetit, mein Kleiner. Gleich kommt deine Mama und leistet dir Gesellschaft.«

Er hatte noch nicht ausgesprochen, da kam Karoline Ruhland herein, das Baby auf dem Arm, das satt und zufrieden den Kopf an die Schulter der Mutter gelegt hatte. An diesem Morgen trug Karoline ihr blondes Haar offen, nur an den Seiten hatte sie es mit Perlenkämmen locker festgesteckt. Im Nacken rieselten die weichen Locken bis fast zur Taille.

»Ihr wollt gleich losfahren, nicht wahr?« Sie ging zu Sophie und küsste sie auf die Wange. »Ich würde euch so gern begleiten! Prinz Alfred aus der Nähe sehen zu können, stelle ich mir aufregend vor!«

»Er legt nur den Grundstein für ein Hafenbecken«, warf Karl Ruhland ein. »Ich glaube nicht, dass sich Seine Hoheit lange an der Table Bay aufhalten wird.«

»Trotzdem ... wann sieht man mal ein Mitglied des englischen Königshauses?« Karoline nahm ihrer kleinen Tochter eine Locke aus der Hand. »Du, das tut mir weh«, lachte sie dabei. Dann wandte sie sich wieder an die Schwiegereltern. »Mutter, du musst mir hinterher genau erzählen, wie er ausgesehen hat – und was die Damen in seiner Begleitung anhatten. – Ach, ich beneide euch! Aber solange ich stille, bin ich hier angebunden.« Sie lachte ihre kleine Tochter an. »Das hört bald auf, mein Schatz! Du bekommst schon Zähnchen, kannst Brei essen und brauchst mich dann nicht mehr.«

»Dann kannst du mit deinem Mann eine Fahrt nach Kapstadt machen und dich entspannen.« Karl Ruhland ging zur Tür. »Wenn wir zurück sind, soll sich Christopher ein paar Tage freinehmen.«

Karoline trat dicht vor ihn und gab ihm einen Kuss. »Danke, ihr seid so lieb zu mir – zu uns«, korrigierte sie sich rasch.

»Und du bist die beste Schwiegertochter, die wir bekommen konnten«, gab Sophie zurück. Sie hatte Karoline von Stetten vom ersten Augenblick an sehr gemocht. Die Tochter eines deutschen Winzers war nicht nur hübsch und charmant, sie war auch sehr klug und verstand viel von der Arbeit auf einem Weingut. Die Familie stammte aus dem Badischen, hatte dort über vierzig Jahre lang drei große Weinberge bearbeitet. Ein Erbschaftsstreit mit seinem Bruder hatte den jungen Witwer Hanno von Stetten schließlich bewogen, vor elf Jahren nach Südafrika auszuwandern und dort neu zu beginnen. Ein Weingut in der Nähe von Groot Constantia stand zum Verkauf, er erwarb den heruntergekommenen Besitz und machte ihn bald zu einem der bedeutendsten Güter des Landes. Karoline war seine einzige Tochter, er liebte sie sehr und war zunächst nicht erfreut gewesen, als Christopher Ruhland um sie warb. Inzwischen schätzte er seinen Schwiegersohn, war mit Sophie und Karl befreundet und ein gerngesehener Gast auf *Hopeland*.

»Viel Vergnügen – und kommt gesund zurück.« Karoline ging mit Sophie und Karl hinunter in den weitläufigen, mit grauen Granitsteinen gepflasterten Hof und sah zu, wie sie die Kutsche bestiegen, die schon mit drei großen Koffern beladen war.

»Auf Wiedersehen, ihr beiden.« Sophie küsste erst ihre kleine Enkelin, dann die Schwiegertochter. »Wir sind in zwei Wochen zurück.«

»Wenn nicht schon früher«, sagte Karl.

»Du willst nicht lange von *Hopeland* fernbleiben, ich kenne dich«, meinte Sophie schmunzelnd. »Aber ich möchte mal wieder ins Theater gehen, ein paar Freunde in der Stadt treffen und, wie gesagt, mit der Eisenbahn bis Wellington fahren. Der kleine Ort soll sich sehr schnell entwickeln und ganz bezaubernd sein.«

»Die gesamte Kapprovinz entwickelt sich rasant«, sinnierte Karl. »Was sich in den letzten Jahrzehnten verändert hat, ist gewaltig. Aus einer kleinen Garnison, einem Vorposten der Europäer auf dem Weg nach Indien, ist eine der wichtigsten Kolonien Ihrer Majestät, Queen Victoria, geworden. Jede Woche kommen neue Siedler. Wie ich hörte, sogar Inder, die auf den Zuckerrohrplantagen arbeiten sollen.«

»Die Welt verändert sich – und wir sind ein Teil des Fortschritts.« Sophie hakte sich bei ihm ein und zog ihn zur Tür.

2

Kapstadt hatte sich herausgeputzt, um den zweiten Sohn der englischen Königin gebührend zu empfangen. Fahnen wehten auf dem Gebäude der englischen Garnison, auch im Stadtinnern waren einige Häuser geschmückt. Im Hafengebiet war wochenlang versucht worden, die größten Schandflecke zu beseitigen und den Unrat zu entfernen. Allerdings mit mäßigem Erfolg. Ratten und Hunde kamen immer wieder aus ihren Verstecken und fraßen die Abfälle, die sich am Straßenrand oder in den Hinterhöfen der Spelunken ansammelten.

»Da liegt die *Euryalus*, schau nur!« Mit ausgestrecktem Arm deutete Karl Ruhland zum Hafen, wo die Fregatte vertäut lag. Es war ein schnelles Kriegsschiff, mit dem der Prinz, der eine seemännische Ausbildung genossen hatte, die Kapkolonie besuchte.

»Er ist nicht zu sehen«, stellte Sophie ein wenig enttäuscht fest.

»Aber Liebling, Seine Hoheit wird sich gewiss noch in der Garnison aufhalten.«

»Ob wir ihm auf dem Ball, den der Gouverneur zu seinen Ehren geben wird, wohl vorgestellt werden?«, sinnierte Sophie. »Du, ich bin ganz aufgeregt bei diesem Gedanken.« Sie gingen weiter, erreichten nach einer halben Stunde die Tribüne, die extra zu diesem Zweck aufgebaut worden war.

»Welch ein Glück, dass ich nur einen kleinen Hut aufgesetzt habe. So eine Enge herrscht hier ... man muss ja Angst haben, zerquetscht zu werden.« Sophie

Ruhland atmete auf, als sie mit Karl die ihr zugewiesenen Ehrenplätze erreicht hatte. Sie richtete rasch das weite blau-weiß gestreifte Kleid aus teurem Taft, dann steckte sie den dunkelblauen kleinen Strohhut, der mit weißen Ripsbändern und einer Seidenkamelie verziert war, mit einer langen Hutnadel wieder fest.

»Jeder will bei der Grundsteinlegung dabei sein.« Karl deutete hinüber zum Hafen. »Da! Prinz Alfred mit Gefolge ist soeben eingetroffen! Drüben steht er, rechts von der großen Landungsbrücke!«

Der stattliche Prinz in der blauen Uniform eines Leutnants zur See war umringt von Soldaten und Zivilisten, sein persönlicher Adjutant hatte Mühe, dem hohen Besucher den Weg hinüber zum Ufer zu ebnen, wo Prinz Alfred, nach einigen Ansprachen, den Grundstein für das neu zu errichtende Hafenbecken und die tausend Meter lange Wellenbrechermauer legte. Symbolisch warf er die ersten Steine ins Meer. Mit diesem Bauwerk würde das Anlanden in der Table Bay wesentlich gefahrloser vonstatten gehen können; der Hafen könnte von größeren Schiffen angelaufen werden.

Während die Honoratioren der Stadt, die ranghohen Militärs und Gesandten anderer Nationen dem Festakt beiwohnten, kam es auf der anderen Seite der Landungsbrücke zu Tumulten. Viele der Bootsbesitzer, die bislang mit ihren kleinen Schiffen die Ladung von den Handelsschiffen, die nicht in der Tafelbucht ankern konnten, gelöscht hatten, sahen ihre Existenz bedroht. Ebenso erging es den Lastenträgern, die laut rebellierten.

Es war immer noch besser, stundenlang bis zur Brust im eisig kalten Wasser zu stehen und eine Schiffsladung zu löschen, als ohne jede Arbeit zu sein. Der Fortschritt, so begrüßenswert er für viele auch sein mochte – für Hunderte von Schwarzen war er ein Schritt ins Elend.

Darüber dachten die Feiernden nicht nach, die sich nach dem Festakt im Gouverneurspalast versammelten und gemeinsam mit Prinz Alfred ein üppiges Festbankett genossen.

Sophie und Karl saßen am unteren Ende der Tafel, sie unterhielten sich angeregt mit Olivier de Meunière, einem französischen Diplomaten, der vor vier Tagen aus Wellington gekommen war.

»Ein aufblühender Ort«, erzählte er. »Einst haben ihn die Hugenotten gegründet, und vieles dort erinnert noch an meine Vorfahren. In der Umgebung wird nicht nur Wein angebaut, es gibt Obstplantagen von einer Größe, wie Ihr sie noch nie gesehen habt. Ihr werdet angetan sein von der Landschaft – und den Menschen.« Seine Augen blitzten vor Begeisterung, während er sprach.

»Ich freue mich nun noch mehr auf diese Reise«, versicherte ihm Sophie. »Es ist eine Freude, Euch zuzuhören.«

»Hoffentlich langweile ich Euch nicht.« Olivier, etwa fünfzig Jahre alt, schlank und fast zwei Meter groß, deutete im Sitzen eine Verbeugung an. »Ich gestehe, dass ich erst seit wenigen Wochen in Afrika bin, und jeden Tag werde ich neu fasziniert von diesem Land.«

»Das verstehe ich gut.« Sophie legte ihm die Hand auf den Arm. »Ihr müsst uns unbedingt besuchen kommen.«

»Nur wenn Ihr mir gleich, wenn der Ball eröffnet ist, den zweiten Tanz versprecht«, entgegnete der Franzose charmant.

3

Das darf nicht wahr sein!« Christopher Ruhland war unter der Sonnenbräune blass geworden. Sein Atem ging rasch und schwer, als er sich zu der dritten Reihe Reben wandte – und auch hier feststellen musste, dass die jungen Triebe schlaff und kraftlos waren. »Kimani, was ist mit der Bewässerungsanlage? Warum gibt es kein Wasser?«

Der Vorarbeiter saß mit zusammengepressten Lippen auf seinem Pferd. Er sah Christopher nicht in die Augen, als er erklärte: »Seit vorgestern arbeiten wir daran, die Gräben zu reinigen und diesen Hang wieder mit Wasser zu versorgen. Aber das Gelände ist steinig, vier der Zuläufe sind ganz verschüttet nach dem Erdrutsch vorige Woche. Ich habe versucht, mit meinen Männern alles zu richten, aber wir haben es nicht geschafft.«

»Dann schick mehr Leute los, um Himmels willen! Wir dürfen nicht riskieren, dass die jungen Triebe verdorren! Das ist wichtiger als die Rodung der nördlichen Gebiete, die Vater im Frühjahr hinzugekauft hat.« Er schwang sich auf seinen Apfelschimmel, ein hochbeiniges Tier, das er vor Jahren selbst zugeritten hatte. Wotan gehorchte aufs Wort, Christopher musste ihn nicht anbinden, er blieb stets in der Nähe seines Herrn.

»Das ist schon veranlasst. Aber wir müssen auch an der östlichen Grenze mehr Leute einsetzen. Da wüten drei Pavianhorden. Ich habe mir gestern erst den Schaden angesehen, den diese Mistviecher angerichtet haben. Wir müssen sie abknallen.«

»Wenn es denn gelingt. Mehr als drei oder vier kann man nie erwischen. Sie flüchten ja schon beim ersten Schuss.« Er ließ sein Pferd in leichten Trab fallen. »Warum hast du mir nicht gestern schon Bescheid gesagt, Kimani?«

Der Schwarze, der mehr als ein halbes Leben auf *Hopeland* verbracht hatte, hasste die Affen, die nicht nur Schäden in der Landwirtschaft und in den Weinbergen anrichteten, sondern immer wieder Kleinvieh angriffen und sogar vor Attacken auf Menschen nicht zurückschreckten, wenn sie sich bedroht fühlten. Will, der alte Kellermeister von *Hopeland*, hatte vor Jahren drei Finger durch einen Pavianbiss verloren.

»Ich hatte gehofft, Euch damit nicht behelligen zu müssen.« Der Vorarbeiter zuckte mit den Schultern. »Tut mir leid.«

»Schon gut, ihr werdet es aber hoffentlich heute schaffen.« Christopher tippte sich an den breitrandigen hellen Hut, der schon verschwitzt war. »Ich reite zurück zum Gut.«

Es war drückend heiß, hoch stand die Sonne am Himmel, und im Westen ballten sich über dem weitläufigen Massiv des Tafelbergs die ersten Wolken zusammen.

»Ob es ein Gewitter gibt?«

»Glaub ich nicht.« Kimani schüttelte den Kopf, und der alte löchrige Strohhut, ohne den man ihn nie sah, rutschte ein Stück in den Nacken. »Wenn es überhaupt regnet, dann nur in den Bergen.«

»Dann wird Prinz Alfred ja auch nicht nass.« Christopher lachte auf. »Heute Abend ist das große Bankett in der Garnison – Mutter wird aufgeregt sein wie nie zuvor.« Er zog Wotans Zügel an. »Ich reite zurück zum

Gut und schicke dir noch vier Männer hoch zu den Bewässerungsgräben.«

Kimani nickte, dann gab er seinem Pferd leicht die Sporen und ritt hügelaufwärts. Christopher kontrollierte noch den alten Weinberg, der dem Gut am nächsten lag. Hier hatte einst sein Großvater, Ben Ruhland, die ersten Rebstöcke gepflanzt. Es gab auch noch etwa fünfzig sehr alte, knorrige Stöcke – um 1770 von Johannes Ruhland gepflanzt. Der Urahn war einst aus der deutschen Heimat ausgewandert, hatte im fernen Afrika ein neues Leben beginnen wollen. Doch allzu große Entbehrungen und Krankheiten hatten ihn scheitern lassen. Er musste nach Hause zurückkehren. Seine Sehnsucht nach dem fernen Kontinent war jedoch geblieben, er hatte sie seinem Enkel Benjamin vererbt. Und dieser hatte dann ebenfalls versucht, in Afrika sein Glück zu machen. Es war ihm gelungen! *Hopeland* war inzwischen ein weitläufiger, sehr ertragreicher Besitz, der vielen Menschen eine Heimat und Arbeit gab.

Schon Ben Ruhland, der Erbauer des Gutes, hatte es abgelehnt, Sklaven zu kaufen. Er entlohnte seine schwarzen Arbeiter gerecht, behandelte sie fair und wurde geachtet und geliebt. So hielten es auch sein Sohn und sein Enkel; wer auf *Hopeland* arbeitete, hatte hier eine Heimat gefunden.

Christopher war stolz auf das Weingut, das zu den vier besten Weinerzeugern der Region gehörte. Mit leuchtenden Augen sah er sich um, während er den Heimweg antrat. Weinberge erstreckten sich über alle Hügel der Umgebung. So weit das Auge reichte, sah man exakt gezogene Reihen von Rebstöcken. Der kleine Bachlauf, der im Norden entsprang und von dem ihm sein Vater oft erzählt hatte, dass es wegen dieses kostbaren Nasses viel Ärger mit den Nachbarn, den Lammersburgs, gegeben hatte, war inzwischen in viele kleine Kanäle geleitet worden. Das Bewässerungssystem hatte Karl vor mehr als zwanzig Jahren perfekt ausbauen lassen. Ebenso waren damals die Häuser für die Gutsarbeiter errichtet worden. Ein kleines Dorf war am südwestlichen Rand des Besitzes entstanden. Es war sauber dort, überall gab es Abwässerrinnen und sogar separat angebrachte Aborte. Karl Ruhland legte Wert auf Hygiene, und so waren seine Arbeiter gesund und die Weinkeller penibel sauber. Die großen Eichenfässer, in denen der kostbare Rebensaft lagerte, kontrollierte er am liebsten persönlich, er wusste, was es für Konsequenzen nach sich zog, wenn die Fässer schmutzig waren. Die Arbeit von Monaten konnte dann zunichtegemacht werden.

Als Christopher in den gepflasterten Gutshof einritt, fiel ihm gleich die ungewohnte Stille auf. Niemand war im Stall, als er Wotan in seine Box stellte. Und auch von den Küchenmädchen war keine zu sehen. Um diese Zeit saßen sie gern auf der Bank, die Kimani vor Jahren unter drei großen Eichen, die am nördlichen Rand des Gutshofes standen, gezimmert hatte.

»Was ist nur los?«, murmelte der Mann, als er den Stall verließ. Mit langen Schritten ging er aufs Wohngebäude zu, aus dem – es war höchst ungewöhnlich – kein Laut drang. Das weitläufige Haus im kapholländischen Stil war weiß getüncht und strahlte in der Sonne, der geschwungene Giebel über der Haustür war mit stilisierten Weinranken geschmückt. Auf den beiden Terrassen, der östlich gelegenen und der südlichen, standen in hohen Tonkübeln Rosenstöcke und Jasminbüsche, die süßen Duft verströmten. Alles wirkte so friedlich ... und doch spürte Christopher fast körperlich das Unheil, das geschehen sein musste.

Er ging ums Hauseck, hinüber zu den ersten Häusern der schwarzen Arbeiter. In einer der ältesten Hütten lebten Josy und Kimani. Gleich nebenan, in einem schmalen, schlichten Haus, vor dem nur drei alte Weinstöcke als Schmuck standen, wohnte Will, der altgediente Kellermeister.

Er saß, wie Christopher erleichtert feststellte, vor dem Haus in einem Schaukelstuhl. Das helle Korbgeflecht knarrte normalerweise im Wiegerhythmus, wenn Will darin saß und sich ausruhte. Es war dann so, als gäbe der Stuhl so den Vögeln, die in den alten Eichen sangen, den Takt vor.

Heute aber war es still ...

Die Sonne brannte und tat seinen Augen weh. Leichter Wind wehte vom Atlantik herüber, kühlte die erhitzte Stirn und drohte die Zettel, die auf dem kleinen Tisch aus Zedernholz lagen, zur Erde zu wehen.

Will beugte sich im Schaukelstuhl vor, stellte rasch eine Weinkaraffe auf die Blätter. Dann nahm er einen Schluck aus dem Glas, das griffbereit stand, ließ den Wein im Mund kreisen. Ja, das war ein exzellenter Jahrgang! Der beste seit langem!

Will seufzte. Er spürte ein heftiges Stechen im Kopf, hin und wieder verschwamm die Landschaft, die er so gut kannte wie die Taschen seiner alten Leinenjacke, vor seinen Augen. Der große Schwarze, dessen krauses Haar mit den Jahren weiß geworden war, wischte sich übers Gesicht. Dann nahm er noch einen Schluck Wein, schloss die Augen und lauschte wieder dem Gesang der Vögel, die ein neues Lied zu üben schienen und sich auch durch die Hitze nicht stören ließen. Es kam Will so vor, als hätten sie nie zuvor so laut, so intensiv gesungen wie heute.

Die Sonne verschwand hinter den Bäumen, wie Filigran wirkte das Blätterwerk der Eichen, die Will gemeinsam mit Ben Ruhland vor mehr als sechzig Jahren gepflanzt hatte. Der goldene Schein verklärte die Landschaft, und der alte Mann wollte die Hand vor die Augen legen, um besser über die Rebhänge sehen zu können. Dieses Land war auch sein Land. *Hopeland* war seine Heimat!

Im Geist sah Will die Gesichter von Charlotte und Ben Ruhland vor sich. Die beiden winkten ihm zu. Und hinter ihnen stand Sina, seine Mutter. Sie und Ben Ruhland hatten einst *Hopeland* aufgebaut. Sina, die schwarze Sklavin, die der junge Winzer Ben gleich am ersten Tag seiner Ankunft in Kapstadt gekauft hatte, als man sie und ihren kleinen Sohn Will grausam zusammenschlagen wollte …

»Onkel Will! Onkel Will! Hast du schon gehört, was passiert ist?« Auf ihren kleinen Beinchen kam Rahima auf ihn zu. Die Zöpfe, die ihre Mutter ihr gebunden hatte, standen wie kleine dicke Nägel von ihrem Köpfchen ab. Rahima wohnte mit ihren Eltern zwei Hütten weiter und war ein aufgewecktes Mädchen, das sich immer wieder zu Will schlich. Der alte Mann konnte so aufregende Geschichten erzählen!

Heute aber reagierte Onkel Will kaum, er hob nur kurz die Hand und winkte ihr zu. Er atmete schwer, und als Rahima auf seinen Schoß klettern wollte, rutschte sie immer wieder ab, weil der alte Mann sie nicht aufnahm und stützte.

»Onkel Will! Schläfst du?« Mit schräggelegtem Köpfchen, die großen dunklen Augen weit aufgerissen, sah das kleine Mädchen den Mann im Schaukelstuhl an. Seine Hand hielt ein Weinglas, aber er hatte alles verschüttet. Komisch, das machten Erwachsene doch nicht!

»Rahima – hol Josy.« Christopher kam mit langen Schritten näher. Seine Stimme klang heiser, aber Rahima hatte verstanden, was er gesagt hatte, und eilte los, so schnell sie es vermochte.

Schon wenige Minuten später beugte sich Josy über Will, sanft rüttelte sie ihn an der Schulter. »Will? Hey, was ist mit dir?« Ihre Stimme zitterte, Angst nahm ihr den Atem. Sie versuchte, die zusammengesunkene Gestalt aufzurichten, aber es gelang nicht.

Christopher zog Josy zurück und schüttelte sachte den Kopf. »Lass ihn. Er schläft.«

»Aber doch nicht um diese Zeit!«

Der junge Winzer zog die schwarze Wirtschafterin, die er fast so sehr liebte wie eine Großmutter, behutsam an sich. »Er schläft für immer«, sagte er.

»Nein!« Josys Stimme war kaum zu hören. »Das darf er nicht! Will … lass mich nicht allein hier.« Sie fiel auf die Knie, begann zu beten – und so hockte sie auch noch, als Karoline herbeigeeilt kam. Bestürzt und unendlich traurig hielten sie mit den Schwarzen Totenwache, bis die Sonne unterging und der Mond am nachtschwarzen Himmel seine Bahn zog. Er verschwand immer wieder hinter Wolken – es schien, als weine auch der Himmel um Will.

4

Hannah kommt zu Besuch!« Langsam ließ Sophie den Briefbogen sinken und sah erst ihren Mann, dann Karoline und Christopher an. »Und sie kommt allein!«

»Was hat das zu bedeuten?« Christopher trank einen Schluck Kaffee.

»Nichts Gutes, wenn ihr mich fragt.« Karl Ruhland presste kurz die Lippen zusammen.

»Schreibt sie nicht, was sie herführt?«, wollte Karoline wissen.

»Nein. Nur dass sie für ein paar Wochen bleiben möchte.« Sophie faltete das Schreiben zusammen. »Sie kommt schon in der übernächsten Woche.« Sie zwang sich zu einem Lächeln. »Wir haben dann noch einiges vorzubereiten. Wenn sie für eine Weile in der Heimat ist, wird sie sicher einige alte Bekannte wiedersehen wollen. Ich werde mir überlegen, ob wir ein Fest geben oder einige Freunde ganz ungezwungen herbitten sollen.«

»Das solltest du erst mit Hannah selbst besprechen. Warten wir doch ab, was sie herführt – und wie sie sich fühlt. In ihren letzten beiden Briefen deutete sie an, dass in ihrer Ehe etwas nicht stimmt …« Karl stand auf. »Hoffen wir, dass sich alles wieder eingerenkt hat. Ihr entschuldigt mich, ich gehe in den Weinkeller.«

»Ich komme mit.« Auch Christopher erhob sich. Der Gedanke, dass seine drei Jahre ältere Schwester in ihrer Ehe unglücklich geworden sein könnte, bedrückte ihn. Die Tatsache, dass Hannah allein kam, sprach allerdings dafür, dass der Zwist mit ihrem Mann noch nicht behoben war. George Davenshire war Bankier. Als er vor Jahren in Kapstadt eine Filiale der Privatbank Davenshire eröffnete, hatten er und Hannah sich zufällig kennengelernt. Es war bei beiden Liebe auf den ersten Blick gewesen, und nur zu gern war Hannah ihrem Mann ins kühle England gefolgt, nachdem er seine Aufgaben am Kap beendet hatte.

Christopher seufzte leise auf. Wie sehr hatte er seiner Schwester das ganz große Glück gewünscht! Er liebte Hannah, die immer so fröhlich und unkompliziert gewesen war. Wie viele Streiche hatten sie als Kinder ausgeheckt! Das weitläufige Weingut war für sie der ideale Spielplatz gewesen. Die besondere Liebe seiner Schwester hatte stets den Pferden gegolten. Hannah war eine ausgezeichnete Reiterin, sie machte im Damensattel eine sehr gute Figur. Und im Herrensitz, den einige Damen auszuprobieren wagten, seit die österreichische Kaiserin Sisi diesen Reitstil als »schicklich« deklariert hatte, galoppierte sie gern wild durch die Weinberge.

Auch in London konnte sie reiten, sie schrieb begeistert von einem exklusiven Reitstall ganz in der Nähe des Hydeparks – und von dem Landgut der Davenshires zweihundert Meilen nördlich der Hauptstadt. Dort züchtete Georges Großvater edle Reitpferde, aber auch Galopper, die beim traditionsreichen Rennen in Ascot schon mehrfach gewonnen hatten. Im vergangenen Jahr war Hannah sogar Prinz Albert, dem Thronfolger, vorgestellt worden.

Es war ein einmaliges Erlebnis, und noch immer zittern meine Knie ein wenig in der Erinnerung an diese Begegnung, hatte sie ihrer Familie geschrieben. *Seine Hoheit war jedoch sehr gütig und hat sich eine Weile mit meinem Schwiegervater und George unterhalten. Mir hat der Prinz die Hand geküsst … stellt Euch das vor! Himmel, dieser Moment war die ganze Aufregung, die diesem Tag vorangegangen war, wert. Weißt Du, Mama, ich hatte drei Kleider zur Auswahl, doch das eigentliche Problem waren die Hüte. Nichts ist für die Damen in Ascot wichtiger als der richtige Kopfputz. Ich habe mich letztendlich für eine breitrandige Kreation aus ganz hellem Panama-Stroh entschieden. Die Dekoration bestand aus veilchenfarbenen Seidenbändern, dazu waren Veilchensträuße am rechten Aufschlag drapiert. Die Modistin wollte noch kleine Vögel hinzufügen, aber das war mir zu verrückt. Wobei … wenn Du sehen könntest, mit welch absonderlichen Hüten die Damen hier auftauchen … es ist ebenso abstrus wie amüsant.*

Ich kann Euch, meine Lieben, nur sagen, dass George und ich wundervolle Tage auf dem Land verbracht haben. Mein Glück ist vollkommen. Dennoch vermisse ich Euch und hoffe auf ein baldiges Wiedersehen – Eure Euch aufrichtig liebende Hannah

Christopher hatte den Brief noch genau in Erinnerung. Es war das letzte Mal, dass Hannahs Zeilen glücklich geklungen hatten. Und jetzt … jetzt kehrte sie heim.

War es eine Flucht?

Die Klippschliefer und Krähen schrien um die Wette – ein Zeichen dafür, dass es bald regnen würde. Die Vögel versuchten sich im letzten Augenblick in ihre Nisthöhlen zu retten, die sich im zerklüfteten Sandstein des

Tafelbergs befanden. Der 600 Hektar Land umfassende Tafelberg verschwand immer mehr in dichten Wolken, vom Hafengebiet aus war Kapstadts Wahrzeichen kaum noch zu erkennen.

»Schade. Ich hätte gewünscht, dass bei deiner Heimkehr die Sonne scheint.« Christopher Ruhland umarmte seine Schwester liebevoll. Er war allein zum Hafen gekommen, um sie abzuholen.

»Das Wetter passt genau«, murmelte Hannah und schmiegte ihr Gesicht an seine Schulter. Sie wollte nicht, dass Christopher ihre Tränen sah.

»Komm rasch mit, ehe wir klatschnass werden. Drüben am Lagerschuppen steht die Kutsche.« Er wies zu einem langgestreckten Gebäude, an dessen windgeschützter Seite Pandu, der Stallmeister, mit der Kutsche wartete. Die Geschwister eilten auf das Gefährt zu, und Pandu half eilig, Hannahs drei Koffer in die Kutsche zu hieven.

»Die Eltern sind auf *Hopeland*?«, fragte Hannah, nachdem sie ihr grau-rot kariertes Reisekostüm geordnet und den kleinen karmesinroten Hut abgenommen hatte. Die Federn, die den Hut an der rechten Seite zierten, waren nass geworden und hingen traurig herunter.

»Mutter bereitet gemeinsam mit Karoline und Josy ein Festmahl zu«, erzählte Christopher. »Und Vater … er wäre zu gern mitgekommen, aber seit drei Tagen macht ihm sein Herz zu schaffen. Ich fand's auch besser, dass er sich die Strapaze der Kutschfahrt nicht zumutet.«

»Doch wohl nichts Ernstes?«

»Ich weiß es nicht. Er spricht nicht drüber. Aber ich weiß, dass er schon zweimal bei Dr. Ellinghoven war.«

»Und jetzt komme ich hereingeplatzt und bringe noch

mehr Unruhe mit.« Hannah seufzte. »Aber ich konnte einfach nicht länger in London bleiben! Ich brauchte Abstand!« Sie biss sich auf die Lippen. »George betrügt mich. Und das konnte ich einfach nicht ertragen.« Sie sah aus dem Fenster, wo der Regen in wahren Sturzbächen niederging. »Dieses Unwetter ist gar nicht gut für die Reben«, sinnierte sie.

Christopher lächelte sie zärtlich an. »Du bist wieder daheim«, meinte er. »Kaum siehst du die ersten Weinberge, wirst du wieder zur Winzerstochter. Aber mach dir keine Gedanken, wir haben ein gutes Bewässerungssystem – und auch die Abflussgräben sind in bestem Zustand. Es wird kaum noch Erde fortgespült bei einem solchen Unwetter.«

»Gut ...« Hannah legte den Kopf zur Seite. »Ich bin ein wenig müde«, gestand sie. »Die letzten zwei Tage auf See waren stürmisch, ich bin kaum zur Ruhe gekommen. Sei nicht böse, aber ich erzähle auf *Hopeland*, wie es mir ergangen ist, ja?«

»Natürlich. Du musst es nicht mehrmals berichten.« Christopher legte eine Decke über ihre Knie. »Mach ruhig die Augen zu.«

Hannah nickte dankbar, sie schlief tatsächlich ein, wenn es auch ein unruhiger Schlaf war. Doch kaum fuhr die Kutsche auf den Gutshof ein, wurde sie wach – und beugte sich aus dem Fenster, um der Familie, die sich bereits zu ihrem Willkommen im Hof eingefunden hatte, zuzuwinken.

Der Regen hatte aufgehört, zaghaft lugte die Sonne wieder hinter den Wolken hervor. Die Weinberge, die das Gut weitläufig umgaben, strahlten in frischem Grün. Aus dem Pferdestall drang leises Wiehern, das von den beiden Kutschpferden erwidert wurde. Sie freuten sich auf den warmen Stall und eine Portion Heu und Hafer.

Hannah wartete nicht darauf, dass Christopher ihr aus der Kutsche half. Kaum stand das Gefährt, sprang sie hinaus und lief in die ausgebreiteten Arme ihrer Mutter.

»Mama ... endlich bin ich wieder bei euch!« Jetzt flossen die Tränen doch, und es dauerte eine Weile, bis sich alle beruhigt hatten und Hannah ihre Lieben begrüßen konnte.

»Das Baby ... meine Güte, ist die Kleine schon groß! Komm her zu mir, Schätzchen!« Sie streckte die Arme nach Klein Charlotte aus. Nach drei Fehlgeburten – die letzte hatte sie selbst beinahe das Leben gekostet – hatte Hannah die Hoffnung auf Kindersegen aufgeben müssen. Dass sie dem Haus Davenshire keinen Erben zu schenken vermochte, war wohl mit ein Grund dafür, dass ihre Ehe nicht mehr glücklich war.

Davon erzählte sie erst am späten Abend, als sie sich erfrischt hatte und die Kinder bereits im Bett lagen. Das Abendessen hatte sich länger als normal hingezogen, zu viele Köstlichkeiten hatte Josy mit Hilfe einer Küchenmagd aufgetischt.

»Du bist und bleibst die beste Köchin der Welt«, lobte Hannah die Schwarze, als diese den Nachtisch auftrug. Es war Nusspudding mit Trauben und Rosinen – eine Süßigkeit, die Hannah schon als Kind geliebt hatte. »Dass du dich daran erinnerst ...« Sie stand auf und umarmte Josy, auf deren Knien sie schon als kleines Mädchen gesessen hatte.

»Mein Mädchen ... wenn es dir nur schmeckt.« Josy strich unbeholfen über Hannahs Wangen, die viel zu blass waren.

»Das wird es.« Hannah zwang sich zu einem Lächeln. Sie gab sich ungezwungen, doch allen am Tisch war klar, dass sie sich nur mit Mühe beherrschte.

Eine Stunde später saßen Sophie und Karl, Karoline und Christopher im kleinen Salon, der sich ans Esszimmer anschloss. Im Kamin brannte ein helles Feuer. Da es den Tag hindurch unverhältnismäßig kühl gewesen war für die Jahreszeit, verbreiteten die Flammen nun angenehme Wärme.

»So unwirtlich habe ich den Frühling in Kapstadt gar nicht in Erinnerung«, sagte Hannah und nahm einen Schluck Wein. »Der Chardonnay ist hervorragend«, lobte sie.

»1859 war ein exzellenter Jahrgang.« Karl schwenkte die goldene Flüssigkeit im Glas. »Ich persönlich mag diesen trockenen Wein.« Er zwinkerte seinem Sohn zu. »Christopher ist zum Glück meiner Meinung. Obwohl ... die meisten Leute lieben immer noch die süßen Weine.«

»Alles verändert sich«, erwiderte Hannah, und man konnte unschwer erkennen, dass sich diese Bemerkung nicht auf den Wein bezog.

Liebevoll legte Sophie ihrer Tochter die Hand auf den Arm. »Erzähl uns, was dich bedrückt, mein Liebes. Du weißt, wir werden alles tun, was uns möglich ist, um dir beizustehen.«

Hannah biss sich auf die Lippen, dann stieß sie hervor: »George betrügt mich! Er hat eine Liaison. Seit einem Dreivierteljahr bereits!« Ihre Augen, von dunklem Violett, das an späte Veilchen erinnerte, schwammen in Tränen. »Seit ... seit ich vor anderthalb Jahren wieder ein Baby verloren habe, ist er so schrecklich kühl. So reserviert und ablehnend. Inzwischen ist mir klar, warum: Er sucht sein Glück bei anderen Frauen! Seine jetzige Favoritin ist gerade mal einundzwanzig Jahre alt und arbeitet in einem Varieté in Soho.«

»Ja aber …« Karl schüttelte den Kopf.

»Sie ist Tänzerin, Papa! Und – sie könnte Georges Tochter sein! Doch das stört wohl weder sie noch ihn.« Jetzt rannen die Tränen ungehemmt über ihre Wangen. »Ich kenne George nicht wieder! Er ist nicht mehr der Mann, den ich geheiratet habe.« Sie biss sich auf die Lippen. »Ich fahre nicht zurück zu ihm!«

Bestürzt sahen die vier anderen sich an. Niemand sagte zunächst etwas. Sophie fing sich als Erste, sie stand auf und nahm ihre Tochter in die Arme. Sanft wiegte sie die heftig Weinende hin und her – so, wie sie das kleine Mädchen Hannah einst getröstet hatte.

Karoline und Christopher schwiegen betreten. Karl Ruhland räusperte sich mehrmals, er fühlte sich dieser Situation nicht gewachsen. Wenn George hier gewesen wäre, sähe alles anders aus. Dann hätte er den Ehebrecher zur Rede gestellt, hätte ihm die Leviten gelesen und alles versucht, um die Ehe seiner Tochter zu retten.

Doch so waren ihm zunächst die Hände gebunden. George lebte Tausende von Meilen entfernt in London. Die Bankiersfamilie Davenshire bewohnte ein elegantes, großzügiges Stadthaus ganz in der Nähe des Kensington-Palastes. Vier Stockwerke boten reichlich Platz für Alexander Davenshire, den fast achtzigjährigen Patriarchen, und für Hannah und George. Georges Eltern lebten nicht mehr, sie waren vor fünf Jahren bei einem Schiffsunglück im Ärmelkanal ums Leben gekommen. Ein tragisches Geschick, das den alten Davenshire bewogen hatte, sich aus den Geschäften zurückzuziehen und sich nur noch der Pferdezucht zu widmen.

Seither leitete George das Bankenimperium, er expandierte, eröffnete drei Filialen in Indien und zwei in Afrika. Neben der alteingesessenen Lamberts Bank war die Davenshire Bank in Kapstadt inzwischen eines der bedeutsamsten privaten Bankhäuser.

Der Reichtum der Familie mehrte sich von Jahr zu Jahr. Aber was nützte alles Schaffen, wenn es keinen Erben für das Bankenimperium gab?

Hannahs Weinen ging in verhaltenes Schluchzen über. »Ich kann ihn nicht halten«, sagte sie leise und biss sich kurz auf die Lippen. »Er … er will einen Sohn. Unter allen Umständen. Aber den kann ich ihm nicht schenken. Deshalb hat George wohl seine Affären.«

»Aber doch nicht mit einem Mädchen vom Ballett«, warf Karoline ein. Sie schüttelte den Kopf. »Das ist unter seinem Niveau.«

»Ach, meine liebe Karoline …« Hannah sah die Schwägerin beinahe mitleidig an. »Du lebst hier so behütet wie eine Prinzessin im Elfenbeinturm. Du ahnst ja nicht, was es alles gibt!«

Karoline schüttelte sacht den Kopf. »Ich bin nicht weltfremd, glaub das ja nicht«, erwiderte sie. »Aber ich kann mir nicht vorstellen, dass George sich unter seinem Niveau amüsiert. Es will mir einfach nicht in den Kopf.«

»Er ist verzweifelt. Er braucht einen Sohn.« Hannah zuckte mit den Schultern. »Und dieses Mädchen wird ihm vielleicht den langersehnten Erben schenken. Sie ist schwanger. George hat ziemlich genaue Zukunftspläne mit diesem Kind.« Sie begann erneut zu weinen, und es dauerte ein paar Minuten, ehe sie in der Lage war, weiterzusprechen: »Sie soll das Kind bekommen – und ich soll es dann großziehen. So, als wäre es mein Baby.«

»Aber das ist unmenschlich! Das ist ebenso unverschämt wie gewissenlos!«, empörte sich jetzt Christopher. »Das ist bar jeder Moral.«

Hannah sah ihn traurig an, ihr Blick war der eines zutiefst verletzten Tieres. Gedankenverloren zog sie das Schultertuch aus zartgrünem Mohair fester um die Schultern. »Moral … Moral … was bedeutet das schon? Die Davenshirebank braucht einen Erben, nur das ist für George von Bedeutung.«

»Das ist menschenverachtend und absurd!« Christopher stand auf und ging erregt im Zimmer auf und ab.

»Du solltest nicht so pauschal urteilen«, warf Sophie mit leiser Stimme ein. »Ich verstehe schon, dass George sein Lebenswerk – und das seiner Vorväter – nicht in fremde Hände übergehen lassen will. Doch was er unserer Hannah antut, ist nicht recht.«

»Und – was soll werden?« Karolines Stimme klang verzagt.

»Das können wir nicht entscheiden. Erst recht nicht heute Abend.« Sophie stand auf. »Komm, mein Liebes, ich gehe mit dir hoch ins Gästezimmer. Du wirst erschöpft sein von dem langen Tag.«

»Ja. Danke, Mama. Es tut gut, bei euch zu sein. Vielleicht finde ich hier auf *Hopeland* Ruhe und ein wenig Frieden. Und vielleicht komme ich auch zu einer Entscheidung.«

»Ob Hannah schon in London angekommen ist? Ich wünsche mir von Herzen, dass die Versöhnung mit George von Dauer ist. Als er sie in seinem Brief bat, wieder heimzukehren, war sie so glücklich! Sie liebt ihn immer noch und ist bereit, ihm seine Eskapaden zu verzeihen.«

»Hoffen wir, dass er ihr endlich treu ist«, warf Christopher ein. »Ich darf nicht daran denken, was werden soll, wenn er sich endgültig von Hannah trennt. Das verkraftet sie nicht.«

»Sie wird dann eben für immer zu uns zurückkehren, und wir werden sie aufrichten. Aber noch scheint die Ehe ja gerettet.«

Karoline lächelte ihrem Mann zärtlich zu. »Es ist wohl nicht jeder Frau so viel Glück beschieden wie mir.«

Sie trug an diesem heißen Sommertag ein Reitdress aus hellgrauem Leinen. Der Rock war allerdings zweigeteilt und wie weite Hosen geschnitten, so dass sie im Herrensitz im Sattel sitzen konnte. Dünne Lederstiefel reichten bis fast zum Knie. Die Jacke, auf Taille geschneidert, besaß als einzige Zierde eine dunkelblaue Samtblende und fünf silberne Knöpfe. Darunter trug Karoline eine weiße Batistbluse, deren Schleife am Hals locker gebunden war. Auf einen Hut oder eine andere Kopfbedeckung hatte sie verzichtet, das lange blonde Haar war nur mit einem blauen Band im Nacken zusammengebunden und wehte im lauen Wind.

Christopher zügelte seinen Apfelschimmel. Sie standen am Rand einer Hügelkette, die den nördlichen Teil des Besitzes abgrenzte. *Hopeland* hatte sich in den letzten Jahrzehnten noch weiter ausgedehnt, die grünen Rebhügel erstreckten sich über einige tausend Morgen Land.

»Die Farm von Willem Hooverman wächst zusehends«, stellte Christopher fest. »Ich habe ihn vor einigen Wochen auf einer Bürgerversammlung in Kapstadt getroffen. Er wird noch einmal dreißig Arbeiter einstellen. Sie kommen zum größten Teil aus Indien und sollen bei der Obst- und Gemüseernte helfen.«

Karoline beschattete die Augen. »Sieh mal dort drüben …« Sie wies nach Nordosten. »Da werden auch Grenzzäune gezogen. Ist das nicht Lammersburg-Land?«

Ihr Mann biss sich kurz auf die Lippen. »Das könnte sein. Hm, merkwürdig. Ob Madeleine verkauft hat? Man munkelt ja schon länger, dass sich der Besitz nicht mehr halten lässt.«

»Ihr Verwalter ist ein fauler Kerl, der alles verkommen lässt.« Karoline stellte sich in die Steigbügel, als könnte sie so noch mehr erkennen. »Na, ich bin froh, wenn ich nichts von den Leuten auf *Summerset* sehe oder höre. Es gibt ja doch meistens Ärger.«

Christopher nickte. Dann lenkte er seinen Wallach dicht neben Karolines Stute, beugte sich im Sattel vor und griff zärtlich nach ihrer Hand. »Liebes, das soll uns heute aber nicht stören. Der Tag gehört allein uns. Und da sind keine trüben Gedanken zugelassen. Komm, wir wollten doch zur Quelle reiten – und vielleicht dort baden.« Bei den letzten Worten zwinkerte er ihr vielsagend zu. An der Quelle hatten sie sich zum ersten Mal geliebt – und Christopher hatte hier seiner Karoline auch den Heiratsantrag gemacht.

Karoline errötete leicht. »Einverstanden.« Und ehe er sichs versah, hatte sie ihrer Stute auch schon die Sporen gegeben und galoppierte los.

»Na warte!« Christopher machte ihr die Freude und ließ ihr einen leichten Vorsprung. Es war für seinen Wotan jedoch kein Problem, die Fuchsstute Diana wieder einzuholen. Nach einem Ritt von gut anderthalb Stunden waren sie an der Quelle des *Hopeland River*, wie Ben Ruhland den Bach einst genannt hatte, angekommen.

Der Quellbereich war mit massiven Steinen eingefasst, zwei seichte Becken speicherten zunächst das Wasser, das dann in drei Kanäle abgeleitet wurde. Hier begann das ausgeklügelte Bewässerungssystem der Weinberge. Penibel wurde von den Gutsbesitzern darauf geachtet, dass die Wasserläufe intakt und sauber blieben.

Gewandt sprang Christopher vom Pferd, dann trat er neben die Fuchsstute und breitete die Arme aus.

Lachend schwang Karoline ein Bein über den Sattel – und ließ sich in die Arme ihres Mannes sinken. Fest hielt Christopher sie umarmt und küsste sie mit wachsender Leidenschaft.

»Ich liebe dich«, flüsterte er in ihr Haar, während er sie zum Wasser führte. Die beiden Pferde hatten die Köpfe über das erfrischende Nass gebeugt und soffen vorsichtig, und auch die beiden Menschen schöpften das kühle Quellwasser aus der hohlen Hand und löschten ihren Durst.

»Das tut gut!« Ungeniert wischte sich Karoline mit der Hand über den Mund, dann beugte sie sich noch einmal vor und spritzte Christopher nass.

»Na warte, dafür musst du büßen.« Er trat dicht vor sie hin, seine Augen blitzten übermütig, als er damit begann, die Silberknöpfe ihrer Jacke zu öffnen. Vorsichtig streifte er den leichten Stoff von ihren Schultern. Der dünne Batist ihrer Bluse knisterte leise unter seinen Fingern, als er versuchte, die vielen kleinen Perlmuttknöpfe zu öffnen. Es gelang nicht auf Anhieb, und so schob er seine Hände unter den Stoff, tastete nach Karolines Brust und begann behutsam, ihre empfindlichste Stelle zu streicheln.

Karoline hielt die Augen geschlossen, während Christophers Hände sie in immer größere Erregung versetzten. Endlich gelang es, die letzten Knöpfe zu öffnen und auch das dünne Seidenhemdchen auszuziehen.

»Die Hose …« Seine Stimme klang rau, sein Atem ging rasch.

Karoline nestelte die Knöpfe ihrer Reithose auf und ließ den leichten Stoff zur Erde fallen. Auch Christopher zog sich aus. Und dann war alles so wie damals, als sie sich hier, bei der Quelle, zum ersten Mal geliebt hatten.

Das weiche Moos war ihr Bett, niemand störte die beiden bei ihrem leidenschaftlichen Spiel. Christopher war ein zärtlicher Mann, er küsste und liebkoste seine schöne Frau, ehe er mit leisem Stöhnen in sie eindrang.

Karoline hielt die Augen geschlossen, sie seufzte leise auf, während sie sich seinem Rhythmus anpasste und es genoss, wie er sich erst sanft, dann immer rascher in ihr bewegte. Seine Hände umklammerten ihre Schultern, spielten mit ihrem langen blonden Haar, das er an der Stirn immer wieder küsste.

Und dann, als sie es beide kaum noch erwarten konnten, kamen sie gleichzeitig zum Höhepunkt, der sich in leisen Schreien ausdrückte. Christopher beugte sich über Karolines Lippen und verschloss sie für eine selige Minute.

»Mein Alles«, flüsterte er, als er sich behutsam erhob und sich neben sie legte. Mit der linken Hand umschloss er ihre Brust, streichelte sie, während er unentwegt in Karolines strahlende Augen schaute. »Ich danke dem Herrgott jeden Tag dafür, dass du an meiner Seite bist.«

»Du machst mich glücklich.« Karoline legte den Kopf nach hinten und schaute in den klaren blauen Himmel hinauf, an dem einige Vögel kreisten, sich nach kurzem Flug aber rasch wieder im Schatten der Bäume, die am schmalen Bachlauf standen, niederließen. Eine kleine Eidechse huschte zwischen den Steinen der Quellbefestigung hin und her, in der Ferne hörte man das Kreischen von Pavianen.

»Sie kommen wieder näher, kaum dass die ersten Beeren an den Reben hängen«, murmelte Christopher. »Diese Viecher sind eine einzige Plage.«

»Nicht dran denken. Nicht jetzt.« Karoline streichelte mit dem Zeigefinger zärtlich die Konturen seiner Lippen nach, bevor sie sich über ihn beugte und kleine, verspielte Küsse auf seine Brust hauchte. Christopher blieb ruhig liegen, nur seine Finger glitten sacht über Karolines Schultern, über ihren Rücken, blieben dort liegen – und verstärkten langsam ihren Druck, bis sie nachgab und sich sacht auf ihn setzte.

Mit zurückgelegtem Kopf, das Haar wie einen hellen, seidig glänzenden Schleier im Rücken, begann sie sich auf ihm zu bewegen. Behutsam erst, dann rascher und immer rascher.

»Du!« Nur dieses eine kleine Wort, doch es enthielt all ihre Liebe, drückte das Glück aus, das sie an Christopher Ruhlands Seite empfand.

»Immer nur du«, gab er leise zurück. »Ich bin so dankbar für dieses Leben mit dir. Weißt du noch, wie alles begann?«

»Wie könnte ich diesen Augenblick vergessen?«

»Es war vor genau sieben Jahren und vier Monaten.«

»Auf Hannahs Hochzeit.«

»Du warst schöner als alle anderen, viel schöner sogar als die Braut. Ich hab dich gesehen – und war verloren.«

»Und ich hab gedacht: So ein fescher Kerl! Den musst du dir näher ansehen!« Karoline lachte leise. »Was ich ja dann auch getan habe! Sehr zum Missfallen meines Begleiters.«

»Er war aber ein schneidiger Dragoner. Und ich war rasend eifersüchtig auf ihn.«

»Davon hab ich leider nichts bemerkt. Aber es stimmt, er sah schon sehr gut aus. Und Papa hatte so gehofft, dass aus ihm und mir einmal ein Paar würde.«

»Aber du hast mich genommen. Liebes, kluges Mädchen!« Er lachte zärtlich.

»Du hast so ausdauernd um mich geworben – was blieb mir da anderes übrig?«

Christopher lachte leise. »Ich war mehr bei euch auf dem Gut als daheim. Vater wurde schon ungeduldig. Aber auch er war vom ersten Moment an von dir begeistert und hat verstanden, dass ich so oft wie möglich bei dir sein wollte.«

Die kleine Eidechse hatte Gesellschaft von einem Artgenossen bekommen, die Tierchen sonnten sich ebenso wie die beiden Menschen, die dicht aneinandergeschmiegt im Moos lagen und ihren Erinnerungen nachhingen.

»Ich weiß noch genau, welches Kleid du auf dem Hochzeitsfest getragen hast«, sagte Christopher. »Es war aus hellblauem Batist und hatte ein breites Seidenband in der Taille. Seidenblumen waren am Rock befestigt, du hast ein blaues Band im Haar gehabt und eine kleine blaue Tasche, die auch aus blauer Seide gearbeitet war.«

»Das war ein Modell, das unsere Schneiderin einem Entwurf aus Paris nachempfunden hat.« Karoline blinzelte in den hellen Himmel. »Ich war sehr stolz darauf und ...«

»... und hast mich damit bezaubert.« Er richtete sich ein wenig auf und küsste erst ihre Lippen, dann wanderte sein Mund weiter und liebkoste ihre nackten Brüste. »Du bezauberst mich immer noch«, flüsterte er. Dann hob er den Kopf und sah sie ernst an. »Ich möchte so gern mit dir alt werden, mein Engel.«

»Das werden wir.« Sie legte beide Arme um seinen Nacken und zog Christopher enger zu sich. »Wir werden alt und grau zusammen – und wir werden uns auch dann noch lieben. Versprich es mir.«

»Ich schwöre es.«

5

Ihr habt zu lange gezögert, mein Auftraggeber ist nicht mehr interessiert.« Ein mokantes Lächeln glitt für eine Sekunde über das blasse Gesicht des Mannes im schwarzen Anzug. Er erhob sich und deutete eine knappe Verbeugung an. »Ich darf mich empfehlen.«

»Aber ... nein! Ihr müsst bleiben!« Madeleine Lammersburg sprang auf und stieß dabei den Weinkrug um. Die helle Flüssigkeit ergoss sich über den blankgescheuerten Holztisch und zum Teil über ihr Kleid. Mit zitternden Fingern versuchte sie, den blauen Stoff zu säubern.

»Madame, ich darf um etwas mehr Contenance bitten. Wir erregen Aufsehen.« Der Mann, der Madeleine um Haupteslänge überragte, presste die Lippen zusammen. Seine buschigen Augenbrauen, die ebenso schwarz wie sein Haar waren, zogen sich vor Unmut zusammen. Es war Edward Brownsfield sichtlich peinlich, sich in dieser heruntergekommenen Wirtschaft aufhalten zu müssen. Doch noch peinlicher wäre es gewesen, mit dieser Frau in einem vornehmen Restaurant gesehen zu werden. Niemand, der Madeleine Lammersburg heute sah, hätte ahnen können, dass sie einst eine Schönheit und wohlhabend gewesen war. Alles an ihr zeugte von Armut und Verbitterung.

Mit fahrigen Bewegungen strich sie sich eine Haarsträhne aus der Stirn. »Das ist mir so was von egal! Ihr seid ein Lügner. Ein Betrüger! Ihr habt mich hingehalten und wollt jetzt den Preis noch mehr drücken. Aber das ist unmöglich! Ich ... ich brauche das Geld.« Ihre Stimme brach, Tränen standen in den müden Augen, die tief in den Höhlen lagen.

Edward Brownsfield zuckte nur mit den Schultern. »Seit vier Wochen warte ich jetzt auf Eure Entscheidung. Das ist länger, als ich vorgehabt hatte. Leider hat mich ein Fieber aufs Krankenlager gezwungen. Euch wurde dadurch eine viel größere Frist eingeräumt als veranschlagt.«

»Aber ... so wenig Geld ...«

»Lest die Zeitungen! England und Frankreich haben in den letzten Tagen offiziell Frieden geschlossen. Das Einfuhrverbot für französische Weine ins Königreich ist aufgehoben. Euer Wein aus der hiesigen Region ist nicht mehr viel wert.«

»Das ist nicht wahr!«

»Hört Euch nur um, dann werdet Ihr wissen, dass ich recht habe. Die südafrikanischen Winzer werden in nächster Zukunft die größten Schwierigkeiten bekommen. Viele werden aufgeben müssen. Dann bekommt man das Land hier am Kap für ein paar Schilling.«

»Nein. Nein, das ... das ist unmöglich! Ihr lügt!«

Der elegant gekleidete Mann machte sich nicht die Mühe, darauf zu antworten. »Adieu, Madame. Wir werden uns nicht wiedersehen. Mein Schiff nach England geht übermorgen.«

Madeleine war nicht mehr in der Lage, etwas zu erwidern. Sie sank auf der schmalen Eckbank, die im hintersten Winkel des Wirtshauses stand, zusammen. Die letzte Hoffnung – zerstoben wie Spreu im Wind.

Lange saß sie so, von niemandem beachtet. Der Wirt, ein stiernackiger Ire, hatte alle Hände voll zu tun, denn eine Horde bereits halbbetrunkener Matrosen verlangte lauthals nach Bier und Rum.

»Hey, Wirt, hast du keine Unterhaltung? Es gibt keine Musik – und auch keine Weiber. Sauladen!«, grölte einer der Männer und schlug mit der Faust auf das dunkle Thekenholz. Er hatte einen französischen Akzent, war breitschultrig und trug das dunkle Haar offen. In wirren Locken fiel es ihm bis auf die braungebrannten Schultern, die gut zu sehen waren, da er nur ein dünnes, ärmelloses Hemd trug, das ebenso speckig war wie seine Haare.

»Hol dir deine Huren draußen auf der Straße«, gab der Wirt ebenso laut zurück. »Ich will hier keinen Ärger.«

»Wenn du nicht gleich für Musik sorgst, kriegst du Ärger, den du dein Leben lang nicht vergessen wirst.« Ein zweiter Mann, dürr und mit hoher Stirn, ging auf den Iren zu.

Madeleine stand auf und schob den Tisch zur Seite.

Gleich würde es zu einer Prügelei kommen, das war so sicher wie das Amen in der Kirche. Diese Kerle mussten ihre Aggressionen ausleben, und sei es, indem sie eine Schlägerei anzettelten.

Madeleine versuchte, sich so unauffällig wie möglich zur Wirtshaustür zu drängen. Doch der breitschultrige Franzose bemerkte sie und war mit wenigen Schritten bei ihr.

»Da ist ja ein Täubchen! Nicht mehr jung, aber eine mit Erfahrung ist auch nicht zu verachten.« Er griff in Madeleines Haar und drehte gewaltsam ihren Kopf zu sich herum. »Komm, küss mich. Und dann zeigst du mir, was du unter deinem Umhang versteckst.«

Madeleine versuchte sich aus seinem Griff zu befreien. »Lass mich los! Sofort! Du ... du versoffenes Miststück! Erkennst du nicht, dass du eine Dame vor dir hast?« Sie versuchte, ihm in die Augen zu sehen, aber Tränen verschleierten ihr den Blick.

»Eine Dame ...« Der Matrose warf den Kopf in den Nacken. »So sieht also eine Dame aus! Na komm, ich zeig dir, was wir in Marseille mit Damen wie dir machen!« Und schon presste er seine Lippen auf ihren Mund, seine Rechte fasste grob unter ihr leichtes Wolltuch, umfasste die Brust, die nur noch von einer dünnen Leinenbluse verhüllt wurde.

»Lass mir auch was übrig von dem Dämchen!« Ein spindeldürrer, zahnloser Kerl mit pockennarbigem Gesicht versuchte, den Kumpan auf die Seite zu drücken. »Seit drei Monaten hab ich kein Weib mehr im Arm gehabt. Und die hier ... die tut's sicher für einen Krug Bier.«

Brutale Hände griffen Madeleine an die zweite Brust, einer der Matrosen tastete gar unter ihre Röcke. Sie trat und kratzte, sie wehrte sich mit all der Kraft, die noch in ihrem ausgemergelten Körper war, aber gegen die grobschlächtigen Männer kam sie nicht an.

»Lasst sie los!« Der Wirt griff schließlich ein und zog zwei der betrunkenen Matrosen auf die Seite. »Sie ist Gast!«

»Na, so was! Nennt ihr das am Kap jetzt so?«

»Lass sie los, hab ich gesagt, sonst schmeiß ich euch alle raus!«

Unbekümmertes Lachen war die einzige Antwort. Doch Madeleine nutzte die Minuten, in denen die Männer abgelenkt waren, und floh nach draußen.

Die Sonne, die noch hoch am Himmel stand, blendete sie, und sie rannte wie blind die staubige Gasse entlang. Ein Straßenköter, ebenso hellbraun wie der sandige Boden, lief ihr zwischen die Beine, fast wäre sie gefallen. Im letzten Moment konnte sie sich an einem stinkenden Abfallkübel festhalten, dessen Inhalt ihr vor die Füße rollte.

Madeleine taumelte weiter, dem kleinen, windschiefen Haus entgegen, in dem sie sich eingemietet hatte. Das Haus stand am Rand des Hafengebietes. Es war eine ärmliche Gegend, doch es gab kaum Wirtshäuser, kein Bordell, und die Menschen, die hier lebten, versuchten, so aufrichtig wie möglich durchs Leben zu kommen.

Madeleines Vermieterin war die Witwe eines Sargschreiners, der im vorigen Jahr mit noch nicht einmal vierzig Jahren verstorben war. Seine Frau versuchte, sich und die drei Kinder durchzubringen, indem sie zwei der kleinen Zimmer unterm Dach vermietete. Die Werkstatt im Hinterhof wurde von einem jungen Mann betrieben, der das zweite Zimmer bewohnte und so wie Madeleine auch bei der Witwe aß.

Seit mehr als einem Vierteljahr wohnte Madeleine jetzt hier. Sie hatte alles versucht, um ihr Weingut gewinnbringend zu veräußern, doch es gab kaum einen Interessenten für das heruntergewirtschaftete Anwesen. Mit dem Verwalter hatte sie sich mehrfach getroffen; es war ein ungehobelter Kerl, der ihr klipp und klar erklärt hatte:

»Das Gut wirft nicht mehr ab. Die Leute müssen bezahlt werden, ich musste dringende Reparaturen vornehmen lassen …« Er hatte sie abschätzig gemustert. »Ja, wenn Ihr mehr investieren könntet! Wir brauchen neue Fässer, das Bewässerungssystem ist marode, das Dach im Haupthaus schon wieder undicht. Alles verschlingt Geld und …«

»… und Ihr nehmt Euch mehr, als Euch zusteht.«

»Was erlaubt Ihr Euch?« Er tat empört, doch Madeleine war sich sicher, dass er sie betrog. Aber wie wollte sie es ihm beweisen? Sie scheute sich davor, persönlich nach *Summerset* zu fahren. Die Sorge, einem der Ihren zu begegnen, war zu groß. Nein, niemand aus der Familie Ruhland durfte sie in diesem erbärmlichen Zustand sehen! Erst musste sie zu Geld kommen, dann würde sie nach *Hopeland* fahren! In einer eleganten Kutsche, gekleidet nach der neuesten Mode und wie eine wohlhabende Frau wirkend.

Ihre Phantasie gaukelte ihr diesen glamourösen Auftritt oft vor, doch die Wirklichkeit war grau und an Tristesse nicht zu überbieten. Das merkte sie, als sie sich auf das knarrende schmale Bett fallen ließ, das an der linken Wand ihres Zimmers stand. Daneben befand sich ein wackeliger Stuhl, in der Mitte des Raums ein kleiner runder Tisch. Der Wandschrank besaß nur noch eine Tür und war halb so schmal wie das Bett. Doch für die wenigen Kleidungsstücke, die Madeleine besaß, reichte der Platz allemal.

Es klopfte an der Tür, und ohne eine Aufforderung abzuwarten, trat die Vermieterin ein. »Endlich seid Ihr zurück. Ich hab schon zweimal nach Euch Ausschau gehalten. Die Miete war schon vor fünf Tagen fällig. Wenn Ihr nicht zahlen könnt, müsst Ihr ausziehen.« Sie zuckte mit den Schultern. »Ich kann mir keine Almosen leisten.«

»Ihr bekommt das Geld – spätestens übermorgen.« Madeleine machte sich nicht die Mühe, höflich vom Bett aufzustehen. »Und jetzt lasst mich allein.«

»Übermorgen. Keinen Tag länger.« Mit einem lauten Knall fiel die Tür hinter der schmalen Frau im grauen, schmucklosen Kleid zu.

»Geld! Geld! Geld! Immer dreht sich alles um das verdammte Geld!« Madeleine hieb mit beiden Fäusten auf das fahlweiße Leinentuch, auf dem sie lag. »Ich kann's mir doch nicht aus den Rippen schneiden! Jo Lammersburg, verflucht sollst du sein, tausendmal verflucht! Wohin hast du mich gebracht …«

Still vor sich hin weinend, lag Madeleine eine geraume Weile da. Sie dachte an die Zeit zurück, da sie leidenschaftlich in Johannes verliebt gewesen war. Nichts und niemand hatte sie davon abhalten können, den gut zwanzig Jahre älteren Nachbarn, dessen Familie mit den Ruhlands bis aufs Blut verfeindet war, zu heiraten. Sie dachte an die ersten heimlichen Treffen mit Johannes in einer Schafskate. Daran, dass sie ihn mit ihrer Jugend betört hatte. Aber auch daran, dass Johannes ihren Bruder Sebastian erschossen hatte. Dennoch war sie ihm gefolgt, als er beschloss, nach Europa zu reisen und es sich dort in mondänen

Badeorten gutgehen zu lassen. Sie hatte nicht einmal widersprochen, als er sich für Jahre dort niederließ und ein Haus kaufte. Die Pachteinnahmen von *Summerset* – wenn sie auch gering waren – und das Erbe von Lady Gwendolyn, Madeleines großzügiger Patin, verschafften ihnen die Möglichkeit, lange Zeit sorgenfrei zu leben.

Aber irgendwann war das Geld aufgebraucht, die Besitztümer verkauft. Nur ein einziges Teil von Wert war Madeleine geblieben …

Mühsam stand sie auf und holte den schäbigen Koffer hervor, den sie unters Bett geschoben hatte. Sie hatte ihn verschlossen, trug den Schlüssel immer bei sich. Doch wer vermutete schon in diesem schäbigen Zimmer etwas Wertvolles?

Madeleines Finger zitterten, als sie den Koffer öffnete und aus einem Seitenfach ein kleines, in Seidenpapier eingeschlagenes Päckchen hervorholte. Es war lange her, dass sie das Schmuckstück betrachtet hatte. Die Brillanten und Rubine, die ein Goldschmied vor Jahrzehnten kunstvoll zu einer Schleife verarbeitet hatte, funkelten im Licht der Nachmittagssonne besonders intensiv. Madeleine trat ans Fenster und hielt das Schmuckstück noch mehr ins Licht. Tausendfach brachen sich die Strahlen der Sonne in den geschliffenen Brillanten, ließen die Rubine wie Blutstropfen wirken.

Wie oft hatte Johannes verlangt, dass sie auch dieses Erbstück versetzte! Doch immer hatte sie sich geweigert, das Juwel schließlich vor ihm versteckt. So viele Erinnerungen waren mit der Brosche verbunden! Erinnerungen an die Zeit ihrer Jugend, an glanzvolle Feste und ein unbeschwertes und sorgenfreies Leben.

Aber jetzt … jetzt musste sie dieses letzte wertvolle Stück, das sie besaß, wohl doch zum Pfandleiher bringen!

6

Pass auf die Fässer auf! Vorsicht, hab ich gesagt!« Sophie Ruhland beaufsichtigte persönlich das Verladen der kostbaren Fracht. »Pandu, du bist mir dafür verantwortlich, dass die Fässer ebenso gut verstaut werden wie unser Gepäck. Diesen Matrosen kann man nicht vertrauen, die ahnen ja noch nicht einmal, wie wertvoll der Wein ist, den wir verschiffen.«

Der junge Schwarze nickte. »Aber ja, Missis. Alles wird gutgehen.«

»Das kann ich nur hoffen.« Sophie knetete nervös ihre Hände, nestelte an ihrer senffarbenen, hüftlangen Kostümjacke, die am Kragen als auch an den Ärmeln mit einer schmalen Pelzborte besetzt war. Eine kleine, ebenfalls mit Nerzfell besetzte Kappe komplettierte das geschmackvolle Ensemble.

Sosehr sie auch darauf gedrungen hatte, die weite Reise nach Amerika anzutreten – jetzt war Sophie doch aufgeregt und hatte ein wenig Sorge, ob alles gutgehen würde.

»Mama, beruhige dich. Die Fässer mit dem Wein für Mister Vanderbilt werden ebenso heil im Hafen von New York ankommen wie das Gepäck. Ihr reist mit einem modernen Dampfschiff, und ich bin sicher, es wird euch zunächst heil nach Hamburg bringen. Und dort steigt ihr um auf die *Persia*, sie hat vor einigen Jahren das ›Blaue Band‹ gewonnen und benötigt nicht einmal neun Tage für die Überfahrt nach New York.« Christopher Ruhlands Augen glänzten, er konnte sich für alles Fortschrittliche begeistern. »So ein schnelles Schiff ... ich beneide euch um diese Reise und wünsche euch viel, viel Freude in Amerika. Bleibt gesund und grüßt mir Mister Vanderbilt.« Er legte seiner Mutter den Arm um die Schultern und küsste sie auf die Wange. Von seinem Vater verabschiedete er sich ebenfalls mit einer Umarmung.

Karl Ruhland trat diese Reise mit gemischten Gefühlen an. Einerseits freute er sich, den großen Visionär Vanderbilt persönlich kennenzulernen. Auf der anderen Seite hatte er Sorge, die strapaziöse Atlantiküberquerung nicht überstehen zu können. Sein Herz war stark geschädigt, das hatte ihm der Arzt erst vor wenigen Wochen gesagt und eindringlich vor allzu großen Anstrengungen gewarnt.

Doch Karl hatte es nicht fertiggebracht, Sophie von der Schwere seines Leidens zu erzählen. Seit Hannah sich mit ihrem Ehemann ausgesöhnt hatte und nach England zurückgekehrt war, freute sich Sophie auf die Reise ins Land der unbegrenzten Möglichkeiten, die sie nun unbeschwert antreten konnten. Sie schwärmte von all dem Neuen, das sie erleben und sehen würden, sie las über New York und Chicago, das am großen Michigansee lag, denn der »Eisenbahnkönig«, wie Vanderbilt genannt wurde, hatte ihr geschrieben, dass er das Ehepaar Ruhland persönlich auf der Bahnfahrt begleiten würde.

»Denk an die Fasslieferung nächste Woche. Und kontrolliere die Bestellungen des kurfürstlichen Hofes von Hessen. Da gab es beim letzten Mal Beschwerden. Ich wollte noch …«

»Vater!« Mit nachsichtigem Lächeln fiel Christopher dem aufgeregten Reisenden ins Wort. »Wir haben doch alles besprochen, was in den nächsten Monaten von Wichtigkeit sein wird. Vertrau mir, ich werde *Hopeland* sehr verantwortungsvoll verwalten.«

»Leiten sollst du es, mein Junge. Selbständig leiten.«

»Das werde ich – ganz in deinem Sinne, Vater.«

Eine weitere Umarmung folgte, dann brachte Christopher seine Eltern bis zum Anlegesteg. Das schnittige Dampfschiff lag etwas außerhalb des Hafenbeckens vor Anker. Noch war es nicht möglich, mit den großen Schiffen nahe am Ufer zu ankern. Wenn erst einmal das neue große Hafenbecken fertig war, würde die Anlandung einfacher und ungefährlicher sein. Bis dahin mussten sowohl die Reisenden, ihr Gepäck als auch die Schiffsladungen mit wendigen Zubringerbooten an Bord gebracht werden.

»Mein Junge, mach's gut.«

»Sorge dich nicht, Vater, ich achte auf alles. Habt eine gute Reise – und kommt gesund zurück.«

»Welcome to America, Missis and Mister Ruhland.« Ein breitschultriger Mann im grauen Zweireiher, einen hohen, ebenfalls grauen Hut in der Linken, verbeugte sich vor Sophie und Karl. »Mister Vanderbilt heißt Euch durch mich willkommen. Ich bin Jeremy und darf mich um Euer Gepäck kümmern. Gleich darauf werde ich Euch in die Stadt fahren, wo Mister Vanderbilt Euch begrüßen wird. Leider ist er verhindert, selbst zu kommen. Er hat ein paar wichtige Unterredungen mit den Militärs. Wie Ihr wisst, befindet sich Amerika im Krieg – Nordstaaten gegen den aufbegehrenden Süden. Wenn Ihr mögt, könnt Ihr Euch in dem kleinen Restaurant dort drüben ein wenig ausruhen, bis ich das Gepäck geholt und verstaut habe. Ihr hattet eine gute Überfahrt?«

»Danke, es war interessant – und zum Glück ruhig und entspannend. Wir sind nicht einmal Gefahr gelaufen, seekrank zu werden.« Sophie wies lebhaft hinüber zum Feuerschiff »Ambrose«, das vor der Einfahrt in den Hafen New Yorks lag und dessen Lichtsignale weithin sichtbar waren. »Ich habe es kaum glauben können, als wir bei der Einfahrt ins Hafengebiet die Lichter der Stadt sahen. So gewaltig ist New York! Die Stadt ist unwahrscheinlich beeindruckend!«

Dieser Eindruck verstärkte sich noch, als sie eine gute Stunde später durch die Straßenschluchten mit ihren zum Teil vier- und fünfstöckigen Häusern fuhren. Pferdekutschen drängten sich dicht hintereinander, Lastenträger und halbwüchsige Jungen, die hochbeladene Handkarren zogen, riefen sich laut irgendwelche Informationen zu. Elegant gekleidete Paare schlenderten auf den Bürgersteigen vorüber, Straßenhändler priesen lautstark ihre Waren an. Vornehme Kutschen, vor die edle Pferde gespannt waren, warteten an einem weitläufigen Park, der so groß war, dass man weder einen Beginn noch das Ende des Areals erkennen konnte. Aber man sah auch Mulis und Arbeitspferde, dazu unendlich viele, recht armselig gekleidete Männer, die schwere Lasten auf die unüberschaubar große Baustelle schleppten.

»Das ist der Central Park«, erläuterte Jeremy. »Er

soll ein Erholungsgebiet für alle Menschen dieser Stadt sein. Seit fast drei Jahren wird hier gebaut.«

»Aber man holzt ja Bäume ab«, warf Sophie ein.

»Das stimmt, Madam, aber alles geschieht nach den Plänen von zwei bedeutsamen Landschaftsarchitekten, von denen einer aus England stammt. Es werden Wasserläufe angelegt, künstliche Seen geschaffen, Brücken gebaut und sogar Tennisplätze geschaffen.« Stolz schwang in der Stimme des Mannes mit. Dann, als sie fast eine Stunde gefahren waren, hielt er in der Fifth Avenue vor einem imposanten Gebäude.

»Wir sind da – bitte folgt mir.« Was Sophie und Karl im nächsten Moment an Pracht erlebten, überstieg alles, was sie bisher gesehen hatten. Die Halle, die sie durchquerten, war zum Teil mit rosafarbenem Marmor ausgekleidet, an den Wänden hingen Ölgemälde in kostbaren goldenen Rahmen.

Cornelius Vanderbilt kam seinen Gästen mit weit ausgestreckten Armen schon auf der breiten Treppe entgegen. »Endlich sind Sie da!« Er zog Sophies Hände an die Lippen, dann reichte er Karl die Hand. »Willkommen in New York! Es ist einfach herrlich, dass wir uns endlich von Angesicht zu Angesicht gegenüberstehen! Wir kennen uns schon so lange – jedenfalls hab ich bei Ihnen, liebe Sophie, das Gefühl, denn Ihr Vater hat mir immer geschrieben, wie es Ihnen ergeht und was von ihm und einigen anderen Männern mit Mut und Voraussicht auf dem schwarzen Kontinent aufgebaut wird. Es klingt beeindruckend.«

»Es ist nicht annähernd so großartig und bedeutsam wie das Imperium, das Sie errichtet haben«, erwiderte Karl. Er wusste sehr wohl, dass Cornelius Vanderbilt nicht gerade zimperlich war, wenn es galt, seine Interessen durchzusetzen. Es hieß hinter vorgehaltener Hand, er ginge über Leichen, um seine Ziele zu erreichen. Dennoch bewunderte Karl diesen Visionär, der sich nicht davon abhalten ließ, seine Träume und zum Teil verrückt klingenden Pläne zu realisieren.

Cornelius Vanderbilt trug an diesem warmen Sommertag des Jahres 1861 einen dunkelgrauen Anzug, dazu ein weißes seidenes Hemd. Die Krawatte, geziert von einer tropfenförmigen Perle, war so silberfarben wie sein gewelltes Haar, das sich schon merklich lichtete. Der Siebenundsechzigjährige wirkte vital und kraftvoll. Das Treppensteigen strengte ihn nicht an – im Gegensatz zu Karl, der wieder einmal sein Herz spürte. Aber er ließ nichts von seinen Beschwerden verlauten, und so verbrachten sie aufregende Tage in New York.

Ihr Gastgeber zeigte ihnen die Stadt, die sich täglich weiter ausbreitete, er machte sie mit Johann Jakob Astor bekannt, dessen Familie ebenso mächtig und wohlhabend war wie die Vanderbilts. Bei einem Abendessen, zu dem die Astors in ihre weitläufige Wohnung an der Fifth Avenue eingeladen hatten, erzählte Johann Astor voller Stolz:

»Unsere Familie stammt auch aus Deutschland, so wie die Ihrige. Mein Vater hat zunächst mit Musikinstrumenten, dann mit Pelzen gehandelt.« Er zuckte leicht mit den Schultern. »Nun, die Mode hat sich verändert, dieser Geschäftszweig ist nicht mehr lukrativ. Jetzt haben wir uns auf das Immobiliengeschäft konzentriert.« Er schaute Sophie an. »Landbesitz bleibt immer von Wert, nicht wahr?«

Sophie nickte. »Da stimme ich Ihnen zu. Für uns ist das Land, auf dem unsere Reben wachsen, die Lebensgrundlage. Ohne den richtigen Boden gibt es keinen guten Wein.«

»Ich würde gern von Ihren Erzeugnissen kosten.«

»Das lässt sich einrichten«, warf Cornelius Vanderbilt ein. »Meine Gäste haben mich mit Fässern ihres besten Weins beschenkt. Es wäre mir eine Freude, euch alle morgen bei mir zu sehen. Dann können wir den Wein unserer Freunde aus Südafrika kosten. Meine Frau und zwei der Kinder werden dann auch endlich da sein.«

»Eine wundervolle Idee, Cornelius.« Ein junger Mann, hochgewachsen und sehr elegant gekleidet, verbeugte sich leicht. »Das wird mir den Abschied von daheim erleichtern. Ich werde nämlich in der kommenden Woche zum Bataillon von General Ulysses abkommandiert.«

»Seien Sie stolz darauf, Mathew.« Der Gastgeber hob sein Glas. »Trinken wir darauf, dass wir die Konföderierten endlich in ihre Schranken weisen.«

»Und dass Sie heil und gesund heimkehren«, warf Sophie leise ein. Dieser junge Mann, der mit so leuchtenden Augen von seiner Einberufung sprach, hätte ihr Sohn sein können. Sophie hatte sich bislang kaum mit dem Krieg, der seit dem April dieses Jahres zwischen dem Norden und dem Süden tobte, beschäftigt. Doch so viel war ihr deutlich bewusst: Viele, viel zu viele Menschen würden ihr Leben lassen! Und das war wahrhaftig kein Grund, laut und unbekümmert auf einen baldigen Sieg zu trinken. Doch sie versagte sich eine entsprechende Bemerkung. Schließlich waren Karl und sie Gast in diesem Land, da geziemte es sich nicht, Kritik zu üben.

»Haben Sie noch Sklaven auf *Hopeland*?«, wollte Cornelius Vanderbilt wissen.

»Die gab es nie«, erwiderte Karl Ruhland voller Stolz. »Mein Vater hat die erste Schwarze, die für ihn arbeitete, zwar schon an dem Tag gekauft, als er afrikanischen Boden betrat, doch ihr sofort die Freiheit gegeben. Sina war der gute Geist von *Hopeland*. Sie hat für das Gut so aufopfernd gearbeitet, als sei es ihr eigenes Land, das es zu kultivieren galt.«

»Alle Achtung. Ihr Vater war gewiss ein beeindruckender Mann. Ein Visionär. Solche Leute braucht jedes Land. Lasst uns darauf trinken.«

»Fühlst du dich nicht wohl, Karl?« Besorgt sah Sophie ihren Mann an. Die Reise schien ihn anzustrengen, und obwohl kein Wort der Klage über seine Lippen kam, merkte sie ihm an, wie elend er sich fühlte. Seit sechzehn Tagen waren sie bereits in Amerika, sie hatten in der Begleitung ihres Gastgebers unendlich viel Neues und Interessantes gesehen und Menschen kennengelernt, die ebenso wie Cornelius diesem Land ihren Stempel aufgedrückt hatten.

Gerade kamen sie von einem Empfang, den ein Kongressabgeordneter gegeben hatte. Viel war an diesem Abend über den Krieg diskutiert worden, über die abtrünnigen Südstaaten, über die wichtige Schlacht bei Fort Henry in Tennessee, die General Grant gewonnen hatte und die den nordamerikanischen Staaten wie das Entree in den Süden erschienen war.

»Diese Männer, die nur zu gern mit ihren Säbeln rasseln – und dabei völlig zu ignorieren scheinen, dass sie das Blut von Tausenden von Unschuldigen vergießen ... Nein, das ist nicht meine Welt.« Karl Ruhland griff nach der Hand seiner Frau und drückte sie. »Ich bin froh, wenn wir wieder daheim auf *Hopeland* sind.«

»In drei Tagen geht unser Schiff.« Sophie lehnte den Kopf an das Polster der dunklen Kutsche und schloss die Augen. »Ehrlich gesagt ist mir die Hektik dieser Stadt auch ein wenig zu viel. Cornelius ist ein liebenswerter Gastgeber, das sei unbestritten, doch ich wünschte, er würde uns ein wenig mehr Zeit geben, all das Neue in uns aufzunehmen. Doch er ist ruhelos, irgendetwas treibt ihn an; seine Familie sieht ihn nicht allzu oft, glaube ich.«

»Auf der einen Seite kann ich ihn gut verstehen … wer Neues, gar Großes schaffen will, darf nicht ruhen oder rasten. Cornelius besitzt mehr als einhundert Schiffe, und jetzt versucht er, das Eisenbahnnetz in diesem riesigen Land zu vergrößern. Er hat vor einigen Tagen bereits einige Bahnstrecken gekauft, wie er mir verriet. Ich bewundere ihn, und doch …« Seine Stimme brach, er atmete schwer.

»Karl?« Sophie beugte sich vor und sah ihm ins Gesicht. Karl hielt die Augen geschlossen, Schweiß glänzte auf seiner Stirn und auf der Oberlippe. Sein Kinn zitterte leicht, und sie bemerkte, dass seine Hände unruhig über den dunklen Stoff seines Jacketts tasteten.

»Luft …« Seine Stimme war kaum zu vernehmen.

»Warte, ich öffne dir die Krawatte und das Hemd.« Sophies Hände zitterten, nur mit Mühe gelang es ihr, ihrem Mann Erleichterung zu verschaffen.

Als der Kutscher die Fahrt verlangsamte, weil sie soeben in eine kleinere Gasse einbogen, in der es unendlich viele Lokale gab, aus denen zu dieser späten Stunde lärmend die Gäste strömten, klopfte Sophie mit ihrem Schirm gegen die Wagenwand. »Haltet an! Stopp!«

»Das ist nicht möglich, Madame.« Der Kutscher, dessen dunkler Pelerinenmantel im Abendwind wehte, drehte nur kurz den Kopf nach hinten. »Wir verstopfen die Straße!«

»Aber mein Mann ... es geht ihm nicht gut!« Panik schwang in ihrer Stimme mit.

»Ich beeile mich ja schon! Gleich sind wir in der Fifth Avenue, da kann ich halten.« Er ließ die Peitsche knallen, die zwei Rappen fielen in einen gemäßigten Galopp.

»Bald sind wir in unserem Hotel, dann kannst du dich ausruhen.« Sophie ließ das Fenster geöffnet und lächelte Karl aufmunternd zu, doch dieser hielt immer noch die Augen geschlossen. Seine Hand war im weißen Hemd verkrallt, die Brokatweste, an der fünf mit Strass besetzte Knöpfe glitzerten, hatte er geöffnet.

»Ach, Karl, wenn wir doch nicht hergekommen wären«, flüsterte Sophie. »Das alles war zu anstrengend für dich. Aber bald kannst du dich ausruhen.« Behutsam strich sie ihm eine Haarsträhne aus der Stirn. Kalt war seine Haut, dazu schweißfeucht. Er atmete nur noch flach.

»Schneller! Wir müssen zu einem Arzt!« Ungeachtet der Gefahr streckte Sophie den Kopf aus dem Fenster und versuchte, den Lärm der Straße zu übertönen. »Fahren Sie doch los, Mann!«

Der Kutscher reagierte nicht, er schien sie nicht gehört zu haben. Drei, vier Kaleschen fuhren soeben ganz dicht an ihnen vorbei, aus einem großen Lokal drang Musik, eine Kapelle spielte die neuesten Kompositionen des Wiener Walzerkönigs Johann Strauß. Sophie registrierte es nur am Rand, all ihr Sinnen war auf Karl gerichtet.

Ein leises Stöhnen kam jetzt aus seinem Mund, er riss die Augen auf, sah Sophie an – dann fiel sein Kopf zur Seite.

7

Madeleine Lammersburg atmete ein paarmal tief durch, als sie den Modesalon von Madame Antoinette verließ. Eine junge Angestellte hielt ihr devot die Tür auf, knickste und wünschte: »Auf Wiedersehen. Und beehren Sie uns bald wieder, Madame.«

Ein leichtes Kopfnicken war die einzige Antwort der Kundin. Madeleine verließ das elegante Modegeschäft und schlenderte langsam die Long Street entlang. Endlich war es ihr wieder möglich, sich in diesem vornehmen Stadtteil Kapstadts zu bewegen, ohne Angst haben zu müssen, hämisch angestarrt oder gar angepöbelt zu werden!

Seit vier Wochen wohnte sie in einer kleinen, aber adretten Wohnung nur zwei Straßenzüge weiter. Nicht einen Wimpernschlag lang bereute sie es, die wertvolle Brosche ihrer Patin verkauft zu haben. Im Gegenteil, sie schalt sich nun, dass sie Lady Gwendolyns Schmuckstück nicht schon viel eher zu Geld gemacht hatte. Wie viel Elend, wie viele Demütigungen hätte sie sich ersparen können! Wer arm war, durfte sich keine Sentimentalitäten leisten! Sie hatte für diese Erkenntnis viel zu lange gebraucht!

»Heute sieht alles anders aus! Heute bestimme ich den Preis«, murmelte die Frau vor sich hin, während sie nach einer Kutsche Ausschau hielt. Nie wieder, das hatte sie sich geschworen, würde sie zu Fuß durch die engen, elenden Gassen des Hafenviertels gehen und sich von betrunkenen Matrosen und zerlumptem Gesindel anpöbeln lassen! Jetzt, da sie wieder Geld in den Händen hielt, da sie elegante Kleidung trug und sich ihrem Stand entsprechend bewegen konnte, war sie wieder die Tochter und Gattin eines bekannten und wohlhabenden Weinbauern.

Himmel, wie hatte sie es nur so weit kommen lassen können? Was war geschehen mit ihr? Wieso war gerade ihr Leben so trübselig verlaufen? Alles hätte sie haben können, denn in ihrer Jugend hatten die Männer sie umschwärmt, und auch später, als sie mit Johannes schon in England gelebt hatte, war sie häufig Mittelpunkt vieler Feste gewesen, und die Verehrer hatten ihr mehr oder weniger direkt nahegelegt, sich von ihrem Gatten zu trennen, der dem Spielteufel verfallen war.

»Johannes ist schuld, er allein«, murmelte Madeleine vor sich hin. Das immer noch hagere Gesicht wurde kantig, ihre Schritte beschleunigten sich, während sie sich der Straßenkreuzung, an der sie Lohndroschken wusste, näherte. »Und ich hab mich von ihm einwickeln lassen, immer und immer wieder. Viel früher hätte ich die Brosche zu Geld machen müssen, dann wäre ich nicht so tief gesunken. Aber irgendwo scheine sogar ich sentimental zu sein.« Sie lachte hart auf, so dass sich ein elegant gekleidetes Paar, das Arm in Arm an ihr vorüberging, indigniert umschaute.

Madeleine warf den Kopf mit dem neuen Seidenhut in den Nacken. An diesem sonnigen Tag trug sie ein Kostüm aus violettem Satin. Der Rock war in drei Lagen abgestuft und endete in einem kleinen Volant aus

Seide, die etwas dunkler war als das Kostüm. Das enggeschnittene Oberteil war in zierliche Biesen gelegt und besaß weite, ebenfalls in Falten gelegte Ärmel, die am Handgelenk von einer schmalen, dunkelvioletten Seidenborte begrenzt wurden.

Aus demselben Stoff waren die langen Bänder, die den hellen Strohhut schmückten. Zarte, gehäkelte Handschuhe und ein gehäkelter Pompadour vervollständigten das elegante Ensemble.

Der Makler, mit dem sie verabredet war, küsste ihr galant die Hand und sagte:

»Es freut mich, dass unser Treffen so rasch zustande gekommen ist. Ich darf mich vorstellen: Andrew Cavendish ist mein Name. Bitte folgen Sie mir ins Büro.« Er bot ihr Platz an und schenkte ihr ein Glas eisgekühlte Limonade ein, ohne gefragt zu haben, ob sie diese Erfrischung wünschte. Nachdem er sich Madeleine gegenüber niedergelassen hatte, sagte er: »Kommen wir gleich zur Sache. Im Auftrag eines Klienten suche ich einen Landsitz hier am Kap. Wie man mir sagte, sind Sie bereit, Ihr Weingut zu veräußern.«

»Das kommt darauf an, wie viel Sie beziehungsweise Ihr Auftraggeber zu zahlen bereit ist«, erklärte Madeleine unverblümt. »Und glauben Sie mir – ich weiß genau, was *Summerset* heutzutage wert ist, wo sich immer mehr Farmer in diesem Landstrich niederlassen.«

»Gewiss ist Ihr Land einiges wert. Aber …« Er machte eine kleine, bedauernde Geste, »mir ist auch aufgefallen, wie schlecht das Gut geführt wurde in den letzten Jahren. Die Gebäude sind marode und – verzeihen Sie mir die offene Bemerkung – zum Teil schon abrissreif. Die Weinberge bringen kaum noch Ertrag, denn die Reben sind nicht gepflegt worden.«

Madeleine senkte den Kopf. »Das ist mir bewusst. Aber ich bin nun mal ein schwaches Weib. Der Verwalter, den noch mein seliger Mann eingestellt hat, taugt nichts. Doch was soll ich ihm entgegensetzen? Wie ihn zur Verantwortung ziehen? Ich war lange nicht mehr hier, hatte keine Kontrolle.« Sie tupfte sich mit einem Spitzentuch über die Augen. »Es bricht mir das Herz, glauben Sie mir das, Mister Cavendish, aber im Interesse aller, die auf dem Gut leben, ist es besser, ich veräußere den Besitz.«

»Daran tun Sie recht.«

»Das wird sich weisen.« Madeleine gab sich nun wieder kühl und zurückhaltend. Unter gesenkten Lidern musterte sie den Makler. Der Bankier, bei dem sie ihr Geld deponiert hatte, hatte den Kontakt hergestellt. Cavendish war mit dezenter Eleganz gekleidet und gab sich souverän und weltmännisch. Er war ein gutaussehender Mann, hochgewachsen, das dunkle Haar an den Schläfen ganz leicht angegraut. Der anthrazitfarbene Anzug aus leichtem Wollstoff war nach der neuesten Mode gearbeitet, ein blütenweißes Hemd mit weinroter Krawatte vervollständigte sein distinguiertes Erscheinungsbild.

»Madame Lammersburg – ich gestehe offen, dass ich nicht lange feilschen werde. Ich biete Ihnen zwanzigtausend Pfund Sterling und keinen Cent mehr.«

»Das ist nicht viel«, stieß Madeleine hervor.

»Es ist ein angemessener Betrag für Ihr Land.« Andrew Cavendish behielt seinen freundlichen Gesichtsausdruck bei, doch der Frau, die ihm so angespannt gegenübersaß, war klar, dass er nicht mit sich handeln lassen würde.

»Also gut. Ich bin einverstanden.«

»Das freut mich. Wenn es Ihnen recht ist, lasse ich gleich einen Vertrag aufsetzen. Morgen liegt er zur Unterschrift bereit. Ich darf Sie dann hier erwarten?«

»Einverstanden.« Ohne ihm die Hand zum Abschied zu reichen, ging Madeleine zur Tür. Sie hatte Mühe, die Contenance zu wahren und ihre Enttäuschung nicht laut herauszuschreien. *Summerset* war mehr wert, das wusste sie. Aber es hatte sich bislang niemand gefunden, der bereit gewesen wäre, auch nur annähernd diesen Preis zu zahlen. Der Druck, der auf Madeleine lastete, wurde täglich größer; sie war schon viel zu lange in der Stadt. Es war nur eine Frage der Zeit, bis sie einem Bekannten von früher begegnete. Dieser peinlichen Situation wollte sie sich auf keinen Fall aussetzen!

Ohne sich Rechenschaft über ihr Tun abzulegen, ging sie in Richtung Hafen. Vier Schiffe, unter anderem eine hölzerne Schraubenfregatte, lagen vor Anker. Unzählige kleine Boote fuhren hin und her und löschten die Ladung. Männer mit schweißglänzenden Oberkörpern, die Leinenhosen nur mit derben Stricken oder schmalen Ledergürteln gehalten, schleppten Kisten, Jutesäcke und Gepäckstücke an Land. Drei hölzerne Lagerschuppen, von Sonne und Seewind ausgeblichen, standen offen, hochbeladene Lastkarren fuhren dort ein und aus. Laute Kommandos dröhnten durch die Luft.

Madeleine zuckte zusammen, als ihr bewusst wurde, wohin sie unbewusst ihre Schritte gelenkt hatte. Hier in der Gegend hatte sie monatelang gehaust. Elend wie ein Tier – so hatte sie sich gefühlt. Und so hatte sie sich auch vor der Gesellschaft, in die sie einst hineingeboren worden war, verkrochen.

Einige Meter entfernt hielt eine Kutsche. Ein dunkelgekleideter Mann sprang heraus und half einer eleganten, ganz in Schwarz gekleideten jungen Frau aus dem Gefährt. »Christopher«, murmelte Madeleine und drückte sich in eine Hausnische. Dieses unerwartete Wiedersehen brachte ihr Innerstes in Aufruhr. Mit brennenden Augen sah sie, wie das Paar auf einen Schiffsanleger zuging. Etliche Passagiere stiegen aus einem der Tenderboote, die zwischen den drei Dampfschiffen und der Fregatte, die etwas außerhalb des Hafens ankerten, und den Landungsstegen hin und her pendelten. Noch war es nicht möglich, mit den großen Schiffen im Hafen von Kapstadt zu ankern. Erst wenn das neue Becken fertig war, würde das Anlanden leichter werden.

Mit zitternden Fingern beschattete Madeleine die Augen, ihr Atem ging rascher, als sie sah, dass Christopher und seine Begleiterin auf das Boot zugingen, aus dem soeben ein Sarg getragen wurde. Und diesem Sarg folgte Sophie Ruhland!

»Karl ...«, murmelte Madeleine, und für ein paar Herzschläge wurde ihr das Atmen schwer. Sie sah, dass Sophie und Christopher sich umarmten, auch die schwarzgekleidete junge Frau schloss Sophie in ihre Arme, dann gingen sie langsam hinüber zu einem Leichenwagen, der etwas abseits gewartet hatte.

»Karl ist tot.« Immer und immer wieder murmelte Madeleine es vor sich hin, während sie zusah, wie der Sarg auf die Kutsche, vor die zwei Rappen gespannt waren, gehoben wurde.

8

Darf ich Ihnen Gesellschaft leisten?« Die warme Männerstimme ließ Hannah zusammenzucken. »Bitte, Madame, ich möchte nicht aufdringlich erscheinen, doch ich beobachte Sie schon eine Weile und hatte den Eindruck, dass Sie ein wenig Aufmunterung gebrauchen könnten.«

Hannah blinzelte und sah zu dem Mann hoch, der neben ihrem Deckstuhl stand. Schon vor einigen Tagen war er ihr aufgefallen. Er schien allein zu reisen, so wie sie, und grüßte stets sehr höflich, wenn sie sich auf dem Schiff begegneten. Er war groß, sicher um einen Kopf größer als sie. Dunkel war das leicht gewellte Haar, ein schmaler Bart zierte die Oberlippe. Die Seeluft hatte seine Haut gebräunt, dies ließ das Blau der Augen noch intensiver wirken. Seine Kleidung war von dezenter Eleganz, sein Betragen höchst ansprechend. Seit vorgestern hatte er beim Essen einen Platz ganz in ihrer Nähe, was sie zwar registriert hatte, doch sie hatte dieser Tatsache bislang keine allzu große Bedeutung beigemessen.

»Gestatten Sie, dass ich mich vorstelle – Frederic Horseley. Ich komme aus London und bin auf dem Weg nach Kapstadt.«

»Dort wollen wohl alle hin, die diese Schiffspassage gebucht haben.« Hannah lächelte verhalten.

»Ihr habt Humor. Wie wundervoll!« In den blauen Männeraugen blitzte es.

»Das ist einfach logisches Denken.« Hannah richtete sich auf. Der kleine Disput amüsierte sie. Und für Abwechslung war sie dankbar. Seit fünfzehn Tagen waren sie auf See, die Reise verlief endlich ruhig, das Meer war glatt und glänzte wie ein silberner Teppich im Sonnenlicht. Kurz nach dem Auslaufen war das Dampfschiff jedoch in einen Sturm geraten. Sie hatten die Themsemündung kaum verlassen und waren auf dem offenen Meer, da peitschten die Wellen hoch über die Planken. Tagelang konnten die Passagiere nicht an Deck, und viele litten an Seekrankheit.

Davon war Hannah verschont geblieben, dennoch, sie war sehr erleichtert, als sich die See endlich beruhigte und man wieder an die frische Luft gehen konnte, ohne befürchten zu müssen, über die Reling gespült zu werden. Dabei sagte sie sich oft voller Selbstironie, dass sie in den letzten Monaten mehr Zeit auf See als an Land verbracht hatte. Sie musste ja fast so seefest sein wie die Matrosen an Bord des schnellen Dampfschiffes, auf dem sie nun wieder eine Passage gebucht hatte.

»Verraten Sie mir Ihren Namen?«

»Hannah Davenshire.«

»Der Name ist mir bekannt. Das Bankhaus Davenshire hat einen exzellenten Ruf im Königreich.«

»Ich weiß.« Sie presste für eine Sekunde die Lippen zusammen, was dem Mann, der immer noch neben ihrem Deckstuhl stand, nicht entging.

»Ist es zu vermessen, wenn ich Sie bitte, auf einen Drink mit mir an die Bar zu kommen? Oder bevorzugen Sie Tee und Gebäck? Ich wäre froh, wenn Sie mich als Begleiter akzeptieren könnten.«

»Warum nicht? Einen Tee würde ich gern trinken.« Hannah schwang die Beine vom Stuhl, so dass dem Mann ein Blick auf ihre zarten Fesseln gewährt wurde. Sie trug ein leichtes Kostüm aus hellgrünem Wollstoff. Der Rock war schmal geschnitten, so dass sie den Seewind nicht fürchten musste. Über die kurze Jacke hatte Hannah ein karmesinrotes Wolltuch gelegt, das Haar trug sie zu einem lockeren Knoten aufgesteckt. Der Seewind spielte mit den kurzen Löckchen an der Stirn und über den Ohren. Jung und unbekümmert wirkte sie auf Frederic Horseley, der keinen Hehl aus seiner Bewunderung für die schöne Frau machte.

»Sie reisen allein, habe ich festgestellt.« Er hielt ihr galant die Tür zu dem kleinen Tearoom auf, an den sich ein Lesesaal anschloss, in dem zu dieser Zeit nur ein alter Schotte saß und interessiert in einem ledergebundenen Folianten blätterte.

Hannah nickte und warf mit einer leicht trotzigen Bewegung den Kopf in den Nacken. »Warum es verheimlichen? Ich habe mich von meinem Mann getrennt. Die Scheidung ist bereits eingereicht.«

»Oh … Verzeihung, ich wollte nicht indiskret sein.«

»Schon gut. Es ist wahrlich kein Geheimnis und in den Londoner Salons gewiss ein Gesprächsthema, dass mein Mann eine Geliebte hat – und mit ihr einen Sohn. Und auch die Tatsache, dass ich London für immer verlassen habe, wird sich nicht lange verheimlichen lassen.« Sie ließ sich in einem der mit dunkelrotem Samt bezogenen Fauteuils nieder und sah resigniert zu Boden. »Einen Erben hat sie ihm geschenkt. Das konnte ich leider nicht.« Sie biss sich kurz auf die Lippen und atmete schwer. »Und mit einer blutjungen Tänzerin kann ich auch nicht konkurrieren«, schloss sie bitter.

Frederic hatte sich ihr gegenüber niedergelassen und griff nach ihren Händen, die Hannah ineinander verschlungen hatte. Diese nervöse Bewegung war das einzige Zeichen dafür, dass sie innerlich sehr aufgewühlt war.

»Ich … ich möchte Sie gern auf andere Gedanken bringen. Wenn Sie lächeln, sind Sie bezaubernd. Und ich bin sicher, dass Sie viel interessanter für einen klugen Mann sind als eine junge Tänzerin, die vom Leben noch nichts kennt.«

»Sie sind ein Schmeichler!«

»Mitnichten.«

»Dann sind Sie eitel. Denn wenn ich Sie recht verstanden habe, so halten Sie sich für einen klugen Mann.«

Sein charmantes Lächeln ließ ihr Herz ein paar Takte schneller schlagen. »Wenn Sie es so sehen – ich widerspreche nicht.«

Wie ein riesiger goldfarbener Ball ging die Sonne im Osten auf. Kein Windhauch war zu spüren, der Mensch und Tier ein wenig Erleichterung hätte bringen können. Aber niemand im Weinland klagte, denn dieses letzte Sonnengold während der Lese versprach einen ganz ausgezeichneten Wein. Die Erträge waren in diesem Jahr besonders reichhaltig, und alle Winzer dankten dem Schöpfer für diese Gnade.

Im frühen Morgenlicht war der Tafelberg zu sehen, wie so oft war ein breites Wolkenband um den Gipfel gezogen.

Sophie Ruhland, die auf der Terrasse ihres Schlafraums stand, runzelte die Stirn. Heute war das Wolkenband größer als gewöhnlich. Hoffentlich kam nicht der von allen Menschen am Kap gefürchtete *Southeaster* auf. Dann schoben sich vom Atlantik her die Wolkenmassen das riesige Bergmassiv hinauf, brachten Regen und starken Sturm mit. Schlechtes Wetter wäre jedoch jetzt, zur Weinlese, eine Katastrophe! Sie brauchten unbedingt eine gute Ernte in diesem Jahr! So kurz nach Karls Tod mussten sie ertragreich produzieren, um die Existenz des Gutes zu sichern. Bei den Geschäftspartnern war bereits leichte Unruhe entstanden, denn Karls Name war der Garant für außergewöhnliche Qualität gewesen. Den guten Ruf von *Hopeland* galt es zu erhalten. Unter allen Umständen!

Wie immer, wenn sie an ihren verstorbenen Mann dachte, stiegen Tränen in Sophies Augen. Warum nur hatte das Schicksal ihr Karl so früh genommen? Sie vermisste ihn so sehr, dass es ihr oft die Brust einengte. In den Nächten lag sie häufig wach, dachte an die vergangenen Jahre, die viel Arbeit in sich getragen hatten, in denen aber ihre Liebe zueinander alle Mühsal überdeckt hatte. Sie dachte an die erste Begegnung mit Karl, an das erste Beisammensein voller Zärtlichkeit. Sie dachte an ihren verstorbenen Schwager Sebastian, der sie mit seinem Charme oft zum Lachen gebracht hatte; der sie zudem unverhohlen umwarb, es aber nicht geschafft hatte, ihr die Liebe zu Karl aus dem Herzen zu reißen.

»Ach Karl … warum nur? Wie soll ich leben ohne dich?« Sie stellte sich diese Frage tausendmal am Tag.

Doch vor der Familie ließ sie sich den tiefen Schmerz nicht anmerken. Alle auf *Hopeland* trauerten um Karl, er war ein ebenso beliebter wie von allen geachteter Herr gewesen. Gerecht und großherziger als jeder andere in der Region. Für seine Leute hatte er geräumige, saubere Hütten errichten lassen. Jeder bekam ordentlichen Lohn, es gab zu den Feiertagen Wein für alle. Wenn eine der Familien in Not geriet, war es für Karl selbstverständlich, den Leuten zu helfen. Ihm selbst war keine Arbeit zu schwer, er konnte stundenlang im Weinkeller arbeiten und versuchen, noch bessere Weine zu kreieren als im vergangenen Jahr.

Sein Ruf war exzellent, sein Tod für das Weingut ein großer Verlust.

Sophie wusste, dass sie für den Rest ihres Lebens um ihren Mann trauern würde. Still. Leise. Tief in ihrem Herzen. Ihre Liebe war leise und innig gewesen, so wollte sie auch ihre Trauer bewältigen. Ablenkung schenkte ihr zum Glück in dieser Zeit die Arbeit auf *Hopeland*.

Drei Wochen dauerte die Weinlese bereits, bislang war knapp die Hälfte der Hänge abgeerntet. Alle, die auf dem Gut lebten, halfen mit, jede Hand wurde gebraucht, um die wertvollen Trauben zu schneiden. An den beiden Pressen arbeiteten die Männer bis zur Erschöpfung. Alle zwei Stunden lösten sie sich an den dicken Eichenbalken ab, die im Kreis gehend vorangetrieben wurden. Manchmal wurden auch zwei Ochsen vorgespannt. Immer neue Kiepen und große Bütten wurden herangebracht, die Arbeit im Weinberg dauerte bis zum Einbruch der Dunkelheit.

Aus der Ferne war Hufgetrappel zu hören. Auf dem breiten Zufahrtsweg näherte sich eine vierspännige Kutsche, eine dichte Staubwolke hinter sich herziehend.

Sophie zog sich das Wolltuch fester um die Schultern und ging hinunter in die Halle. Von dort aus führte eine breite, zweiflügelige Tür hinaus auf den Gutshof, der mit dicken Pflastersteinen belegt war. Ein paar Steintröge, mit Rosenstöcken bepflanzt, standen dicht am Haus. Am Hoftor, dort, wo der Kutschweg sich verjüngte und in die Einfahrt zum Gut mündete, waren vor mehr als zehn Jahren Hibiskusbüsche angepflanzt worden, die fast das ganze Jahr über blühten. Einladend wirkte die Hecke mit den intensiv leuchtenden roten und rosafarbenen Blüten.

Soeben passierte die Kutsche das Tor, wenige Augenblicke später parierte der Kutscher die Pferde durch und hielt dicht vor Sophie. Schnaubend und dampfend standen die Tiere da, nur noch locker hielt der grauhaarige Kutscher, der grüßend den Hut vor der Gutsherrin zog, die Zügel in Händen.

Mit Schwung wurde die Tür der Kutsche von innen geöffnet, behende sprang ein Fremder zur Erde, nickte Sophie kurz zu und streckte dann beide Arme aus, um einer Dame im grünen Reisekostüm aus der Kutsche zu helfen.

»Hannah!« Sophie machte drei Schritte auf ihre Tochter zu. »Du? Warum hast du dich nicht angemeldet? In deinem letzten Brief hast du nicht geäußert, dass du herkommen möchtest. Wir hätten dich doch in Kapstadt abgeholt, wenn wir gewusst hätten, wann dein Schiff einläuft!«

»Lass dich erst einmal umarmen.« Hannah lachte. »Ach, Mama, ich bin so froh, hier zu sein! Ich konnte es nicht mehr erwarten, deshalb haben wir schon bei Sonnenaufgang eine Kutsche gemietet.« Wieder lachte sie. »Und hier sind wir!«

»Ich glaub es nicht …« Sophie schüttelte den Kopf. »So eine Überraschung!«

»Als ich in England aufs Schiff ging, war ich zu deprimiert, um mich noch bei euch anzumelden. Ich wollte nur noch weg aus London.« Sie zögerte, dann fuhr sie fort: »In meinem letzten Brief habe ich ja schon geschrieben, dass meine Ehe endgültig gescheitert ist. George wollte sich nicht von seiner Geliebten trennen. Erst recht nicht, nachdem er jetzt mit ihr einen Sohn hat.« Sie zuckte mit den Schultern. »Ein Erbe für die Davenshires, nur das zählte für ihn noch. Da war es besser, einen Schlussstrich zu ziehen. Zu viele Demütigungen mochte ich nicht ertragen.«

»Das haben dein Vater und ich uns auch gesagt. Gut, dass du hergekommen bist.« Noch einmal zog Sophie ihre Tochter in die Arme.

»Papa … er fehlt mir so! Glaub mir, ich wäre gern zu seiner Beisetzung gekommen, doch das war mir nicht möglich. Die Zeit war zu knapp.« Hannah schmiegte den Kopf an Sophies Wange. »Arme Mama … ich hätte dir so gern beigestanden in diesen schweren Stunden. Wie geht es dir?«

Sophie presste für eine Sekunde die Lippen zusammen, doch gleich zwang sie sich zu einem kleinen Lächeln. »Ich komme zurecht, Liebes. Mach dir keine Sorgen um mich. Wir hatten eine so gute Zeit zusammen, dein Vater und ich. Von diesem gemeinsamen Glück kann ich zehren.«

»Meine tapfere Mama! Ich weiß, dass du deinen Lebensinhalt verloren hast. Doch du warst immer eine Kämpferin, das zeigt sich auch jetzt wieder.« Sie umarmte Sophie. »Ich wünschte, ich wäre wie du. So stark und lebensbejahend.«

»Das bist du, mein Liebling. Glaub mir, wenn du etwas Abstand von den Dingen gewonnen hast, kannst auch du wieder positiv in die Zukunft schauen.«

»Das stimmt.« Ein kleines Lächeln glitt über Hannahs schmale Gesichtszüge. »Die Zukunft werden wir meistern, wir Frauen von *Hopeland*. Ganz gewiss.« Einen Herzschlag später fügte sie hinzu: »Du, ich möchte hierbleiben, wenn es euch allen recht ist.«

»Natürlich. Hier ist dein Zuhause.« Sophie wandte

sich dem Fremden zu, der ein paar Schritte entfernt stehen geblieben war. »Herzlich willkommen auf *Hopeland.*«

»Sehr freundlich.« Der Mann verbeugte sich. »Ich darf mich vorstellen …«

»Das ist Frederic – Frederic Horseley«, fiel ihm Hannah temperamentvoll ins Wort. »Wir haben uns auf der Schiffsreise kennengelernt. Frederic ist mir schon bald ein lieber Begleiter geworden. Er war schon etliche Male hier am Kap.«

»Geschäfte.« Der Mann machte eine kleine, alles umfassende Geste mit den Händen. »Ich habe erkannt, dass dieses Fleckchen Erde für einen Mann mit Weitblick der ideale Ort ist.«

Sophie erwiderte nichts hierauf. Die Blicke, die ihre Tochter und Frederic Horseley tauschten, sagten ihr genug. Hier hatten sich zwei verwandte Seelen getroffen! Wie schön für Hannah, der es sicher guttat, von ihrem Kummer um die gescheiterte Ehe abgelenkt zu werden.

»Kommt doch ins Haus. Ich lasse gleich eine Erfrischung bringen.« Der Moment der Sentimentalität war vorüber, die Trauer um ihren toten Mann trat in den Hintergrund. Sie winkte Pandu heran, der gerade aus dem Stall kam. »Kümmere dich bitte um das Gepäck hinten auf der Kutsche. Es kommt ins Gästezimmer.«

»Sofort.« Pandu zog kurz die karierte Mütze. »Willkommen, Missis Hannah«, grüßte er.

»Hallo, Pandu! Pass bitte mit dem kleinen Koffer auf, darin sind zerbrechliche Dinge.«

»Gewiss.«

Sophie legte den Arm um ihre Tochter. »Ruh dich erst einmal von der Reise aus. Sicher war die Überfahrt strapaziös.«

Hannah schüttelte den Kopf. »Zunächst schon, dann aber hab ich mich hervorragend unterhalten. Die Zeit ist wie im Flug vergangen. Und das Wetter auf See war in den letzten Wochen auch sehr angenehm. Wir hatten eine gute Zeit.« Kurz sah sie sich nach Frederic um, der den Damen in angemessenem Abstand in den Salon gefolgt war.

Die folgende Stunde verging in angeregter Unterhaltung. Frederic Horseley war angenehm überrascht über die vornehme Ausstattung des Hauses. Er hatte schlichtes, zweckmäßiges Mobiliar erwartet, nicht diese dezente Eleganz. Die Mahagonimöbel schimmerten in sattem Rotbraun, die Sessel, ebenfalls aus Mahagoni, waren mit dunkelblauer Seide bespannt. Der ovale Tisch war mit einem dünnen Leinentuch bedeckt, das kunstvoll bestickt war.

Das junge dunkelhäutige Hausmädchen, das servierte, brachte den Tee in einer getriebenen Silberkanne. Das Service war aus hauchdünnem chinesischen Porzellan.

Nachdem sie die erste Tasse getrunken hatte, berichtete Hannah von den letzten Wochen in England, die sie auf dem Landgut der Davenshires verbracht hatte, um ihrem Mann nicht allzu häufig begegnen zu müssen.

»Ich wollte weitere Konfrontationen vermeiden. Und so bin ich zu Georges Großvater gezogen. Alexander schätzt mich immer noch sehr«, berichtete sie. »Der alte Herr ist zornig auf George. Aber was kann er tun? Er wird sich mit den Gegebenheiten arrangieren müssen – so wie alle anderen auch.« Ein Schatten flog über ihr Gesicht, das von dem Seewind einen leichten Goldton angenommen hatte. »Zumindest bekommt er einen Urenkel, das wird ihn sicher rasch versöhnen.«

Sie nahm noch einen Schluck Tee, aß ein paar Kekse dazu. »Die hat sicher Josy gemacht. Niemand kann so delikate Mandelkekse backen wie sie.«

»Die Küche ist nach wie vor ihr Reich«, erzählte Sophie. »Im Augenblick kocht und backt sie für alle Erntehelfer. Sie ist ganz in ihrem Element und vergisst über all der Arbeit ihr Alter.«

»Die Weinlese hat begonnen ... stimmt ja! Wir haben auf der Herfahrt gesehen, dass überall an den Rebhängen gearbeitet wird.« Hannah lächelte versonnen. »Morgen helfe ich. So wie früher.«

»Dann darf ich mich für heute empfehlen. Es gibt noch einiges zu regeln in Kapstadt, ich möchte vor dem Einbruch der Dunkelheit dort sein.« Frederic erhob sich. »Danke für den freundlichen Empfang. Ich hoffe, dass ich mich schon bald revanchieren darf.«

»Frederic wird sich hier in der Nähe niederlassen«, warf Hannah ein.

»Ich habe mich hier am Kap eingekauft«, erklärte Frederic. »Mal sehen, ob es mir gelingt, auf Dauer in diesem Teil der Erde Fuß zu fassen.« Ein zärtlicher Blick ging zu Hannah. »Zumindest weiß ich, dass es einiges gibt, das mich hier festhält.«

9

Graue Wolken zogen hastig am Himmel entlang, angetrieben von einem eisig kalten Wind, der von Nordwesten kam. Wie dunkle Federn wehte er die letzten Blätter von den Rebstöcken, wirbelte Staub auf und spielte mit den tiefhängenden Ästen der drei Trauerweiden, die am Eingang des kleinen, von einem weißen Zaun umfriedeten Friedhofs standen.

Die Weinlese war vorüber, auf den Gütern im Weinland wurde zurzeit nur noch in den Kellergewölben gearbeitet, die Hänge mit den Weinstöcken wirkten verwaist. Dort, wo sich fast das ganze Jahr über Arbeiter aufhielten und die Rebstöcke pflegten, huschten Eichhörnchen und Füchse über das brachliegende Land und versuchten, die letzten vergessenen Trauben zu naschen. Ihnen machten immer wieder die unzähligen Vögel, die in Scharen von Norden gekommen waren, die Beute streitig.

Auch auf *Hopeland* ging es ruhiger zu als noch vor vier Wochen. Die dreißig Wanderarbeiter, die nur zur Lese eingestellt worden waren, hatten sich verabschiedet und waren in Richtung Nordosten gezogen, da sie sich bei den dortigen Farmern noch weitere Arbeit erhofften. Die Leute, die auf dem Gut lebten, ließen es in diesen Wochen ein wenig geruhsamer angehen. Eine Ausnahme waren Christopher Ruhland und drei seiner zuverlässigsten Männer. Immer wieder kontrollierten sie die Fässer, in denen der kostbare Rebensaft reifen sollte.

»Wenn doch Will noch lebte«, seufzte Christopher einmal, nachdem er stundenlang gearbeitet hatte und doch nicht zufrieden war mit dem Erfolg. Der junge Wein war noch zu schwefelhaltig. »Er wüsste, was zu tun wäre.«

»Will war ein exzellenter Kellermeister, das stimmt. Aber du hast doch seine Aufzeichnungen. Vielleicht helfen sie dir weiter.« Kurz legte Sophie ihrem Sohn die Hand auf die Schulter. Auch sie dachte noch oft an

Will. Keiner war dem Gut treuer verbunden gewesen als der alte Kellermeister.

»Ich gehe ein wenig spazieren«, sagte Hannah. »Kommst du mit, Mutter?«

»Heute nicht. Ich hatte mir vorgenommen, die Wäsche zu kontrollieren und einige Stücke auszubessern. Geh nur allein.« Sophies Tonfall klang ganz normal. Sie dachte an diesem Tag besonders intensiv an Karl, dessen Tod nun bereits einige Monate zurücklag. Sie wollte zum Friedhof gehen und ein paar Blumen aufs Grab legen. Niemand sollte sie begleiten, allein wollte sie um Karl weinen. Danach, das wusste sie inzwischen, würde sie sich wieder besser fühlen.

Und so bemerkte auch nur Karoline, dass Sophie das Haus verließ und hinüber zum Friedhof ging. Vom Rosenbusch gleich an der Friedhofsmauer brach sie ein paar der weißen Blüten und legte sie gleich neben dem Holzkreuz nieder. Still verharrte sie eine Weile und hielt Zwiesprache mit Karl. »Ich vermisse dich so sehr«, sagte sie ihm. »In jeder Stunde sehne ich mich nach dir. Aber ich will nicht jammern, denn wir hatten so eine schöne Zeit zusammen, diese Erinnerung macht mich stark und gibt mir Trost.«

Ein Sonnenstrahl traf die drei Rosenblüten, es war wie ein Gruß des Verstorbenen.

Sophie straffte sich. Einen Kuss hauchte sie zum Grabhügel hin, dann ging sie zurück zum Gutshaus und nahm ihre Arbeit auf.

Hannah hatte derweil den entgegengesetzten Weg eingeschlagen. Ein warmes Tuch fest um die Schultern geschlungen, ging sie erst ein Stück in Richtung Einfahrt, dann machte sie kehrt und schlug den Weg zu den Wohnhäusern der Arbeiter ein. Eine innere Unruhe hatte sie erfasst. Nur im Geheimen gestand sie sich ein, dass sie sich nach Frederic Horseley sehnte, der seit zwei Wochen nichts mehr von sich hatte hören lassen. Lag ihm doch nicht so viel an ihr, wie sie sich eingebildet hatte? Der Gedanke tat weh.

Als sie an der Hütte vorüberging, in der der alte Will so lange gelebt hatte, gingen ihre Gedanken in die Kindheit zurück. Wie behütet und glücklich war sie aufgewachsen! Als kleines Mädchen hatte sie Will oft zugehört, wenn er von den Pionierjahren erzählte. Sie hatte dann neben ihm auf dem Holzboden seiner Hütte gehockt, während Will seinen Schaukelstuhl sanft hin und her bewegte und in den Sonnenuntergang schaute.

Wie lange war das her! Fast ein halbes Leben!

Hannah schlug den Weg zum kleinen Friedhof ein, nicht ahnend, dass ihre Mutter vor wenigen Minuten erst von diesem Ort fortgegangen war. Hannah sah sich um. Hier lagen all diejenigen, die einmal auf *Hopeland* gelebt – und hier gestorben waren. Da waren in erster Linie Ben und Charlotte Ruhland, die Begründer des Gutes. Rechts neben Charlotte lag Sebastian, der innig geliebte Sohn, der viel zu früh hatte sterben müssen.

Hannahs Blick blieb an der kleinen, wunderschön gearbeiteten Madonnenstatue hängen, die den Mittelpunkt einer gemauerten, offenen weißen Kapelle bildete. In einer oval gemauerten Nische stand die zarte, mit Blattgold verzierte Statue, die die Gottesmutter und Jesus darstellte. Es war eine hervorragende Arbeit, und am Anfang hatten die Bewohner des großen Weingutes gefürchtet, dass heidnische Schwarze die Statue stehlen könnten. Doch nie hatte es jemand gewagt, Hand an dieses Marienbild zu legen.

Ben Ruhland hatte die Marienstatue von Hanne Schneeberger geerbt, es war Hannes Erinnerung an die einzige, große Liebe ihres Lebens. Die derbe Wirtin, die eine Hafenkneipe in Kapstadt betrieben hatte, war der erste Mensch gewesen, mit dem Ben in seiner neuen Heimat gesprochen hatte. Hanne, die ebenso wie der Winzer einst aus deutschen Landen nach Südafrika ausgewandert war, hatte in Ben nicht nur einen Landsmann gesehen, sie hatte ihn geliebt wie einen Sohn und ihm viel Gutes getan.

Jetzt ruhte sie ganz in Bens Nähe. So wie viele getreue Gefährten der ersten Jahre. Ihr Blick fiel auf die weißen Rosen auf des Vaters Grab, und nun wurde ihr bewusst, dass er heute vor einem halben Jahr verstorben war. Weh schluchzte sie auf und sank in die Knie.

»Sei nicht so sentimental. Das hilft gar nichts.« Die harte Stimme, die sie eine kleine Ewigkeit nicht gehört hatte, ließ Hannah zusammenzucken. Ruckartig stand sie auf und wandte sich um.

»Du …«

»Ja. Ich bin's. Du siehst keine Gespenster.« Nur zwei Schritte hinter Hannah stand Madeleine Lammersburg. Ihr schmaler Mund war zu einem spöttischen Lächeln verzogen.

»Madeleine – was machst du hier?«

»Na, was wohl? Ich bin heimgekehrt. So wie du wohl auch. Zwei Gestrandete kehren in den Schoß der ach so ehrenwerten Familie zurück.« Ihre Stimme war voller Hohn.

»Was ist passiert? Wir haben ewig lange nichts von dir und deinem Mann gehört.« Hannah hatte sich abgewandt und war ein paar Schritte weiter gegangen. Sie wollte nicht mit Madeleine zusammen an den Gräbern von Ben und Karl stehen. So viel Leid hatte diese Frau über die Ruhlands gebracht – und so, wie sie sich jetzt gab, war sie immer noch von Hass und Bösartigkeit erfüllt.

»Jo ist tot. Das weißt du doch!«

»Schon, aber …«

»Darüber gibt es nichts mehr zu sagen.« Madeleine zog ihren Pelzkragen noch ein wenig höher. »Wichtig sollte für euch nur eins sein: Ich habe *Summerset* verkauft. Eigentlich wollte ich es Sophie sagen, doch so ist es einfacher.«

»Was hast du gemacht?« Entsetzt sah Hannah die Ältere an. »Du weißt doch genau, wie dringend mein Vater – und jetzt Christopher das Land gebraucht hätten, um das Gut noch weiter auszubauen. *Summerset* hat einige sehr gute Schieferböden. Weiter nordöstlich gibt es kein Weinland mehr, da beginnt Farmgebiet.«

Madeleine zuckte mit den Schultern. »Was geht das mich an?«

»Du bist doch eine Ruhland!«

»Nein!« Madeleine presste die Lippen fest aufeinander. »Das bin ich schon viele Jahre lang nicht mehr. Und deshalb interessiert es mich auch nicht, was aus *Hopeland* wird. Adieu.«

»Aber … wo willst du hin?«

»Das geht dich gar nichts an. Vergiss einfach, dass du mich hier getroffen hast.«

10

»Wie schön es hier ist!« Mit leuchtenden Augen sah sich Karoline um. »Wir sind nur vier Stunden gefahren, und doch komme ich mir vor wie in einer anderen Welt.«

Liebevoll legte ihr Christopher einen Arm um die Schultern. »Wir sollten uns viel öfter etwas Zeit für uns nehmen. Es ist so wundervoll, mit dir allein zu sein. Ich mag diesen Platz am Meer ganz besonders gern.« Er schaute hinaus auf den Ozean, der silbrig schimmerte. Auf den größeren Wellen tanzten Schaumkronen, und wenn sie sich am Ufer brachen, flogen Möwen und Strandläufer, die sich um Muscheln und Krabben zankten, mit lautem Gekreische auf. Am Horizont waren ein Dreimastsegler und ein kleineres Fischerboot zu erkennen.

Karoline schmiegte sich fester an ihren Mann. »Unsere Zweisamkeit können wir viel zu selten genießen, das stimmt. Aber wenn ich ehrlich sein soll, dann hat mir vorgestern das Fest auf *Groot Constantia* sehr gut gefallen. Diese Einladung zum Herbstball war etwas Besonderes.«

»Ich fand den Besuch dort auch sehr anregend. Und ich bin froh, dass wir die Einladung angenommen haben – obwohl das Trauerjahr noch nicht vorüber ist. Doch das hat man uns wohl nicht verübelt. Die Familie Cloete ist so liebenswürdig, und sie haben einen herrlichen Besitz übernommen, auf dem ich mich immer wieder gern umschaue.«

Groot Constantia war eines der ältesten Weingüter

am Kap. Simon van der Steel, der einstige Kap-Gouverneur, hatte das Weingut im siebzehnten Jahrhundert gegründet und das herrliche Haupthaus im kapholländischen Stil errichtet. Eine lange Eichenallee mit mächtigen alten Bäumen führte zum weiß getünchten Herrenhaus, das imposant inmitten einer gepflegten Gartenanlage stand. Mit hellem Kies waren die Wege ausgelegt, vor dem Eingangstor war ein ovales Rosenbeet angelegt worden. Jetzt, da der Winter bevorstand, blühten nur noch vereinzelte Rosen, aber vier andere Beete, rechts und links der Einfahrt, waren üppig bepflanzt. Hohe Asternbüsche, Hibiskussträucher und mächtige Sonnenblumen reckten sich dort gen Himmel.

An dem leeren Strandabschnitt, an dem Karoline und Christopher nun lagen, gab es hingegen nur wogendes Dünengras, das kaum Schutz vor dem Wind bot, der vom Atlantik her wehte. Das Paar hatte den kleinen Küstenort Hermanus hinter sich gelassen und war mit einem leichten Landauer zum Strand gefahren. Eine kleine, versteckte Bucht war seit jeher Karolines Lieblingsort. In Hermanus hatten sie nach der Hochzeit glückliche Tage verbracht, und wann immer es Christopher möglich war, fuhr er mit seiner jungen Frau hierher.

»Schau nur – ein Wal! Und dort ist noch einer!«

»Es ist eine Walkuh!« Aufgeregt beugte sich Karoline vor. »Sie hat ein Kalb dabei, sieh doch nur!«

Lächelnd schaute Christopher seine schöne Frau an. Ihre Wangen waren vor Erregung gerötet, der Wind hatte einige Strähnen aus ihrer Frisur gelöst, die hellen Locken umspielten Karolines apartes Gesicht. Sanft strich er ihr über die leicht gebräunte Wange. Karoline hielt sich viel im Freien auf, sie half in den Weinbergen und im Gemüsegarten. Josy, die alte Wirtschafterin, fand das zwar unschicklich für die junge Herrin, doch Karoline ließ sich nicht davon abhalten.

»Ein Baby …« Versonnen lächelte Christopher. »Was meinst du, wie wäre es, wenn wir noch ein Kind bekämen?«

Karoline antwortete nicht.

»Möchtest du nicht noch einen Sohn? Ich hätte gern noch einen Buben. Das Gut ist groß genug, wir haben keine Sorgen und …«

»Pst. Sei still.« Sie legte ihm zart die Hand auf die Lippen. »Es ist noch zu früh, meinst du nicht?«

»Nein!« In seinen Augen glomm Leidenschaft auf. Kurz sah er sich um. Sie waren allein, der Strand war menschenleer. Mit beiden Händen umfasste er Karolines Gesicht, zog sie näher und näher. Seine Lippen liebkosten die zarten Lider, glitten weiter über die Schläfe, hauchten verspielte kleine Küsse auf die Ohren, die Wangen.

Karoline seufzte auf, sie schmiegte sich fester an ihn und wehrte sich nicht, als er ihr das Fellcape von den Schultern streifte. Mit zitternden Fingern versuchte Christopher dann, die unzähligen kleinen Perlmuttknöpfe zu öffnen, mit denen die Kostümjacke geschlossen war.

Auch die Bluse besaß kleine, hinderliche Knöpfe. Er atmete keuchend, und als endlich das Mieder geöffnet war, konnte er seine Erregung nicht mehr bezähmen. Seine Lippen umschlossen Karolines Brust, die Zunge umspielte ihre Brustwarzen, die hart waren und auch ihre Erregung verrieten.

Sie spürten nichts von dem kühlen Hauch, der vom

Wasser her kam, sie bemerkten die dunklen Wolken, die von Westen aufzogen, nicht. Leidenschaftlich liebten sie sich, und nur der Wind hörte die lustvollen kleinen Schreie, die Karoline ausstieß und die Christopher mit seinen Küssen erstickte.

Dann lagen sie erschöpft nebeneinander im Sand. Fürsorglich hatte der Mann den Mantel über Karoline gebreitet. Ihr Gesicht, noch erhitzt, lag an seiner Brust. Er spielte mit ihrem Haar, wickelte die langen Strähnen um den Finger und breitete die Locken dann auf ihrem Rücken aus. Sanft streichelte er dabei die zarte Haut – und weckte erneut Karolines Leidenschaft.

Sie wachten aus ihrem Gefühlstaumel auf, als es zu regnen begann. Dicke, schwere Tropfen fielen aus den schwarzen Wolken, die unbemerkt aufgezogen waren.

»Drüben ist ein Bootshaus!« Christopher wies nach links.

»Dann komm.« Karoline nahm sich nicht die Zeit, sich anzuziehen. Sie warf sich das Cape über und lief auf nackten Füßen über den nassen Sand, der in kleinen Fontänen aufspritzte.

Die Tür des Bootshauses war verschlossen, doch der Schlüssel fand sich zum Glück auf einem kleinen Vordach über dem links von der Tür angebrachten Fenster.

»Wir Glückskinder!«, lachte Karoline, als sie in dem kleinen, düsteren Raum standen.

»Nass wie die Ratten sind wir.« Christopher warf die Kleidungsstücke, die er zu einem Knäuel gepackt hatte, achtlos auf den Boden. »So ein verrücktes Abenteuer ...« Er küsste seine schöne Frau, »das erlebe ich nur mit dir.«

»Das will ich hoffen!« Karoline lachte, als sie seinen

Kopf in die Hände nahm und sein Gesicht zwischen ihren Brüsten verbarg. »Ich finde diesen Ausflug höchst amüsant.«

»So etwas sagst auch nur du.«

»Hmm …«

»Ich liebe dich.«

»Ich liebe dich auch.« Sie schauderte. »Aber mir ist kalt.«

Christopher umfasste sie fester. »Ich werde dich wärmen.« Noch einmal nahm er sie, und während draußen am Strand die Wellen tobten, während am Himmel ein Blitz nach dem anderen aufzuckte, erstickte das Donnergrollen Karolines Lustschreie.

Sie genoss dieses Zusammensein mit allen Sinnen. Wenn sie daheim auf *Hopeland* waren, gab sich Christopher oft zurückhaltend. Er war ein zärtlicher Gatte, doch an der Leidenschaft, die sie jetzt miteinander teilten, ließ er es häufig mangeln. Einige Male war Karoline versucht gewesen, offen mit ihm zu sprechen, doch dann scheute sie sich, ihrem Ehemann die heimlichen Wünsche, die in ihr schlummerten, einzugestehen. Doch hier am Strand von Hermanus, umtobt von lautem Gewittergrollen, fand sie vollkommene Erfüllung.

Als das Unwetter vorüber war, traten sie angekleidet wieder vor das Bootshaus. Suchend sah sich Christopher nach der Kutsche um. Er hatte den braunen Wallach unter einer Eiche angebunden. Dort stand das Kutschpferd noch, nass und gottergeben ließ das Tier den Kopf hängen. Seine Flanken zitterten, es hatte versucht, sich während des Gewitters loszureißen, doch das war nicht gelungen.

»Armer Kerl.« Karoline streichelte die weichen Nüstern. »Alles ist gut. Ganz ruhig, mein Junge.«

Die sanfte Frauenstimme wirkte tatsächlich – der Wallach hob den Kopf, ließ ein leises Schnauben hören.

»Er muss zurück in den warmen Stall«, sagte Christopher. »Und wir sollten rasch in unser Hotel fahren und uns umziehen.« Seine Stimme klang ruhig und gelassen, nicht eine Spur von Leidenschaft oder dem zärtlichen Timbre, das sie eben noch gehört hatte, war mehr darin.

»Du hast recht.« Karoline kletterte in die Kutsche. Als das Gefährt anrollte, warf sie einen sehnsüchtigen Blick zum Bootshaus zurück.

11

Die drei modisch gekleideten Damen schlenderten langsam die Long Street entlang. Hin und wieder blieben sie stehen und bewunderten die Auslagen in den Geschäften; es geschah auch, dass sie für kurze Zeit in einem Ladenlokal verschwanden und dann, mit einem Päckchen am Arm, wieder hinaus auf die Straße traten. Etliche mehr oder weniger diskret bewundernde Blicke folgten den eleganten Erscheinungen.

Als sie zur Groote Kerk kamen, bat Sophie Ruhland: »Lasst uns kurz hineingehen, ich möchte eine Kerze entzünden und ein Gebet für Karl sprechen.«

Hannah und Karoline nickten zustimmend. Die drei Frauen waren für vier Tage nach Kapstadt gekommen, um Einkäufe zu tätigen. Auf *Hopeland* ging es zurzeit relativ ruhig und gemächlich zu, vor allem für die Frauen gab es nicht allzu viel zu tun. Die Arbeiter waren, so wie fast das ganze Jahr hindurch, im Weinberg beschäftigt. Für sie kochten die Mägde, die von der alten Josy streng beaufsichtigt wurden. Es war Karoline nicht schwergefallen, Sophie und Hannah zu einem Ausflug in die Stadt zu überreden.

»Du musst auf andere Gedanken kommen«, hatte sie zu ihrer Schwiegermutter gesagt. »Wenn wir im Stadthaus sind, können wir bummeln gehen, vielleicht ein Konzert besuchen und Freunde treffen.« Das Stadthaus befand sich im ältesten Teil Kapstadts, ein imposantes, weitläufiges Gebäude aus dem Jahr 1791, das einer der Vorfahren der Ruhlands errichtet hatte. Das dreistöckige Haus bot viel Platz, es besaß eine weitläufige Halle, einen Gesindetrakt und einen Festsaal. Als Karoline und Christopher heirateten, war hier für die Freunde aus der Stadt ein großer Ball ausgerichtet worden. Auf dem Gut hingegen hatten sie mit anderen Winzern und den Angestellten ein ungezwungenes, fröhliches Fest gefeiert.

Sophie hatte sich stets gern in dem Stadthaus aufgehalten, gemeinsam mit Karl hatte sie hier Freunde empfangen, einmal sogar einen hohen englischen Diplomaten, der mit dem Königshaus verwandt war.

Sie hatte Karoline nicht widersprochen und eine Reisetasche für den Aufenthalt in der Stadt gepackt. Nun mühte sie sich tapfer, den bohrenden Schmerz in ihrem Herzen zu bekämpfen. Die Familie brauchte sie! *Hopeland* brauchte sie! Und jetzt, da sie den zweiten Tag in Kapstadt war, gestand sie sich ein, dass ihr die Ablenkung guttat. Sogar der Einkaufsbummel hatte ihr Freude gemacht. Weihnachten stand vor der Tür, da galt es, Vorbereitungen zu treffen und rechtzeitig Geschenke zu besorgen. Jeder, der auf *Hopeland* arbeitete, durfte eine Kleinigkeit erwarten, das wurde seit Jahrzehnten so gehalten.

Das hohe Gotteshaus war in angenehme Helligkeit getaucht. Durch die hohen gotischen Fenster fiel genügend Licht, so dass man die gemusterten batavischen Fliesen in ihren natürlichen Farben gut sehen konnte. Am Altar brannten Kerzen, tauchten diesen Teil des Gotteshauses in warmes, gelblich schimmerndes Licht. Ein Duft von Bienenwachs war zu spüren. Es überlief Sophie ein leichter Schauer, als sie über die steinernen Grabsteine schritt, die als Bodenbelag des Gotteshauses dienten. Hannah, die lange nicht mehr hier gewesen war, ließ sich unterhalb der kunstvoll geschnitzten Orgel nieder und faltete die Hände zum Gebet. Karoline und Sophie opferten zunächst eine der dicken gelben Wachskerzen, die in einem Korb bereitlagen, dann setzten sie sich neben Hannah in die dunkel gebeizte Holzbank.

Sophie, die einige Monate nach Karls Tod die schwarze Trauerkleidung abgelegt hatte, trug immer noch gedeckte Farben. An diesem Tag hatte sie für den Stadtbummel ein reinseidenes Kostüm mit kurzer Jacke gewählt. Rock und Jacke waren hellgrau, der kleine Stehkragen mit Volantabschluss aus schwarzer Spitze.

Während Sophie und Hannah die Köpfe im Gebet gesenkt hielten, schaute Karoline zur Decke der Kirche und bewunderte einmal mehr die kunstvollen Schnitzereien der gewölbten Holzdecke und die beiden Löwenköpfe an der Kanzel. Sie wirkten auf den flüchtigen Betrachter gewiss einschüchternd, Karoline jedoch bewunderte vor allem die handwerkliche Kunst des Schnitzers. Ein Geräusch an der Eingangstür ließ sie leicht zusammenfahren. Jemand räusperte sich, ein paar Schritte waren zu hören – dann fiel die Tür wieder zu.

Karoline wandte den Kopf. Sie hatte plötzlich die Ahnung einer drohenden Gefahr, doch so angestrengt sie sich im Dämmerlicht auch umschaute – es war niemand außer ihnen in der Kirche.

Verstohlen warf sie einen Blick auf die kleine goldene Taschenuhr, die sie als Schmuckstück an der Jacke trug. Es war ein bezauberndes Ührchen, rund ums Zifferblatt waren kleine Rubine eingearbeitet. Karolines Mutter hatte die Uhr zu Karolines Geburt von ihrem Mann geschenkt bekommen. Es war ein Erbstück, das die junge Frau ganz besonders in Ehren hielt. Vorsichtig ließ sie das kleine Juwel auf den Jackenstoff zurückgleiten. Gleich vierzehn Uhr vorbei! Wenn sie noch eine Fahrt mit der Pferdestraßenbahn machen wollten, die seit kurzem von der Adderley Street nach Green Point führte, sollten sie nun aufbrechen. Am Abend war Hannah mit Frederic Horseley verabredet. Der charmante Engländer war drei Monate lang auf Reisen gewesen und seit vorgestern zurück in Kapstadt. Kurz vor der Abreise hatte er Hannah noch einmal auf *Hopeland* besucht, doch sie waren sich nicht nähergekommen, so wie Hannah es insgeheim erwartet hatte. All ihre heimliche Hoffnung war nun auf das Wiedersehen gerichtet. Sophie, die das Geräusch an der Tür ebenfalls gehört hatte, drehte sich diskret um, doch außer einer alten, schwarzgekleideten Frau, die in der vorletzten Reihe saß und betete, war niemand zu sehen.

Als sie wenig später hinaus ins Freie traten, blinzelten sie, denn das helle Sonnenlicht blendete. Sophie öffnete ihren spitzenverzierten Sonnenschirm. »Kommt, wir wollten doch Straßenbahn fahren«, meinte sie, und ihre Miene wirkte wieder gelöst und fröhlich.

Karoline hakte sich bei der Schwiegermutter unter. »Ich bin gespannt auf die Bahn. Leider habe ich sie noch nicht sehen können. Aber ich freue mich darauf, wenigstens ein kleines Stück mit diesem neuen Gefährt zurückzulegen.« Sie seufzte auf. »Ach, es ist eine so spannende Zeit, in der wir leben! So viele Dinge werden erfunden – Nähmaschinen, Glühlampen, Dampfmotoren ... ich wäre gern ein Mann, der sich mit all diesen Dingen beschäftigen kann.«

Sophie lachte. »Lass das nicht Christopher hören! Aber ich stimme dir zu – die Neuerungen sind faszinierend. Es ist ein Erlebnis, mit der Bahn zu fahren, du wirst sehen.«

Hannah folgte den beiden mit zwei Schritten Abstand. Immer wieder sah sie sich um, doch niemand folgte ihnen. Auf der Straße herrschte reger Trubel, so wie immer. Pferdekutschen fuhren vorüber, sechs englische Offiziere ritten im Schritt durch die Straße, sie salutierten, als sie auf der anderen Straßenseite einen Major in seiner roten Uniform bemerkten.

Ein paar Männer zogen ihre Handkarren über das Pflaster, immer darauf bedacht, keinem Pferdefuhrwerk in die Quere zu kommen.

Drei dunkelhäutige Straßenjungen, schmutzig und mager, stritten sich vor einer Bäckerei um ein Brot, das ihnen die mitleidige Bäckerin geschenkt hatte. Ein vierter kam näher, er zog einen kleinen Wagen mit Obstkörben und ein paar Jutesäcken hinter sich her. Sofort war die Aufmerksamkeit der anderen auf ihn gelenkt. Sie liefen auf ihn zu, lachten und begannen, einen Spottvers zu singen, dessen Text allerdings keine der Frauen verstand, da die Jungen Afrikaans sprachen.

»Da ist die Bahn schon! Kommt, sonst verpassen wir sie!« Karoline ließ den Arm ihrer Schwiegermutter los und drehte sich nach Hannah um. »Wir müssen auf die andere Straßenseite, da können wir leichter einsteigen!«

In einiger Entfernung sah man die Bahn näher kommen: Ein Apfelschimmel war vor den gelb und braun gestrichenen, mehr als mannshohen Waggon gespannt. Ein paar Kinder streckten die Köpfe heraus, zwei von ihnen winkten den Wartenden an der Haltestelle zu.

Der Kutscher, in einen schwarzen Gehrock mit goldenen Knöpfen gekleidet, hob die Peitsche, und das Zugpferd beschleunigte seinen Schritt. Ein hochgewachsener Mann in der Uniform eines englischen Leutnants rief dem Kutscher etwas zu, daraufhin zog dieser den Zylinder und winkte.

»Ihr habt es ja sehr eilig!« Hannah lachte, als sie neben Karoline trat. Gespannt sahen sie der Bahn entgegen. Der Waggon lief auf schmalen Schienen, das Pferd blieb genau in der Mitte. Das Tier kannte die Wegstrecke genau, es wusste, dass hier, an der Endstation, eine Ration Hafer und frisches Wasser warteten, und so fiel es in kurzen Galopp. Der Kutscher, der gerade noch ein paar Scherzworte mit dem Engländer gewechselt hatte, schreckte auf und versuchte, den Wallach rasch durchzuparieren, doch die Pferdestraßenbahn fuhr etliche Meter an der angegebenen Haltestelle vorbei.

Sophie hatte den kleinen Sonnenschirm geschlossen und trat einen Schritt vor, um dem Gefährt besser entgegensehen zu können. Wie zufällig fiel ihr Blick auf eine Person, die auf der anderen Seite der Schienen stand, aber im nächsten Augenblick bereits von dem wuchtigen Pferdeleib verdeckt wurde. Ungläubig weitete sich Sophies Blick, sie streckte sich, um etwas zu sehen, taumelte, stolperte – und fiel.

Ein Schrei aus mehreren Kehlen ertönte, als zwei der Räder die schlanke Frauengestalt erfassten, die zum Entsetzen aller etliche Meter mitgeschleift wurde. Sophies Schreckensschrei hörte niemand, zu laut war das Stimmengewirr, das aufbrandete.

»O mein Gott!« Karoline biss sich auf die Lippen, dann raffte sie den Rock und lief zu Sophie. Ein paar Männer waren schon dabei, die Verletzte zu bergen. Der Kutscher, kreidebleich und zitternd, war vom Bock gesprungen und hielt das Pferd am kurzen Zügel.

»Was ist mit ihr?« Karoline schob einen älteren Mann zur Seite. »Lebt sie?«

»Ja.« Ein rothaariger Bursche, gerade zum Mann herangewachsen, drehte sich um. »Ich bin Medizinstudent. Sie atmet, doch der Puls ist schwach.«

»Mama ... kannst du mich hören?« Hannah ging neben der Verunglückten in die Knie. Sie wollte Sophie aufrichten, doch der rothaarige junge Mann hinderte sie daran.

»Lassen Sie das lieber. Vielleicht hat die Dame innere Verletzungen. Oder Knochenbrüche.«

»Aber wir müssen sie doch von hier fortbringen!«

»Es wird schon um Hilfe gerufen. Ein Arzt wohnt ganz in der Nähe. Und das Hospital ist auch nicht weit.«

Das alles hörte Hannah nur noch wie durch Watte. Ihre Aufmerksamkeit war ganz auf Sophie konzentriert. Blass, mit geschlossenen Augen lag sie auf einer der Schienen. Blut sickerte aus einer Platzwunde an der Stirn, der linke Arm lag, merkwürdig abgewinkelt, im

Straßenstaub. Noch immer hielt die Hand den kleinen Sonnenschirm umfasst.

Ein grauhaariger, breitschultriger Mann kam im Laufschritt näher. »Dr. Grisham – endlich.« Der rothaarige Medizinstudent erhob sich. »Ich habe dafür gesorgt, dass die Dame ruhig liegen bleibt.«

»Gut.« Dr. Grisham, in einen taubenblauen Zweireiher gekleidet, kniete sich neben Sophie. Er sprach sie an, und zu Karolines und Hannahs Erleichterung öffnete die Verletzte die Augen, sie konnte sogar zwei Fragen des Arztes beantworten. »Sie wissen, was geschehen ist?«

»Ja ... ich bin gestolpert und gestürzt.«

»Haben Sie Schmerzen?«

»Es ... es geht. Mein Arm tut weh.«

»Ich muss Sie kurz untersuchen, um festzustellen, ob Sie sich vielleicht Brüche zugezogen haben.« Schon tastete Dr. Grisham ihren Körper vorsichtig ab. »Der linke Arm ist gebrochen, das ist aber keine große Sache.« Er nickte Sophie aufmunternd zu. »Wenn Sie einverstanden sind, lasse ich Sie ins Somerset Hospital bringen. Ich leite dort die Chirurgische Abteilung.«

»Ja ... gut.« Sophie schloss die Augen. Ihr war übel, ein stechender Schmerz in ihrem Rücken drohte ihr die Sinne zu rauben. Sie schloss die Augen, atmete verhalten, um die aufkommende Übelkeit zu bekämpfen. Vorsichtig versuchte sie sich zu bewegen, doch es gelang nicht, nur den Kopf konnte sie ein wenig mehr zur Seite drehen.

»Ich bin Karoline Ruhland, die Schwiegertochter der Verletzten.« Karoline kniete sich neben Sophie. »Was fehlt ihr denn genau, Herr Doktor?«

»Das kann ich hier und jetzt noch nicht sagen.«

Dr. Grisham fuhr sich mit der linken Hand über den grauen Bart. »Was ich sehen kann, ist eine Fraktur des linken Armes. Alles Weitere erst, wenn ich die Patientin sorgfältig untersucht habe. – Ach, da seid ihr ja endlich!« Er winkte zwei Männer, die eine Räderkarre schoben, auf der sich eine breite, weiß bespannte Pritsche befand, zu sich.

Man machte dem Fuhrwerk Platz, und nach Anweisung des Arztes hoben die Sanitäter Sophie behutsam auf die fahrbare Trage.

Die Verletzte stöhnte auf, der Schmerz in ihrem Rücken drohte sie zu zerreißen. Sie griff wie Halt suchend nach Hannahs Hand. Dabei ging ihr Blick zur linken Seite, dorthin, wo die Pferdestraßenbahn immer noch stand. Halb verdeckt von dem Kutscher, der dem Geschehen wie paralysiert zusah, stand eine hagere Frau. Sie trug ein zimtfarbenes Kleid, darüber ein Tuch aus heller Wolle. Ein breitrandiger Hut, mit zimtfarbenen Bändern und ein paar hellen Blüten verziert, verdeckte einen Teil des Gesichts. Aber Sophie sah genau den bösartigen Ausdruck in den Augen der Frau, die sie nie im Leben wiederzusehen gehofft hatte.

»Nein!« Das kleine Wort kam wie ein unterdrückter Schrei über ihre Lippen, dann verlor sie das Bewusstsein.

Endlos lang kam Hannah der weiß getünchte Flur vor. Sie war schon mindestens fünfmal auf und ab gegangen, hatte immer wieder zu der hohen Tür an der Kopfseite geschaut, hinter der die Sanitäter und der Arzt mit Sophie verschwunden waren.

»Wie lange dauert die Untersuchung denn noch?« Ungeduldig zerpflückte sie ihr Taschentuch, Teile der zarten Spitze segelten, Schneeflocken gleich, zu Boden.

»Es braucht eben seine Zeit. Der Arzt hat ja gesagt, dass er Mutter sehr gründlich untersuchen will. Lass uns froh sein, dass er so sorgfältig ist.«

Hannah nickte nur. Sie war nervös und unruhig. In zwei Stunden war das Rendezvous mit Frederic. Sie waren in seinem Hotel verabredet. Wie sollte sie ihn benachrichtigen, dass sie nicht kommen konnte? Wen konnte sie mit einer Nachricht losschicken? Zu der Angst um Sophie kam die Sorge, Frederic nicht treffen zu können und ihn eventuell zu verärgern. Sie sehnte sich sehr nach dem Mann, der ihr den Glauben an die Liebe zurückgegeben hatte. Heimlich hoffte sie, dass er sie bei diesem Besuch bitten würde, die Seine zu werden.

»Sie sind die Angehörigen von Missis Ruhland?« Eine Ordensschwester trat auf Karoline und Hannah zu. Das runde Gesicht unter dem Schleier war ernst. »Bitte kommen Sie mit in Dr. Grishams Büro. Er möchte mit Ihnen reden.«

»Können wir nicht zuerst zu unserer Mutter?«

Die Nonne schüttelte den Kopf. »Bitte folgen Sie mir zunächst.«

Der Arzt erwartete Karoline und Hannah in seinem Arbeitszimmer. Es war spartanisch eingerichtet, wurde von einem Eichenschreibtisch dominiert, der über und über mit Papieren bedeckt war. Durch vier hohe Fenster fiel Licht in den Raum, in dem vor dem Schreibtisch nur zwei Holzstühle standen. Gegenüber der Fensterfront stand ein Glasschrank, in dem einige fest verschlossene Gläser standen. Hier wurden, in Formalin konserviert, diverse Organe aufbewahrt. Karoline bemerkte gar ein Gehirn, das in der gelb-grünlichen Flüssigkeit schwamm. Es schauderte sie bei diesem Anblick, doch sogleich wurde ihre Aufmerksamkeit auf Dr. Grisham gelenkt.

»Bitte nehmen Sie Platz.« Mit knapper Geste wies er auf die beiden Besucherstühle. »Ich habe leider keine guten Nachrichten.« Er nahm ein wenig umständlich hinter dem Schreibtisch Platz, legte die Fingerspitzen gegeneinander und sah erst Hannah, dann Karoline an. »Die Verunglückte hat sich bei dem Unfall einen doppelten Armbruch zugezogen. Diesen habe ich geschient und einen Gipsverband angelegt. Dann wird die Patientin gewiss eine Gehirnerschütterung davongetragen haben. Doch das ist es nicht, was mir Sorgen bereitet.« Er biss sich auf die Lippen, strich sich dann mehrfach durch das graue Haar.

»Sprechen Sie bitte offen, Doktor Grisham.« Karoline beugte sich vor. »Was fehlt unserer Mutter?«

»Das kann ich, ehrlich gesagt, noch nicht exakt diagnostizieren. Aber mir sind bei der Untersuchung der Wirbelsäule zwei Verhärtungen aufgefallen. Prellungen – im günstigsten Fall. Oder Blutergüsse, die sich nach einer Weile von allein zurückbilden werden.«

»Und – wenn nicht?«

Wieder legte der Arzt die Fingerkuppen gegeneinander. Er schluckte zweimal, ehe er antwortete: »Dann droht der Patientin eine Lähmung.«

Frederic Horseley zog zum wiederholten Mal seine Taschenuhr hervor. Er saß an der Bar des eleganten Cape

Heritage Hotels und behielt seit mehr als einer Stunde die Halle im Auge. Wo blieb Hannah nur? Sie waren zum Dinner verabredet, und er hatte sich den ganzen Tag über auf das Wiedersehen gefreut.

»Immer noch allein?« Eine junge Dame, die ihm schon vorgestern, bei seiner Ankunft, aufgefallen war, schenkte ihm ein verführerisches Lächeln. Sie trug ein grünes Seidenkleid mit stark gerafftem, engem Rock. Das Dekolleté war gerade so tief, dass man den zarten Busenansatz sehen konnte. Und doch verletzte es nicht die gebotene Schicklichkeit.

»Leider ja.« Frederic sah in ein grünes Augenpaar, das von einem Kranz dunkler Wimpern umrahmt wurde.

»Das tut mir leid.« Sie nickte ihm zu, die roten Locken auf ihrer Schulter begannen leicht zu tanzen. Dann ging die junge Frau quer durch die Halle und verschwand bald hinter einer Säule, neben der ein Kübel mit hohen Fächerpalmen stand.

Eine weitere halbe Stunde verging. Frederics Sorge um Hannah wuchs. Wo war sie? Was hinderte sie daran, sich mit ihm zu treffen? Und wenn es so war – warum schickte sie keinen Boten mit einer Nachricht? Er hatte ihr geschrieben, dass er auch diesmal wieder im Cape Heritage Hotel absteigen würde, so wie auch die beiden letzten Male, als er in Kapstadt gewesen war.

»Wenn Sie es nicht als aufdringlich empfinden, so würde ich Sie bitten, mir beim Essen Gesellschaft zu leisten. Man hat mich ganz offensichtlich ebenso vergessen wie Sie.« Die junge Dame im grünen Kleid trat lächelnd neben ihn.

»Ich … nun, Sie haben recht, noch länger zu warten wäre dumm.« Er verbeugte sich. »Darf ich mich vorstellen – Frederic Horseley.«

»Ich bin Dorothy Darlton.« Ein Hauch von Rot überzog das schmale Frauengesicht. »Bitte halten Sie mich nicht für aufdringlich oder gar unerzogen. Ich weiß, es geziemt sich nicht, dass man einen Fremden einfach anspricht. Doch ich bin zum ersten Mal in diesem Land. Und, ehrlich gesagt, mir ist ein wenig unheimlich zumute. Für männlichen Schutz wäre ich mehr als dankbar.« Die großen grünen Augen waren bittend auf Frederic gerichtet. Zart bebten die Nasenflügel, verrieten ein wenig von der Erregung, in der sich die junge Frau befand.

Eine heiße Woge erfasste Frederic. Sie war bezaubernd, die schöne Fremde! Die Haut hatte einen hellen Porzellanton. Hellrot waren die perfekt geschwungenen Lippen geschminkt. Die grüngrauen Augen wurden von einem Kranz dunkler Wimpern umrahmt. Ihr Blick erreichte sein Herz, weckte den Beschützerinstinkt. Für den Bruchteil einer Minute dachte er an Hannah. Auch sie wollte er beschützen und vor Unbill bewahren. Aber ... sie war nicht da! Sie hatte ihn einfach versetzt! Nur kurz kam noch einmal die Frage auf, was geschehen sein mochte, denn schon beugte sich Dorothy ein wenig vor und sagte mit fast verschwörerischer Stimme:

»Es schickt sich wahrlich nicht, dass ich mich hier aufhalte. Drüben im Restaurant hat mir der Oberkellner einen Platz reserviert.«

Frederic zögerte nicht länger. Er reichte ihr den Arm und sagte mit charmantem Lächeln: »Dann erlauben Sie, dass ich Sie begleite und Ihnen meinen Schutz anbiete.«

Ein leises, kehliges Lachen kam über ihre Lippen. »Beim Dinieren wollen Sie mich beschützen?«

»Damit könnten wir anfangen.« Der Augenaufschlag, den sie ihm daraufhin schenkte, ließ sein Herz rascher schlagen.

Es hatte nur dieses kurzen Wortwechsels bedurft, dann hatte Frederic begriffen, dass die schöne Dorothy alles andere als eine Dame von Stand war. Aber es störte ihn nicht. Er war ein Mann in den besten Jahren und für die Reize schöner Frauen schon immer empfänglich gewesen. Während der Unterhaltung beim Speisen erfuhr er:

»Ich bin Schauspielerin.« Ein kleines Schulterzucken. »Und Sängerin – wenn es denn gewünscht wird.«

»Interessant.«

»Nicht immer. Aber man kommt herum in meinem Beruf. Ich bin neugierig auf die Welt. Und die Menschen.« Sie nahm einen Schluck des leichten Weins, den Frederic geordert hatte. War es Zufall oder ein Fingerzeig des Schicksals, dass der Kellner ihm einen Wein von Gut *Hopeland* empfahl? »Vor einigen Wochen noch war ich in Wien ... eine ganz bezaubernde Stadt. Mit zwei Freundinnen bin ich dort in einem kleinen Theater aufgetreten. Wir haben sogar Johann Strauß kennengelernt.«

»Dann sprechen Sie Deutsch?«

»Aber ja! Meine Mutter war mit einem Sattler aus Mainz verheiratet. Leider starb mein armer Papa sehr früh. Doch ich habe von ihm seine Muttersprache gelernt.«

»Kompliment. Sie haben gewiss viele Talente.«

Dorothy zwinkerte ihm ungeniert zu. »Seid gewiss, dass es so ist, mein Herr.«

Das war eine recht eindeutige Offerte. Und Frederic, gekränkt durch Hannahs Fernbleiben, ging auf die unausgesprochene Einladung seines schönen Gegenübers ein. »Wollen wir hinunter zum Hafen fahren? Dort kenne ich ein Etablissement, in dem man wundervolle Tanzmusik darbietet.«

»Nur zu gern!« Grüne Hexenaugen lachten ihn an.

Diesem Blick – und der kaum verhohlenen Leidenschaft, die Dorothy ausstrahlte – konnte Frederic Horseley nicht widerstehen. Auch den nächsten Tag verbrachte er in der Gesellschaft der jungen Schauspielerin. Von Hannah hatte er immer noch nichts gehört, und so war er frei in seiner Entscheidung, den Tag mit Dorothy zu verbringen. Mit einem geliehenen Einspänner fuhren sie hinaus zum Groot Constantia, denn Dorothy hatte den Wunsch geäußert, ein wenig von der Umgebung Kapstadts kennenzulernen.

»Wissen Sie, lieber Frederic, ich möchte mich mit der Gegend, in der ich vielleicht ein paar Monate leben werde, vertraut machen. Der Leiter des Theaters, an dem ich ab der nächsten Woche arbeiten werde, hat mir Hoffnung auf ein längeres Engagement gemacht.«

Frederic erwiderte nichts hierauf. Ihm war klar, dass er sich auf ein Abenteuer einließ, wenn er mit Dorothy ausfuhr und sie häufiger traf. Aber sie war einfach zu verführerisch! Daran, dass er nach *Hopeland* hinausfahren oder sich im Stadthaus der Ruhlands nach Hannah erkundigen könnte, dachte er in dieser Situation nicht.

Und so zeigte er der jungen Schauspielerin Groot Constantia, erläuterte begeistert den Baustil des großzügig angelegten Hauses und versuchte, seiner Begleiterin die historische Bedeutung des Anwesens zu erläutern. Doch bald merkte er, dass Dorothy daran wenig Interesse hegte.

»Was meinen Sie – wollen wir morgen zum Strand fahren? Ich habe gehört, dass es dort sehr romantische Fleckchen gibt.« Ihre Stimme bekam ein dunkles Timbre.

»Gern. Ich stehe Ihnen den ganzen Tag hindurch zur Verfügung.« Mit einer kleinen Verbeugung hielt er ihr die Tür der Kutsche auf. Als sie dicht an ihm vorüberging, roch er Dorothys verführerisches Parfüm, ihr Atem streifte seine Wange. In der Kutsche schmiegte sie sich an ihn und zeigte ihm deutlich, was sie sich von dieser Ausfahrt erhoffte.

»Wollen wir zu einem kleinen Restaurant am Hafen? Es liegt ein wenig versteckt, doch die Gerichte, die man serviert, sind exquisit.«

»Eine ausgezeichnete Idee.« Sie überließ ihm ihre Hand, die er an die Lippen zog und dann zärtlich den kleinen Streifen Haut küsste, der zwischen dem leichten Handschuh und dem Jackenärmel hervorblitzte. In leichtem Trab fuhr die Kutsche durch die Stadt, passierte das Parlamentsgebäude und die Groote Kerk. Allerdings zeigte die schöne Dorothy nur wenig Interesse für diese Gebäude, ihr ganzes Augenmerk war auf den Mann an ihrer Seite gerichtet.

Auch Frederic ließ kaum einen Blick von seiner bezaubernden Begleiterin, in deren Augen er ein großes Versprechen sah. Und so bemerkte er die Frau nicht, die soeben aus dem Portal des Somerset Hospitals kam, denn Dorothy raunte ihm zu:

»Sie sind ein wundervoller Mann. Und ich danke dem Schicksal, dass es mir die Bekanntschaft mit Ihnen ermöglicht hat.«

»Kleine Schmeichlerin!« Er wagte es, ihr kurz über die Wange zu streichen. Dorothy wehrte ihn nicht ab, im Gegenteil, sie schmiegte den Kopf für einen kurzen Moment in die Männerhand.

Hannah, die die ganze Nacht neben Sophie gewacht hatte, war froh, als Karoline nach leisem Anklopfen das Krankenzimmer betrat. Flüchtig küsste sie Hannah auf die Wange, dann wandte sie sich dem Bett zu. »Wie geht es ihr?«

»Unverändert. Sie ist noch nicht zu Bewusstsein gekommen. Der Arzt war vor einer halben Stunde noch einmal hier. Er meinte, dieser Schlaf sei ein Segen. So spürt sie die Schmerzen nicht, und der Körper kann neue Kräfte sammeln.«

»Das leuchtet ein.« Karoline ließ sich auf der anderen Seite des Bettes nieder.

»Mutter muss sich unbedingt ruhig halten, bitte achte darauf. Dr. Grisham hat versprochen, für die Nacht eine erfahrene Pflegerin abzustellen.«

»Ich bleibe bis zum Abend«, erklärte Karoline. »Willst du dich nicht ein wenig ausruhen?«

»Wie soll ich Ruhe finden? Mutters Befinden ist so besorgniserregend, da werde ich nicht eine Minute lang schlafen können.«

»Geh trotzdem nach Hause und ruh dich aus. Morgen wirst du neue Kraft brauchen.«

Hannah nickte, noch einmal beugte sie sich über Sophie, die blass und flach atmend in den weißen Kissen lag. Behutsam gab sie ihr einen Kuss auf die Stirn, verabschiedete sich leise von Karoline und verließ das Krankenhaus, das als eines der besten der Stadt galt.

Draußen empfing sie der goldene Schein der Sonne,

die langsam gen Westen wanderte. Tief atmete Hannah ein und aus. Der Krankenhausgeruch, dieses typische Gemisch aus Karbol, Äther und Bohnerwachs, hatte sich fast lähmend auf ihre Brust gelegt. Es war, als könnte man in den Mauern des Krankenhauses das Leid und Elend, das hinter den weißen Türen herrschte, beinahe körperlich spüren.

Als Hannah aufsah, fiel ihr Blick wie zufällig auf die offene Kutsche, die langsam vorüberfuhr. Mit starrem Blick schaute sie zu dem Paar hinüber, das die Welt um sich herum nicht zu bemerken schien.

❦

Helle kühle Seidenlaken. Gedämpftes Licht, das die zwei Dutzend im Raum verteilten Kerzen spendeten. Durch die dichten dunkelroten Portieren, die Frederic vor die Fenster gezogen hatte, drang nur gedämpftes Licht. Draußen senkte sich der Tag zur Neige.

Tief seufzte Frederic auf, als er die zarte Hand spürte, die seine Brust streichelte und dann – unersättliches süßes Hexlein – tiefer wanderte. Sein Körper reagierte sofort, und er nahm Dorothy ein weiteres Mal.

Ihr schien das Liebesspiel höchstes Vergnügen zu bereiten, denn sie lachte, trank zwischendurch ein Glas Champagner und animierte ihn dazu, es ihr gleichzutun. »Das belebt und regt an«, meinte sie augenzwinkernd.

»Gönn mir ein wenig Ruhe«, bat er lachend.

»Ruhe …« Sie schmollte so niedlich, dass er in Verzückung geriet. »Dafür sind die Stunden doch viel zu kostbar.« Sacht glitt sie von ihm und legte den Kopf an seine Schulter. Ihr rotgoldenes Haar kitzelte sein Kinn. Vorgestern erst hatte er mit Verzückung feststellen dürfen, dass es echtes rotes Haar war, das da in seidiger Fülle über ihre Schultern rieselte. Auch die kleinen Haare an ihrer Scham waren von diesem verführerischen Rot – und er konnte sich kaum beherrschen, als er jetzt wieder daran dachte, wie leidenschaftlich Dorothy sich ihm beim ersten Mal hingegeben hatte.

Nein, sie war keine Jungfrau mehr, das hatte er auch nicht erwartet. Aber sie war bezaubernd, amüsant, unterhaltsam. Wenn er mit ihr zusammen war, vergaß er für Stunden die Mühsal, die es oft bereitete, neue Geschäfte einzufädeln.

»Wirst du zu meiner Premiere kommen?«

»Ich weiß noch nicht, ob ich es einrichten kann.«

»Bitte!« Grüne Katzenaugen sahen ihn flehend an. »Ich möchte so gern, dass die anderen aus der Truppe dich kennenlernen!« Sie hauchte kleine, verführerische Küsse erst auf seine Brust, dann auf seine Wange. Die vorwitzige Zunge glitt über seine Lippen.

»Du bist wundervoll.« Katzenschnurren. Wieder kleine Küsse und eine vorwitzige Hand, die ihn an seiner empfindlichsten Stelle streichelte.

»Lass, es ist genug.« Er richtete sich auf, sah auf das rotgoldene Lockengespinst, das immer noch über seinen Leib rieselte. Das Zusammensein mit Dorothy hatte von einer Minute zur anderen allen Reiz verloren. Sie war raffiniert, sie verfolgte ein ganz bestimmtes Ziel. Jetzt, da er wieder nüchtern denken konnte, war er sich dessen bewusst.

»Lass uns gehen.« Er schwang die Beine aus dem Bett, fasste gleichzeitig nach dem seidenen Morgenrock, der griffbereit am Fußende des breiten Bettes lag.

Dorothy stand ebenfalls auf. In ihrer betörenden Nacktheit ging sie zum Fenster, schob den dichten Vorhang ein paar Zentimeter zur Seite. »Von hier aus kann ich das Theater sehen!« Sie drehte sich zu ihm um. »Komm und schau nur, was hier in der Hafengegend los ist! So viele Menschen sind jetzt noch auf den Straßen!« Ihre kleine rosa Zunge glitt über die Lippen. »Ich hätte Lust, ein wenig bummeln zu gehen.«

Frederic schüttelte den Kopf. »Das geht nicht, Dorothy. Morgen habe ich wichtige Geschäfte zu erledigen, da muss ich wach und konzentriert sein.«

»Du bist wohl sehr erfolgreich?« Unter dichten Wimpern warf sie ihm einen lauernden Blick zu.

»Es geht.« Er machte Anstalten, ins nebenan liegende Badezimmer zu gehen.

»Du lässt mich allein?«

»Wir sollten für heute unser Zusammensein beenden. Doch wenn du magst, kannst du gern noch hierbleiben. Das Zimmer ist für zwei Tage bezahlt.«

»Pah!« Dorothy warf den Kopf in den Nacken. »Wie sprichst du mit mir? Ich bin doch nicht so eine!«

»Das habe ich auch nicht gesagt, kleines Hexlein.«

»Aber du behandelst mich so.« Tränen liefen aus den schönen grünen Augen, sie wischte sie nicht ab.

»Aber nein!« Sein schlechtes Gewissen regte sich, denn natürlich war das, was sie ihm schenkte, keine wahre Liebe. Sie erwartete gewiss einiges als Gegenleistung – Geschenke, kleine, kostbare Aufmerksamkeiten. Frederic war ein Mann, der über einige Erfahrungen verfügte. In London hatte er ein halbes Jahr lang eine Geliebte gehabt, eine Opernsängerin, die an der Covent Garden Opera engagiert gewesen war. Zu den großen Sopranistinnen gehörte sie wahrlich nicht, doch sie war liebenswert und unterhaltsam. Frederic hatte ihr eine kleine, diskrete Wohnung gemietet, in der er kommen und gehen konnte, wie es ihm beliebte. Es war eine gute Zeit gewesen, sie hatten sich ohne Groll getrennt. Er schmunzelte, als er daran dachte, dass er Lindsay bei seinem nächsten Aufenthalt in London den Abschied mit einem wertvollen Perlencollier versüßt hatte.

Dieser Abschied war erfolgt, nachdem er auf einer Schiffsreise nach Kapstadt Hannah Davenshire kennengelernt hatte. Die aparte Frau mit den traurigen Augen hatte vom ersten Augenblick an sein Herz berührt.

»Wenn dir etwas an mir liegt, dann komm zur Premiere.« Dorothys Stimme unterbrach seine Erinnerungen.

»Natürlich«, versprach er, erleichtert, dass sie keine andere Forderung stellte.

»Du bist wundervoll.« Die Tränen waren bereits wieder versiegt, sie küsste ihn lange, ehe sie noch vor ihm im Bad verschwand.

Frederic ließ sich noch einmal aufs Bett sinken, er verschränkte die Hände hinter dem Kopf. Hannah … Auf einmal war sie wieder in seinen Gedanken, ließ sich nicht mehr vertreiben.

12

Die Wochen zogen so rasch dahin wie die Wolken am Himmel. Der Sommer neigte sich, eine neue Weinlese stand bevor, und auf *Hopeland* ging es so hektisch zu wie stets um diese Jahreszeit. Fässer wurden gesäubert, die Holzkiepen repariert, die zwei großen Weinpressen in Ordnung gebracht. Christopher arbeitete oft bis spät in den Abend hinein.

»Du reibst dich auf«, sagte Karoline hin und wieder, wenn er sich erschöpft in den hohen Lehnsessel sinken ließ, in dem schon sein Großvater gern entspannt hatte. »Warum stellst du nicht wieder einen Kellermeister ein? Allein ist die Arbeit doch kaum zu schaffen.«

»Wo soll ich einen guten Mann finden? Kannst du mir das sagen?«

Karoline zögerte, dann sagte sie: »Wenn es dir recht ist, komme ich mit in den Weinkeller und du erklärst mir alle Neuerungen. Ich habe ja schon bei meinem Vater vieles gelernt. Wenn du mit mir zusammenarbeiten willst, kann es nur von Vorteil sein für *Hopeland*.«

Christopher streckte die Arme nach ihr aus. »Mein tapferes Herz«, murmelte er und vergrub das müde Gesicht in ihrem Haar. »Was willst du dir noch aufladen? Mutter und die Kinder sind doch Aufgabe genug.«

Sanft schob Karoline ihn von sich. »Die Kinder machen mir nur Freude. Und deine Mutter ... sie ist der tapferste Mensch, den ich kenne. Sie trägt ihr Schicksal bewundernswert.«

»Das stimmt.« Christopher seufzte unterdrückt auf. »Wenn ich sie sehe, bricht mir stets aufs Neue das Herz.«

»Sie dauert mich auch, aber Mitleid ist das Letzte, was sie will.« Karoline richtete sich entschlossen auf. »Komm mit ins Esszimmer, sie wartet sicher schon auf dich. Wir wollen gemeinsam einen späten Imbiss einnehmen. Die Kinder haben bei Josy in der Küche gegessen.«

»Ich komme gleich, ich richte mich nur ein wenig her«, sagte Christopher.

Eine Viertelstunde später betrat er lächelnd das Esszimmer, das seit Jahren der zentrale Mittelpunkt des Hauses war. Hier fanden sie sich alle immer wieder zusammen, wenn sie ansonsten auch ihre eigenen vier Wände hatten.

»Mein Junge, es ist spät geworden.«

»Tut mir leid, Mama, aber es ließ sich nicht ändern.« Er hob Sophies Hand, die in den letzten Monaten sehr dünn geworden war und an der sich einige bläuliche Adernstränge zeigten, an die Lippen. Angestrengt vermied er es, das Gefährt anzusehen, in dem seine Mutter seit Monaten saß.

Der Rollstuhl war modern, leicht und wendig. Die Sitzfläche und das Rückenteil waren aus festem Korbgeflecht. Um es für die Gelähmte bequemer zu machen, hatte Hannah vor einigen Wochen zwei Schaffelle auf der Sitzfläche und im Rücken befestigt. Sophies Füße standen auf einer dünnen Holzleiste, die Räder knarrten leise, als sie den Rollstuhl zum Tisch bugsierte.

Als Christopher nach dem schmalen, gedrechselten Handgriff über der Rückenlehne griff, wehrte sie ab. »Lass nur, ich komme gut allein zurecht.«

»Ich weiß, Mutter.«

Sie sah kurz zu ihm auf. »Versteh mich, ich muss lernen, noch selbständiger zu werden.«

»Ich werde gleich nach der Weinlese ein paar Rampen bauen lassen, damit du allein in den Hof fahren kannst.«

»Eine gute Idee. Danke, mein Junge.«

13

Sophie sah den Reiter schon von weitem. Sie saß auf der Terrasse, eine Flickarbeit im Schoß. Mehr als vier Monate waren vergangen seit ihrem Unfall, sie fühlte sich wieder gut genug, um einige Pflichten zu übernehmen. Wenn es ihr auch nicht mehr vergönnt war, bei der Weinlese zu helfen, so konnte sie sich doch vielfältig nützlich machen. Fast alle anderen waren im Weinberg, es galt, die letzten Trauben zu ernten. Nur Josy räumte im Haus den Vorratsraum auf. Die Kinder hatte Karoline mitgenommen, sie spielten mit dem ersten bunten Laub, gehütet von einer vierzehnjährigen Schwarzen, deren Eltern als Wanderarbeiter nach *Hopeland* gekommen waren und während der Weinlese in einem der alten Krals am südlichen Ende des Besitzes wohnten.

Sophie beschattete die Augen mit der Hand, als der Reiter näher kam. Er trug einen sandfarbenen Reitdress, die dunkelbraunen Stiefel waren staubig, der breitrandige Hut wies Schweißflecken auf.

Als er sein Pferd, einen dunkelbraunen, hochbeinigen Wallach, dicht vor der Terrasse zügelte, konnte Sophie sehen, dass auch Frederic Horseleys Gesicht schweißbedeckt war. Er musste sehr scharf geritten sein.

Sophie legte die weiße kleine Schürze von Charlotte zur Seite, an der sie bis eben ein paar kleine Risse ausgebessert hatte. »Frederic … schön, Sie wieder einmal zu sehen. Sie haben lange nichts von sich hören lassen.«

Frederic schüttelte den Kopf. »Vor drei Wochen war ich zum letzten Mal hier. Hat man es Ihnen nicht gesagt?«

»Nein, ich bedauere.«

Ohne auf eine Aufforderung zu warten, sprang Frederic aus dem Sattel. Locker band er das Pferd an einem Pfosten seitlich der Terrasse an.

Sophie wies auf einen der bequemen Korbstühle, die in einer Vierergruppe links von ihr standen. »Kommen Sie, setzen Sie sich. Ich rufe gleich Josy und lasse Ihnen eine Erfrischung bringen. Um das Pferd müssen Sie sich leider selber kümmern, alle Leute sind im Weinberg.«

Zögernd kam Frederic näher, kurz verbeugte er sich vor Sophie, ehe er sich einen Sessel näher zog und sich ihr gegenüber niederließ. Mit der Rechten wies er auf den Rollstuhl. »Sind Sie leidend? Wenn ich Sie störe, sagen Sie es offen.«

»Aber nein!« Sophie schüttelte den Kopf. »Dieser Stuhl ... ohne ihn kann ich leider nicht mehr sein.« Sie strich, es war inzwischen eine rein mechanische Geste, über die dünne karierte Decke, die sie über die Knie gebreitet hatte. Da es noch sehr warm war, trug sie eine leichte gelbe Bluse, darüber nur ein senffarbenes Schultertuch. Senffarben war auch der Rock, von dem jedoch nur wenig zu sehen war.

»Aber ... wieso? Was ist geschehen?«

»Wissen Sie es denn wirklich nicht?« Sophie beugte sich vor. »An dem Tag, an dem Sie sich mit Hannah in Kapstadt treffen wollten, hatte ich einen Unfall.« Sie biss sich kurz auf die Lippen. »Leider hatte er zur Folge, dass ich seither gelähmt bin.«

»Das habe ich nicht gewusst!« Kopfschüttelnd sah Frederic sie an. »Deshalb ist Hannah nicht gekommen!«

»Sie hat die ganze Nacht bei mir gewacht. Ich war lange Zeit bewusstlos, nachdem man mich in die Klinik gefahren hatte. Wie ich später erfuhr, haben sich Hannah und Karoline mit der Wache an meinem Krankenlager abgelöst.«

Der Mann senkte den Kopf. Er dachte daran, dass er sich an jenem Tag – und auch in der darauffolgenden Nacht – mit der kecken Dorothy amüsiert hatte. Die Sängerin hatte ihn für einige Tage verzaubert, doch rasch hatte er begriffen, dass sie im Grunde ein leichtes Mädchen war, das nur flüchtige Abenteuer suchte. Vielleicht gar einen reichen Mann, der ihr ein paar großzügige Geschenke machte. Nun, das hatte er letztendlich auch getan, vor allem, um ihr den abrupten Abschied leichter zu machen.

»Ich war schon zweimal hier, um Hannah zu sprechen. Sie hat mich nicht empfangen.« Bittend sah Frederic die Gutsherrin an. »Ich muss mit ihr reden! Sie muss mich anhören! Es gibt so vieles, das ich ihr erklären möchte. Und gewiss wird es mir von Angesicht zu Angesicht möglich sein, das Missverständnis zwischen uns aus der Welt zu schaffen.« Kurz schwieg er, dann fügte er leiser hinzu: »Glauben Sie mir, ich werde alles tun, um ihre Verzeihung zu erlangen. Ich hätte unter allen Umständen auf Hannah warten müssen.«

Sophie nickte. »Ich glaube Ihnen, dass Sie ehrliche Absichten haben. Doch Hannah ist sehr verletzt. Sie hat uns alle gebeten, Sie nicht zu empfangen. Sie will Sie nie wieder sehen, das sollen wir Ihnen ausrichten, falls Sie herkommen, und Hannah ist nicht da.«

Frederic nickte bedrückt. »Ich weiß. Doch bitte glauben Sie mir: Ich würde alles tun, um Hannahs Zuneigung zurückzugewinnen.«

»Hannah hat Sie gesehen. Mit einer jungen Frau in einer Kutsche.«

»O mein Gott! Das … das ist entsetzlich! Das hätte nicht geschehen dürfen!« Mit beiden Händen fuhr sich Frederic über die Augen. Dann beugte er sich vor, nahm Sophies Hände und hielt sie fest. »Ich flehe Sie an, Missis Ruhland, sprechen Sie für mich bei Ihrer Tochter! Sagen Sie ihr, dass ich sie unbedingt sehen – und persönlich um Verzeihung bitten muss.«

»Ich werde es versuchen.«

»Diese junge Frau bedeutet mir gar nichts. Sie war …« Verlegen brach er ab. »Nun, Sie wissen sicher, dass ein Mann hin und wieder gewissen Reizen nicht widerstehen kann. Ich habe mich verleiten lassen, einer jungen Frau, die ich zufällig im Hotel kennenlernte, meine Aufmerksamkeit zu schenken. Dass Ihre Tochter uns zufällig gesehen hat, ist mir schrecklich unangenehm. Ich würde alles geben, um dies ungeschehen zu machen.«

»Das glaube ich Ihnen. Nur ob meine Tochter diese Erklärung akzeptieren kann, vermag ich nicht zu sagen. Hannah ist sehr gekränkt.«

Frederic nickte bedrückt, dann sah er Sophie bittend an. »Darf ich eine Weile hier warten?«

»Natürlich. Ich lasse eine Erfrischung bringen.« Sie griff nach einer kleinen Glocke, die auf dem Tisch stand, und wenig später erschien Josy.

»Bitte bring Mister Horseley eine Karaffe Wein.«

Josy nickte nur. Beim Gehen warf sie Frederic einen unfreundlichen Blick zu. Die alte Getreue wusste sehr genau um Hannahs Kummer. Und auch, dass der smarte Engländer schuld daran war, dass Hannah so oft heimlich weinte. Nach ihrer Rückkehr aus Kapstadt hatte sich Hannah bei Josy ausgeweint, so wie einst, da sie noch Kind gewesen und sie ihre innigste Vertraute gewesen war.

Mit undurchdringlicher Miene servierte Josy den

golden schimmernden Wein in einem geschliffenen Krug, stellte zwei Weingläser dazu und ging zurück in ihre Küche. Doch sie konnte sich nicht auf die Arbeit konzentrieren. Schließlich zog sie die weiße Schürze aus und hastete hinüber in den südlich gelegenen Weinberg, es war einer der ältesten Teile des Gutes. Hier arbeitete Hannah seit dem frühen Morgen Seite an Seite mit den schwarzen Arbeitern, um die späten, besonders süßen Trauben zu schneiden.

»Du hast Besuch.« Josy nahm Hannah die Schere aus der Hand. »Da will einer um Verzeihung bitten, denke ich.«

»Frederic … er ist wieder da?« Hannah wurde blass. Sie biss sich auf die Lippen, bis ein kleiner Blutstropfen erschien. Dann schüttelte sie den Kopf. »Ich will ihn nicht sehen! Josy, hilf mir. Was soll ich tun? Er lässt einfach nicht locker. Aber ich kann ihn nicht empfangen! Immer noch sehe ich ihn im Geist mit dieser anderen.« Erregt zog sie sich das Kopftuch, das Schutz vor Hitze und Schmutz bot, von den Haaren.

»Geh einfach hinüber in meine Hütte. Bleib, bis ich dich rufe.« Josy machte eine abwertende Handbewegung. »Soll er doch warten, bis er verfault, dieser Mistkerl. Wie konnte er es wagen, dir so weh zu tun?«

»Wenn ich ihn nur nicht so liebhätte, wäre alles leichter«, flüsterte Hannah, dann legte sie die Schere in die Kiepe, die schon fast ganz mit Trauben gefüllt war. »Nimm die Sachen, ich muss ins Haus«, sagte sie zu der jungen Schwarzen, die in der Nähe arbeitete.

Zwei Stunden wartete Frederic. Schließlich bat er Sophie, nach Hannah suchen zu dürfen, doch in dem angegebenen Teil des Weinbergs fand er sie nicht. Es konnte ihm auch niemand sagen, wo sie sich aufhielt.

»Bis vor kurzem war Missis Hannah noch da«, erzählte eine Arbeiterin, die zum weiten gelben Kleid ein gleichfarbiges Kopftuch trug, das sie zu einem Turban geschlungen hatte. Sie rollte mit den Augen, dass nur noch das Weiße zu sehen war. »So rasch ist sie gelaufen, die Missis. Ich weiß aber nicht, wohin.«

»Danke.« Frederic Horseley ging zur Terrasse zurück, wo Sophie immer noch saß und nun die kleine Charlotte hütete, die auf den Schoß der Großmutter geklettert war und hingebungsvoll mit zwei Puppenkindern spielte.

»Ich glaube nicht, dass ich Hannah heute noch antreffen werde«, sagte er. »Bitte richten Sie ihr meine Grüße aus. Und sagen Sie ihr, dass ich nicht lockerlassen werde, bis sie mich angehört hat. Ich werde zu meinem Weingut hinüberreiten und dort übernachten. Wenn Sie erlauben, komme ich dann morgen wieder und werde versuchen, mit Hannah zu reden.«

»Sie haben auch ein Weingut? Davon wusste ich gar nichts!« Überrascht sah Sophie ihn an. »Wann haben Sie es gekauft?«

Frederic zuckte mit den Schultern. »Zunächst war es eine reine Geldanlage. Doch dann sagte ich mir, dass es schön wäre, ein eigenes Zuhause hier am Kap zu haben. Da kam die Offerte von Missis Lammersburg gerade zur rechten Zeit. Ich konnte ihr Gut, das in desolatem Zustand war, günstig erwerben.«

»Nein!« Aus entsetzt geweiteten Augen sah Sophie ihn an. »Das nicht! Sagen Sie, dass das nicht wahr ist! Nicht *Summerset*!«

14

So stürmisch wie in den ersten Julitagen des Jahres 1864 war es lange nicht mehr gewesen. Die Temperaturen sanken unter zehn Grad, kühler Wind wirbelte goldrote Blätter durch die Luft. In den hohen Räumen des Stadthauses der Familie Ruhland war es so kühl, dass Sophie Anweisung gab, die beiden Öfen im Salon und in ihrem privaten Wohnbereich anzuzünden.

Seit drei Wochen waren Sophie, Hannah und die beiden Kinder in Kapstadt und bewohnten das große Stadthaus. Karoline, im vierten Monat schwanger, war mit ihrem Mann auf *Hopeland* geblieben, auf Anraten ihres Arztes sollte sie viel ruhen.

»Puh, ist das kalt geworden!« Hannah gab dem schwarzen Hausmädchen ihr Pelzcape. »Wo ist meine Mutter?«

»Im Salon. Sie übt mit Victor für die Schule.«

»Der arme Kerl! Nichts ist ihm mehr zuwider.« Sie trat vor den hohen venezianischen Spiegel, der an der Stirnseite der Halle hing, und richtete ihr Haar. »Bring mir bitte ein Glas Tee, Elli. Ich gehe mal rüber zu den beiden.«

In Sophies privatem kleinen Salon war es angenehm warm. Seit sie im Rollstuhl saß, hatte sich Sophie zwei Zimmer im Erdgeschoss des großen Hauses einrichten lassen. Das frühere Empfangszimmer war nun ihr Salon, geschmackvoll mit hellen Möbeln aus der Zeit des Biedermeier eingerichtet. Blaue Seidenportieren hingen an den Fenstern, mit dem gleichen Stoff waren die graziös geschwungenen Sessel bezogen. Ein blau-golden gemusterter Seidenteppich aus Persien vervollständigte das Ambiente.

An diesen Wohnraum schloss sich, nach Osten gelegen, Sophies Schlafraum an. Hier war im vorigen Jahr noch ein kleiner Wintergarten angebaut worden, so dass Sophie ihrer neuen Leidenschaft, dem Sammeln seltener Orchideen, nachgehen konnte. Seit sie drei der exotischen Blüten geschenkt bekommen hatte, war sie fasziniert von diesen Blumen und korrespondierte mit Blumenzüchtern in Holland, England und Italien.

Sophie und ihr Enkel saßen an einem runden Tisch; der Achtjährige kaute verbissen auf einem Bleistiftende.

»Mama, machst du jetzt auch noch der Hauslehrerin Konkurrenz?« Lächelnd zauste Hannah durch Victors dunkle Locken.

»Er muss sehr viel Lernstoff nachholen, das weißt du doch.« Sophie lächelte ihrem Enkel liebevoll zu. »Aber das schaffen wir zwei ganz leicht, nicht wahr?«

»Ich mag aber nicht lesen üben. Und das Schönschreiben ist langweilig.«

»Das musst du aber können. Leider war Fräulein Hamilton viel zu nachsichtig mit dir. Wir werden in den nächsten Tagen Ausschau nach einem anderen Hauslehrer halten.«

»Meinetwegen. Wenn ich nur nicht mehr in die Schule gehen muss. Da kenne ich niemanden, und alle hänseln mich, weil ich nicht so gut lesen kann wie sie.« Er warf den Stift zur Seite. »Aber im Rechnen bin ich besser. Viel besser!«

»Na also! Du bist ja auch mein kluger Junge.« Hannah, die die Kinder ihres Bruders liebte wie eigene, zog ihn an sich. »Hier, eine kleine Aufmunterung.« Aus ihrer Tasche zog sie eine Tüte mit Bonbons. Auch ein paar Lakritzstangen hatte sie besorgt, weil sie wusste, wie gern Victor diese Leckerei hatte. Seine kleine Schwester würde sich mehr über drei bunte Lutscher freuen, auch die hatte sie bei ihrem Stadtbummel besorgt.

»Hast du die Annonce aufgegeben?«, erkundigte sich Sophie.

»Ja, selbstverständlich. Wollen wir hoffen, dass sich bald jemand findet, der bereit ist, nach *Hopeland* zu siedeln und sich dort um Victor zu kümmern.«

Der Junge verzog das Gesicht. »Aber nicht wieder ein Fräulein. Die sind so langweilig!«

Hannah lachte. »Dann wollen wir hoffen, dass sich ein Hauslehrer meldet.«

Keine zehn Tage waren vergangen, dann hatten sich vier Lehrerinnen vorgestellt. Zwei von ihnen waren jung und unerfahren, sie lebten erst seit wenigen Wochen am Kap und hofften, so ein Zuhause zu finden. Zwei ältere, spitznasige Fräuleins wären zwar auch gern bereit gewesen, in die Einsamkeit zu ziehen und einen einzigen Schüler zu unterrichten, doch Sophie und Hannah waren sich einig, dass diese ältlichen, verbittert wirkenden Frauen nicht die geeigneten Personen waren, Victor Freude am Lernen zu vermitteln.

Ein junger Holländer stellte sich vor und entsprach in vielen Punkten den Vorstellungen von Sophie, doch als er hörte, wie weit das Weingut, auf dem er dann leben sollte, von der Stadt entfernt lag, zog er seine Bewerbung wieder zurück.

»Das war leider der letzte Lehrer, der sich auf die

Stelle gemeldet hatte«, meinte Sophie resignierend. »Was wird jetzt?«

»Wir warten einfach ab. Eventuell bewirbt sich doch noch jemand.«

Und so war es in der Tat: Drei Tage später kam Victor in Begleitung eines großen, breitschultrigen Mannes nach Hause, der sich als Mathew Browling vorstellte.

»Ich unterrichte Victor in Mathematik und Zeichnen«, erklärte er, nachdem ihn das Hausmädchen in Sophies Salon geführt hatte. »Bitte verzeihen Sie, dass ich unangemeldet herkomme, doch von Victor erfuhr ich, dass Sie jemanden suchen, der ihn privat unterrichtet.« Fragend ging sein Blick von Sophie zu Hannah, die gerade eben aus dem Wintergarten kam. »Sie sind Victors Mutter, nehme ich an.« Er erhob sich und ging auf Hannah zu. Bewundernd sah er in ihr apartes Gesicht, mit einem Blick umfing er die schlanke Gestalt im weinroten leichten Wollkleid. Es war schlicht geschnitten, als einzigen Schmuck trug Hannah eine zweireihige Perlenkette, dazu schlichte Perlohrringe.

»Nein, ich bin die Tante des Jungen. Seine Eltern befinden sich zurzeit auf dem Gut der Familie, weiter draußen im Weinland.«

»Dann verstehe ich …« Mathew Browling nahm, nachdem ihn Hannah mit einer knappen Geste dazu aufgefordert hatte, wieder in einem Sessel Platz. »Victor geht demnach nicht regelmäßig zur Schule.«

»Nein. Aber das sollte ja bekannt sein«, sagte Sophie.

Er nickte. »Bitte verzeihen Sie, aber ich bin erst seit kurzem in Kapstadt. Diese Stelle an der Schule habe ich nur für den Übergang angenommen, da ein älterer Kollege erkrankt ist. Ich möchte mich in erster Linie meiner Kunst widmen. Allein ... davon kann man nicht leben. Zumindest ich kann es nicht«, fügte er mit einem selbstironischen kleinen Lächeln hinzu.

»Sie sind – Künstler?« Ein kritischer Blick von Hannah begleitete die Worte.

»Ich versuche mich als Maler. Als Landschaftsmaler, exakt gesagt. Die Engländer, vor allem John Constable und William Turner, haben mich inspiriert.«

»Alle Achtung, da haben Sie sich große Meister zum Vorbild genommen«, warf Sophie ein. Wohlwollend schaute sie zu dem großen, breitschultrigen Mann hoch. Er besaß volles hellbraunes Haar, das er ein wenig zu lang trug. Sein brauner Anzug mit der karierten Weste darunter war nicht gerade elegant, im Gegenteil, man sah dem Kleidungsstück an, dass es schon recht lange getragen wurde.

»Es wäre anmaßend, mich als Künstler zu bezeichnen. Doch ich möchte mich vervollkommnen. Und vielleicht gelingt es mir hier an der Küste, wo das Licht so einzigartig ist, meinen eigenen Stil zu finden.« So etwas wie Sehnsucht schwang in den Worten mit, und sein Blick bekam etwas Wehmütiges. Hannah fühlte sich berührt von der Offenheit, mit der Mathew Browling sprach.

»Sie wollten sich als Victors Hauslehrer bewerben, wenn ich das recht verstanden habe.« Sophie Ruhland fand, dass es Zeit war, zum Grund des Besuches zu kommen. »Sie wissen demnach, dass wir die meiste Zeit des Jahres draußen auf *Hopeland* leben. Dort soll Victor auch unterrichtet werden. Später vielleicht auch noch seine jüngere Schwester.«

»So hat man es mir gesagt.« Mathew zupfte an der karierten Krawatte, die aus demselben Stoff gearbeitet war wie die Weste. »Ich habe Mathematik und Englische Literatur studiert, beherrsche recht ordentlich die französische Sprache und traue mir zu, auch in Botanik und Physik über ausreichendes Wissen zu verfügen. Zumindest in den ersten Jahren kann ich einen Schüler umfangreich unterrichten.«

»Dann sollten wir es doch miteinander versuchen.« Sophie reichte ihm lächelnd die Hand. »Allerdings kann ich allein nicht entscheiden, Victors Eltern werden sich das letzte Wort vorbehalten.«

»Aber sie vertrauen unserem Urteil«, warf Hannah lächelnd ein. »In zwei Wochen spätestens fahren wir nach *Hopeland* zurück. Wenn Sie mögen, können Sie uns begleiten und Ihre neue Wirkungsstätte kennenlernen.«

»So es zu einer Einstellung kommt«, warf Mathew ein.

»Davon bin ich überzeugt.« Hannah nickte ihm zu. »Ich denke, besonders wichtig ist, dass Victor Sie mag. Und das scheint so zu sein.« Der Junge hatte sich auf eine kleine Fußbank, die neben dem Rollstuhl stand, gesetzt und das Gespräch interessiert verfolgt.

»Ich glaube schon, dass Victor und ich uns verstehen werden. Nicht wahr, mein Junge?«

»Aber ja, Sir.« Victor stand auf und ging zu Hannah. »Ich würde gern mit ihm lernen«, sagte er treuherzig.

»Dann wollen wir alles tun, damit es Mister Browling auf *Hopeland* gefällt.«

15

Blass und mit verschwitztem Haar lag Karoline in den Kissen. Sechs Stunden quälte sie sich schon, und nun endlich setzten die Presswehen ein. Josy tupfte der jungen Gutsherrin mit einem kühlen Tuch den Schweiß von der Stirn und sprach ihr gut zu. Auch Sophie, die in ihrem Rollstuhl dicht am Bett saß, versuchte, die Gebärende aufzumuntern.

»Gleich hast du es geschafft, mein Liebes. Noch zwei-, dreimal pressen, dann bist du von allen Schmerzen erlöst und kannst dein Baby in den Arm nehmen.« Während sie sprach, sah sie zu Josy hin, die mit ernstem Gesicht neben dem Arzt stand, der seit dem Morgen auf *Hopeland* war und die Geburt überwachte. Auch Dr. van Houwen, ein noch junger Mediziner mit holländischen Wurzeln, machte ein sorgenvolles Gesicht. Das Baby lag falsch, und als er eben ein weiteres Mal die Herztöne abgehört hatte, waren ihm unregelmäßige Geräusche aufgefallen.

»Ich … ich halte es nicht mehr aus! Es tut so weh!« Karoline bäumte sich auf, ihre Hand verkrampfte sich in der Bettdecke, und der Schrei, der über ihre Lippen kam, hatte kaum noch etwas Menschliches.

»Gleich ist es geschafft!« Der Arzt versuchte mit einem Betttuch, das er um Karolines Leib gewunden hatte, von außen den Druck auf den kindlichen Körper zu intensivieren. Langsam, beinahe widerwillig glitt das Baby aus dem Mutterleib. Während Karoline von einer weiteren Wehe überrollt wurde, die ihr fast die Besinnung raubte, nahm Josy das Baby aus den Händen des Arztes. Vorgewärmte weiche Tücher lagen bereit, und Josy, die schon vielen Kindern auf *Hopeland* ans Licht der Welt geholfen hatte und genauso viel von Geburtshilfe verstand wie eine Hebamme, kümmerte sich behutsam um das Neugeborene. Aber während sie das Kleine wusch und vorsichtig den Schleim aus seiner Nase und den Mundwinkeln entfernte, wurde ihre Miene immer besorgter.

Auch Dr. van Houwen wirkte nicht ganz entspannt, als er den Eltern zur Geburt der kleinen Tochter gratulierte. »Sie ist sehr zart, schauen Sie zu, dass sie stets warm liegt.«

»Selbstredend, Herr Doktor. Wir werden die kleine Prinzessin bestens versorgen«, versicherte Sophie. Sie lenkte den Rollstuhl hin zu der Wiege, in die Josy das Baby gebettet hatte. »So winzig klein«, entfuhr es ihr, als sie das zarte Geschöpf sah. »Aber danken wir Gott, dass sie gesund auf die Welt gekommen ist.«

»Hoffen wir das Beste«, erwiderte er so leise, dass Karoline ihn nicht hören konnte. Sie lag mit geschlossenen Augen und völlig entkräftet im Bett. Dass ihr Mann hereinkam und sie zärtlich küsste, spürte sie nicht einmal.

Dr. van Houwen wandte sich erneut an Sophie. »Lassen Sie ihr Wein bringen. Mit einem verquirlten Ei und Traubenzucker darin. Das gibt ihr Kraft.« Er trat noch einmal an die Wiege und presste die Lippen zusammen, als er bemerkte, dass das Neugeborene immer noch unruhig und viel zu flach atmete. »Rufen Sie mich, wenn es nötig werden sollte«, sagte er, bevor er sich verabschiedete. »Ich komme dann, so rasch ich kann.«

»Hoffen wir, dass es nicht vonnöten sein wird.«

Sophie brachte ihn zur Tür und schaute ihm nach, als er seinen leichten Landauer bestieg und vom Gutshof rollte.

»So ein Unglück! Es ist so ungerecht!« Christopher Ruhland ging mit langen Schritten in seinem Büro auf und ab. Immer wieder schlug er mit der Rechten in die geöffnete linke Handfläche. Dabei liefen ihm Tränen übers Gesicht. Tränen, die er nicht fortwischte.

Stattdessen schlug er einen Weinkrug vom Tisch, die goldene Flüssigkeit ergoss sich über den hellen Wollteppich, der unter dem Schreibtisch lag. Es kümmerte den Mann, der immer noch wie ein gefangener Tiger im Käfig hin und her lief, nicht.

»Warum nur? Warum? Warum?« Er schrie es plötzlich so laut heraus, dass es im ganzen Haus zu hören war. Auch im Schulzimmer, wo Mathew Browling soeben versuchte, der kleinen Charlotte die ersten Buchstaben beizubringen, war das verzweifelte Schreien des Gutsherrn zu hören.

Victor zuckte zusammen. Charlotte begann zu weinen und barg das Gesicht in den Händen.

Der junge Lehrer seufzte unterdrückt auf. Es war wahrlich ein tragisches Unglück, das der Familie Ruhland widerfahren war. Das Baby, das vorgestern in einer Nottaufe den Namen Emily bekommen hatte, war in der letzten Nacht gestorben. Ein Herzfehler sei die Ursache gewesen, hatte der Arzt gesagt. Kein Mensch auf der Welt wäre in der Lage gewesen, die Kleine zu retten.

Karoline litt leise. Sie hatte ihre jüngste Tochter stundenlang im Arm gehalten, hatte versucht, ihr Kraft zu schenken, hatte mit dem Baby gesprochen und es mit Zärtlichkeiten verwöhnt.

Aber nur ganz selten hatte Emily die Augen geöffnet. Große blaue Augen, die dann viel zu ernst die Mutter angeschaut hatten. Zumindest empfand Karoline es so. Ihr schien es, als wüsste das kranke kleine Wesen genau, dass es nur für kurze Zeit auf der Welt sein durfte.

Als Emily ihren letzten Atemzug tat, hielt Karoline sie auch im Arm. Behutsam wiegte sie die Kleine noch eine Weile hin und her, dann küsste sie sie ein letztes Mal und legte das Baby zurück in seine Wiege. Unendlich sanft zog sie dann das dünne Leinentuch über die winzige Gestalt.

»Was machst du da?« Christopher, der am Fenster gestanden hatte, kam näher, zog mit einem Ruck das Tuch fort. »Du erstickst sie ja! Sie bekommt keine Luft mehr!« Zornig sah er seine Frau an, deren Gesicht tränenüberströmt war. Ungläubig blickte er dann von Karoline zu Emily. Von dem Baby zu seiner leise weinenden Frau – und schrie auf. Es klang wie der Todesschrei eines verletzten Tieres und schnitt jedem, der ihn hörte, ins Herz.

Danach stürmte Christopher aus dem Haus, er rannte stundenlang durch die Weinberge. Er haderte mit Gott, er fluchte und weinte, er brüllte seinen Schmerz hinaus und riss an den Reben, bis seine Hände blutig waren.

Wie versteinert war sein Gesicht, als er aufs Gut zurückkam. Und so blieb seine Miene auch, als man das kleine Mädchen in einem weißen Sarg zu Grabe trug. Er stützte seine trauernde Frau nicht, mit gesenktem Kopf ging er neben ihr her, ganz gefangen in seinem eigenen Schmerz – und dem Zorn auf einen ungerechten und wahrlich nicht gütigen Gott.

Karoline ertrug sein Verhalten ebenso tapfer wie den Verlust ihres Kindes. Leise litt sie, wurde blass und schmal, doch sie kam ihren Pflichten nach und versuchte, Victor und Charlotte zu erklären, dass ihre Schwester nun bei den Engeln sei.

Auch der Hauslehrer versuchte mit seinen beiden Schutzbefohlenen, das traurige Geschehen aufzuarbeiten. Er betete mit ihnen für Emily, er las aus der Bibel vor und versuchte, den Kindern die Schönheiten des Paradieses zu erklären.

»Warum ist Papa so böse?«, fragte Charlotte, und Tränen liefen ihr über die Wangen. »Ist das, weil wir nicht tot sind?«

»Aber nein. Das darfst du nicht denken. Er ist auch nicht böse, sondern traurig. Sehr traurig und verzweifelt«, erwiderte Mathew.

»Er weint aber gar nicht.«

»Nicht jeder weint, wenn er traurig ist. Jeder Mensch versucht, den Kummer auf seine eigene Art und Weise zu bewältigen.« Er stand auf. »Wisst ihr was – wir gehen jetzt spazieren und schauen uns die Blumen drüben im Garten an. Und dann malt ihr Bilder für die Mama. Sie ist auch traurig, doch ihr könnt sie gewiss aufmuntern.«

»Ich möchte zu meinem Pony. Es war schon so lange nicht mehr draußen.« Bittend sah Victor zu Mathew hoch. »Darf ich mein Pony spazieren führen?«

»Natürlich darfst du das.«

Und so gingen sie kurze Zeit später hinüber zu dem kleinen Eichenhain, der sich an die Hütten der Gutsarbeiter und den alten Kral anschloss, in dem immer noch Ziegen Schutz vor schlechter Witterung suchten, so wie sie es schon seit Bestehen von *Hopeland* getan hatten.

Es gelang Mathew Browling, die Kinder abzulenken, indem er ihnen einige seltene Pflanzen zeigte, sie auf ein Vogelnest aufmerksam machte, das auf der Erde lag. Die beiden Eier darin waren zerbrochen, und so konnte Victor sich eingehender mit diesem Fund befassen. Charlotte pflückte unterdessen ein paar Wildblumen, die sie zu einem Kranz flocht. »Jetzt bin ich eine Prinzessin«, lachte sie, als sie sich den Kranz auf die hellbraunen Locken setzte.

»Die gibt es doch nur im Märchen, Dummerchen«, wies sie ihr älterer Bruder zurecht.

Mathew schüttelte den Kopf. »So darf man das nicht sagen«, meinte er. »Es wird der Tag kommen, an dem Charlotte für einen Mann die Prinzessin seines Herzens sein wird.« Sehnsuchtsvoll dachte er dabei an Hannah. Doch sie schien ihm so unerreichbar wie die Sonne, die sich langsam gen Westen neigte und den Tafelberg in einen goldenen Mantel hüllte.

»So geht das nicht weiter!« Entschlossen stellte sich Hannah vor ihren Bruder und nahm ihm das Weinglas aus der Hand. »Seit fast sechs Tagen trinkst und fluchst du ohne Unterlass. Keine gute Art, die Trauer um Emily zu bewältigen.«

»Sprich nicht von ihr! Ich kann es nicht ertragen.«

»Wir alle müssen ihren Verlust ertragen – Karoline ganz besonders. Denkst du denn gar nicht an deine Frau? Sie braucht dich jetzt mehr denn je. Aber du …

du vergräbst dich hier in deinem Arbeitszimmer, statt deiner Frau beizustehen.«

»Ich kann sie nicht sehen.«

»Christopher ...«

»Lass mich in Ruhe, Hannah! Du verstehst doch gar nichts. Du hast schließlich keine Kinder!« Brüsk wandte er sich ab.

Hannah biss sich auf die Lippen. Bei allem Verständnis für den Schmerz, den ihr Bruder empfand – jetzt war er zu weit gegangen! Tränen standen in ihren Augen, als sie aus dem Zimmer hastete und die Treppe hinuntereilte, die von der Halle aus in den Küchentrakt und von dort gleich ins Freie führte. Blind vor Tränen sah sie die zwei schwarzen Hausmädchen nicht, die ihr kopfschüttelnd nachsahen.

Mit langen Schritten lief sie zum kleinen Pavillon im Rosengarten. Schon als Kind hatte sie in der rosenumrankten Laube Zuflucht gesucht, wenn ihr schwer ums Herz gewesen war. Leise schluchzend ließ sie sich auf der altersdunklen Holzbank nieder, die an den fünf geschlossenen Wänden der Laube entlangging. »Wie konnte er nur«, flüsterte sie ein ums andere Mal. »Er weiß doch, wie weh es immer noch tut.« Sie biss sich auf die Lippen, bis sie einen Blutstropfen spürte. Der Schmerz um die Kinder, die sie verloren hatte, die grausame Gewissheit, dass sie wohl nie einem gesunden Baby das Leben schenken würde, ließ sie zusammenkrümmen.

Sie hörte nicht, dass sich jemand der Laube näherte. Mathew Browling war ungewollt Zeuge des Disputs geworden. Er hatte in der Bibliothek etwas für den Unterricht am kommenden Tag nachschlagen wollen, da hatte er Christopher Ruhlands lautes Schreien vernommen. Ihm war auch nicht entgangen, dass Hannah in den Garten geeilt war.

Langsam, zögernd nur war er ihr gefolgt. Als er sie zusammengekauert in der Laube sitzen sah, zog sich sein Herz vor Mitleid zusammen. Sie war eine so wunderbare Frau, die Schwester des Gutsherrn! Warmherzig, großzügig, klug und dazu noch bildschön. Schon bei der ersten Begegnung hatte Mathew Browling sein Herz an sie verloren, sich aber nie zu offenbaren gewagt.

Hannah schien sein Kommen nicht zu hören, er räusperte sich verhalten. »Bitte erschrecken Sie nicht, ich bin es nur.«

Hannah hob den Kopf, rasch versuchte sie, die Tränenspuren zu tilgen. »Verzeihen Sie, aber ich ... ich habe kurzfristig die Fassung verloren.«

»Nicht Sie sind es, die um Verzeihung bitten muss.« Er blieb ein paar Schritte entfernt stehen. »Wenn Sie es wollen, ziehe ich mich gleich wieder zurück. Doch wenn ich Ihnen helfen kann, so verfügen Sie über mich.«

Hannah zögerte, dann bat sie: »Setzen Sie sich ruhig zu mir.« Sie sah kurz zum Gutshaus hinüber. »Ich mag jetzt noch nicht zurückgehen.«

»Wenn ich nicht störe ...« Er ließ sich in geringer Entfernung von ihr nieder. Eine Weile blieb es still, dann begann Mathew: »Das Schicksal kann oft sehr grausam sein. Ich kann Ihren Kummer – und den der gesamten Familie – sehr gut nachempfinden.«

»Sie verstehen nicht ...« Hannah schüttelte den Kopf.

»Dann erklären Sie es mir. Vielleicht erlauben Sie mir auch, Ihnen zu helfen.« Er rückte ein wenig näher. Behutsam zog er ihre Hände an die Lippen. »Hannah, wie gern wäre ich für Sie da.« Er zögerte, doch da sie ihm die Finger nicht entzog, da sie sich auch nicht gegen die vertrauliche Anrede verwahrte, wagte er es, weiterzusprechen. »Lassen Sie mich Ihr Freund sein. Vertrauen Sie mir, es würde mich stolz machen.«

Eine Weile war es still zwischen ihnen, nur ein paar Grillen zirpten im Gras. Hannah löste ihre Hände aus den seinen, strich sich den taubenblauen Rock, zu dem sie eine weiße Bluse mit Spitzeneinsatz trug, glatt. Ihr war ein wenig kalt, obwohl die Temperaturen draußen noch recht hoch waren. Es war wohl eine innere Kälte, die sie erfasst hatte. Im Park ertönte das Krächzen von zwei Raben, dann erklang der Ruf eines Käuzchens. Hannah zuckte zusammen, und spontan legte Mathew ihr den Arm um die Schultern.

Sie ließ es geschehen; es war angenehm, den Mann neben sich zu spüren. Er wirkte ruhig, kraftvoll. Vertraueneinflößend.

»Mein Bruder kann den Verlust seines Kindes nicht verkraften«, begann sie leise. »Er leidet. Leidet auf seine Art. Er tobt und hadert mit Gott und der Welt. Ich verstehe ihn, aber …« Sie biss sich auf die Lippen, dann fuhr sie leise fort: »Es gibt ihm aber noch nicht das Recht, andere zu verletzen.«

»Sie müssen ihm verzeihen, er weiß gewiss nicht, was er sagt in seinem Schmerz.«

Hannah schüttelte den Kopf. »Da bin ich nicht Ihrer Meinung. Er … er hat genau gewusst, wie sehr er mich mit seinen Worten getroffen hat.« Tränen stiegen ihr erneut in die Augen, rasch tupfte sie sie fort. »Sie müssen wissen, dass auch ich schon einmal Mutterfreuden entgegengesehen habe. Mehrfach sogar. Aber ich habe meine Kinder verloren.« Jetzt weinte sie doch wieder. Es war ein leises Weinen, das dem Mann ins Herz schnitt. Der Druck seiner Hand wurde fester, doch er sprach nicht.

»Meine Ehe ist daran zerbrochen, dass ich dem Hause Davenshire keinen Erben schenken konnte.« Sie zuckte mit den Schultern. »Es hat eine Weile gedauert, bis ich begriff, dass mein Mann sich von mir entfremdete. Ein paar kleinere Liebschaften, Geschäfte, die ihn für länger von mir fortführten ... schließlich eine Liaison mit einer jungen Frau, die ihm den ersehnten Sohn schenkte ... für mich war kein Platz mehr in seinem Leben.«

Noch immer sagte Mathew nichts, doch er zog Hannah behutsam fester in seinen Arm. Sie lehnte den Kopf an seine Schulter, als sie fortfuhr: »Ich kam schließlich für immer nach Hause zurück. Hier, am Kap, habe ich meinen Seelenfrieden wiedergefunden. Zumindest rede ich es mir immer aufs Neue ein.«

»Und dann hat Ihr Bruder in seinem Schmerz Ihre kaum vernarbte Wunde aufgerissen.«

»Ja. Er ist grausam.«

»Er ist verzweifelt und verdient unser Mitleid.«

Hannah sah ihn nur an. Und als er sich vorbeugte und zart mit seinen Lippen erst ihre Stirn, dann ihre Wange berührte, wies sie ihn nicht ab.

16

Morgentau lag noch auf den zarten jungen Weinblättern, als Frederic Horseley den Pferdestall betrat und den verschlafenen Stallburschen anwies, ihm seinen Hengst zu satteln. Der Sechzehnjährige zog sich die breiten Hosenträger über die Schultern. Zeit, sich ein Hemd anzuziehen, nahm er sich nicht. Mister Horseley sah nicht so aus, als hätte er an diesem Morgen viel Geduld.

Der schwarze Rapphengst, an dessen Stirn eine sternförmige Blesse glänzte, schnaubte ungeduldig und scharrte mit den Hufen. Er war ein ungestümes Tier, und außer dem Stallburschen Joe und Frederic Horseley ließ er niemanden an sich heran.

Die Dämmerung war noch nicht ganz gewichen, blaue Schatten lagen zwischen dem Gutshaus von *Summerset* und dem großen Garten, der sich im Westen daran anschloss. Die östlich gelegenen Zimmer wurden langsam von der Sonne erhellt, die wie ein goldener Ball hinter den Hügeln emporstieg. Sie tauchte das Land innerhalb kurzer Zeit in strahlend helles Licht und ließ für eine gute Stunde vergessen, dass es auf *Summerset* noch nicht zum Besten stand. Einiges hatte Frederic bereits richten lassen, doch noch immer war dem Gutshaus anzusehen, dass es über Jahre hinweg verwahrlost gewesen war. Allein die neuen Fenster und die schwere eichene Haustür zeugten davon, dass der Gutsherr gewillt war, seinem Besitz wieder zu gediegenem Aussehen zu verhelfen.

Das schwarze Fell des Pferdes glänzte im Sonnenlicht, als Frederic den Weg zum westlich gelegenen Weinberg einschlug. Während er zunächst gemächlich dahintrabte, sinnierte er darüber nach, wie oft in den letzten Wochen und Monaten er diesen Weg schon geritten war. Immer in der Hoffnung, drüben auf *Hopeland* Hannah zu treffen. Irgendwann musste ihm das Schicksal doch hold gesonnen sein! Es musste doch die Stunde kommen, in der er Hannah um Verzeihung bitten konnte!

Immer würde es ihr nicht gelingen, ihm auszuweichen oder es abzulehnen, ihn zu empfangen.

Etliche Male war er auf *Hopeland* vorstellig geworden und hatte darum gebeten, mit Missis Davenshire sprechen zu dürfen. Mehrfach war er unter einem höflichen Vorwand abgewiesen worden, dann, an einem drückend heißen Spätsommertag, an dem er schon sehr früh losgeritten war, um Hannah zu sehen, hatte ihm Karoline mit ernster Miene erklärt: »Versuchen Sie es nicht länger, Mister Horseley. Ich weiß zwar nicht genau, was geschehen ist, doch Sie haben Hannah schwer gekränkt. Sie will Sie nicht mehr sehen, das soll ich Ihnen ausrichten.« Bedauernd hatte sie hinzugefügt: »Es tut mir leid, das so unverblümt sagen zu müssen, doch ich fürchte, dass nichts in der Welt sie mehr umstimmen kann. Wir alle haben es ja schon mehrfach versucht.«

Er hatte es nicht glauben mögen. »Was ist denn so Verwerfliches daran, wenn sich ein Mann, der im Grunde ungebunden ist, mit einer jungen Dame trifft?«, hatte er bitter gefragt.

»Das allein ist es nicht«, hatte die Gutsherrin erwidert. »Ich fürchte, es war ein noch größerer Fehler, *Summerset* zu kaufen. Haben Sie denn nicht gewusst, welch unselige Erinnerungen uns mit diesem Gut verbinden?«

»Nein, Genaues weiß ich nicht.«

»*Summerset* – das ist in unserer Familie ein Synonym für Leid und Tränen.« Dann hatte sie ihm in dürren Worten von Sebastian Ruhland und Johannes Lammersburg erzählt. »Nie werden wir dieses Geschehen vergessen können, das verstehen Sie sicher«, hatte Karoline gesagt und ihm dann noch in dürren Worten von Madeleine und Johannes erzählt. »Madeleine hat den Mann geheiratet, der ihren Bruder erschoss. Sie hat sich über alle Familieninteressen gestellt und nur an sich gedacht.« Ihr Blick war zum Tafelberg gewandert, der von fern zu sehen war, wie immer von einem leichten Wolkenkranz umgeben. »Sie ist nicht glücklich geworden in dieser Ehe – was ihre Eltern ihr prophezeit hatten.« Dann hatte sie ihm kurz zugenickt und ihn dann stehenlassen.

»Madeleine Lammersburg – du verfluchtes, egoistisches und rachsüchtiges Weib. Du hast mich zu deinem Werkzeug gemacht! Auch deinetwegen will Hannah mich nicht mehr sehen! Wenn ich dich noch einmal treffe ...« Oft und oft hatte Frederic dies gesagt, aber die Frau, die ihm *Summerset* verkauft hatte, war ihm nie mehr begegnet.

In den letzten Tagen hatte er beschlossen, das Gut wieder zu verkaufen und zurück nach England zu gehen, wenn es ihm nicht endlich gelang, Hannah zu sprechen und sich mit ihr zu versöhnen. Das Leben am Kap war ihm verleidet, er war sich sicher, hier nie mehr glücklich werden zu können.

Das schrille Wiehern seines Hengstes riss ihn aus den trüben Gedanken. Das Tier bäumte sich plötzlich auf, es war Frederic nur mit Mühe möglich, sich im Sattel zu halten. Immer wieder stieg das Pferd auf die Hinterhand, gebärdete sich panisch.

Erst nach einer Weile bemerkte der Mann die Schlange, die sich unter einem Weißdornbusch hervorschlängelte. Zischend kam sie durch den Sand, verschwand hinter einigen Steinen, kam dann aber wieder zum Vorschein und versetzte den Hengst erneut in Panik.

Frederic verlor einen Steigbügel, er drohte aus dem Sattel zu gleiten, als das Tier sich noch einmal aufbäumte und dann in wildem Galopp davonstürmte. An einer Dornbuschhecke riss sich Frederic die Jacke auf, ein Ast streifte seine Stirn, nahm ihm für einen Augenblick die Sicht. Blut sickerte ihm ins linke Auge, mit letzter Kraft klammerte er sich am Sattel fest.

Nur schemenhaft sah er die aufgeschichteten Stämme vor sich. Wie eine mannshohe braune Wand wirkten sie. Der Hengst, immer noch in vollem Galopp, sprang ohne Schwierigkeiten hinüber, doch Frederic verlor die Balance und fiel seitlich zu Boden. Den Aufprall spürte er noch, dann wurde es dunkel um ihn.

Karoline und Hannah hatten es sich auf der Terrasse bequem gemacht. Victor befand sich mit seinem Hauslehrer im neu errichteten Schulzimmer, einem kleinen Raum unterm Dach, an dessen Wänden Landkarten hingen und Bilder von einheimischen und exotischen Tieren. Es war Mathew Browlings Idee gewesen, hier einen ruhigen Raum zum Lernen zu schaffen. Zwei Pulte standen unter dem schmalen Fenster, ein Regal mit Schulbüchern und eine große Schiefertafel komplettierten die Ausstattung.

Die kleine Charlotte spielte mit ihrem Puppenhaus, das Karoline auf einem flachen Tisch am Ende der Terrasse aufgebaut hatte. Das Holzhaus hatte einer der älteren Gutsarbeiter im letzten Winter für Klein Charlotte gebastelt, sie konnte sich stundenlang damit beschäftigen.

Sophie lag mit leichtem Fieber zu Bett, sie hatte zudem Migräne – eine weitere Folge des Unfalls.

Hannah hatte einen Korb mit Flickwäsche vor sich,

doch sie nahm die Näharbeit noch nicht auf, sondern sah Karoline teilnahmsvoll an.

»Du siehst immer noch blass aus«, begann sie behutsam. »Geht es dir gut? Was sagt der Arzt?«

»Es ist alles in Ordnung.«

Hannah schüttelte den Kopf. »Nichts ist in Ordnung.« Ihre Stimme bekam einen bitteren Klang. »Christopher benimmt sich ganz und gar unmöglich. Er …«

»Er leidet«, fiel ihr Karoline ins Wort. »Er wird mit dem Verlust einfach nicht fertig.«

»Und deshalb zieht er sich ganz zurück. Er reitet stundenlang durch die Rebgärten, er verkriecht sich im Weinkeller oder verbringt Tage in der Stadt. Das ist dir gegenüber nicht recht.« Hektische rote Flecken erschienen auf ihren Wangen. Tränen standen in ihren Augen, als sie leiser fortfuhr: »Wir alle können nachempfinden, was ihr verloren habt – ich ganz besonders. Aber Christopher leidet nicht als Einziger. Du … du brauchst viel mehr Trost als er.«

»Ich komme zurecht«, gab Karoline zurück. »Glaub mir, Emilys Tod geht mir zu Herzen, aber man kann das Schicksal nicht ändern. Dieses Kind wurde uns nur für kurze Zeit geschenkt.« Ihr Blick ging zu Charlotte. »Doch wir haben noch zwei gesunde Kinder, und für die will ich stark sein.«

»Das bist du. Bewundernswert stark und sehr tapfer.« Hannah streckte die Hand aus und drückte Karolines Arm. »Du weißt, dass ich immer …« Das Wort blieb ihr in der Kehle stecken, denn in diesem Augenblick stürmte ein schwarzes Pferd auf den Gutshof. Schaum stand ihm vor dem Maul, und man sah, dass seine Flanken zitterten, als der Hengst zwei Runden im Hof drehte. Dann, ganz plötzlich, blieb er heftig schnaubend stehen, denn aus den benachbarten Stallungen drang erregtes Wiehern.

»Woher kommt dieser schwarze Teufel denn?« Hannah stand langsam auf und ging zur Terrassenbrüstung. Aus zusammengekniffenen Augen sah sie das Tier an, das aufgeregt den Kopf nach hinten warf.

»Das ist doch Horseleys Rappe!« Karoline stand auf, langsam ging sie die drei Stufen hinunter, die zum Hof führten.

»Sei vorsichtig!«

»Ja, ja, bin ich.« Karoline ließ den Hengst nicht aus den Augen. »Komm her, mein Junge. Komm, ganz ruhig.« Mit leiser Stimme sprach sie auf das Pferd ein. Es dauerte bange Minuten, bis es ihr gelang, die Zügel zu fassen und das Tier, das immer noch zitterte und schnaubte, hinüber zum Stall zu führen und dort, gleich neben der hohen, grün lackierten Tür, an einem Holm festzubinden.

Langsam, um den aufgeregten Hengst nicht noch einmal zu erschrecken, kam Hannah näher. »Ist er verletzt?«

»Ich glaube nicht. Zumindest kann ich nichts erkennen.« Karoline zuckte mit den Schultern. »Aber mit Sicherheit hat ihn irgendetwas so in Panik versetzt, dass er seinen Reiter abgeworfen hat.« Sie tätschelte den schweißnassen Hals des Pferdes. »Wenn du uns nur verraten könntest, was passiert ist …«

»Frederic … wir müssen ihn suchen. Vielleicht ist er verletzt und liegt hilflos draußen in der Wildnis.«

»Ach was.« Karoline schüttelte den Kopf. »Er ist ein exzellenter Reiter, vielleicht kommt er gleich angehumpelt.«

Doch Hannah ließ sich nicht besänftigen. Angst um den Mann, den sie immer noch liebte, hatte sie erfasst. So zornig sie auch war, weil er sie betrogen hatte – sie konnte ihn nicht vergessen. Er beherrschte ihr Herz, all ihre Empfindungen immer noch. Zwar machte ihr Mathew Browling wieder recht intensiv den Hof, doch sie versuchte, sein Werben, so gut es ging, zu ignorieren. Er konnte niemals der Mann sein, mit dem sie zusammenleben wollte. Entschlossen straffte sie nun die Schultern. »Ich suche ihn«, erklärte sie, und aus ihrer Stimme war die Angst, die sie erfüllte, herauszuhören.

»Aber doch nicht in diesem Aufzug!« Karoline wies auf den kornblumenblauen Rock, zu dem Hannah eine weiße Batistbluse trug.

Doch Hannah hörte schon nicht mehr zu. So rasch es ihr möglich war, lief sie in die Richtung, aus der das Pferd gekommen war.

»So ein Unsinn«, murmelte Karoline vor sich hin. »Allein richtet sie doch gar nichts aus.«

Schnell ging sie ins Haus zurück und gab einige Anweisungen. Pandu, der Stallmeister, sollte mit zwei anderen Männern die Gegend nach Frederic Horseley absuchen, ein Hausmädchen sich um Charlotte kümmern. Sie selbst holte den Sanitätskasten aus dem Schrank im Arbeitszimmer. Darin befand sich alles für die Erstversorgung eines Verletzten. Karoline verstand sich darauf, kleinere Wunden zu behandeln, zur Not konnte sie sogar Brüche schienen. Schon vor Jahren hatte sie einen Kurs in der Stadt besucht, denn hier draußen gab es keine ärztliche Versorgung.

»Was ist passiert?« Mathew Browling stand in der Tür und sah sie besorgt an. »Ist jemand verletzt?«

»Genaues weiß ich nicht. Aber es steht zu befürchten.« Mit knappen Worten unterrichtete sie ihn über das Geschehene. »Hannah ist wie von Sinnen durch den Weinberg bis zum Waldrand gerannt«, fügte sie hinzu. »Ich konnte sie nicht aufhalten.«

»Ich laufe ihr nach«, stieß Mathew hervor, und noch ehe Karoline einen Einwand machen konnte, hatte er den Raum schon wieder verlassen.

Der Hauslehrer musste nicht lange nach Hannah suchen, kaum hatte er den westlich gelegenen Weinberg betreten, hörte er ihre Hilferufe.

Sie kauerte neben einem großen Holzstoß, den die Arbeiter in den letzten Tagen aufgerichtet hatten, als sie die Rebhänge säuberten. Den Kopf in ihren Schoß gebettet, lag Frederic Horseley neben ihr. Er schien bewusstlos zu sein. Hannah hielt seine Hand an ihre Brust gepresst, Tränen schwangen in ihrer Stimme mit, als sie Mathew entgegenrief: »Holen Sie Hilfe, Mathew, ich flehe Sie an! Er ist verletzt!«

Der Hauslehrer biss die Zähne so fest aufeinander, dass es knirschte. Eifersucht schoss, einer Flamme gleich, in ihm empor. Das Bild, das sich ihm bot, war die Erklärung dafür, dass Hannah Davenshire sein verhaltenes Werben bislang ignoriert hatte. Freundlich war sie, o ja, sie schenkte ihm stets ein Lächeln und war auch an einer Diskussion mit ihm interessiert. Zweimal waren sie gar in der Stadt im Theater gewesen. Doch wann immer er versucht hatte, sich ihr diskret zu nähern, hatte sie ausweichend reagiert.

Jetzt wusste er, warum.

Der Blick, mit dem sie den Besinnungslosen umfing, war voller Liebe und Sorge. Die Geste, mit der sie seine Hand umklammert hielt, verriet das tiefe Gefühl, das sie für den Mann empfand.

Mathew drehte sich um und lief zurück zum Gut. Auf halbem Weg kamen ihm der Stallmeister und Karoline entgegen. »Dort drüben, neben dem Akazienbusch, liegt der Reiter. Er ist ohne Besinnung.«

»Und Hannah?«, fragte Karoline.

»Sie ist bei ihm.«

Der Tag ging zur Neige, und noch immer war Frederic ohne Bewusstsein. Er lag in einem der Gästezimmer, Karoline hatte die tiefe Wunde an seiner Stirn versorgt, so gut es ihr möglich war. »Gebrochen scheint nichts zu sein«, stellte sie fest. »Ich denke, er hat eine heftige Gehirnerschütterung und Prellungen. Sicher wird er bald wieder zu sich kommen.«

»Wenn er stirbt …« Hannah brach in Tränen aus.

»Ach was, daran muss man nicht denken. Er wird einen Brummschädel haben, das ist alles. Und eine Narbe wird wahrscheinlich an der Schläfe bleiben.« Karoline lächelte beruhigend. »Sorg dich nicht, es wird alles gut werden.«

»Wenn ich dir nur glauben könnte!«

Langsam senkten sich die blauen Schatten der Nacht über *Hopeland*. Im Gutshaus war es still geworden, die meisten der Bewohner schliefen. Aus der Küche drangen noch ein paar verhaltene Geräusche, die treue Josy bereitete einen Tee für Hannah vor. Nachdem sie das duftende Getränk in die vorgewärmte Silberkanne gegossen hatte, stellte sie eine Schale mit Selbstgebackenem hinzu.

»Eine kleine Stärkung«, sagte sie, als sie leise das Zimmer betrat, in dem Frederic Horseley lag. Dicht neben seinem Bett, in einen bequemen Sessel gelehnt, saß Hannah. Sie trug ein Hauskleid und hatte sich gegen die Kühle der Nacht ein leichtes Wollplaid über die Knie gelegt. Kaum hob sie den Kopf, als Josy eintrat.

»Danke, das ist lieb von dir«, sagte sie nur. Dann war ihr Blick wieder auf den Schläfer gerichtet.

»Er atmet ganz ruhig, das ist gut«, sagte Josy. »Bald wird er wieder gesund sein, glaub mir.«

»Ich könnte es nicht ertragen, wenn er … wenn er …« Sie biss sich auf die Lippen.

»Ach was, denk so etwas gar nicht erst. Er ist kräftig, so ein Schlag an die Schläfe wird ihm nicht allzu sehr schaden.«

»Es würde mich umbringen, wenn ihm etwas geschähe.« Wie ein Hauch nur kamen die Worte über Hannahs Lippen.

»Alles wird gut.« Wie eine Beschwörungsformel wiederholte die alte Schwarze diese drei Wörter. Kurz beugte sie sich über Frederic, dann verließ sie das Zimmer.

Hannah entzündete noch zwei Kerzen, denn die kleine Öllampe, die auf einem Tisch nahe am Fenster stand, spendete kaum Licht. Sie nahm das Buch, in dem sie seit Wochen las, zur Hand, doch die Gedichte Heinrich Heines, die ihr normalerweise so viel Freude bereiteten, vermochten sie heute nicht zu fesseln. Seit der Schulzeit beherrschte sie die deutsche, aber auch die französische Sprache fast perfekt, es war ihr eine Freude, die Gedichte des großen Lyrikers in beiden Sprachen zu lesen.

»Hannah … du …« Leise nur waren die Worte über Frederics Lippen gekommen, doch sofort beugte sich Hannah über ihn und nahm seine Hand. »Was ist passiert?«

»Du bist vom Pferd gestürzt. Jetzt bist du hier bei uns auf *Hopeland*. – Wie fühlst du dich?«

»Ziemlich derangiert.« Er versuchte ein Lächeln. »Aber du bist da. Das ist ... gut.« Die Augen fielen ihm wieder zu, doch seine Finger blieben in ihren liegen.

Fast zwei Stunden verharrte Hannah reglos neben ihm, sie hatte Sorge, den Schlaf des Kranken zu stören, wenn sie ihm ihre Hand entzog. Erst als der Arm fast taub wurde, richtete sie sich vorsichtig auf und lehnte sich in ihrem Sessel zurück. Kurz nur wollte sie die Augen schließen und ein wenig ausruhen.

»Ich hab also nicht geträumt.« Eine warme Stimme weckte sie. »Du bist wirklich da. Wie wundervoll!«

»Frederic! Verzeih, aber ich bin einfach eingeschlafen!« Rasch beugte sie sich über ihn. »Geht es dir besser?«

»Es ging mir seit Monaten nicht mehr so gut wie jetzt.« Ein kleines, schalkhaftes Lächeln umspielte seinen Mund. »Bist du mir wieder gut?«

»Du bist krank, deshalb sorge ich mich um dich.« Hannah versuchte, ihrer Stimme einen sachlichen Ton zu geben. Doch wie sollte sie kühl bleiben, wenn sein Blick sie so voller Zärtlichkeit umgab?

»Mein Pferd hat gescheut. Ich glaube, da war eine Schlange.«

»Wir haben den Hengst eingefangen, er steht im Stall und wird versorgt.« Sie griff nach seiner Hand, die er ihr entgegenstreckte. »Und du? Möchtest du etwas trinken? Ich habe Tee hier.«

»Gern. Ich ... ich bin sehr durstig.« Er wollte sich aufrichten, sank aber gleich wieder aufstöhnend in die Kissen zurück. Ein teuflischer Schmerz durchzuckte seinen Kopf, er schloss die Augen.

Behutsam flößte ihm Hannah ein wenig Tee ein. »Ich hole frischen.«

»Nein, bleib. Bitte.« Er hielt sie fest, und mit einer Kraft, die sie dem Kranken nicht zugetraut hätte, zog er sie näher zu sich. So lange, bis sie nicht anders konnte, als sich auf der Bettkante niederzulassen.

»Hannah, verzeih mir.« Sein Blick umfasste sie. »Was immer ich dir angetan habe – verzeih mir und sei mir wieder gut. Ich würde so gern alles, was dich verletzt hat, ungeschehen machen. Dieses Mädchen ... es ist schon vergessen. Es hat mir nie etwas bedeutet, das kann ich beschwören.«

Sie nickte nur, senkte den Kopf, um ihm nicht in die Augen sehen zu müssen.

»Und mein Gut ... ich habe nicht gewusst, was deine Familie damit verbindet.«

»Das konntest du auch nicht. Verzeih, in diesem Fall haben wir überzogen reagiert. Doch dieser Schmerz ... er wird nie vergehen.« Hannahs Augen wurden nass. »Mein Onkel Sebastian war ein sehr lebenslustiger Mensch. Oft auch leichtfertig und ohne Verantwortungsgefühl der Familie gegenüber. Dass er so früh sterben musste, hat meiner Großmutter das Herz gebrochen. Und dass Madeleine, Sebastians Schwester, schlussendlich den Mann heiratete, der ihren Bruder erschossen hat ... das hat man ihr nicht verzeihen können.«

»Und ich habe dieser Frau *Summerset* abgekauft.« Frederics Händedruck verstärkte sich. »Sie muss gewusst haben, wie sehr ich dich und deine Familie damit verletze.«

»Madeleine Lammersburg ist ein vom Leben enttäuschter Mensch. Und ich fürchte, sie gönnt uns kein Glück.«

»Haben wir es denn verloren?« Eindringlich sah er sie an.

Hannah zögerte, dann schüttelte sie den Kopf und beugte sich so tief über den Kranken, dass ihre Lippen dicht vor seinen waren. »Nein. Ich glaube, wir haben es gerade wiedergefunden.«

17

Ungeduldig zog Christopher Ruhland den beiden schweren Kutschpferden die Peitsche über die Rücken. »Lauft schneller, ihr verdammten Gäule«, schimpfte er laut und trieb die Tiere, denen bereits der Schaum vor den Mäulern stand, noch mehr an.

Grau und verhangen war der Himmel, der obere Teil des Tafelbergs war heute ganz in ein helles Wolkenkleid gehüllt, das jedoch immer aufs Neue durcheinandergewirbelt wurde. Das Zwitschern der Vögel in den hohen Eichenwäldern, die einen kleinen Teil des Weges säumten, war verklungen, nur vereinzelt drangen schrille Warnschreie aus dem Geäst.

Gerade hatte er wieder zum Tafelberg hinübergesehen, als die Pferde scheuten. Drei Stachelschweine stoben über den staubigen Weg, verschwanden dann rasch im Gebüsch, das den Wegesrand säumte. Mit eiserner Hand hielt Christopher die Zügel fest, es gelang ihm so, die Kutsche auf dem Weg zu halten.

Auch in den Weinhängen spielte der Wind mit den Reben, die erst vor wenigen Wochen mühevoll hochgebunden worden waren. Wenn sich das Wetter noch verschlechterte, würde wohl die Arbeit von vielen hundert Menschen zunichtegemacht werden.

Prüfend sah Christopher zum Himmel. Die fahle Sonne stand schon fast im Zenit, er musste sich beeilen, wenn er rechtzeitig zum Entladen der *Duchesse* im Hafen sein wollte.

Seit zwei Jahren trug sich der Winzer bereits mit dem Gedanken, Rotwein zu keltern, hatte sich aber vor der Zusatzarbeit gescheut. Doch nach dem Tod seiner kleinen Tochter waren die Pläne immer konkreter geworden. Er musste eine neue Aufgabe haben! Es war ihm unmöglich, öfter als unbedingt nötig in Karolines Nähe zu sein. Sogar der Anblick seiner beiden älteren Kinder war ihm oft eine Qual; immer sah er das tote Baby vor sich.

Arbeit lenkte ihn ab. Arbeit und das Planen neuer Anbaugebiete, das Schaffen eines neuen Weines. Wochenlang hatte er überlegt, ob er seine Pläne endlich in die Realität umsetzen sollte. Früher, vor Emilys Tod, hätte er alles mit Karoline besprochen. Sie verstand so viel von der Arbeit eines guten Winzers wie er selbst. Doch ihre Nähe machte ihn beklommen, er ertrug es einfach nicht, ihren Duft zu spüren, ihre traurigen Blicke zu sehen.

Allein hatte er entschieden, dass er von nun an auch Pinot-Noir-Trauben anbauen würde. Karoline wusste nicht einmal, warum er zum Hafen unterwegs war.

Heute sollten mit der *Duchesse*, einem französischen Handelsschiff, fünfhundert Rebstöcke aus Burgund, einem der besten Weinanbaugebiete der Welt, kommen. Christopher Ruhland hatte sich für diese Traubensorte entschieden, weil sie einmal einen Wein voller Kraft und Fülle ergeben würde. Zweimal bereits hatte er diesen

Wein gekostet. Er schmeckte leicht nach Brombeeren, Kirschen und Himbeeren. Aber auch ein wenig nach Leder oder gar Rauch. Es war kein Wein, den Frauen lieben würden, da war er sich sicher. Aber tief im Herzen wusste er, dass er mit dieser Rebsorte Erfolg haben würde. Vieles ließ sich zudem damit kombinieren, hatte ihm der französische Winzer versichert, und Christopher schwebten schon ganz neue, außergewöhnliche Weine vor.

Der Sturm nahm zu, und als er den Hafen erreichte, schlugen bereits hohe Wellen ans Ufer.

»Sucht Euch eine Unterkunft für die Nacht«, riet der Stallbesitzer, bei dem er regelmäßig seine Gespanne unterstellte, wenn er in der Gegend war. »Heute kommt ein Unwetter auf uns zu, wie wir es lange nicht erlebt haben.«

»So schlimm wird es schon nicht kommen. Doch sollte es hart auf hart gehen, kann ich immer noch nebenan im ›Grand Old Cottage‹ nächtigen«, meinte Christopher. »Erst aber will ich mir meine Ladung sichern.«

Der Stallbesitzer, der seit Jahren unter Rheuma litt und sich seit drei Tagen mit den übelsten Schmerzen herumplagte, schüttelte den Kopf. »Seid nicht leichtsinnig, Sir«, mahnte er. »Heute wird sich kaum jemand finden, der die Ladung der zwei neu eingelaufenen Schiffe löschen wird.«

Doch Christopher ließ nicht von seinem Vorhaben ab. Er hatte die *Duchesse* schon etwas weiter draußen in der Bucht liegen sehen. Einige wenige kleine Boote waren trotz des schlechten Wetters herausgefahren, um die Fracht umzuladen. Er war wohl nicht allein in seiner Sorge um die wertvolle Ladung!

Vorsorglich hatte er sich Regenzeug mitgenommen,

er zog den gewachsten Mantel an und stülpte sich einen Südwester übers Haar. Diese Tage im Mai waren extrem kühl und stürmisch. Der Regen wurde stärker und stärker, es hatte den Anschein, als würden ganze Wasserkübel aus den Wolken geschüttet.

Sturm heulte durch die engen Straßen, wirbelte Blätter und Unrat durch die Luft. Es stank stärker als sonst nach Fäkalien, denn die Abwasserrinnen liefen über. Ein paar Ratten huschten quer über den kleinen Platz, den Christopher überqueren musste, um zu dem Ankerplatz der Boote zu gelangen. Mehr als zwei Dutzend Männer, fast alle breitschultrige Schwarze, standen beisammen. Sie diskutierten und gestikulierten wild durcheinander. Einige von ihnen hatten sich mit dicken Umhängen gegen den Regen geschützt, die meisten jedoch waren dem Unwetter ausgesetzt.

»Mangelt es euch an Arbeit?«, schrie ein blonder Holländer, ein Hüne von Kerl. Dem kalten Regen zum Trotz trug er nur ein helles Hemd, das ihm am Körper klebte, dazu eine weite Hose und einen breitrandigen Hut, den er unter dem Kinn mit einem Lederband zugezogen hatte. Regen lief aus der Hutkrempe, sobald er den Kopf ein wenig senkte. »Faules Pack, bewegt euch endlich, dann friert ihr auch nicht! Wenn mein Getreide nass wird, weil ihr nicht rechtzeitig meine Schiffsladung löschen wollt, kann ich alles in die Table Bay kippen!«

Ein unwilliges Murmeln war die einzige Antwort.

»Ihr wollt nicht arbeiten?« Der Holländer lief rot an vor Wut.

»Nicht für das normale Geld.« Ein älterer, weißhaariger Hafenarbeiter, der die anderen um fast einen Kopf überragte und der zu einer aufgekrempelten Leinenhose nur ein zerschlissenes Hemd und ein kurzes Lederwams trug, machte sich zum Sprecher. »Ihr wisst selber genau, Mijnheer, wie gefährlich unsere Arbeit bei diesem Wetter ist. Wir riskieren unser Leben, wenn wir mit unseren leichten Booten hinausfahren!«

»Ach was, ihr wollt nur noch mehr rausschlagen. Halsabschneider seid ihr! Halunken und ...« Das Wort blieb ihm im Hals stecken, denn eine so kräftige Windbö kam auf, dass er das Gleichgewicht verlor. Sein Hut flog durch die Luft, und man hörte vom Wasser her das Rasseln der Ankerketten.

»Ich gehe heim.«

»Ich komme mit, Joe.« Zwei Männer drehten sich um und gingen davon, nach kurzem Zögern folgten drei weitere.

Der Holländer, der sich an einem Laternenmast festgehalten hatte, fluchte gotteslästerlich, aber es nützte nichts – keiner der Männer war bereit, die Arbeit aufzunehmen.

Christopher Ruhland hatte einen Teil der Szene mitbekommen und begriff, dass er von diesen Leuten keine Hilfe erwarten konnte. Er hastete weiter, fast wäre er von einem Ochsengespann erfasst worden. In letzter Sekunde gelang es ihm, zur Seite zu springen.

»Verrückt geworden, was?« Der Kutscher brüllte noch viel mehr in seine Richtung, doch der Wind riss ihm die Worte von den Lippen.

Christopher taumelte mehr, als dass er ging, es war mühsam, sich gegen den Sturm zu stemmen, der ihn von den Füßen zu reißen drohte, und voller Sorge sah der Winzer, dass draußen in der Bucht die großen Schiffe heftig zu schlingern begannen. Kleinere Boote wurden gegeneinandergeschleudert; er sah, als er näher kam, dass die ersten Kähne zerschellten und das Holz auf den hohen Wellen dahintrieb.

»Das wird eine Katastrophe!«, hörte er einen Schiffseigner rufen, der ihm bekannt war. Seit Jahren kam der Portugiese mit seinem Zweimaster nach Kapstadt gesegelt, brachte Portwein, Gewürze, Früchte und die wertvolle Rinde der Korkeichen, aus denen die Flaschenkorken hergestellt wurden. »Wenn wir die Ladung retten wollen, müssen wir rausfahren!«

Mit langen Schritten hastete Christopher auf den kleinen drahtigen Mann zu. »Hey, Diego! Kennen Sie mich noch?«

»Aber ja!« Der Portugiese zog sich den dicken Pelerinenmantel fester um die Schultern. »Was machen Sie hier bei diesem Teufelswetter?«

»Die *Duchesse* hat Rebstöcke für mich an Bord. Die muss ich unbedingt retten! Diese Reben sind ein Vermögen wert!« Er atmete hektisch, Angst und Aufregung schnürten ihm fast die Kehle zu. »Aber es findet sich kaum jemand, der die Ladung löschen will.«

»Mir geht es ebenso.« Der Portugiese zuckte mit den Schultern. »Wir müssen eben mehr zahlen, dann wird sich dieses Lumpenpack schon bewegen!«

Gemeinsam gingen sie zu einem Lagerschuppen, vor dem etliche der Hafenarbeiter herumstanden. Hauptsächlich waren es große, breitschultrige Männer, denen man die schwere körperliche Arbeit ansah, die sie Tag um Tag verrichteten. Es gab aber auch ein paar dürre Kerle, windige Gestalten, die sich jetzt an den Portugiesen heranmachten und mit ihm zu feilschen begannen. Christopher mischte sich ein, und da ihm klar war, dass in der jetzigen Lage jede Stunde zählte, sagte er schließlich:

»Ich zahle das Doppelte! Aber es muss gleich losgehen, ehe der Sturm noch stärker wütet.«

»Das Doppelte … Es ist ein riskantes Unterfangen.«

»Mehr gibt es nicht. Ich werde mitkommen.«

Die Männer sahen sich an, dann nickte der pockennarbige Schwarze mit dem roten Hemd und dem speckigen Lederwams, der offensichtlich der Anführer war. Er hatte einen Südwester im Nacken hängen, den er sich nun auf den kahlen Schädel stülpte. Die anderen taten es ihm nach.

Eine Viertelstunde später hockte Christopher mit den Männern in einem der leichten Boote, die hinaus in die Table Bay fuhren, um von den großen Schiffen die Ladung zu löschen.

»Das ist die Vorstufe zur Hölle«, murmelte einer der Männer neben ihm und bekreuzigte sich.

»Versündige dich nicht, Mann«, gab Christopher zurück, doch er hatte den Satz noch nicht ausgesprochen, da schwappte eine Welle, fast so hoch wie ein Haus, über ihr Boot. Der Mann, der eben noch von der Hölle gesprochen hatte, war verschwunden, als Christopher sich das Wasser aus den Augen gewischt hatte und wieder klar sehen konnte. Schrille Rufe mischten sich mit Hilfeschreien, der Wind wurde stärker und stärker, ließ die Schiffe, große und kleine, wie Spielzeuge auf dem Wasser tanzen.

Der Himmel, vor einer Stunde noch grau verhangen, war fast schwarz. Wie wilde Reiter zogen die Wolken dahin, gossen kübelweise das Wasser zur Erde. Für die Seeleute, die verzweifelt versuchten, ihre Schiffe zu retten oder zumindest die Ladung sicher an Land zu bringen, war es ein Kampf ums nackte Überleben, der von Minute zu Minute schwieriger wurde.

Christopher Ruhland klammerte sich mit aller Kraft an der Bordwand fest, er hörte ein paar laute Rufe von den anderen Barken herüberschallen, doch er verstand nichts, nicht einmal die Kommandos, die der Schiffsführer des eigenen kleinen Schiffes herausschrie. Nur ein Wort war zu hören, es klang wie ein Alarmruf: »Hurrikan! Das ist ein Hurrikan!«

Vom sicheren Land aus hatte er die *RMS Athen* gesehen, ein modernes Schiff mit eisernem Dampfkessel. Weit draußen in der Bucht hatte es geankert, die Besatzung wartete, wie alle anderen auch, darauf, dass die Fässer und Flaschen mit Whisky, die Stoffe und Eisengeräte, die die *Athen* geladen hatte, abtransportiert würden.

Wie aus dem Nichts tauchte das Dampfschiff auf einmal vor ihnen auf, hoch schlugen die Wellen gegen den Rumpf. Christopher hörte panische Schreie, einer der Hafenarbeiter wies nach links, wo gerade zwei Seeleute über Bord gingen. Feuer drang aus zwei Luken, und der Schwarze schräg vor Christopher brüllte: »Es brennt! Feuer! Hilf, Himmel!«

Noch ehe Christopher antworten konnte, fand im Kesselraum der *Athen* eine Explosion statt, Feuerregen ging über dem großen und dem kleinen Boot nieder. Gleichzeitig wurde der Sturm noch heftiger, keines der Schiffe in der Bucht war noch zu steuern, alle waren schutzlos der Macht des Hurrikans und den mannshohen Wellen ausgeliefert.

Christopher Ruhland spürte einen Schlag an der Schulter, er sah dicht vor sich etwas aufblitzen, doch als er genauer hinsehen wollte, war da nichts mehr. Nur schaumgekrönte Wellen, die ihn noch für zwei Minuten trugen – und dann unter sich begruben.

18

»Dieses Land ist Paradies und Hölle zugleich.« Karoline Ruhland zügelte ihre Fuchsstute, als sie die Kuppe des Hügels erreicht hatte. Mit tränennassen Augen sah sie in Richtung Südwesten, dorthin, wo schemenhaft der Tafelberg zu sehen war. Die Größe des Bergmassivs konnte man nur erahnen, wenn man auf der höchsten Erhebung stand, die zu *Hopeland* gehörte. Die beiden Ozeane, die sich hier am Kap vermischten, waren nicht zu sehen, doch man hörte die Möwen kreischen, aufgeschreckt durch Robben und Haie, die sich in den Buchten an der Südspitze Afrikas zuhauf versammelten. Die Robben liebten das relativ warme Wasser, und für die Haie waren diese Tiere ein Leckerbissen, der sich leicht erjagen ließ.

Karoline biss sich fest auf die Lippen, um die Tränen zu unterdrücken, die ihr in die Augen steigen wollten. Wie oft war sie mit Christopher hierhergeritten, um bis zum Horizont zu schauen! Frei und ohne Pflichten hatten sie sich dann gefühlt – und waren sich unendlich nahe gewesen. Zwei Menschen, die sich ergänzten in ihrem Streben, etwas Gutes, etwas Nützliches und doch Schönes zu schaffen. Und es für die nächste Generation zu bewahren.

Doch Christopher würde nicht mehr miterleben dürfen, wie seine Kinder aufwuchsen, wie sein Sohn das Gut leitete und in seinem Sinn weiterführte.

Immer und immer wieder durchlebte Karoline den Moment, in dem man ihr von dem Unglück berichtete, das sich im Hafen ereignet hatte. Timothy Bennett, ein fünfzigjähriger Tuchhändler, den sie seit langem kannte, stand zwei Tage nach dem schrecklichen Orkan im Gutshof. Sein schwarzer langer Mantel war schwer vor Nässe, und von dem breitkrempigen Hut, den er verlegen in der Hand drehte, tropfte Wasser.

»Missis Ruhland, ich … ich wollte es Ihnen selber sagen …« Er senkte den Kopf und strich sich müde über das hagere Gesicht. »Ihr Mann ist im Hafen verunglückt«, presste er schließlich hervor.

»Aber …« Sie war nicht einmal in der Lage, Timothy Bennett ins Haus zu bitten. Wie erstarrt stand sie auf der unteren Stufe der Terrasse und sah den Mann aus brennenden Augen an.

»Es tut mir so leid, aber dieser wahnsinnige Sturm … er hat achtzehn Schiffe total zerstört. Wie viele kleine Boote vernichtet sind, weiß niemand zu sagen.«

Karoline stand ganz still. Nur ihre Augen füllten sich mit Tränen, sie knetete die Finger und schüttelte immer wieder den Kopf. »Nein, ich glaube es nicht. Er wollte doch nur die Rebstöcke abholen!«, sagte sie nach einer Weile.

»Er hat versucht, hinüber zur *Duchesse* zu kommen, das weiß ich von einem Hafenarbeiter, der dem Unglück entkommen ist.« Er zuckte mit den Schultern. »Es steht zu befürchten, dass er ertrunken ist.«

»Nein!« Immer und immer wieder hatte Karoline das gesagt, und erst als der Tuchhändler wieder auf sein Pferd stieg, war sie in der Lage, zu ihm zu gehen.

Sie legte die Hand an den Hals des Pferdes. »Bitte, steigen Sie wieder ab und nehmen Sie eine Stärkung zu sich. Auch das Tier sollte ein wenig ausruhen.«

Timothy Bennett schüttelte den Kopf. »Danke, Missis Ruhland, aber ich muss zurück. Es gibt so viel zu tun nach dem Sturm ... ich wollte Ihnen nur persönlich sagen, was geschehen ist.«

»Dafür bin ich Ihnen sehr dankbar.«

Sie schaffte es, Haltung zu bewahren. Sie weinte auch nicht. Nicht an diesem Tag und nicht an den folgenden. Es wurde immer klarer, dass Christopher tatsächlich tot war. Und doch – ihr fehlten lange Zeit die Tränen.

Jetzt, da sie auf dem Hügel stand und über ihr Land schaute, konnte sie um ihn weinen. Aber dann, als ein Sonnenstrahl ihre Wange streichelte und sie glaubte, dies sei ein Gruß des Toten, straffte sie sich und drehte sich nach Hannah und Frederic um.

»Bald müssen wir mit der Weinlese beginnen. Am Osthang werden die ersten Trauben schon reif. Was meint ihr, müssen wir wohl noch mehr Arbeitskräfte einstellen?«

Frederic zuckte mit den Schultern. »Ich weiß es nicht, ehrlich gesagt. Wie habt ihr es denn in den letzten Jahren gehalten?«

»Christopher hat immer ein gutes Dutzend Wanderarbeiter eingestellt. Manchmal auch noch mehr.« Karoline biss sich auf die Lippen. Ein Blutstropfen erschien, sie merkte es nicht. So wie sie kaum noch etwas empfand, seit ihr Mann fort war.

Die schreckliche Sturmnacht, in der achtzehn Schiffe in der Table Bay gesunken waren, hatte ihr Leben auf grausame Weise verändert. Ihr Mann war in der aufgewühlten See ertrunken. Der Hurrikan, der auf See die Boote zerstört, an Land Häuser niedergerissen und riesige Bäume gefällt hatte, als seien es kleine Schwefelhölzchen, hatte ihr den Gefährten geraubt.

Doch nicht nur Christopher hatte versucht, seine

Schiffsladung zu retten, viele Männer hatten in dieser schrecklichen Nacht ihr Leben gelassen bei dem Versuch, wertvolle Ladung zu löschen und heil an Land zu bringen. Die meisten von ihnen waren nach Tagen tot geborgen worden, doch Christopher Ruhland und ein Dutzend andere blieben verschollen.

Lange hatte Karoline gehofft, ihren Mann doch noch lebend wiederzufinden. »Er ist vielleicht irgendwo angespült worden. Verletzt, ohne Erinnerung an uns und das Geschehene.« Immer wieder hatte sie dieses Argument vorgebracht, wenn Sophie bat, doch wenigstens einen Gedenkstein für Christopher auf dem Friedhof aufzustellen. Immer wieder hatte Karoline diesen endgültigen Schritt hinausgezögert. Wenn es keinen Grabstein gab, war Christopher noch nicht offiziell tot; dann blieb ihr im tiefsten Winkel ihres Herzens noch Hoffnung.

Inzwischen musste sie einsehen, dass alles Hoffen vergeblich war. Fast zehn Monate waren ins Land gegangen – und von Christopher gab es kein Lebenszeichen. In einer ergreifenden Trauerfeier war schließlich ein rotbrauner Marmorstein mit seinem Namen auf dem Friedhof von *Hopeland* aufgestellt worden.

Sophie, die bisher alle Schicksalsschläge so tapfer erduldet hatte, drohte diesmal zu zerbrechen. Wochenlang lag sie mit einem Nervenfieber zu Bett, und nur die beiden Kinder konnten ihr hin und wieder ein kleines Lächeln entlocken, wenn sie zu ihr ins Bett kamen und darum baten, dass die Granny ihnen eine Geschichte erzählte.

Hannah und Frederic, die im Winter hatten heiraten wollen, verschoben die Hochzeit bis zum Ende des Trauerjahres. Wie konnten sie ihr Glück genießen, wenn die Menschen, die ihnen am nächsten standen, vor Kummer und Gram vergehen wollten?

In diesen Wochen wurde Mathew Browling der jungen Gutsherrin eine starke Stütze. Er kümmerte sich um die Kinder, lenkte sie ab und tat alles, damit sie den Verlust des Vaters verwinden konnten. Dies war allerdings nicht schwer, denn seit dem Tod von Baby Emily hatte Christopher sich kaum mit seinen beiden großen Kindern befasst, immer wieder hatte er sie abgewiesen, wenn sie zu ihm gekommen waren und sich zärtlich an ihn geschmiegt hatten. So vermissten sie den Vater nicht allzu schmerzlich.

Bei Mathew Browling gestattete sich Karoline hin und wieder eine kleine Schwäche, ihm gestand sie ein, dass sie Angst vor der Verantwortung hatte, die nun auf sie zukam.

»*Hopeland* ist ein so großer Besitz geworden in den letzten Jahren«, sagte sie einmal, als sie in der Dunkelheit auf der Terrasse saßen und einen jungen Wein kosteten. »Ich verstehe zwar viel von der Weinherstellung, doch ich fürchte, dass mich die Männer nicht akzeptieren werden.«

»Sie achten Sie schon jetzt, da haben Sie mal keine Sorge«, tröstete der Hauslehrer sie. »Ich bin sicher, dass man Ihnen den gleichen Respekt entgegenbringen wird wie Ihrem verstorbenen Gemahl.«

Gern hätte Karoline ihm geglaubt, doch sie fürchtete, dass die einfachen Leute nicht so liberal dachten wie der gebildete Mann. Christopher war seinen Leuten stets ein Vorbild an Arbeitseifer und Disziplin gewesen. Sosehr er seine Frau auch in den letzten Monaten vernachlässigt hatte, weil er den Tod seines Kindes nicht verwinden konnte, die Arbeit auf dem Gut hatte nie gelitten. Im

Gegenteil, er hatte sich viel zu sehr darin vergraben, hatte Tage und Nächte im Weinkeller verbracht, Pläne für neue Weine ausgearbeitet und experimentiert.

Rotwein hatte er produzieren wollen! Mit Trauben aus dem Burgund, einem der besten Weinanbaugebiete der Welt! Leise seufzte sie auf. »Kommt, wir wollen nachsehen, wie weit die Leute sind.«

Eine Weile ritten sie schweigend dahin, dann bat Hannah um eine Rast. »Ich habe zu lange nicht im Sattel gesessen«, erklärte sie, »die Kräfte verlassen mich, muss ich gestehen.«

»Drüben am Bach gibt es eine Stelle mit weichem Moos, dort könnt ihr rasten«, sagte Karoline. »Ich reite noch weiter, die Hänge im Osten müssen kontrolliert werden. Und nach der Quelle wollte ich auch mal wieder sehen. Die Befestigungen dort sind seit Wochen nicht genau nachgesehen worden.«

»Sollen wir mitkommen?« Frederic sah kurz zum Himmel, an dem kein Wölkchen zu sehen war. »Bis zum Mittag könnten wir auf *Summerset* sein und dort einen Imbiss einnehmen.«

Karoline schüttelte den Kopf. »Lass nur, bleib bei Hannah und gönnt euch ein wenig Ruhe – und das ungestörte Alleinsein«, fügte sie lächelnd hinzu. »Ich reite bis zur Quelle hoch, dann komme ich zurück zum Gut.«

Die Quelle war einer der wertvollsten Plätze von *Hopeland*. Das Wasser von hier speiste, inzwischen in viele kleine Kanäle geleitet, im Sommer etliche Rebhänge. Aus der Überlieferung wussten alle Bewohner des Weingutes, dass einst Ben Ruhland, der erste Winzer von *Hopeland*, sich mit seinen Nachbarn wegen dieser Wasserrechte heftig gestritten hatte. Lange Jahre hindurch war Ruhe gewesen, jeder Besitz hatte eigene Zisternen, es gab keinerlei Zwistigkeiten mehr wie noch vor siebzig Jahren, kurz nach der Gründung von *Hopeland*.

Karoline strich sich eine blonde Haarsträhne, die sich aus ihrem Nackenknoten gelöst hatte, aus dem Gesicht. Seit Frederic Horseley *Summerset* gekauft hatte, war die Situation noch viel entspannter. Frederic, der selbst nur wenig Ahnung von der Arbeit eines Winzers hatte, hatte vor etlichen Monaten einen Verwalter eingestellt, dem er die ganze Verantwortung für das Gut übertragen hatte. Jan de Fronteyn war ein wortkarger Mann, der mit den Nachbarn kaum Kontakt unterhielt. Allerdings hatte er lange als Kellermeister in Italien und Frankreich gearbeitet.

»Seine Empfehlungsschreiben sind durchweg positiv«, hatte Frederic erzählt. »Er macht einen ruhigen, soliden Eindruck. Ich kann nur hoffen, dass er seine Arbeit gut macht. Aber das werde ich ja schon nach einem Jahr sehen.« Nur wenige Tage im Monat verbrachte der Engländer auf seinem Besitz, ließ sich Bericht erstatten und kontrollierte, ob alles seine Ordnung hatte. Bislang gab es keinen Grund zur Beanstandung, das heruntergekommene Gut war wieder in einem soliden Zustand. So wohnte Frederic die meiste Zeit auf *Hopeland*, wo er Hannah nahe sein konnte. Er war für alle inzwischen ein lieber Freund und Vertrauter geworden.

Karoline schreckte auf, als in der Nähe ein paar Vögel aufflatterten und laute Warnrufe ausstießen. Sekunden später bemerkte sie drei junge graue Rehböcke, die aus einem kleinen Waldstück, das sich am Ostrand des Hanges befand, sprangen und dann quer über die Lichtung liefen. Wie ein Spuk waren sie im Unterholz wieder verschwunden. Kurz nur scheute die Fuchsstute, doch die Reiterin hatte sie rasch wieder unter Kontrolle gebracht.

So wie Hannah ritt auch Karoline bevorzugt im Herrensitz, der weitgeschnittene, hellgraue Hosenrock, den sie zu einer weißen Bluse trug, garantierte ihr Bewegungsfreiheit und einen sicheren Sitz auf dem Pferd. Dies war vor allem in den oft recht steil ansteigenden Weinbergen wichtig. Auf Etikette durfte man hier, im abgelegenen Weinland, keinen allzu großen Wert legen.

Der breitrandige Hut aus feinem Panamastroh, ohne den Karoline in der Sommerhitze nie ausritt, war ihr vom Haar gerutscht, er baumelte an zwei dünnen Lederriemen in ihrem Nacken.

»Los, mein Mädchen, gönnen wir uns einen kurzen Galopp!« Karoline gab dem Pferd die Sporen, und an einem der breiten Wassergräben entlang preschte sie hoch bis zur Quelle. Ringsherum wuchs saftiges Gras, in dem jetzt, bunten Inseln gleich, wilde Lilien und Iris blühten. Es war eine gelb-violette Farbenpracht, die das Auge erfreute. Vor fast zwanzig Jahren hatte Karl Ruhland etwas abseits der Quelle ein paar Eichen gepflanzt. Allzu groß waren die Bäume noch nicht, doch sie spendeten angenehmen Schatten.

Nachdem sie die Stute am schmalen Bachlauf hatte saufen lassen, band Karoline das Tier im Schatten der Bäume fest. Dann erfrischte auch sie sich mit dem kühlen Quellwasser. Sie kniete sich vorsichtig auf den Steinrand und trank aus der hohlen Hand. Kurz überlegte sie, ob sie es wohl wagen konnte, sich der Kleider zu entledigen und ein Bad zu nehmen, so, wie sie es vor Jahren einige Male mit Christopher getan hatte.

Die Erinnerung an diese Stunden, die meist in einem leidenschaftlichen Liebesspiel geendet hatten, trieb ihr die Röte ins Gesicht. Eine heiße Woge durchlief ihren Körper. Sie öffnete ein paar Knöpfe der Bluse und tauchte das Halstuch ins Wasser, kühlte damit Hals und Dekolleté.

»Der Tag wird ja noch viel schöner, als ich gedacht habe.« In der dunklen Männerstimme schwang Spott mit. »Eine Rose inmitten von Lilien und Gänseblümchen.«

Karoline drehte sich halb um, mit der linken Hand hielt sie die Bluse über der Brust fest. Den Mann, der gerade von einem gescheckten, hochbeinigen Wallach stieg, konnte sie nur schemenhaft erkennen, denn die Sonne blendete sie.

»Die schöne Witwe von Gut *Hopeland*.« Der Mann, etwa fünfzig Jahre mochte er alt sein, verbeugte sich übertrieben tief. »Meine Verehrung.«

»Guten Tag. Sie sind ...« Fragend sah sie ihn an.

»Jan de Fronteyn. Ich bin Euer Nachbar, Madame, denn ich verwalte Gut *Summerset*. Ich bedauere, dass ich bei unserer ersten Begegnung so wenig Eindruck auf Euch gemacht habe, dass Ihr mich schon wieder vergessen habt.« Er grinste und kam ein paar Schritte näher – Karoline spürte fast körperlich die Bedrohung, die von ihm ausging. »Nun, es gibt einiges, das ich dazu tun kann, dass Ihr mich nicht so rasch wieder vergesst.« Ein heiseres Lachen folgte. Der Wallach ging mit langem Zügel hinüber zu Karolines Fuchsstute und begann, friedlich neben ihr zu grasen. »Die beiden verstehen sich ja schon prächtig. Nun, was ist mit Euch?« Der Gutsverwalter, den Frederic Horseley eingestellt hatte, setzte sich dicht neben Karoline auf einen der

Bruchsteine, hielt den Blick dabei auf unverschämte Weise auf ihr Dekolleté gerichtet.

»Mein Herr, Ihr Benehmen lässt zu wünschen übrig.« Karoline stand auf. Die Nähe des Mannes war ihr zuwider. Er schien den Standesunterschied zu ignorieren, der zwischen ihnen herrschte. Und wenn Karoline auch nicht arrogant war, in diesem Fall wäre es ihr lieb gewesen, der Verwalter hätte sich an die gesellschaftlichen Regeln gehalten.

»Ich bin eben kein vornehmer Herr. Aber das solltet Ihr wissen, da Euch ja bekannt ist, wo ich lebe und arbeite«, sagte er voller Ironie. Auch Jan de Fronteyn erhob sich wieder. »Ich darf Euch eingestehen, dass ich auf meinen Reisen – und ich bin viel herumgekommen in der Welt – schon vielen schönen Frauen begegnet bin. Doch kaum eine hat mich so fasziniert wie Ihr.« Er trat dicht vor Karoline hin, sie konnte seinen Atem riechen, der von Brandy geschwängert war. »Seit ich Euch zum ersten Mal gesehen habe, geht Ihr mir nicht mehr aus dem Sinn. Doch für einen einfachen Verwalter hatte die Lady ja keinen Blick.« Wieder folgte ein gemeines Lachen. »Das ändert sich aber jetzt, Täubchen, das schwöre ich.«

»Vergessen Sie sich nicht, Mann!« Karoline versuchte, ihm zu entweichen, sie ging einige Schritte rückwärts, stolperte dabei jedoch so unglücklich, dass sie hinfiel. Wasser nässte ihren Hosenrock, die dünne Bluse wurde feucht und ließ deutlich Karolines Rundungen erkennen.

Der Mann atmete schwerer, Lüsternheit stand in seinen Augen, und mit Entsetzen bemerkte Karoline, dass er sich immer wieder über die Lippen leckte. Mühsam rappelte sie sich auf, doch da war er schon bei ihr, brutal presste er seine Lippen auf ihren Hals, drückte sie mit Gewalt zur Erde zurück.

»Du kannst ruhig kratzen und beißen, das gefällt mir!« Sein schmaler Mund war dicht vor ihren Lippen. »Bist ein Täubchen wie alle anderen auch, wenn man dich genau ansieht.«

»Lassen Sie mich sofort los! Ich werde Sie vor Gericht bringen, wenn Sie nicht endlich …« Sie konnte nicht weitersprechen, denn seine große, schwielige Hand legte sich über ihre Lippen. Voller Ekel versuchte sie, den Kopf zur Seite zu drehen, aber Jan de Fronteyn lachte nur. Mit der Rechten, die ihr eben noch den Atem genommen hatte, riss er ihr die Bluse auf, während er mit der anderen Hand Karolines Schulter fest auf den Boden drückte.

Karoline hielt für einen Moment still, und noch während ihr Peiniger versuchte, sie zu küssen und seine Knie zwischen ihre Schenkel zu drücken, zog sie das rechte Knie an und trat ihn zwischen die Beine.

»Verdammtes Luder!« Brutal holte der Mann aus und schlug ihr ins Gesicht. »Dir werd ich's zeigen!« Noch zwei Schläge folgten, doch davon spürte Karoline kaum noch etwas. Sie war für einen Moment besinnungslos. Diese Zeit nutzte Jan de Fronteyn, um ihr gewaltsam die Kleidung vom Leib zu zerren. Die Bluse hing in drei großen hellen Fetzen von Karolines Schultern, das leichte Unterhemd aus zartem Schweizer Batist, das sie darunter trug, zerriss schnell unter den brutalen Griffen.

Als Karolines Sinne zurückkehrten, wurde ihr klar, dass sie keine Chance mehr hatte, sich zu wehren und dem Mann zu entkommen. Dass alles Bitten vergebens sein würde, war ihr genauso bewusst. Sie presste die Lippen fest zusammen, schloss die Augen und versuchte, jedwedes Denken auszuschalten, als Jan de Fronteyn sie gewaltsam nahm. Sein Keuchen, seine Schreie, mit denen er seine Wollust kundtat, seine Lippen und Hände ... Nein, sie wollte es nicht wirklich wahrnehmen. Das, was sie gerade erlebte, war nichts als ein böser Traum.

Wie lange es dauerte, bis der Mann von ihr abließ, wusste sie nicht. Aufatmend registrierte sie, dass sein verschwitzter Körper von ihr abrollte, dass sie wieder frei atmen konnte. Nur seine Hand bemerkte sie noch neben sich im Gras, er wollte sich gerade abstützen und aufstehen.

Karoline rollte zur Seite und biss zu, so fest sie konnte. So hemmungslos, wie der Mann sie vergewaltigt hatte, biss sie ihn ins Fleisch, bis sie die Knochen spürte.

»Verdammt! Miststück, elendes! Na warte!« Schon wollte er ausholen und sie erneut schlagen, als ein Schuss aufpeitschte. In gestrecktem Galopp kamen Pandu, der Stallmeister von *Hopeland*, und zwei andere junge Männer näher. Pandu hielt die alte Muskete, die er von seinem Großvater übernommen hatte, in der Rechten.

Karoline rappelte sich auf und versuchte, so gut es ging, ihre Blöße zu bedecken. Pandu und einer seiner Begleiter nahmen Jan de Fronteyn in ihre Mitte, hielten ihn an beiden Armen fest. Der Verwalter tobte, fluchte und brüllte seine Wut heraus, doch es half nichts, die beiden Schwarzen waren ihm überlegen. Pandu rief dem dritten Burschen etwas auf Xhosa zu, der zog sich daraufhin den Strick vom Hosenbund. In Sekundenschnelle war der Verwalter von *Summerset* gefesselt.

Karoline liefen Tränen über die Wangen. Sie schlüpfte in den Hosenrock, der zum Glück nicht ganz zerrissen war.

»Missis Karoline … hier, nehmt.« Ohne sie anzusehen, reichte ihr Pandu sein Hemd.

»Danke.« Rasch streifte sich Karoline das grobe Baumwollhemd über. Ihre Finger zitterten, sie wollte ein paar Schritte auf die Männer zutun, die Jan de Fronteyn immer noch festhielten, doch die Beine versagten ihr den Dienst. Sie fiel auf die Knie, barg das Gesicht in den Händen. Doch sie hatte bereits keine Tränen mehr, ihr Zorn auf den Mann, der ihr das Schlimmste angetan hatte, war mächtiger als jedes andere Gefühl.

Sie hob den Kopf und rief ihm zu: »Das büßt du mir, Mistkerl! Ich werde dich vor Gericht bringen!«

»Dummes Weib, du! Das bringt gar nichts.« Sein Lachen brach jäh ab, denn der große Schwarze, der ihn an der linken Seite festhielt, drückte ihm die Kehle zu. Fragend sah er zu seiner Herrin hin.

»Lass ihn.« Karoline schüttelte den Kopf. »Seinetwegen wollen wir nicht zu Mördern werden. Ein Gericht wird ihn verurteilen.«

Teil 2

1

Blauschwarze Schatten umfingen *Hopeland*, aus den umliegenden Weinbergen drangen die ersten Rufe der nachtaktiven Tiere zu der einsamen Frau, die langsamen Schrittes vom weiß umzäunten Friedhof hinüber zu der kleinen Rosenlaube ging. Der wohlvertraute, betörende Duft der kleinen gelben und roséfarbenen Rosen, die sich an den alten Holzgittern emporrankten, beruhigte Karoline ein wenig. In den zarten Rosenduft mischte sich der intensivere Geruch des Jasmins, der in großen Büschen seine verschwenderische Blütenfülle bis fast zur Erde ergoss.

»Es ist spät, Missis Karoline, wollt Ihr nicht lieber ins Haus gehen? Es ist gefährlich in der Dunkelheit.« Kimani, der alte Schwarze, der seit Jahrzehnten auf dem Gut lebte, hinkte auf dem breiten Gehweg vorüber. Er hatte drunten im alten Kral nach den Tieren gesehen, die über Nacht dort zusammengetrieben wurden. Kimani trug über der Leinenhose nur einen blauen weiten Kittel, den er um den Bauch mit einem Lederriemen zusammengebunden hatte. Das weiße krause Haar schimmerte im fahlen Licht, die hellen Augäpfel waren deutlich zu sehen, als er zu Karoline blickte.

»Mach dir keine Sorgen, ich bleibe nur noch ein paar Minuten. Gute Nacht, Kimani.«

»Gute Nacht, Missis Karoline.«

Der Abendstern leuchtete am Himmel auf, ein paar Kapsperlinge zankten sich in den nahen Beerensträuchern um die besten Ruheplätze. Aus der Ferne drangen die Rufe von zwei Waldkäuzen zu ihr herüber. Karoline zuckte zusammen. Erst seit einigen Wochen hatte sich das Vogelpaar im nahen Eichenwald niedergelassen und dort eine Nisthöhle gebaut. Die alte Josy und ihre schwarzen Freundinnen erzählten sich hinter vorgehaltener Hand, dass der laute Ruf eines Käuzchens den nahen Tod eines Menschen ankündige.

»Unsinn ist das. Ich werde mich doch nicht von diesem Aberglauben irritieren lassen!« Karoline lehnte den Kopf an die Holzstreben und schloss die Augen. Neben ihr lag ein Gedichtband von Heinrich Heine. Vor Jahren hatte sie das kleine Buch in einem Geschäft in Hermanus erstanden. Der alte Besitzer, einst aus Hamburg in die Kapregion ausgewandert, konnte erzählen, dass er den Dichter sogar persönlich gekannt habe. Eins der Rosengedichte aus dem Buch liebte Karoline besonders. Seit Christophers Tod lag die Seite aufgeschlagen in der Laube. Karoline musste nicht auf das Gedruckte sehen, sie konnte die Zeilen auswendig:

»Mit Rosen, Zypressen und Flittergold
möchte ich zieren, lieblich und hold,
dieses Buch wie einen Totenschrein,
Und sargen meine Lieder hinein.
O könnt ich die Liebe sargen hinzu!
Auf dem Grabe der Liebe wächst Blümlein
der Ruh!«

Tränen verschleierten Karolines Blick, und wieder einmal dachte sie an ihren Mann. Sie hatte Christopher sehr geliebt, war mit ihm lange Zeit glücklich gewesen. Die letzten Monate, in denen er ihr so fremd geworden war in seiner Trauer und Wut über Klein Emilys Tod, waren fast vergessen. So, wie sie auch versuchte, die brutale Vergewaltigung durch den *Summerset*-Verwalter aus ihrer Erinnerung zu löschen. Jan de Fronteyn war angeklagt und zu einer längeren Freiheitsstrafe verurteilt worden.

Summerset wurde seit fast einem Jahr bereits gemeinsam mit *Hopeland* bewirtschaftet. Es war viel Arbeit, die auf Karoline lastete, und oft hatte sie das Gefühl, alldem nicht gewachsen zu sein. Doch wie hätte sie Hannah und Frederic die Bitte, sich um *Summerset* zu kümmern, abschlagen können? Die beiden waren seit dem Winter letzten Jahres verheiratet. Es war nur eine kleine, intime Hochzeitsfeier gewesen, die man im Stadthaus in Kapstadt abgehalten hatte. Etwa fünfzig Verwandte und Freunde waren geladen worden und hatten dem Paar Glück für die gemeinsame Zukunft gewünscht. Hannah hatte auf ein weißes Kleid verzichtet, sie trug stattdessen ein elegantes Complet aus hellblauem Tuch. Am Kragen, an den gebauschten Ärmeln und auch am Saum waren die Kanten mit silbergrauem Wieselfell gesäumt. Feinste weiße Perlmuttknöpfe waren in doppelter Reihe an der enganliegenden Jacke angebracht, die schlanke Taille wurde durch ein feines Schößchen am Rücken betont. In vielen feinen Falten war der Rock gelegt, bekam so modische Weite. Ein kleiner Kranz von Marabufedern, in die ein paar Myrtenzweige eingearbeitet waren, komplettierte das exquisite Ensemble.

Hannah, eine bezaubernde, strahlende Braut, hatte Karoline am Abend dieses Tages umarmt und ihr zugeflüstert: »Ich bin so glücklich, dass es beschämend ist. Ach, Liebes, ich hoffe so sehr, dass auch du noch einmal einen Menschen findest, der dir alles sein kann.«

»Das wird so rasch nicht geschehen«, war Karolines betont leicht dahingesagte Antwort gewesen. »Wie soll ich auf *Hopeland* einen passenden Partner finden? In der Einsamkeit da draußen wird das schwierig werden, meinst du nicht auch?« Sie hatte gelächelt bei diesen Worten, doch im tiefsten Herzen hatte sich Wehmut ausgebreitet, denn sie sehnte sich schon nach Liebe und Zärtlichkeit. Fünfunddreißig Jahre war sie alt, viel zu jung noch, um allein zu leben und nur für die Kinder und den großen Besitz da zu sein.

Irgendwann dann, einige Wochen nach der Hochzeit, hatte Frederic sie um eine Unterredung gebeten. Nach dem Abendessen, Hannah brachte die Kinder zu Bett, was alle drei sehr genossen, denn Hannah verstand es exzellent, spannende Gutenachtgeschichten zu erzählen, gingen Karoline und Frederic ins Arbeitszimmer. Es war ein etwas düsterer Raum mit seinen schweren Mahagonimöbeln und den zwei dicken dunkelroten Perserteppichen. Allein die hellen Vorhänge, ein paar verspielte bunte Leuchter aus Muranoglas und zwei Blumenstöcke verliehen dem Raum eine weibliche Note. Zudem standen, in kleinen Silberrahmen, die Bilder von Christopher und den Kindern auf Karolines Schreibtisch.

»Bitte nimm Platz. Was kann ich für dich tun?« Mit leichter Hand wies sie auf den Sessel, der dem Schreibtisch gegenüberstand. Karoline, in einem grün-grau karierten Hauskleid, zu dem sie außer zwei großen Perlohrringen keinen Schmuck trug, setzte sich auf den alten braunen Lederstuhl, auf dem schon ihr Schwiegervater und ihr Mann gesessen hatten, wenn sie ihre Verwaltungsarbeit machten.

Frederic ließ sich auf dem mit dunkelblauem Seidensamt bezogenen Sessel vor dem Schreibtisch nieder und schlug die Beine übereinander. »Du weißt, dass ich vom Weinanbau kaum etwas verstehe«, kam er gleich zum Thema. »Und ehrlich gesagt habe ich auch nur wenig Zeit, mich um die Verwaltung von *Summerset* zu kümmern. Meine geschäftlichen Aktivitäten führen mich häufiger nach England und Italien, und sie nehmen mich voll und ganz in Anspruch.« Er lächelte. »Ein klein wenig Zeit möchte ich ja auch noch für meine Hannah erübrigen können.«

»Natürlich, mir ist bewusst, dass deine Geschäfte weit verzweigt sind.«

»Nun also ...« Er räusperte sich. »Du bist eine hervorragende Winzerin, Karoline. *Hopeland* steht besser da als jemals zuvor. Und so dachte ich ...« Bittend sah er sie an. »Ihr könnt das Land brauchen, das weiß ich. Und ich wäre einer Sorge enthoben, wüsste ich, dass der Besitz und die Menschen, die dort leben, gut versorgt werden. Deshalb: Möchtest du *Summerset* mitbewirtschaften? Ich bin mir sicher, dass niemand anderer als du das Gut zu neuer Blüte führen kann.«

Karoline schluckte. Sie hatte, als er das Thema begann, bereits geahnt, was er von ihr wünschte. »Ich muss darüber nachdenken«, erwiderte sie zögernd. »Es kommt, da bin ich ehrlich, auf den Preis an. Wir haben einiges investiert in den letzten Monaten. Es gab doch so vieles, das erneuert werden musste. Da gilt es, ein wenig zu sparen.«

Frederic schüttelte den Kopf. »Ich möchte nicht verkaufen«, erklärte er. »Du sollst *Summerset* so führen, als sei es dein Land. Der Ertrag des Gutes gehört dir. Nur ein kleiner Anteil sei für Hannah abgezweigt, das ist alles, was ich erbitte.«

»Aber ... das kann ich nicht annehmen. Zudem weiß ich nicht, ob ich dieser Aufgabe gewachsen sein werde. Es ist schon jetzt viel zu viel Arbeit.«

Er nickte. »Das stimmt. Und darum solltest du dich unbedingt um einen guten Verwalter bemühen. Gib eine Anzeige in den Zeitungen Kapstadts auf. Oder erkundige dich bei den übrigen Weingütern, ob es nicht einen jungen, aufstrebenden Menschen gibt, der sich unter deiner Leitung bewähren möchte.«

Karoline seufzte. Die Erfahrungen, die sie bisher gemacht hatte, ließen jede Skepsis zu. Männer ordneten sich keiner Frau unter. Sie aber war nicht gewillt, die Leitung des Weingutes in andere Hände zu geben. Auf der anderen Seite waren gerade auf *Summerset* die Böden ideal dazu, Pinot-Noir-Reben anzubauen. Der östliche und südliche Bereich könnte höchste und beste Erträge bringen – und sie würde auf diese Weise den letzten Traum ihres Mannes verwirklichen können!

»Du setzt unendlich viel Vertrauen in mich«, sagte sie leise.

Frederic stand auf, ging um den Schreibtisch herum und nahm ihre beiden Hände in seine. »Ich bin mir sicher, dass ich das Richtige tue.« Er küsste zart ihre Hände, die von harter Arbeit zeugten und nicht so gepflegt waren wie die weichen Hände seiner Frau. »Danke, Karoline. Du nimmst mir eine Last von der Seele. Und ich bin sicher, dass du zu unser aller Segen agieren wirst.«

Lautes Rufen riss die junge Winzerin aus ihren Gedanken. Ein junges Hausmädchen rannte, die Röcke gerafft, auf sie zu.

»Hilfe, Missis Karoline! Kommt schnell! Hilfe!«

Die Räder des Rollstuhls knarrten leise, als Sophie Ruhland ihr Gefährt vom Tisch fortrollte und zu einer reich mit Schnitzereien verzierten Truhe lenkte, die an der schmalen Seite des Raumes stand. Gegenüber befand sich die breite Tür, die in den Wintergarten führte. Dort blühten Orchideen, Callas und Kamelien und verbreiteten einen süßen Duft.

»Darf ich Ihnen helfen, meine Liebe?« Lady Meredith, eine grauhaarige Engländerin mit porzellanzarter Haut, stand behende auf. Sie war weit über siebzig, doch noch sehr agil. Seit Jahren war sie Vorsitzende eines Wohltätigkeitsvereins, der sich in erster Linie für Waisenkinder einsetzte. In dieser Funktion war sie an diesem Tag auch hinaus nach *Hopeland* gefahren. In drei Wochen fand ein Wohltätigkeitsbasar statt, und Sophie Ruhland war stets bereit, großzügig zu spenden und ein paar wertvolle Stücke aus ihrem Haushalt zur Verfügung zu stellen.

»Danke, es geht schon.« Sophie drehte kurz den Kopf zur Seite. Die Sonne blendete sie, stach in den Augen. Der Schmerz ging bis zur linken Schläfe. Doch sie ignorierte das plötzliche Unwohlsein und öffnete die beiden Eisenbeschläge. »Ich habe ein paar Dinge bereitstellen lassen«, sagte sie zu Lady Meredith. »Die Silberleuchter werden gewiss einen Liebhaber finden, und auch die bunte Schale aus Muranoglas gefällt sicher jemandem.« Sie stellte die Leuchter neben sich zur Erde.

»Darf ich?« Die alte Engländerin nahm die beiden Teile auf und schaute sie interessiert an. »Das ist eine außergewöhnlich schöne Arbeit«, stellte sie fest.

»Da haben Sie recht. Auf der Unterseite befindet sich der Stempel des Künstlers. Wenn ich nicht irre, stammen die beiden Leuchter aus der Werkstatt eines preußischen Silberschmieds.«

»Sie sind sehr großherzig. Die Armen der Stadt werden es Ihnen danken.«

Sophie erwiderte nichts. Die Konturen der Truhe verschwammen vor ihren Augen, es gelang ihr nur mit Mühe, gerade sitzen zu bleiben.

»Missis Ruhland!« Die Stimme der alten Engländerin drang wie von weit her zu ihr. »Wenn Sie sich nicht wohl fühlen, sollte ich mich besser verabschieden.«

»Aber nein. Es ist alles in Ordnung.« Sophie riss sich zusammen und tastete in die Tiefe der Truhe. »Ich habe hier noch zwei Tabakdosen meines Mannes – es wäre gewiss in seinem Sinn, dass Sie sie für den guten Zweck versteigern lassen.«

Als sie die zweite Dose in die Hand nahm, öffnete sich der leichte Verschluss und zwei Blätter fielen zur Erde.

»Hier, bitte, meine Liebe.« Lady Meredith hatte sich in Windeseile danach gebückt und reichte Sophie die viereckigen Blätter. Es waren grobe Skizzen, doch Sophie erkannte gleich, dass sie von ihrem Sohn stammten. Christopher hatte sich hin und wieder im Zeichnen versucht. Er wollte sogar die Weinflaschen mit Etiketten versehen lassen – ein Vorhaben, das er nicht mehr in die Tat hatte umsetzen können.

Die Zeichnungen, die Sophie in den Händen hielt, waren allerdings keine Entwürfe für Weinetiketten.

Sondern sie zeigten – Karoline und die Kinder! Deutlich war *Hopeland* im Hintergrund des größeren Bildes zu sehen. Davor stand eine Frau, die zwei Kinder an den Händen hielt. Doch die Gesichter … Ein wehes Schluchzen kam über Sophies Lippen, erneut fielen die Blätter aus ihren Händen.

Lady Meredith bückte sich erneut danach, jetzt warf auch sie einen Blick auf die Zeichnungen. »Nein«, flüsterte sie, und sie legte die Blätter auf den Tisch, als seien sie glühend heiß. Christopher Ruhland hatte die Gesichter seiner Kinder mit großen Strichen unkenntlich gemacht.

»Es … es tut mir leid.« Die Besucherin biss sich auf die Lippen. »Ich sollte gehen.«

»Warten Sie noch. Bitte. Es sind noch einige Dinge …« Die Stimme versagte Sophie. Ein stechender Schmerz durchzuckte sie, es schien ihr, als sei ihr Kopf in einem Schraubstock gefangen. Alles wurde dunkel um sie herum – bis auf ein kleines Licht, das von weit her zu kommen schien.

Dass Lady Meredith laut um Hilfe rief, hörte Sophie Ruhland bereits nicht mehr …

2

Eine gute Reise – und auf ein gesundes Wiedersehen. Schreib mir, sobald ihr in England seid.« Ein letztes Mal umarmten sich Hannah und Karoline. »Aber schreib auch von unterwegs. So kann ich in Gedanken mit euch reisen. Und denk bitte dran, mir die neuesten

Noten von Richard Wagner zu schicken, sobald du sie irgendwo bekommen kannst.«

»Er soll ein schwieriger Komponist sein. Nicht alles, was er niedergeschrieben hat, klingt harmonisch.« Hannah zuckte mit den Schultern. »Aber ganz wie du willst, ich werde sie schon auftreiben. Doch mir sind, ehrlich gesagt, die leichten Walzer von Johann Strauß lieber.« Sie sah sich nach ihrem Mann um, der das Verladen des Gepäcks beaufsichtigte. Noch immer mussten die großen Dampfschiffe draußen in der Bucht ankern, mit kleinen Booten wurden Passagiere und Fracht von Kapstadts Hafen hinaus zu den tieferen Gewässern befördert. »Frederic hat mir versprochen, auf der Rückreise einen kurzen Abstecher nach Wien zu machen. Zu gern möchte ich den berühmten Walzerkönig einmal persönlich hören.«

»Ich bin sicher, dass dir Frederic diesen Wunsch erfüllen wird. Und nun – adieu. Auf ein gesundes Wiedersehen.«

Karoline tupfte sich mit einem spitzenbesetzten Taschentuch die feinen Schweißtröpfchen von der Stirn. Es war drückend heiß an diesem Novembertag des Jahres 1866, in den engen Straßen und Gassen des Hafenbereichs empfand sie die sommerliche Schwüle besonders stark. Es roch unangenehm nach verfaulenden Abfällen, nach Fisch und den Exkrementen der herumstreunenden Hunde und Katzen. Zwischen einigen alten Holzschuppen sprangen Ratten hervor und verschwanden blitzartig wieder, sobald sie Beute gemacht hatten oder irgendjemand mit einem Knüppel nach ihnen warf.

Ratten waren nach wie vor die große Plage dieses Stadtteils. Im Zentrum, dort, wo die eleganten Steinhäuser standen und es Abwässerkanäle und sanitäre Einrichtungen gab, war das Ungeziefer zum größten Teil vernichtet worden. Doch hier, im immer schmutzigen Hafengebiet, wo an jeder Ecke ein Abfallhaufen lag und die Abwässer ungehindert in Richtung Meer flossen, lebten mehr von den gefährlichen Nagern als Menschen.

»Alles ist verstaut.« Frederic Horseley trat zu den beiden Damen. Er trug einen leichten hellen Leinenanzug, ein breiter Panamahut bedeckte sein Haar. »Karoline, ich darf dich zum Abschied umarmen. Und sei bedankt für alles, was du für uns tust.«

»Still. Kein Wort mehr davon.« Karoline reichte ihm beide Hände, die er erst küsste, dann zog er die junge Frau kurz an sich.

Hannah, in einem eleganten Reisekostüm aus lindgrüner Baumwolle, das am Revers und am Saum reiche Steppverzierungen in Form von stilisierten Blüten aufwies, kämpfte mit den Tränen. Sie nestelte am schmalen Spitzenkragen der champagnerfarbenen Seidenbluse. »Ich ersticke noch vor der Abfahrt«, seufzte sie. »Ach, Karoline, worauf hab ich mich da eingelassen!«

»Auf eine abenteuerliche Reise«, lachte diese. »Du wirst viele neue Bekanntschaften machen, interessante Leute treffen und gewiss deinem Mann bei seinen Geschäften helfen können.«

»Aber nein, davon verstehe ich nun wirklich nichts.«

»Musst du auch nicht. Wichtig ist, an seiner Seite zu sein und zu repräsentieren. Mit deinem Charme erreichst du manchmal mehr als mit logischen Argumenten.«

»Du bist so klug!« Eine letzte Umarmung, dann ertönte die Schiffsglocke, die die Passagiere zum Einschiffen rief.

Karoline winkte mit ihrem Taschentuch, bis sie Hannah, die neben Frederic an der Reling des kleinen Bootes stand, nicht mehr erkennen konnte. Sie wandte sich ab und ging drei Querstraßen weiter. Hier befand sich die Werkstatt des Fassmachers, der seit vielen Jahrzehnten Gut *Hopeland* belieferte. So wie die Ruhlands arbeitete auch bei Jeff Thurnball die dritte Generation in diesem Handwerk.

Karoline bestellte bei dem fast zwei Meter großen Mann mit dem kahlen Schädel zwei neue Fässer. »Beste Eiche, das wissen Sie. Und sie müssen mindestens sechshundert, wenn nicht gar achthundert Liter fassen.«

»Was halten Sie von französischer Kastanie?« Jeff wies auf ein halbfertiges Fass, das gerade von zwei Männern bearbeitet wurde. »Zum Nachreifen ideal, Missis Ruhland.«

»Nein, nein, lieber nehme ich Eiche.«

Sie besprachen noch den Preis, die Lieferzeit, dann verließ Karoline den Arbeitsschuppen und ging den schmalen Pfad zurück zur Straße. Die Hitze hatte noch zugenommen, wer nicht arbeiten musste, hielt sich im Haus auf. Zwei Hunde lagen träge neben einem umgestürzten Wassereimer. Ein paar Jungen, Schwarze, Inder und Mischlinge, spielten unverdrossen im Straßenstaub mit einem alten Ball. Ein Fischer zog, gemeinsam mit seiner Frau, einen Handkarren durch die Gasse. Darauf lagen ein kleiner Hai, ein Korb mit Muscheln und ein paar Tintenfische. Sofort erhoben sich die Straßenköter, doch der Fischer scheuchte sie mit ein paar Tritten fort.

Karoline beschloss, sich eine Lohndroschke zurück zum Stadthaus zu nehmen. Gerade als sie sich nach links wandte, wo sie den Standplatz der Pferdedroschken wusste, kam ein Halbwüchsiger auf sie zu. Seine Haut hatte einen hellen Mokkaton; er war ein Mischling, wie sie immer häufiger am Kap zu sehen waren. Die verschiedenen Völker, die sich in den letzten Jahrzehnten hier angesiedelt hatten, vermischten sich immer mehr.

Der Junge, der zu einer alten Leinenhose, die an den Waden endete, nur ein ärmelloses Hemd trug, kam bedrohlich nahe an Karoline heran, und ehe sie recht wusste, was geschah, hatte er ihr den mit Petit-Point-Stickerei verzierten Beutel vom Arm gerissen, in dem sie ihre Geldbörse aufbewahrte. Der Horngriff ritzte Karolines Handgelenk auf, sie schrie auf – vor Schmerz ebenso wie vor Wut und Empörung.

Der etwa Sechzehnjährige rannte los, seine Beute fest umklammert. Doch schon nach wenigen Schritten stellte ihn ein hochgewachsener Mann und hielt ihn mit eisernem Griff fest.

»Hiergeblieben, Bursche!«

Der schmächtige Dieb versuchte sich aus dem Griff zu befreien, doch es gelang ihm nicht, zumal sich ein Kreis Neugieriger gebildet hatte und ein Entkommen unmöglich war.

Der Mann, der ihn festhielt, besaß das krause Haar der Schwarzen, seine Haut allerdings war von einem hellen Bronzeton. Die Kleidung war nicht elegant, doch von gediegener Qualität. Das ebenmäßige Gesicht wurde von großen dunklen Augen beherrscht, die sich jetzt auf Karoline richteten.

»Madame – hier ist Eure Tasche.« Mit einer kleinen Verbeugung reichte er ihr den buntbestickten Beutel. »Wollt Ihr den Diebstahl zur Anzeige bringen?«

Karoline sah zu dem schmächtigen Halbwüchsigen

hin, der mit gesenktem Kopf dastand und so unglücklich wirkte, dass sie Mitleid mit ihm bekam.

»Nein, nein, lasst ihn nur laufen, den armen Kerl.«

»Seid nicht zu großmütig. Er sollte einen Denkzettel bekommen.«

Karoline trat dicht vor den jungen Burschen hin. »Du hattest wohl große Not?«, fragte sie.

»Ja. Ich ... ich ...«

»Sprich nur. Warum hast du mich bestehlen wollen?«

»Ich brauche Geld. Für meine Mutter. Sie ist krank, und wir haben kein Geld, Medizin zu kaufen.«

»Eine billige Ausrede.«

»Glaubt ihm nicht.«

»So ein dreistes Bürschchen!«

Erregt redeten die Umstehenden durcheinander, eine ältere Frau mit spitzer Nase, die ein verwaschenes, ehemals schwarzes Kleid trug, spuckte vor dem Jungen aus. »Bastard!«, zischte sie, dann verschwand sie in der Menge.

Der Mann, der den Jungen immer noch festhielt, zuckte ebenso zusammen wie der schmalbrüstige Dieb. Eindringlich sah der Mann ihn an. »Das ist keine Lüge?«

»Nein, Sir.«

»Gut. Bring mich zu ihr. Ich werde mich selbst überzeugen. Und gnade dir der Herr im Himmel, wenn du gelogen hast.« Er wandte sich an Karoline. »Seid Ihr damit einverstanden?«

»Ich komme mit.«

»Aber ...«

»Keine Einwände, bitte. Ich komme mit.« Entschlossen trat Karoline neben ihn. Schweigend gingen sie ein paar Straßenzüge weiter. Die Gegend, in die sie nun kamen, war eine der armseligsten der ganzen Stadt. Windschief und nur eingeschossig waren die meisten der Häuser, bei einigen sah man das blanke Mauerwerk unter der hellen Kalkschicht.

Das Holzhaus, zu dem sie der Halbwüchsige führte, stand am Ende einer schmalen Straße. Neben dem zweigeschossigen Gebäude wuchs ein immergrüner Eukalyptusbaum, daneben stand eine einstmals grün gestrichene Bank. Jetzt aber war die Farbe abgeblättert, ein alter grauer Kater mit grünen Augen saß auf dem rauen Holz und sonnte sich, sprang jedoch mit drohendem Fauchen fort, als er die Menschen näherkommen sah.

Der Junge zögerte, unsicher sah er Karoline an. »Ihr … ihr wollt wirklich mit hineinkommen?«

»Aber ja!« Karoline wirkte sehr entschlossen. Der Mann, der einen Schritt hinter ihr stehen geblieben war, nickte ebenfalls.

Leise schob der Junge die Tür auf, die in ihren Angeln knirschte. Sie betraten einen schmalen Flur, in dem es nach abgestandenem Essen und einer scharfen Essenz roch. Eine Tür stand halb offen und führte in einen düsteren Raum, der kärglich möbliert war. In der Mitte stand ein Tisch, darum drei altersschwache Stühle. Unter dem Fenster, der einzigen Lichtquelle, fand sich eine Kommode, auf der eine Wasserschüssel und einige braune Flaschen standen.

»Jamie … endlich!« Die Stimme, schwach und kaum zu vernehmen, kam von dem schmalen Diwan an der Stirnseite des Raumes. Darauf lag, nur mit ein paar elenden Lumpen zugedeckt, eine schmale Schwarze. Ihr Gesicht war schweißnass, die großen Augen glänzten im

Fieber. Die leicht wulstigen Lippen waren aufgeplatzt, ein dünner Blutfaden lief aus dem linken Mundwinkel.

»Ma! Wie geht es dir?« Der Junge kniete neben dem schmalen Lager nieder. »Ich hab keine Medizin bekommen. Es tut mir so leid«, flüsterte er kaum hörbar.

Karoline trat näher. »Guten Tag. Sie sind leidend?«

»Ja. Mein Husten ... er quält mich seit Wochen. Und dann das Fieber ... verzeiht, dass ich nicht aufstehen kann, Madame.«

»Bleiben Sie ganz ruhig liegen. Ich lasse einen Arzt rufen.« Karoline zog den Jungen hoch. »Hol den Doktor. Rasch.«

Er senkte den Kopf. »Das geht nicht.« Seine Worte waren kaum zu verstehen.

Karoline schob ihn zur Tür. »Eil dich.«

Fragend sah der Halbwüchsige zu dem Mann hin, der unter der Tür stehen geblieben war. Der weißen Frau, die sich jetzt zu seiner Mutter niederbeugte, wollte er nicht vertrauen. Sie war so fremd, so elegant, sie kam aus einer anderen Welt. Doch der Mann war einer von ihnen. Seine Hautfarbe war vom gleichen Mokkaton wie seine eigene.

»Tu, was man dir gesagt hat.« Der Mann ging zum Fenster und öffnete einen Flügel. »Frische Luft kann nicht schaden. Diese Kräuter hat Ihnen eine weise Frau gekocht, nicht wahr?«

Die Kranke nickte nur. »Der Sud soll das Fieber senken.«

»Seit wann liegen Sie zu Bett?«, wollte Karoline wissen.

»Seit drei Wochen.«

»Und – wann haben Sie zum letzten Mal eine ordentliche Mahlzeit gehabt?« Karoline griff nach der ausgezehrten Hand. »Schämen Sie sich bitte nicht, es ist keine Schande, arm und krank zu sein. Doch lassen Sie mich Ihnen helfen. Ich heiße Karoline Ruhland und lebe draußen im Weinland.«

»Ich bin Bokula Shepard.«

»Dann darf ich mich auch vorstellen – David Bernhard.« Der große Schwarze verneigte sich. »Ich denke, es ist besser, ich warte draußen, bis der Doktor da ist.«

»Danke, doch das ist nicht vonnöten. Ich komme schon zurecht«, erwiderte Karoline.

»Lassen Sie mich nur warten, ich habe nichts Besseres vor.«

Sie sah ihn verstohlen an. Er sah gut aus, von ihm gingen eine Kraft und Selbstsicherheit aus, die man nur selten fand. Er war ganz offensichtlich ein Mensch, der in sich selbst ruhte. Karoline gestand sich ein, dass etwas an diesem Fremden war, das ihr Herz berührte.

Es dauerte lange, bis der Arzt endlich eintraf. Er war alt und hager, seine Tasche ebenso abgewetzt wie sein Gehrock. »Es ging nicht rascher«, sagte er entschuldigend, als er die elegante Dame bemerkte, die auf einem der Stühle saß und sich jetzt erhob, um ihm Platz zu machen. »Es sind zu viele Leute krank im Moment.«

»Wir warten draußen«, erklärte Karoline, sie schob den Jungen, der mit angstvollem Gesicht an der Tür gewartet hatte, ins Freie. Dort fragte sie ihn: »Wo ist dein Vater? Hat er Arbeit?«

»Ich kenne ihn nicht. Er hat Mutter verlassen, als sie mit mir schwanger war. Er war …« Ein kurzes Zögern, dann fuhr er trotzig fort: »Er war englischer Soldat.«

»Wovon lebt ihr?«

Der Junge zuckte mit den Schultern. »Mutter hatte Arbeit in einem Lokal am Hafen. Sie ist eine gute Köchin. Doch dann ist sie krank geworden. Ihr Husten wollte nicht besser werden.« Tränen standen plötzlich in seinen Augen, verschämt wischte er sie mit dem Ärmel fort.

David Bernhard mischte sich ein. »Wie alt bist du?«

»Nächsten Monat werde ich sechzehn.«

»Dann kannst du dir ja Arbeit suchen. Bist gesund und siehst recht kräftig aus. Als Dieb willst du ja wohl hoffentlich nicht enden.«

»Ich ... ich wollte Medizin kaufen. Die Kräuterfrau kommt auch nicht mehr, weil ich sie nicht bezahlen kann.« Die großen Jungenaugen wurden wieder feucht.

Karoline legte ihm spontan die Hand auf die Schulter. »Du kannst für mich arbeiten«, versprach sie. »Entweder findet sich eine Anstellung hier in Kapstadt, oder du kommst mit nach *Hopeland*. Auf einem Weingut werden immer Arbeitskräfte gebraucht.«

»Aber die Mutter ...«

»Sie soll in Ruhe gesund werden, dann sehen wir weiter. Ich werde eine Lösung finden.« Karoline sah auf ihre Taschenuhr. Die Zeit drängte, sie war schon viel zu lange unterwegs.

»Wenn Sie in Eile sind, gehen Sie ruhig. Ich bleibe hier.« David Bernhard hatte ihre Geste bemerkt. »Im Augenblick kann ich frei über meine Zeit verfügen.«

»Nein, nein, ich warte, bis der Arzt seine Untersuchung beendet hat.«

Das dauerte nicht mehr allzu lange. Die Miene des alten Doktors war ernst, als er erklärte: »Sie müsste eigentlich in die Klinik. Sie hat eine Wunde am Bein, die sich entzündet hat. Und die Lunge ist auch nicht in Ordnung.«

»Sie soll gute Pflege haben.« Karoline nestelte an ihrer Tasche. »Sorgen Sie für sie, so gut Sie es vermögen. Die Kosten übernehme ich. Schicken Sie Ihre Liquidation an diese Adresse.« Sie zog ein kleines Kärtchen hervor und reichte es ihm. Dann wandte sie sich an Jamie. »Hier, kauf etwas Gutes ein. Und besorge die Medizin, die der Doktor verschreibt.« Sie drückte ihm einige Scheine in die Hand, die der Junge wie paralysiert betrachtete. Solch ein Vermögen hatte er noch nie in Händen gehalten!

»Geh zu deiner Mutter, danach tu, was Missis Ruhland dir aufgetragen hat.« David Bernhard schob den Jungen zur Tür, dann verbeugte er sich vor Karoline. »Der Himmel möge es Ihnen vergelten, Missis Ruhland. Sie haben ein großes Herz. Ich werde hin und wieder herkommen und nach dem Rechten sehen. Zumindest so lange, bis ich eine neue Anstellung gefunden habe«, fügte er nach kurzem Zögern hinzu.

»Das ist sehr freundlich von Ihnen.« Karoline reichte ihm die Hand. »Leben Sie wohl – und danke nochmals für Ihre Hilfe.« Sie war bereits einige Schritte gegangen, als sie sich noch einmal umdrehte. »Auf ein Wort noch bitte.«

Der Mann kam näher. »Zu Diensten.«

»Sie haben keine Arbeit? Verzeihen Sie mir die offene Frage, aber …«

»Schon in Ordnung.« David zuckte mit den Schultern. »Es stimmt, im Augenblick habe ich keine feste Anstellung.«

»Und als was haben Sie bisher gearbeitet?«

»Ich war für einige Jahre zweiter Kellermeister auf einem Gut in Franschhoek.« Sein Gesicht verhärtete sich, es war unschwer zu erkennen, dass er das Thema nicht gern vertiefte.

»Kellermeister sind Sie!« Karoline schüttelte den Kopf. »So ein Zufall! Oder – es ist vielleicht doch alles Schicksal.« Lebhaft sah sie zu ihm auf. Er überragte sie um Kopfeslänge. »Ich brauche einen Kellermeister! Wollen Sie …« Sie brach ab. »Ich bin wieder einmal zu spontan, verzeihen Sie mir.«

Ein Lächeln glitt über das braune Gesicht, die weißen Zähne blitzten auf. »Mir gefällt es, wenn Sie mir diese Bemerkung gestatten. Und ich würde mir Ihr Gut nur zu gern anschauen. Wenn Ihr Gemahl einverstanden ist, komme ich hinaus nach *Hopeland* und stelle mich vor.« Eine kleine Verbeugung folgte den Worten.

Karoline gestand sich ein, dass ihr die guten Manieren des Mannes imponierten. Wenn er auch nur ein einfacher Arbeiter zu sein schien – er besaß einen gewissen Stil.

»Ich treffe allein alle Entscheidungen.« Karoline nickte ihm zu. »In drei Tagen werde ich wieder auf dem Gut sein. Kommen Sie dann dorthin, wir können vor Ort besser reden.«

3

Kommt Grandma nie mehr wieder?« Fragend sah die blonde Charlotte zu ihrer Mutter hoch. »Auch nicht morgen, zu meinem Geburtstag?«

»Nein, sie kommt nie mehr zurück zu uns. Sie ist jetzt im Himmel. Das hab ich dir doch schon so oft erklärt.«

»Sie will es nicht verstehen, sie ist eben noch ein Baby.«

Victor sah nachsichtig zu seiner blonden Schwester hinüber, die sich auf einem Stein vor dem Grab niedergelassen hatte und mit ein paar Efeuranken spielte.

Karoline legte drei weiße Rosen auf Sophies Grab. Heute war der Todestag ihrer Schwiegermutter, deshalb war die junge Gutsherrin mit ihren beiden Kindern zum Friedhof gekommen. Noch immer spürte sie den Verlust sehr intensiv. Ihr Verhältnis zu Sophie war innig gewesen. »Wir sind Seelenverwandte«, hatte Sophie einmal gesagt.

Doch nun ruhte sie auf dem kleinen Friedhof von *Hopeland* neben ihrem Mann. Ein Schlaganfall hatte sie jäh aus der Mitte ihrer Lieben gerissen. Wann immer Karoline an Sophies überraschenden Tod dachte, kamen ihr die Tränen. Noch am Morgen ihres Todestages war die alte Dame voller Elan gewesen. Sie war in die Küche gefahren und hatte mit Josy eine Torte für Klein Charlotte gebacken. Danach hatte sie einige Briefe an ihre vielen Freunde in aller Welt geschrieben. Da waren die Familie Vanderbilt, die Klaviervirtuosin Clara Wieck und die französische Schriftstellerin George Sand, die mit ihrem unkonventionellen Leben, aber auch mit ihren Werken die Winzerin vom Kap so unendlich beeindruckt hatte, dass sie ihr vor vielen Jahren einfach einmal geschrieben hatte. Damals war eine Freundschaft zwischen diesen so unterschiedlichen Frauen entstanden; eine Freundschaft, der auch die vielen tausend Meilen, die sie trennten, nichts anhaben konnte. Noch heute bewahrte Karoline das Beileidsschreiben, das sie viele Wochen nach Sophies Tod von George Sand erhalten hatte, wie einen Schatz auf.

Karoline sah mit wehem Blick zu dem hellen Marmorstein hin, unter den sie die Rosen gelegt hatte.

Sophie war nicht nur großherzig, sie war auch eine extrem kluge und weltoffene Frau gewesen. Auch nach ihrem schweren Unfall hatte sie sich nicht zurückgezogen, sondern ihre Kontakte zu wichtigen Persönlichkeiten in aller Welt gepflegt. Von dem Moment an, da sie nicht mehr reisen konnte, wohl noch intensiver als zuvor. So war es nicht verwunderlich, dass die Weine des Gutes weithin bekannt waren und von Kennern in vielen Teilen der Welt geschätzt wurden. Jahr für Jahr verschickte Karoline etliche Fässer nach Übersee, so, wie sie es auch seit Jahren an den Württembergischen Fürstenhof, nach Berlin, Wien und sogar nach Weimar tat, wo der geniale Pianist Franz Liszt regelmäßig logierte und seine Meisterschüler gern mit einem Schluck des südafrikanischen Weines belohnte.

»Da kommt Mathew!« Victor sprang auf und lief auf den Hauslehrer zu. »Er will mit mir ausreiten. Du erlaubst es doch, Mama?«

»Natürlich.« Karoline nahm Charlotte an die Hand und ging dem Hauslehrer einige Schritte entgegen. »Ich hoffe nur, mein kleiner Wildfang nimmt nicht Ihre gesamte Freizeit in Anspruch, Mister Browling.«

»Aber nein. Ich bin gern mit Victor zusammen.« Er zögerte zwei Atemzüge lang, dann fügte er leiser hinzu: »Er ist mir lieb wie ein Sohn.«

Karoline zuckte leicht zusammen. Es war nicht das erste Mal, dass der Hauslehrer solche Andeutungen machte. Sie schätzte ihn wahrlich sehr, Mathew Browling war ein angenehmer Hausgenosse. Er war klug und belesen, sie hatte schon manch anregende Unterhaltung mit ihm geführt und über die englischen und deutschen Dichter diskutiert, die sie beide sehr schätzten. Doch nie könnte er mehr für sie sein.

Sie dachte daran, dass er vor Jahren Hannah umworben hatte. Seit die Schwägerin jedoch mit Frederic Horseley verheiratet war, hatte Mathew sein Augenmerk intensiver auf die schöne Herrin von Gut *Hopeland* gerichtet. Bislang war sein Werben stets voller Diskretion und Zurückhaltung geblieben, und Karoline hoffte, dass es dabei bleiben möge. Nur ungern hätte sie für ihre Kinder eine neue Erzieherin oder einen neuen Erzieher gesucht.

»Ich will auch mit!« Die kleine Charlotte riss sich von der Hand der Mutter los und lief auf Mathew zu. »Ich kann schon gut reiten. Und mein Pony ist so lieb!« Bittend schaute sie zu dem Mann hoch.

»Nein! Mathew und ich wollen rüber zum Eichenwald. Das ist für dich viel zu weit!« Victor stampfte trotzig mit dem Fuß auf. In der letzten Zeit neigte er immer wieder zur Eifersucht.

Noch ehe Karoline ihn rügen konnte, griff der Hauslehrer ein. »Wir reiten heute allein, Victor und ich. Und morgen machen wir beide einen Ausflug, kleine Lady. Einverstanden?«

Charlotte schmollte ein wenig, doch sie wagte nicht, zu widersprechen, zumal sie durch einen jungen Schwarzen abgelenkt wurde, der mit langen Schritten näher kam. »Paviane!«, keuchte er. »Sie sind am Südhang und fressen alle Trauben fort. »Eine riesige Herde! Mister David hat gesagt, ich soll Euch Bescheid geben, dass er die Biester erschießt.«

Mathew Browling verzog spöttisch die Lippen. »Welch ein Glück, dass es David Bernhard gibt. Er macht sich wahrlich unentbehrlich.«

4

Jamie, komm her und hilf mir!« Einer der älteren Arbeiter winkte den jungen Burschen zu sich. »Das Fass ist nicht sauber, klettere rein und schrubbe noch mal alles nach.«

Der Siebzehnjährige nickte nur und schwang sich behende in das bauchige, gut 600 Liter fassende Holzfass. Seit Jamie mit seiner Mutter Bokula nach *Hopeland* gezogen war, hatte sich sein Leben grundlegend verändert. Wie im Paradies kam er sich vor! Regelmäßiges Essen, eine saubere Hütte, in der viel Platz war und er sogar einen kleinen Raum für sich allein hatte, dazu wurde er von Mister David, wie er den Kellermeister respektvoll nannte, in allem unterrichtet, was man wissen musste, um ein guter Winzer zu werden.

Jamie hatte nur wenige Jahre lang die Schule besucht, doch er war klug und hatte sich Bücher besorgt, in denen er in jeder freien Minute las. Neben Afrikaans sprach er nun ein sehr gutes Englisch, er konnte schreiben und lesen, und wenn es galt, die jungen Reben hochzubinden, war er einer der schnellsten Arbeiter.

Nun schrubbte er das Innere des alten Fasses sorgfältig sauber. Vorgestern hatten einige erfahrene Arbeiter drei alte Fässer mit Branntkalk und Wasser gereinigt. Das war stets eine zeitraubende und auch gefährliche Arbeit, denn die Gase konnten Verätzungen der Schleimhäute hervorrufen. Danach mussten die Holzfässer sorgfältig mehrmals ausgespült werden.

Bei dem jetzigen, besonders großen Fass hatten die Männer nicht sorgfältig genug gearbeitet, und so schrubbte Jamie fast eine Stunde lang, im Fass kauernd, die Reste von Weinstein und Schmutz aus den Rillen. Inzwischen hatte er gelernt, dass es immens wichtig war, die neue Maische in saubere Fässer einzubringen.

Mit der Zeit stiegen scharfe Dämpfe auf, er merkte es kaum. Eifrig rieb er mit der Holzbürste die letzten Ecken sauber, denn er wollte Mister David nicht enttäuschen. Langsamer und langsamer, immer unkontrollierter wurden seine Bewegungen, dann sank er ohnmächtig in sich zusammen.

Der Kellermeister hatte unterdessen draußen mit einigen Arbeitern die kleinere der Pressen repariert und darüber vergessen, dass der Junge allein arbeitete.

»Jamie! Himmel noch mal, Junge, bist du vielleicht noch im Fass?« Der große, breitschultrige Kellermeister hetzte mit langen Schritten durch den Gewölbekeller. »Jamie!«

Keine Reaktion.

»Eli, Abasi, Makamie!« David winkte den drei schwarzen Arbeitern, die ihm bisher geholfen hatten. »Kommt mit mir! Und bringt zwei helle Lampen herbei!«

Er selbst kletterte, so rasch es ihm möglich war, in das Fass. Das kalkhaltige Wasser auf dem Fassgrund durchnässte seine Schuhe und die Hosenbeine, er merkte es nicht.

»Junge ... komm her!« Erleichtert sah er, dass Jamie mit dem Oberkörper an der linken Fassseite lehnte. Wie leicht hätte der Besinnungslose mit dem Kopf unter Wasser geraten können! Schnell fasste David ihn unter den Achseln und versuchte, ihn aufzuziehen. Es war nicht leicht, den Ohnmächtigen hochzustemmen und ihm den zwei Schwarzen, die angstvoll über den Fassrand schauten, anzureichen.

»Los, hebt ihn raus! Vorsichtig!« David Bernhard atmete schwer, als es endlich gelungen war, den schlaffen Körper über den Fassrand zu ziehen. Der Kellermeister machte sich Vorwürfe, dass er nicht darauf bestanden hatte, einen zweiten Mann zur Aufsicht abzustellen. Immer wieder einmal kam es vor, dass bei der Fassreinigung jemand verunglückte. Und jetzt war es der jüngste von all seinen Arbeitern, der einen so schweren Unfall erlitten hatte!

»Jamie! Junge!« Er kniete neben dem Bewusstlosen nieder und schlug ihm vorsichtig auf die Wangen. »Bringt mir Wasser«, befahl er.

Unbemerkt von den Männern war Karoline hereingekommen. »Was ist passiert?«

»Er ist beim Fassreinigen ohnmächtig geworden.«

»O mein Gott!«

»Es ist meine Schuld.« David Bernhard sah nur kurz hoch. »Ich hätte ihn nicht allein arbeiten lassen dürfen. Ein unverzeihlicher Fehler …«

In diesem Moment richtete sich Jamie halb auf und begann, jämmerlich zu husten. Eli, der älteste der schwarzen Arbeiter, hielt ihm einen irdenen Becher hin. »Trink«, befahl er mit rauer Stimme.

Jamie trank gierig, immer wieder musste er zwischendurch husten, die giftigen Dämpfe hatten seine Schleimhäute aufs äußerste gereizt.

»Bringt ihn ins Haus«, ordnete Karoline an. »Und sagt seiner Mutter Bescheid, sie soll sich um ihn kümmern. Sie ist im Waschhaus.«

Die Männer führten Jamie hinaus, der jedoch protestierte, als sie ihn festhielten. »Mir geht es schon wieder gut.«

»Du lässt dich von deiner Mutter versorgen.« David Bernhards Stimme duldete keinen Widerspruch.

»Sie sollten sich auch ausruhen.« Karoline legte dem Kellermeister die Hand auf den Arm. »Blass sind Sie. Kommen Sie mit an die frische Luft.« Sie zuckte leicht zusammen, als ihr bewusst wurde, wie vertraulich ihre Geste wirken musste. Aber war es nicht in der Tat so, dass es sie immer wieder in David Bernhards Nähe zog? Er hatte sie von der ersten Sekunde an fasziniert. Es war, als beständen zwischen ihnen geheime Schwingungen, die niemand außer ihnen wahrzunehmen schien. Auch der Mann, der doch gesellschaftlich weit unter ihr stand, sah immer wieder verstohlen zu ihr hin. Sie bemerkte es wohl, wenn sie auch geflissentlich diese Blicke zu ignorieren suchte.

»Ich bin ganz in Ordnung, machen Sie sich keine Sorgen.« Er straffte die breiten Schultern und wandte sich an seine Männer. »Kommt, wir wollen die Arbeit zu Ende bringen.«

Karoline ging langsam hinüber zum Haus, ihr Herz pochte unruhig. Aus der Küche drang leises Lachen, sie hörte die kleine Charlotte eines der afrikanischen Kinderlieder singen, die Josy ihr beigebracht hatte.

Karoline wandte sich nach links und ging in ihr Arbeitszimmer. Neue Bestellungen und Abrechnungen mit Lieferanten würden sie von den sehnsuchtsvollen Gedanken, die ihr seit Wochen die Ruhe raubten, ablenken.

5

»Wir haben die Post aus der Stadt mitgebracht! Mama, Tante Hannah hat geschrieben!« Victor rannte, ein Bündel Briefe durch die Luft schwenkend, auf seine Mutter zu. »Vielleicht hat sie mir ein Geschenk geschickt! Der Brief ist so dick!« Die Wangen des kleinen Jungen glühten vor Aufregung. Am Morgen war er mit seinem Lehrer und dem alten Kimani nach Kapstadt gefahren, um neue Schulbücher zu kaufen. Außerdem hatten sie zwei Flöten erstanden und Noten dazu. Victor war höchst musikalisch und brannte darauf, ein weiteres Instrument zu erlernen. Auf dem alten Klavier, das in einem Erker des Esszimmers stand, übte er seit Monaten.

»Dann zeig mal her.« Karoline, die an diesem sonnigen Tag einen hellgrauen Reitdress trug, streckte die Hand aus. Sie war in einer halben Stunde mit David Bernhard verabredet, um hinüber nach *Summerset* zu reiten und dort die Neuanpflanzungen des Pinot Noir zu kontrollieren.

Victor sah gespannt zu, wie seine Mutter mit einem silbernen Brieföffner das dicke Kuvert aufschlitzte. »Noten!«, stieß er begeistert hervor, als Karoline zwei Notenhefte herauszog. »Wie schön!«

»Die sind aber nicht für dich, Schatz. Es sind die neuen Walzer von Johann Strauß.« Ein Lächeln glitt über ihr Gesicht. »Man nennt ihn den Walzerkönig. Ich habe gelesen, ganz Wien liegt ihm zu Füßen.«

»Ich kann das auch spielen. Bestimmt!« Trotzig schob Victor die Unterlippe vor. »Gib her!«

»Sprich nicht so mit mir«, rügte ihn Karoline und legte die Blätter demonstrativ zur Seite. »Hier, das sind die Noten für dich. Und ein Bilderbuch für Charlotte. Bring es ihr bitte.« Sie selbst vertiefte sich in das Begleitschreiben, das Hannah ihren Geschenken hinzugefügt hatte.

Wir sind auf dem Weg zurück nach Afrika, schrieb sie. *Wenn Du diesen Brief erhältst, haben wir den schwarzen Kontinent vielleicht schon erreicht. Doch noch kann ich nicht heimkehren. Frederic hat in Southampton einen Mann kennengelernt, der ein rechter Abenteurer zu sein scheint. Er heißt Cecil Rhodes und hat Freunde in der Nähe von New Rush, die dort angeblich Diamanten gefunden haben. Stell Dir nur vor, Liebes, nur ein paar hundert Meilen von Hopeland entfernt sollen diese wertvollen Steine gefunden worden sein! Frederic möchte so rasch als möglich dorthin, um sich ebenfalls Schürfrechte zu sichern. Mir ist dies alles nicht ganz geheuer, doch Frederic vertraut diesem Mann.*

Karoline ließ den Briefbogen sinken und schaute in Richtung Norden. Sie hatte bereits davon gehört, dass weiter oben im Nordosten Gold gefunden worden war. Witwatersrand wurde der Höhenzug genannt, der immer mehr Menschen anlockte. Die Goldsucher kamen aus vielen Ländern und allen gesellschaftlichen Schichten. Karoline jedoch traute diesem Goldrausch nicht. Aber fünf von ihren schwarzen Arbeitern hatten sich vor einigen Monaten dorthin auf den Weg gemacht und wollten ihr Glück versuchen. Von Diamantfunden hatte sie jedoch noch nichts gehört.

Wir hörten, dass in der Nähe des Oranje-Flusses Diamanten gefunden worden sind. Glaub mir, meine teure

Karoline, das wird ebenfalls für Aufregung sorgen. Ich fürchte gar, dass mein Frederic auch dorthin reisen will. Er ist ein kluger Geschäftsmann und normalerweise recht besonnen, doch in einem Winkel seines Herzens ist er auch ein Abenteurer. Ich gestehe Dir offen, dass ich ihn für diesen Wesenszug noch mehr liebe.

Hoffen wir also, dass wir uns bald wiedersehen. Sei bis dahin umarmt von – Deiner treuen Hannah.

Nachdenklich ließ Karoline das Briefblatt sinken und schaute hoch zu den nördlich gelegenen Weinbergen. Etliche Meilen weiter, dort, wo sich die Berge erhoben und die Region Transvaal begann, wurde angeblich Gold gefunden! Sorge breitete sich in der jungen Winzerin aus, denn sie fürchtete, dass mit den Goldsuchern viele windige Gestalten ins Land kamen. Es blieb nur zu hoffen, dass sie nicht bis hierher, ins Weinland, ziehen würden.

Es klopfte, und David Bernhard kam einen Schritt ins Zimmer. »Sind Sie bereit für den Ausritt, Missis Ruhland?«, fragte er.

»Ja, sofort. Ich muss nur noch die Stiefel anziehen. Warten Sie doch beim Stall auf mich.« Verstohlen sah sie den hochgewachsenen Mann an. Er trug senffarbene Reithosen, darüber eine braune Jacke. Wie immer war sein Hemd blütenweiß. Stattlich sah er aus; allein seine bronzefarbene Haut wies ihn als einen Menschen niederen Standes aus. Dem Auftreten nach hätte er ohne weiteres ein wohlhabender Winzer sein können.

Karoline fragte sich oft, woher er dieses Selbstbewusstsein nahm. Nie war er jedoch arrogant oder überschritt seine Grenzen. Er ruhte in sich – eine Eigenschaft, die sie beeindruckte.

Wenig später ritten sie Seite an Seite vom Gutshof.

Karoline hatte sich eine schlanke, doch ausdauernde Fuchsstute satteln lassen. David saß auf Wotan, dem Apfelschimmel, den einst Christopher Ruhland geritten hatte. Lange Zeit hatte das temperamentvolle Tier niemanden an sich herangelassen. Sogar Pandu, der Stallmeister, hatte Mühe, Wotan zu versorgen. Das Pferd vermisste seinen Herrn.

Karoline erinnerte sich an den Tag, an dem sie zum ersten Mal mit David einen Inspektionsritt unternommen hatte. Wie magisch angezogen war der neue Kellermeister auf Wotan zugegangen. »So ein feiner Kerl bist du.«

Leises Wiehern war die Antwort gewesen, und dann, zu Karolines und Pandus Überraschung, hatte Wotan sich von dem Fremden streicheln und sogar satteln lassen.

»Haben Sie Obacht. Wotan ist unberechenbar. Nur mein Mann konnte mit ihm umgehen.«

»Dann ist es Ihnen wohl nicht recht, wenn ich ihn reite?« Nur kurz hatte es in seinem Gesicht gezuckt, als er hörte, dass Wotan dem verstorbenen Gutsherrn gehört hatte.

»Doch, es wird dem Tier guttun, wenn es wieder regelmäßig bewegt wird. Seien Sie aber vorsichtig.«

»Wir verstehen uns. Nicht wahr, mein Junge?« Leise, mit fast zärtlicher Stimme, sprach er in einem Dialekt, den Karoline nicht kannte, auf den hochbeinigen Wallach ein, der leicht die Nüstern blähte, dann aber brav unter dem Sattel ging.

Seither ritt David ausschließlich dieses Pferd, und Karoline duldete es schweigend. In den ersten Tagen hatte es ihr stets einen leichten Stich versetzt, wenn sie David auf dem Apfelschimmel gesehen hatte, wie sie durch die Weinberge ritten, der Kellermeister immer wieder abstieg und sich die neuen Reben anschaute und kontrollierte, wie der junge Wein heranwuchs. Das gehörte nicht unbedingt zu seinen Aufgaben, doch schon in den ersten beiden Wochen hatte er es sich angewöhnt, auch die Hege und Pflege der Reben zu beobachten.

Karoline war ihm dankbar, er nahm ihr viele Aufgaben innerhalb der Verwaltung ab.

Eine knappe Stunde ritten sie fast schweigend durch die Weinberge, die sich Hügel um Hügel in nordöstliche Richtung erstreckten. Viele hundert Rebstöcke wurden sorgfältig gehegt und gepflegt, fast das ganze Jahr über waren die Arbeiter im Weinberg beschäftigt.

»Gleich sind wir auf *Summerset*-Land«, sagte Karoline, als sie eine Anhöhe erreichten, auf deren höchster Spitze einige alte Eichenbäume ihre Äste gen Himmel reckten. Im Osten, eingehüllt in einen leichten Dunstschleier, waren die ersten Hügel zu erkennen, auf denen seit einem Jahr die neuen Rebstöcke standen, die einmal erstklassigen Rotwein liefern sollten. Lange hatten Karoline und ihr Kellermeister überlegt, an welchem Hang sie die kostbaren Reben anpflanzen sollten.

»Bei der Suche nach dem richtigen Terroir kann man nicht vorsichtig genug sein«, hatte David gesagt. »Gerade der Pinot Noir reagiert sehr sensibel auf Unterschiede von Boden und Klima.«

»Sie wissen sehr viel über Rotwein.«

»Ich versuche immer dazuzulernen. Und gerade in den letzten Jahren hat sich vieles verändert. Der Geschmack der Menschen ist ein anderer geworden, dem müssen sich alle Winzer anpassen, wenn sie weiterhin erfolgreich produzieren wollen.«

Karoline schwieg, sie wusste, dass sich ihr Kellermeister viele Bücher kommen ließ und oft bis spät in die Nacht in seinem kleinen Haus saß und las. Er war wahrlich ein außergewöhnlicher Mann, dieser David Bernhard.

Leichter Wind spielte mit den Blättern, ein Schwarm Krähen flog auf, als sich die Reiter der Eichengruppe näherten. »Bin ich froh, wenn ich etwas zu trinken bekomme«, seufzte Karoline und schob sich den breitrandigen Hut ein wenig aus der Stirn. »Ich fürchte, dieser Sommer wird extrem heiß.«

»Dort drüben ist ein Wassergraben. Wir könnten eine kurze Rast einlegen, und Sie könnten sich erfrischen.« David wies hinüber zu einer Senke, die mit Gräsern und niederen Sträuchern bedeckt war. Gleich neben dem Wasserlauf entdeckte Karoline eine kleine Fläche, auf der leuchtend bunte Lilien wuchsen.

»Eine gute Idee! Das ist ein hübscher Platz!« Sie gab ihrer Stute die Sporen, und in raschem Galopp ging es hügelabwärts. Ohne darauf zu warten, dass der Mann ihr half, sprang sie gleich neben der Lilienwiese aus dem Sattel – und schrie in der nächsten Sekunde auf.

»Au! Mich hat was gebissen!« Sie wollte nach der schmerzenden Stelle greifen, doch David warnte:

»Vorsicht! Es war vielleicht eine Schlange! Bewegen Sie sich nicht!« Mit einem Satz war er aus dem Sattel gesprungen und suchte die nähere Umgebung ab. »Da – eine Kobra!« Das Kriechtier, das Karoline gebissen hatte, wollte sich gerade in sein Nest unter einem hohen Distelbusch zurückziehen, als David die Schlange mit einem Stock hochhob und in hohem Bogen zur Seite schleuderte. Das schwarzbraune Tier, das etwa einen Meter lang war, zischte wütend und schlängelte rasch wieder in Richtung Nest. Davids Gesicht war wutverzerrt, als er ein Messer aus der Gürtelschlaufe zog und der Schlange mit einem wuchtigen Hieb den Kopf abschlug.

Karoline hatte sich auf einem flachen Stein niedergelassen und schob den Reitrock höher. »Ein Glück, dass ich die alten Stiefel von Christopher angezogen habe«, meinte sie. »Das Leder ist recht dick, die Schlangenzähne haben meine Haut nur geritzt.« Ungeniert rollte sie auch die wollenen Strümpfe herunter.

»Lassen Sie sehen.« David kniete sich vor sie und griff nach ihrem Fuß. Eine Handbreit oberhalb des Knöchels sah man zwei kleine rote Stellen. »Das muss ich ausbrennen.« Er sah auf. Sein Gesicht war ernst, die Wangenmuskeln arbeiteten deutlich sichtbar – ein Zeichen seiner Erregung.

»Aber David, Sie sind zu besorgt. Es ist ein Kratzer, mehr nicht. Die Schlange hat gar nicht richtig zubeißen können.«

David erwiderte nichts. Ohne zu fragen, ob sie es ihm gestatte, beugte er sich tiefer über Karolines Bein, nahm es fest in beide Hände und saugte so fest das Gift aus der Wunde, dass es ihr weh tat. »Das war eine Kapkobra«, sagte er, nachdem er diese Prozedur dreimal vorgenommen hatte. »Sie verirren sich nur selten hier in den tiefen Süden. Aber ich hab das Biest gleich erkannt.« Eindringlich sah er Karoline an. »Lassen Sie mich die Wunde vorsichtshalber noch ausbrennen.«

Karoline hatte Tränen in den Augen. Angst, nie zuvor gekannte Angst stieg in ihr auf. Sie wusste, dass die Kapkobra zu den gefährlichsten, giftigsten Schlangen des Kontinents gehörte. »Tun Sie, was getan werden muss«, presste sie hervor und schloss die Augen, als David eine Schachtel Zündhölzer aus seiner Westentasche zog, mit ein paar kleinen Zweigen ein Feuer entfachte und dann sein Messer in den Flammen erhitzte.

»Es tut mir leid«, murmelte der Mann, als er den glühenden Stahl auf die beiden kleinen Wunden presste, »es muss sein. Wir wissen ja nicht, wie viel von ihrem Gift die Kobra abgesondert hat.«

Karoline konnte nicht antworten. Sie biss sich vor Schmerz auf die Lippen, bis sie Blut spürte. Sie hatte das Gefühl, der glühend heiße Stahl des Messers dringe ihr bis auf die Knochen. Für einen Moment glaubte sie, die Besinnung zu verlieren.

»Karoline …« Unendlich zärtlich klang die Männerstimme, die leise ihren Namen rief.

Tränen verschleierten Karolines Blick, sie sah auf – hinein in Davids Augen, die dicht vor ihrem Gesicht waren.

»Wo ist Mama? Sie hat doch versprochen, noch vor der Dunkelheit zurückzukommen. Ich will ihr das neue Stück vorspielen, das wir eingeübt haben.« Victor stand am Fenster des Schulzimmers und spähte hinaus auf den Gutshof. Er musste sich auf die Zehenspitzen stellen, um den Bereich vor den Pferdeställen überblicken zu können.

»Mama muss doch arbeiten!« Charlotte, die über Rechenaufgaben brütete und dabei immerzu an einer blonden Haarsträhne drehte, sah nicht hoch. Immer wieder kam ihre kleine Zungenspitze zwischen den Zähnen hervor, ein Zeichen für die Anspannung, unter der das kleine Mädchen stand. Es war aber auch zu schwierig, fünf Zahlen untereinanderzuschreiben und sie dann zusammenzuzählen!

Mathew Browling trat neben seine Schülerin und schüttelte sacht den Kopf. »Denk dran, die Zehner- und Hunderterstellen zu übertragen«, mahnte er. »Dann hast du es leichter.«

»Ja, Herr Lehrer.« Charlotte ließ ihren Worten einen tiefen Seufzer folgen. Mit dem Rechnen tat sie sich schwer, ganz anders als Victor. Der hingegen konnte sich die französischen Vokabeln, die ihm der Hauslehrer beizubringen versuchte, nicht merken. Dabei legte Mister Browling gerade auf diese Sprache viel Wert. »Es ist die Sprache der Diplomaten«, pflegte er zu sagen. »Wer es zu etwas bringen will im Leben, sollte die Konversation auf Französisch beherrschen.«

Charlotte war froh, dass sie noch nicht so viel lernen musste.

»Sie kommt einfach nicht.« Victor lief zur Tür. »So ein Mist!«

»Junge, mäßige deinen Ton«, rügte ihn der Hauslehrer sofort. Dann aber, mit einem bitteren Lächeln, das den Kindern entging, fügte er hinzu: »Eure Mama hat gewiss Besseres zu tun, als deinem Klavierspiel zu lauschen. Sie ist mit dem neuen Kellermeister unterwegs, und das dauert seine Zeit.«

»Das ist nicht schön.« Charlotte sah von ihrer Rechenarbeit auf. »Sie soll nicht immerzu arbeiten.«

»Na, ob sie mit ihm arbeitet, weiß ich nicht. So ein Ausritt macht ja auch Vergnügen, das wisst ihr selbst.«

Victor stampfte mit dem Fuß auf. »Ich will das nicht«, stieß er trotzig hervor. »Sie gehört uns. Uns allein!« Seine dunklen Augen, die Karoline stets an die Augen ihres verstorbenen Mannes erinnerten, glühten.

»Da hast du recht, mein Junge. Eine Mutter gehört zu ihren Kindern. Hoffen wir, dass eure Mama das nicht vergessen hat in der Gesellschaft von David Bernhard.«

»Karoline …« Das bronzefarbene Gesicht kam näher, sie spürte den Atem des Mannes auf ihrer Haut. Und dann legten sich seine Lippen sacht auf die ihren. Wie Schmetterlingsflügel. Für den Bruchteil einer Sekunde nur, dann war der süße Zauber vorbei.

»Es tut mir leid, dass ich Ihnen Schmerzen bereiten musste. Doch es ist besser, eine Narbe am Bein zurückzubehalten, als an einer Vergiftung zu sterben.« Davids Stimme klang ruhig und gelassen wie immer, als er sich aufrichtete. Nur seine Augen verrieten die Erregung, die ihn erfasst hatte.

Karoline biss sich auf die Lippen. »Der Schmerz ist auszuhalten. Ich … ich habe mich gehenlassen, das tut mir leid.«

»Ich bitte Sie!« Er riss ein Stück Leinen von seinem Hemd ab und wickelte es geschickt um die Wunde. »Seien wir froh, wenn alles glimpflich abläuft.« Kurz zögerte er, wies auf den toten Schlangenleib. »Ich habe einmal, im Innern des Landes, mit ansehen müssen, wie ein Junge am Biss einer Schwarzen Mamba starb. Nur einige wenige Minuten dauerte es, dann verlor er das Bewusstsein, bekam Atemlähmung und starb.«

Überrascht sah Karoline, dass ihm bei diesen Worten Tränen in die Augen traten. Behutsam legte sie ihm die Hand auf den Arm. »Sie kannten den Jungen, vermute ich.«

David presste die Lippen zusammen, dann nickte er. »Es war mein jüngerer Bruder. Charles. Er ... er ist gerade mal fünfzehn Jahre alt geworden.« Mit einem Stein, den er wie absichtslos ergriffen hatte, warf er nach dem toten Schlangenkörper.

»Wie traurig!«

»Er war alles, was mir von der Familie geblieben ist«, sagte David Bernhard leise. »Meine Mutter starb bei Charles' Geburt, unseren Vater ...« Er zuckte mit den Schultern, »... den hab ich kaum gekannt. Er war Holländer und in diplomatischer Mission unterwegs.« Eine kleine Pause folgte, dann fuhr er bitter fort: »Natürlich kam er nur dann in unser kleines Haus, wenn es dunkel war. Eine Schwarze und ein so vornehmer Herr ... uns trennten Welten.« Es war, als sei ihm in diesem Moment bewusst geworden, dass auch ihn und Karoline diese Standesunterschiede trennten. Abrupt stand er auf und ging zu den Pferden, die friedlich am Wassergraben standen und das Gras, das am Uferrand wuchs, ausrupften. »Wir sollten nach Hause reiten. Sie müssen sich ausruhen.«

Karoline stand langsam auf. Das Bein schmerzte nur noch schwach. »Wir reiten weiter nach *Summerset*«, bestimmte sie. »Mir geht es gut, haben Sie keine Sorge um mich.«

David schüttelte den Kopf. »Doch, ich sorge mich um Sie. Das Schlangengift ist tückisch.«

»Sie haben es doch ausgesaugt – falls es überhaupt vorhanden war.« Dicht stand sie vor ihm, er konnte den zarten Duft ihres Haares, das stets ein wenig nach Limonen roch, atmen. »Danke, David.« Spontan stellte sie sich auf die Zehenspitzen und hauchte ihm einen Kuss auf die Wange.

Wie erstarrt stand der Mann da, wagte nicht zu atmen, um den Zauber des Augenblicks nicht zu zerstören.

Langsam hob Karoline die Hand, sanft streichelte sie seine Wange. »David ...« Unendlich viel Zärtlichkeit, ihre heimliche Sehnsucht danach, noch einmal in den Armen eines Mannes zu liegen, lag in diesem einen Wort. Aber noch bevor der Mann reagieren konnte, straffte sie sich. »Kommen Sie, wir wollen weiterreiten.«

6

Der Schuss war weithin zu hören und schreckte die Vögel in den Obstbäumen auf. »Verdammt!« Mit einem Satz sprang David Bernhard aus dem Sattel des hochbeinigen Apfelschimmels und ging hinter einem Weißdornbusch in Deckung. Wotan, mit baumelndem Zügel, galoppierte zunächst erschrocken davon, kam aber, als alles ruhig blieb, zurück zu seinem Reiter.

David hielt sich die linke Schulter, die von der Kugel gestreift worden war. Seine Rechte war voller Blut, doch er war sich sicher, dass er nur einen leichten Streifschuss abbekommen hatte.

Die Frage war nur: Wer hatte auf ihn geschossen?

»Komm raus, du Feigling, und sag mir, was ich dir getan habe, dass du aus dem Hinterhalt auf mich schießt!« Er lenkte Wotan in den Schatten einer Weißdornhecke. Niemand war zu entdecken, kein Geräusch war zu vernehmen. Nur zwei Rabenpaare flogen kreischend ein paar Runden über den Weinberg.

Es war ein heißer Sommertag, die Luft flirrte vor

Hitze. Es war dringend nötig, die Reben jeden Tag zu wässern. So gut die Sonne den heranreifenden Trauben tat, so wichtig war es auch, die vielen Weinstöcke vor dem Verdörren zu bewahren.

David Bernhard stellte sich in den Steigbügeln auf und kniff die Augen zusammen. Er nahm das Gewehr von der Schulter, legte an, ohne jedoch ein Ziel zu haben. »Komm raus, du Feigling!« Krampfhaft überlegte er, wer wohl auf ihn geschossen haben könnte. In der letzten Zeit zogen immer wieder einmal kleine Gruppen von Fremden durch die Hügel – Wegelagerer und Abenteurer, die weiter nach Norden wollten. Dorthin, wo es angeblich Gold gab.

Gold ... seit Menschengedenken war es Fluch und Segen zugleich.

Ein paar Steine kullerten den Hang links von David hinab, und dann erschien ein dunkles Gesicht hinter einem Felsbrocken, der eine Weggabelung markierte. »Nicht schießen!« Ein Junge, höchstens sechzehn, kam mit erhobenen Händen hinter dem Felsen hervor, ihm folgten ein etwa gleichaltriges Mädchen und ein zweiter, noch jüngerer Bursche. Es waren Schwarze, die einen so zerlumpten, armseligen Eindruck machten, dass David Bernhard gleich sein Gewehr sinken ließ.

»Ich wollte das nicht.« Der ältere Junge hielt den Kopf gesenkt. »Da war ein Kaninchen, ich hab drauf angelegt, aber das Gewehr ist einfach hochgerissen worden.«

»Das ist ein uralter Vorderlader. Der Rückstoß ist gewaltig.« David Bernhard sprang vom Pferd, ging auf die drei jungen Leute zu. »Woher kommt ihr? Und was treibt ihr hier in den Weinbergen?«

Das Mädchen, das zu seinem verwaschenen hellgrünen Kittelkleid ein gelbes Kopftuch trug, ging zwei Schritte auf ihn zu. »Wir hatten Hunger und dachten, die Trauben wären schon reif. Aber sie sind schrecklich sauer.«

»Und – wo stammt ihr her?«

»Aus einem Dorf am Oranje. Vater hat dort eine kleine Farm gehabt. Aber wir sind von dort weg und wollen zum Meer.«

»Wir wollen in die Neue Welt. Nach Amerika.« Der jüngere der Burschen sah mit leuchtenden Augen zu David auf. »Unser Onkel wohnt dort, er wird uns aufnehmen.«

»Und die Eltern?«

»Tot. Erschossen.« Das Gesicht des Mädchens verhärtete sich, es senkte den Kopf mit dem hellen Tuch. »Dabei haben sie nichts getan, Mama wollte am Fluss nur unsere Wäsche waschen.«

»Die Männer dachten, Vater hätte Diamanten gefunden. Und das nur, weil er Mutter bewacht hat. Es kommen immer wieder wilde Tiere zum Saufen ans Wasser.« Der ältere Junge biss sich auf die Lippen, er kämpfte sichtlich mit den Tränen. »Die Fremden haben einfach geschossen. Ohne etwas zu sagen. Ich habe es ganz genau gesehen. Es waren Weiße. Aber auch zwei Schwarze waren dabei.«

David schwieg. Was hätte er sagen sollen? Trostworte gab es nicht.

»Hier könnt ihr nicht bleiben«, erklärte er nach einer Weile. »Ihr müsst weiter nach Westen, dort liegt Kapstadt.« Er wies hinüber zu einer schmalen Hügelkette, die im Sonnenglanz lag. »Wenn ihr die Hügel hinter euch gelassen habt, seht ihr einen hohen Berg – den

Tafelberg. Haltet euch an diesen Punkt, dann seid ihr richtig.« Er ging zu Wotan und griff in die Satteltaschen. Das Paket mit dem Proviant warf er dem ältesten Jungen zu. »Hier, das stillt erst mal euren Hunger. Und pass auf mit dem alten Schießprügel, nicht dass es noch zu einem Unglück kommt.«

»Danke. Und – es tut mir leid, dass ich geschossen habe.«

»Schon gut, und jetzt schert euch fort.« Er stieg auf sein Pferd und sah zu, wie sich die drei Jugendlichen davontrollten. Unterwegs holte der ältere der Jungen ein Stück Brot hervor und teilte es unter den Geschwistern auf.

»Arme Kinder«, murmelte David vor sich hin, dann befahl er Wotan: »Los, reiten wir zurück nach *Hopeland*. Meine Wunde muss versorgt werden.«

»Zwei Bestellungen vom Württembergischen Fürstenhof, eine aus Salzburg von der Fürsterzbischöflichen Residenz, und Frederics Freund aus London will gar drei Fässer des besten Chardonnays!« Karoline sortierte die Post. Links auf einem kleinen Stapel lagen die geschäftlichen Schreiben, Aufträge und Rechnungen, rechterhand lag die private Korrespondenz. Interessiert nahm sie einen Umschlag aus Wien zur Hand, der neue Noten enthielt. »Endlich! Ich bin ja so gespannt, wie der neue Walzer von Johann Strauß klingt, der alle Welt begeistert! Er heißt ›An der schönen blauen Donau‹.«

»Spiel es mir vor, Mama.« Charlotte, die bisher ruhig unter dem Fenster gehockt und mit ihren Puppen gespielt hatte, sprang auf und legte die Arme um Karolines Taille. »Dann lerne ich tanzen!«

»Gleich, mein Spätzchen. Ich will nur noch schnell

die letzten Briefe öffnen.« Das war rasch getan, und wenig später erklangen die ersten Dreivierteltakte durchs Haus.

»Das ist schön!« Charlotte drehte sich graziös im Kreis; ihre Augen glänzten, und sie hob leicht den hellen Batiststoff höher, um sich noch schneller bewegen zu können.

Karoline sah konzentriert auf das Notenblatt, sie spielte den Walzer fast bis zum Ende, lächelnd, entspannt, glücklich darüber, ihrem Töchterchen eine Freude machen zu können. Die junge Gutsherrin war sich darüber im Klaren, dass sie zu wenig Zeit für ihre Kinder hatte. Aber es war nun einmal sehr anstrengend und zeitraubend, zwei große Weingüter zu leiten. »Missis Karoline …« Unbemerkt von Mutter und Tochter war die alte Josy eingetreten. Ein paar Sekunden stand sie unter der Tür und sah Charlotte bei ihrem ausgelassenen Tanz zu, doch dann trat sie näher zum Klavier. »Es ist Besuch gekommen.« Es war etwas in ihrer Stimme, was Karoline aufhorchen ließ. Langsam nahm sie die Hände von den Tasten. Josy rang die Hände, ihre wie immer steif gestärkte weiße Schürze knisterte sacht. »Es ist Missis Madeleine.«

»Nein!« Karoline sprang auf. »Dass sie es wagt …« Mit hastigen Schritten verließ sie das Zimmer.

Josy hatte Mühe, ihr zu folgen. »Sie wartet in der Kutsche. Und – sie ist sehr krank.«

Tief atmete Karoline ein und aus. Alles in ihr drängte danach, die hinterhältige Verwandte, die ihrer Familie so viel Unglück beschert hatte, davonzujagen wie einen lästigen Bittsteller.

»Ach! Sie ahnt also, dass sie hier nicht willkommen ist.« Während sie sprachen, hatten sie die Halle erreicht, von der drei Türen abgingen. Karoline steuerte die hintere an, die auf den Gutshof führte.

Die zweispännige Kutsche, ein einfaches Gefährt, stand nur wenige Meter von der Tür entfernt. Das Fenster öffnete sich, Madeleine steckte kurz den Kopf heraus. »Du bist gekommen …« Ihre Stimme klang heiser und war kaum zu verstehen.

Karoline trat näher. »Willst du nicht aussteigen?« Sie hatte Mühe, ihr Entsetzen zu verbergen, denn Madeleine war kaum wiederzuerkennen. Sie hatte die sechzig gerade überschritten, doch ihr Gesicht war faltenreich wie das einer Achtzigjährigen. Die Haut hatte einen gelblichen Farbton, die Lippen waren zwei schmale Striche, tief lagen die Augen in den Höhlen.

»Ich … ich kann nicht allein gehen.« Es fiel Madeleine schwer, dies einzugestehen.

»Warte, ich hole Hilfe.« Karoline eilte in den Weinkeller und bat einen der Arbeiter, Madeleine aus der Kutsche zu tragen. »Bring sie ins Haus. Ich gehe voran.« Sie wandte sich an den Kutscher. »Das Gepäck können Sie gleich abladen.«

Der Mann tippte sich kurz an den Hutrand und kam der Aufforderung schweigend nach. Karoline folgte dem jungen Burschen, der Madeleine auf die Arme genommen hatte und ins Haus trug. In der Halle sah er die Gutsherrin fragend an.

»Komm mit hoch ins Gästezimmer.«

Madeleine zwang sich, die Augen geöffnet zu halten, als der kräftige Schwarze sie durchs Haus trug. So vieles hier erinnerte sie an früher, an goldene, glückliche Zeiten! Das Bild an der Wand, das ihren Vater neben einer alten Weinpresse zeigte … ein Landschaftsbild, das stilisiert den kleinen Friedhof darstellte … Tränen traten der Kranken in die Augen. Erleichtert atmete sie auf, als das Gästezimmer erreicht war und der junge Bursche sie behutsam aufs Bett sinken ließ.

Karoline wartete, bis sie mit Madeleine allein war, dann setzte sie sich neben das Bett. »Wieso bist du gekommen?«

Ein knappes Schulterzucken war die einzige Antwort.

»Madeleine! Jahrelang hast du nichts von dir hören lassen. Das Letzte, was wir von dir wussten, war, dass du *Summerset* verkauft hast. Warum, steht außer Frage: Du wolltest uns schaden!«

Die verhärmt wirkende Frau auf dem Bett hob langsam den Blick. »Ihr wart so erfolgreich …« Sie hustete, und entsetzt bemerkte Karoline, dass ein kleiner Blutfaden aus ihrem Mundwinkel lief. »Und ich … ich hatte nur Pech. Immer nur Pech …« Sie richtete sich auf. »Das Geld hat es mir ermöglicht, noch einmal nach England zu reisen. In schönen Hotels zu wohnen, elegante Kleider zu tragen … all das zu tun, was mir so lange verwehrt war.«

»Du hast uns gehasst.« Leise, fast traurig kamen die Worte über Karolines Lippen.

Madeleine gab keine Antwort.

7

David! Sind Sie hier?« Aufgeregt sah sich Karoline in dem halbdunklen Weinkellergewölbe um. In einer Nische brannten fünf Kerzen und spendeten mehr

Licht. Dort saß, vor sich etliche Flaschen Wein und ein Probierglas in der Hand, der Kellermeister.

»Was ist geschehen?« Er stand auf und kam auf Karoline zu. »Kann ich helfen?« Sein Blick war voller Sorge, doch auch verhaltene Zärtlichkeit lag in den dunklen Männeraugen.

»Was soll ich nur tun? Ich kann sie doch nicht aus dem Haus weisen!« Karoline biss sich auf die Lippen. »Sie ist eine Verwandte, dazu sehr krank. Es wäre unmenschlich, sie fortzuschicken. Aber ... ich ertrage es kaum, sie anzusehen. Vier Tage ist sie jetzt hier, und sie wird von Stunde zu Stunde bösartiger. Je wohler sie sich fühlt, umso offener zeigt sie ihren Hass.« Sie schlug die Hände vors Gesicht, ihre Schultern bebten vor verhaltenem Schluchzen.

David erwiderte nichts, aber in seinem gutgeschnittenen Gesicht arbeitete es; deutlich war zu sehen, wie der Mann mit sich rang. Dann hob ein tiefer Atemzug seine Brust, er machte noch zwei Schritte auf Karoline zu – und schloss sie in die Arme.

»David ...« Wie ein Hauch nur kam sein Name über ihre Lippen, und sein Griff wurde fester. Sie spürte seinen Herzschlag, fühlte seine Hände, die ihre Schultern streichelten. Sein Mund liebkoste ihr Haar, und Karoline schmiegte sich fester in diese Umarmung. Endlich, endlich fühlte sie sich wieder sicher und geborgen. Hier, in Davids Armen, durfte sie sich gehenlassen, durfte einmal eine Schwäche zeigen.

Lange standen sie so, und Karoline, die schon viel zu lange allein war, genoss die Wärme des Männerkörpers. Seit beinahe vier Jahren war Christopher jetzt tot, sie wusste, immer würde er einen Platz in ihrem Herzen einnehmen. Doch das Leben ging weiter.

Noch einmal liebkoste David ihre Schläfe mit seinen Lippen, dann schob er die junge Gutsherrin mit einem tiefen Atemzug von sich. Sein Blick umfasste sie liebevoll, als er den Kopf schüttelte. »Es geht nicht.«

Karoline sah ihn trotzig an. »Und warum nicht?«

Der Mann lächelte. Es war ein wehmütiges Lächeln, das ihr ins Herz schnitt. »Sehen Sie mich an. Meine Haut ist dunkel. Das allein ist Grund genug.«

»So ein Unsinn!« Vehement schüttelte Karoline den Kopf. Dabei war auch ihr bewusst, dass Davids dunkle Hautfarbe sie noch stärker voneinander trennte als der Standesunterschied. Sie hob die Hände und streichelte seine Wange, die von einem leichten dunklen Bartschimmer bedeckt wurde. »David, hilf mir. Ich brauche dich.«

»O Karoline! Du weißt nicht, was du mir antust!« In seinen Augen lag Wehmut, als er sie erneut an sich zog und sein Gesicht in ihrem duftenden Haar verbarg.

Mehr. Ich will mehr, dachte Karoline und schmiegte sich inniger an ihn. Doch weil er sie nur weiterhin festhielt, ohne auf ihre dezenten Avancen einzugehen, hob sie sich auf die Zehenspitze und küsste ihn.

In der folgenden Nacht bekam Madeleine einen so schweren Hustenanfall, dass der Arzt gerufen werden musste. Es dämmerte schon, als Dr. van Houwen eintraf. Über den östlich gelegenen Weinbergen ging, einen rotgoldenen Schimmer vorherschickend, die Sonne auf.

Karoline empfing den Arzt in der Halle. »Danke, dass Sie sich die Mühe gemacht haben und noch in der Nacht losgefahren sind.«

»Wenn Sie mich rufen lassen, ist es wichtig«, erwiderte der blonde Arzt. »Wegen einer Kleinigkeit würden Sie mich nicht herbitten. Wer ist denn krank?«

»Eine Verwandte. Sie traf schon sehr elend hier ein, und in den letzten Stunden nimmt der Husten nicht ab.«

»Ich sehe mir die Patientin sofort an.« Dr. van Houwen zuckte kaum merklich zusammen, als er das Gästezimmer betrat, in dem die Kranke, gestützt von mehreren Kissen, ruhte. Ihr Gesicht war eingefallen, die schütteren Haare klebten verschwitzt an dem kleinen Kopf. Man sah es genau, denn die spitzenbesetzte Schlafhaube war verrutscht. Madeleines Hände, ausgezehrt und Krallen nicht unähnlich, verkrampften sich in der Bettdecke, als ein neuer Hustenanfall sie schüttelte.

»Ich möchte die Patientin untersuchen.« Dr. van Houwen sah die junge Gutsherrin auffordernd an.

»Ich warte draußen.«

Dr. van Houwen horchte Madeleine sorgfältig ab, er ließ sie husten und fühlte den Puls. Lange brauchte er nicht, um seine Diagnose zu stellen. »Wie lange haben Sie diesen Husten bereits?«, erkundigte er sich.

Sie verzog leicht die schmalen Lippen. »Es begann in Schottland«, sagte sie. »Bei einem Picknick, das Freunde von mir ausgerichtet hatten, habe ich mir eine Erkältung eingefangen. Seither will der Husten nicht mehr fortgehen.« Sie zögerte, dann sah sie den Arzt offen an. »Es ist die Schwindsucht, nicht wahr?«

Er zögerte mit der Antwort.

»Stellen Sie sich nicht an, Doktor. Ich weiß Bescheid. Und es ist ganz gut, dass mein verpfuschtes Leben bald zu Ende ist.« Erschöpft ließ sie sich in die Kissen zurücksinken.

Dr. van Houwen griff in seine Tasche. »Ich lasse

Medizin da«, sagte er. »Die Tropfen werden Ihnen Linderung verschaffen. Dreimal am Tag je zwanzig bis fünfundzwanzig Tropfen, das wird genügen.«

»Um mich umzubringen?« Ein bitteres Lachen, das eher wie ein heiseres Bellen klang, folgte.

»Sie sollten sich nicht versündigen, Madame.« Mit eisiger Miene erhob sich der Arzt, deutete eine Verbeugung an und verließ den Raum.

»Quacksalber«, murmelte Madeleine, dann fielen ihr die Augen zu.

Draußen, im breiten Flur, der mit weinroten und zartgelben Veloursteppichen ausgelegt war, sah Karoline dem Arzt angstvoll entgegen. »Und? Was sagen Sie?«

»Es ist so, wie Sie wohl schon vermutet haben, Missis Ruhland, die Patientin leidet an der Schwindsucht. Endstadium. Ich kann nichts mehr für sie tun.« Bedauernd sah er die blonde Gutsherrin an. »Ich habe Arznei dagelassen. Sie lindert die Schmerzen, und die Patientin wird schlafen können.«

»Danke. Ich danke Ihnen für Ihre Mühe.« Karoline reichte ihm die Hand, doch der Arzt wehrte ab.

»Ich möchte mich erst mit heißem Wasser waschen. Seien Sie auch sehr vorsichtig, damit sich niemand ansteckt. Vor allem: Lassen Sie die Kinder nicht ins Krankenzimmer, es wäre zu gefährlich.«

»Ja, ich weiß. Umso dankbarer bin ich Ihnen für Ihr Kommen.«

Fünf Wochen später starb Madeleine. Sie schloss an dem Tag für immer ihre Augen, an dem auf *Summerset* die ersten Pinot-Noir-Trauben geerntet wurden. Es war ein harter Kampf, den Madeleine Lammersburg gegen den Tod führte. Stundenlang quälte sie sich, haderte mit dem Schicksal, beschimpfte Karoline und die alte Josy, die an ihrem Sterbebett ausharrten.

»Ungerecht! Alles ist so ungerecht! Aber irgendwann wirst auch du büßen müssen, Karoline.«

»Wofür sollte ich büßen müssen?«

»Du hast dir *Summerset* genommen. Mein *Summerset*! Diebin!«

»Aber …«

Sanft legte Josy ihre Hand auf Karolines Finger. »Lassen Sie sie reden. Sie weiß nicht mehr, was sie spricht.«

»Ich hasse euch! Ich hasse euch alle!« Mit einem Ruck richtete sich Madeleine auf. Ihr Blick flackerte, wie irre sah sie hinaus in den hellen Tag. »Jo …« Ein heftiger Hustenanfall nahm ihr den Atem. Das Tuch, das sie sich vor den Mund hielt, wies Blutflecke auf. »Jo … ich …« Schwer sank sie zurück in die Kissen, atmete noch zweimal tief ein und aus, dann war sie erlöst.

»So ein trauriges Ende«, murmelte Karoline und drückte der Toten die Augen zu.

»Sie hat sich dieses Leben selbst ausgesucht. Sie hat es genau so gewollt.« Josys Stimme klang ungewöhnlich hart. »Ich mache alles fertig. Zwei der Mädchen können mir helfen.« Sanft schob sie Karoline zur Tür. »Gehen Sie hinaus in den Garten. Die Sonne wird Ihnen guttun.«

Karoline wollte widersprechen, aber dann nickte sie und verließ das Zimmer. Der Gutshof war menschenleer. Alle Arbeiter waren in den Weinbergen beschäftigt. Aus dem Küchentrakt erklang leises Singen, es war ein altes afrikanisches Lied in der Sprache der Zulu, das die Mädchen gern sangen. Ein paar Kapkrähen zogen am Firmament vorüber, zwei Hühner waren aus den Stallungen entwischt und flatterten aufgeregt hinüber zum alten Weinberg, der ganz in der Nähe des Hauses stand. Er war, wie die Ruhlands gern sagten, die Schatztruhe des Gutes, denn die alten Rebstöcke, die hier standen, lieferten immer noch höchsten Qualitätswein.

Langsam schlenderte Karoline durch den Nutzgarten, über eine Obstwiese hinüber zu der alten Rosenlaube, in der sie schon oft Zuflucht gesucht hatte.

Innen war es schattig, es duftete süß nach den letzten Rosen, die ihre gelben und zartroten Blüten der Sonne entgegenreckten.

Mit einem kleinen Seufzer lehnte Karoline den Kopf an das alte Spalierholz und schloss die Augen. Madeleines Tod, ihre bösartige Haltung, die sie sogar noch in der Sterbestunde gezeigt hatte, bedrückte die junge Gutsherrin. Warum nur war Madeleine so voller Hass gewesen? Sie hatte sich doch das Leben, das sie geführt hatte, selbst gewählt.

»Warum ist sie zurückgekommen? Sie bringt nur Kummer und Leid.« Ein paar Tränen liefen ihr über die Wangen, sie machte sich nicht die Mühe, sie fortzuwischen. Es tat gut, sich einmal gehenlassen zu dürfen, Tränen reinigten die Seele, das hatte ihr Vater immer gesagt.

Der Mann, der leise zur Laube gekommen war, blieb sekundenlang stehen und sah auf die Frau nieder, die seit ihrer ersten Begegnung sein Herz gewonnen hatte.

Karoline schien seine Nähe zu spüren. Sie hob den Kopf und sah ihn mit wehem Blick an.

Da hielt es David nicht länger. Drei Schritte nur, dann war er bei ihr und zog sie in die Arme. Seine Lippen strichen liebkosend über ihre Stirn, er spürte an der Schläfe das aufgeregte Pochen ihres Blutes. Ein tiefes Seufzen, fast schon ein Stöhnen kam über seine

Lippen, als er ihren Mund mit einem langen Kuss verschloss.

Karoline schmiegte sich an ihn. »Halt mich«, flüsterte sie. »Halt mich fest, David. Ich brauche dich so sehr.«

Und er hielt sie fest, während seine Lippen ihr helles Haar küssten. Dann begann er sie zu streicheln, vorsichtig zunächst, so als hätte er Sorge, sie könne ihn zurückstoßen. David Bernhard war sich genau bewusst, dass das, was sie hier taten, Karoline die gesellschaftliche Ächtung einbringen würde. Er war ein Mulatte, ein Mischling. Für die obere Gesellschaftsschicht, der auch die schöne Gutsherrin angehörte, war er beinahe ein Mensch zweiter Klasse. Er wusste, dass Karoline dies nie so gesehen hatte. Und niemals würde sie so etwas aussprechen. Doch es gab viele hochangesehene Bürger in Kapstadt, die eine strenge Trennung zwischen Schwarz und Weiß einhielten.

Und er, David Bernhard, hatte nun einmal das Blut eines Schwarzen in sich!

»Küss mich.« Karoline nahm sein Gesicht in beide Hände und sah ihm in die Augen. »Küss mich, David.«

Wie konnte er noch vernünftig bleiben? Seine Lippen legten sich auf ihre, der Kuss war sanft und innig, doch dann brach die Leidenschaft durch. Behutsam schob er ihre Lippen auseinander, seine Zunge spielte mit ihrer Zunge, vorsichtig erforschte er ihren Mund, während er fühlte, wie ihn Karoline immer intensiver zu streicheln begann.

Seine Erregung wuchs, er schob seine Hand in den Ausschnitt ihres Kleides, merkte nicht, dass zwei Knöpfe absprangen. Als seine Finger die zarte Haut ihrer Brust berührten, schrie Karoline unterdrückt auf.

»Komm zu mir«, flüsterte sie an seinem Mund, und

ihre Hände umfassten sein Gesicht, zogen es tiefer, so dass sein Kopf zwischen ihren Brüsten lag.

»Nein.« Er biss sich auf die Lippen, bis er Blut schmeckte. Sanft hob er den Kopf, legte seine großen Hände über die ihrigen und zog sie von seinem Gesicht. »Wir müssen vernünftig sein, Karoline. Du bist heute verwirrt. Verängstigt, traurig und wütend zugleich. Und deshalb weißt du nicht, was du tust.« Er stand auf. »Ich habe mich vergessen. Verzeihen Sie mir, Missis Ruhland.«

Karoline erhob sich ebenfalls. In ihren Augen loderte ein Feuer, als sie ihr Kleid richtete und erwiderte: »Genau das verzeihe ich dir nicht!«

8

Das war die letzte Fuhre, Missis Ruhland! Der südliche Hang ist jetzt auch vollständig abgeerntet!« Kimani, den unvermeidlichen Strohhut weit aus der Stirn geschoben, kam hinkend zur Terrasse und reichte der jungen Gutsherrin eine Weintraube, an die er zu den grünen Blättern noch ein rotes Band gebunden hatte.

»Danke, Kimani. Ihr habt alle sehr gut gearbeitet.« Karoline lächelte den alten Mann an. »Warte, ich komme runter.« Rasch sprang sie die drei Stufen hinab. Sie pflückte eine Weintraube ab und schob sie in den Mund. »Herrlich süß sind sie. Ich bin sicher, dies wird ein sehr gutes Weinjahr werden.«

»Das sagt Mister David auch.« Kimani wies hinüber

zu dem offenen Schuppen, wo die beiden großen Weinpressen standen. »Er ist seit Sonnenaufgang mit in den Reben gewesen. Und jetzt arbeitet er an den Pressen.«

Karoline runzelte die Stirn. »Aber das ist doch nicht seine Aufgabe!« Mit raschen Schritten ging sie zum Schuppen. Kimani, dessen steifes Bein nach der wochenlangen harten Arbeit im Weinberg stark schmerzte, konnte ihr kaum folgen.

David Bernhard stand, zusammen mit drei anderen Männern, an der ältesten Weinpresse. Schweiß lief den Männern in Strömen über die Körper, es war ein mühsames Schaffen, die Eichenbalken voranzutreiben und so die Presse in Gang zu halten.

David hatte sich, so wie die anderen auch, das Hemd ausgezogen. Karolines Herz klopfte rascher, als sie seinen Oberkörper betrachtete. Die Muskeln am Rücken und an den Oberarmen traten deutlich hervor, die hellbraune Haut glänzte.

»David, was tun Sie denn hier?«

Nur kurz unterbrachen die Männer ihre Arbeit. Der helle Rebensaft ergoss sich in einen Eichenbottich, den zwei von ihnen auf Seite trugen, während sich der Kellermeister zu Karoline umdrehte. »Einer der Arbeiter ist krank geworden, und auf die Schnelle war kein Ersatz da. Also bin ich eingesprungen.« Ein Lächeln glitt über sein Gesicht. »So habe ich schon vor zehn Jahren gearbeitet. Ich fürchte nur, dass ich morgen einen gewaltigen Muskelkater haben werde.«

»Hören Sie auf damit. Sie werden im Weinkeller gebraucht. Und zwar gesund.«

»Keine Angst, in einer halben Stunde sind wir mit der letzten Fuhre fertig.« David wandte sich wieder an die anderen Männer. »Los, es geht weiter!«

Karoline gelang es nur mit Mühe, gelassen zu bleiben. David war ein faszinierender Mann! Er weckte eine so große Sehnsucht nach Nähe in ihr, dass es fast körperlich weh tat.

»Könnten Sie bitte später zu mir ins Büro kommen?« Sie wandte sich halb ab. »Ich erwarte Sie nach dem Abendessen.«

»Selbstverständlich, Missis Ruhland.« Nichts in Davids Stimme zeugte von Unsicherheit. Nur der Blick, den er der schlanken Gestalt nachschickte, als Karoline zurück zum Haus ging, verriet seine Gefühle. Dann senkte er den Kopf und befahl: »Weitermachen! Bis die Dunkelheit hereinbricht, sollten wir fertig sein.«

Die drei anderen nickten nur und beugten sich wieder über die schweren Balken, die sie mit Gewalt vorantreiben mussten. Seit Stunden gingen sie so im Kreis. Und gewiss hätten sie gemurrt und größere Pausen verlangt, wenn der Kellermeister selbst nicht so hart mitgearbeitet hätte. Das nötigte den Männern Respekt ab; das Ansehen, das David Bernhard bei allen genoss, wurde an diesem Tag noch größer.

Fast vier Stunden musste Karoline warten, ehe der Kellermeister an ihre Bürotür klopfte. Mitternacht war gerade vorbei, im Haus schliefen bereits alle. Doch die junge Gutsherrin war hellwach, voller Anspannung sah sie dem Mann entgegen, der nach kurzem Anklopfen im Türrahmen stehen blieb.

»Bitte, komm näher, David.« Sie sah, dass er sich gewaschen hatte und ein frisches weißes Hemd trug.

»Missis Ruhland, ich …« Mit leisem Kopfschütteln blieb er an der Tür stehen.

Langsam erhob sich Karoline und ging auf ihn zu. Dicht stand sie vor ihm, der frische Duft von Limetten, der aus ihrem Haar aufstieg, umschmeichelte seine Sinne. »Muss ich wirklich um deine Liebe betteln?« Zart strich sie ihm mit der Hand über die Wange.

»Du quälst mich!«, presste David hervor.

»Nein, du quälst mich, wenn du so ruhig da stehen bleibst.« Ihr Blick war voller Liebe, als sie den letzten Schritt auf ihn zu machte und den Kopf an seine Brust legte.

»Du …« Fest umschlangen sie die starken Arme, er wühlte das Gesicht in ihr seidiges Haar, seine Hände glitten von ihren Schultern hinunter bis zur Hüfte. Durch den dünnen Stoff ihres Hauskleides fühlte er ihre Rundungen. Seine Erregung wuchs, schwer atmend bog er ihren Kopf zurück, sah ihr tief in die Augen.

»Küss mich endlich«, flüsterte Karoline. Sie zitterte sacht, konnte die Leidenschaft, die in ihr loderte, kaum noch zügeln.

Und endlich, endlich spürte sie seine Lippen wieder auf ihrem Mund! Erst war der Kuss voller Innigkeit, dann konnte David sein Verlangen nicht mehr zügeln. Seine Küsse brannten auf Karolines Haut, seine Hände tasteten sich unter ihren Rock, er merkte, dass sie unter dem leichten Stoff des Hauskleides nackt war.

Mit einem Ruck hob er sie auf die Arme und sah sich im Raum um. Er wurde durch den Schreibtisch dominiert, vor dem zwei Sessel standen. Dichte Samtportieren schlossen das Mondlicht aus. Nur einige Kerzen, die in dreiarmigen Silberleuchtern standen, erhellten sanft den Raum. An der linken Stirnseite stand eine Chaiselongue, auf der bunte Seidenkissen drapiert waren.

David ließ Karoline behutsam darauf niedergleiten. Sie hob die Arme und zog ihn zu sich. Ihre Augen brannten vor Verlangen, ihr Mund lockte, zart glitt die Zungenspitze über die glühenden Lippen.

»Du willst es wirklich?« Fragend sah David die junge Gutsherrin an. Wunderschön sah sie aus, die Wangen leicht gerötet, die Augen leuchtend vor Liebe und Begehren.

»Komm« war alles, was Karoline sagte.

Langsam sank David in die Knie, und während er sich das Hemd mit einem Ruck vom Körper riss, küsste er Karoline. Seine Hände zitterten, als er den Gürtel seiner Hose öffnete. Er ließ sie ebenso achtlos wie zuvor das Hemd zu Boden sinken.

Karoline schloss die Augen, als er sich neben sie legte und sanft ihre Brüste küsste. Seine Zunge umspielte die Brustwarzen, die sich hart aufrichteten. Seine Hände, warm und zärtlich, schienen überall zu sein und setzten ihren Körper in Flammen.

Und dann, endlich, kam er ganz zu ihr! Unterdrückt schrie sie auf, als er sich in ihr bewegte, doch rasch passte sie sich dem Rhythmus an und genoss es, den geliebten Mann zu spüren. Sie streichelte seinen Rücken, krallte sich in seinem Nacken fest, als sie gleichzeitig zum Höhepunkt kamen.

David wollte seine Lust hinausschreien, doch er beherrschte sich mit aller Gewalt und biss sich auf die Lippen, so dass kein Laut über seine Lippen kam. Niemand durfte ihn hören, niemand durfte erfahren, was hier geschehen war.

Er küsste Karolines Augen, ihr Haar, vergrub das glühende Gesicht zwischen ihren Brüsten und spürte beglückt, dass sie ihn liebevoll streichelte. Und wieder regte sich sein Verlangen, er richtete sich auf und sah Karoline fragend an.

»Mein Liebster.« Leise lachend zog sie ihn wieder über sich, das Spiel begann erneut, und da ihnen die Chaiselongue bald zu schmal wurde, ließen sie sich auf den Teppich gleiten.

David lag auf dem Rücken, und mit einer schnellen Bewegung setzte sich Karoline auf ihn. Das lange blonde Haar fiel ihr in weichen Wellen bis weit auf den Rücken, kleine Locken umrahmten ihr erhitztes Gesicht, als sie sich vorsichtig auf ihm bewegte.

Davids Hände glitten über die schlanke Gestalt, und wo immer er sie berührte, hatte Karoline das Gefühl, die Haut geriete in Brand. So hatte sie nie zuvor empfunden, eine solche Lust hatte ihr kein Mann zuvor bereitet.

Als sie endlich satt und glücklich über ihm zusammensank, küsste er sie innig. »Meine Karoline«, flüsterte er dicht an ihrem Mund. »Ich habe das Gefühl, einen wunderschönen Traum zu erleben.«

Sie schüttelte den Kopf. »Nein, es ist kein Traum. Wie froh bin ich, dass es nicht so ist.« Sie stand auf und ging zum Schreibtisch, wo auf einem Silbertablett eine Karaffe mit blutrotem Wein stand. Sie goss zwei Gläser voll und reichte ihm eines. »Das ist französischer Rotwein. Der beste, den es angeblich gibt.«

Er nahm das Glas, hob es gegen den Schein der Kerzen und roch dann am Wein. Erst dann trank er einen Schluck und ließ den Wein im Mund kreisen. »Wunderbar! Einen solchen Wein müsste man machen können!«

»Das werden wir tun.« Karoline trank ihm zu. »Glaub mir, Liebster, eines Tages werden wir hier auf *Hopeland* einen mindestens so guten Rotwein herstellen.«

9

Das schmale Holzbett knarrte protestierend, als sich der Mann ruckartig erhob. Er hatte seine Lust befriedigt und sah nicht ein, warum er noch länger neben der jungen Mulattin liegen bleiben sollte. Rücksichtslos schob er die dünne Decke zur Seite und stand auf. Seine Kleidung lag auf dem einzigen Stuhl, der an dem altersschwachen runden Tisch stand. Dünne Vorhänge aus leicht zerschlissenem Voilestoff blähten sich im Nachtwind.

»Du willst schon gehen?« Traurig sah Nelly ihn an. Sie streckte den Arm nach ihm aus, hoffte, ihn zurückhalten oder zumindest einen Kuss bekommen zu können. Doch Mathew Browling machte keine Anstalten, sich ihr noch einmal zu nähern.

»Ich muss noch ein paar Stunden Schlaf bekommen. Der Tag mit den Kindern ist anstrengend.«

Nelly erwiderte nichts, traurig zog sie das Bettzeug wieder über sich. Sie hatte wochenlang im Weinberg gearbeitet, mehr als zwölf Stunden hatten sie und die anderen Arbeiter die reifen Weintrauben geschnitten und in großen Kiepen zum Sammelplatz getragen. Von dort fuhren die Männer die Karren hinunter zum Gut, wo die Trauben in den Weinpressen gleich verarbeitet wurden. Es war eine harte Arbeit, doch Nelly klagte nicht, denn auf *Hopeland* ging es ihr so gut wie nie zuvor. Allerdings konnte sie sich nicht vorstellen, dass Mathew Browlings Arbeit mit den beiden Kindern von Karoline Ruhland anstrengender war.

Sie wagte jedoch nicht, zu widersprechen, denn Mathew konnte recht ungehalten werden, wenn es nicht nach seinem Willen ging. »Wann kommst du wieder?«, fragte sie und sah ihm zu, wie er sich ankleidete.

»Mal sehen.« Er ging zur Tür. Dann aber kam er doch noch einmal zurück, beugte sich über Nelly und küsste sie. Er schob seine Hand unter die Decke und spreizte Nellys Schenkel. Nelly streckte sich ein wenig, und der Mann sah, wie sich ihre Brustwarzen aufrichteten. »Hexe«, keuchte er, kniete vor dem Bett nieder und biss in die linke Brust der jungen Frau.

Nelly schrie unterdrückt auf, das aber erregte Mathew nur noch mehr. Seine Küsse waren wild und brutal, seine Hände schienen überall zu sein, doch statt die zarte Haut der jungen Frau zu liebkosen, bereitete er ihr an den empfindlichsten Stellen Schmerz zu. Als Nelly sich zu wehren begann, nahm er sie mit Gewalt. Es schien ihn immer stärker zu erregen, als er sah, wie sie litt. Ihre Schreie erstickte er mit der Hand.

»Bis morgen.« Abrupt ließ er dann von ihr ab. Er richtete sich auf, rückte seine Kleidung zurecht und verließ die Hütte, ohne sich noch einmal umzusehen. Dass Nelly weinend zurückblieb, kümmerte ihn nicht.

Seit Wochen kam der Hauslehrer immer wieder zu der jungen Mulattin, die ihn bedingungslos liebte und alles erduldete, was er ihr antat. Sie ahnte, dass er bei ihr Vergessen suchte, dass sie nur ein ungenügender Ersatz war für die Frau, die Mathew seit langem begehrte und die doch unerreichbar für ihn war.

Draußen stand der Mond als weißgelber Ball am Himmel. Tausend Sterne blinkten, in der Ferne schrie ein Nachtvogel, sonst war es ganz still auf dem Weingut.

Mathew wollte gerade hinüber zu seinem Haus gehen, das sich nur wenige hundert Meter vom Gutshof entfernt befand, als er bemerkte, wie der Kellermeister durch eine Seitentür das Hauptgebäude verließ. Bevor er den Hof überquerte, blieb er stehen und sah zum ersten Stockwerk hinauf. Dort stand Karoline Ruhland am Fenster und hob grüßend die Hand.

Mathew Browling zog zischend die Luft ein. »David Bernhard, du verdammter Hurensohn«, knirschte er zwischen den Zähnen hervor. »Das wirst du mir büßen.«

10

Der große Saal im Stadthaus der Ruhlands war festlich geschmückt. Unzählige Kerzen brannten, an der Stirnseite stand eine große Tanne, die mit silbernen und roten Kugeln geschmückt war. Weißes Engelshaar schimmerte zart neben kleinen Strohsternen, die Karoline bereits Wochen vor Weihnachten mit ihren Kindern gebastelt hatte.

Es waren Erinnerungen an ihre eigene Kindheit, die sie mit diesem Tun auferstehen ließ. Ihre ersten Lebensjahre hatte sie in Hamburg und Amsterdam verbracht. Und sie wusste noch genau, wie gespannt sie stets darauf gewartet hatte, dass die Kerzen auf dem Weihnachtsbaum angezündet wurden.

Diese Tradition, die am Kap von einigen deutschstämmigen Familien immer noch gepflegt wurde, wollte Karoline in diesem Jahr besonders intensiv begehen. Lange Zeit hatte sie sich von allem gesellschaftlichen

Leben zurückgezogen. Sie hatte um Christopher getrauert, um ihre kleine Emily und um Sophie. Zudem nahm sie die Gutsverwaltung stark in Anspruch, da blieb wenig Zeit, ein großes Fest vorzubereiten.

Doch das Weihnachtsfest wollte sie in diesem Jahr gebührend feiern! Und alle, die ihr lieb und teuer waren, sollten ihre Gäste sein. Karoline war glücklich wie seit Jahren nicht mehr. Und wenn sie auch den wahren Grund dafür niemandem verraten durfte, so wollte sie doch indirekt zeigen, dass ein neuer Lebensabschnitt für sie begonnen hatte.

Mit ihren Kindern hatte sie gestern schon Bescherung gefeiert, der Heilige Abend gehörte, so war es Tradition, allein der Familie. Jetzt befanden sich Charlotte und Victor gemeinsam mit ihrem Hauslehrer auf der Heimfahrt nach *Hopeland*. Vor drei Stunden waren sie abgefahren. Charlotte war ganz aufgeregt gewesen, denn sie wusste, dass daheim ein kleiner Hund auf sie wartete.

Victor hingegen maulte, als er in die Kutsche stieg. »Immer müssen wir allein bleiben«, sagte er und sah seine Mutter vorwurfsvoll an. »Das war früher ganz anders.«

»Aber mein Liebling, ich lasse euch doch nicht oft allein. Meinen Geschäften muss ich nachgehen, denn sonst müssten wir eines Tages von unserem Gut fortziehen, und das willst du sicher nicht, oder?«

Ein Kopfschütteln war die einzige Antwort gewesen. Mit trotziger Miene hatte er die Kutsche bestiegen und nicht einmal gewunken, als das Gefährt um die Ecke gebogen war.

Karoline dachte mit Bedrückung an diese Szene zurück. Doch sie hätte nicht gewusst, wie sie die Situation hätte ändern sollen. Sie hatte nun mal Pflichten – gesellschaftliche und geschäftliche. Und denen konnte sie sich nicht entziehen.

»Es sieht alles wunderschön aus. Da geht einem das Herz auf.« Von Karoline unbemerkt war Hannah in den Festsaal gekommen. »Kannst du dir vorstellen, wie sehr ich das alles hier vermisst habe?« Sie sah sich mit leuchtenden Augen um. »Nicht einmal in England hatten wir einen so herrlich geschmückten Baum.«

»Es sind zum Teil einhundert Jahre alte Kugeln dabei.« Karoline ging zum Baum und nahm eine der zerbrechlichen Glaskugeln in die Hand. »Deine Mutter hat oft von früher erzählt, von den Weihnachtsfesten, die hier gefeiert wurden. Ich finde, ich sollte diese Tradition wiederaufleben lassen. Und eure Rückkehr ans Kap war doch der beste Grund, gute Freunde einzuladen.«

»Ein sehr guter Gedanke war das!«

Karoline drehte sich um und umarmte Hannah. »Du ahnst nicht, wie froh ich bin, dich wieder hier zu haben. Du hast mir so gefehlt!«

»Du mir auch. Obwohl ich eingestehen muss, dass die lange Reise spannend war. Wir haben so viel gesehen in Europa, so viele interessante Menschen kennengelernt … dafür kann ich Frederic nicht dankbar genug sein. Und doch bin ich froh, wieder hier zu sein.«

»Und ich bin glücklich, dass du zurück bist.« Karoline machte eine kleine Pause, richtete noch ein paar Kerzen und fuhr dann leiser fort: »Ich hatte Angst um euch, als ich hörte, dass ihr für etliche Wochen am Oranje Zwischenstation machen wolltet. Seit man in der Nähe des Flusses Diamanten gefunden hat, treibt sich viel Gesindel dort herum.«

»Das kann man wohl sagen. Die Gegend ist alles andere als zivilisiert. Aber Frederic ist sich sicher, dass man dort das ganz große Geld machen kann.« Sie zuckte mit den Schultern. »Warten wir es ab.«

Sie wurden unterbrochen, weil eins der schwarzen Mädchen hereinkam und meldete: »Die ersten Gäste sind gerade vorgefahren, Missis Ruhland.«

»Danke, Elli, wir kommen gleich hinunter in die Halle.«

Bevor sie jedoch gemeinsam mit Hannah in die große, mit Tannengrün und Blumenbuketts geschmückte Halle ging, trat Karoline im Gang vor einen Spiegel und kontrollierte ihr Aussehen.

Sie trug an diesem festlichen Abend ein Kleid aus weinroter Seide, das am Dekolleté und am Saum mit goldener Stickerei verziert war. Der Rock, vorn schmal geschnitten, hatte im Rücken eine weite Schleppe. Dazu trug Karoline ein schmales Goldcollier, an dem ein großer Rubin hing. Rubinohrringe vervollständigten das elegante Ensemble.

Auch Hannah war höchst geschmackvoll gekleidet. Sie hatte sich für ein meergrünes Kleid aus Duchesse entschieden, dessen Oberteil sehr schmal geschnitten war. Der weite Rock betonte ihre schlanke Taille. Als einzigen Schmuck trug sie ein Smaragdcollier, das einen unschätzbaren Wert darstellte. Frederic hatte es ihr am Morgen geschenkt. »Für die Frau meines Lebens«, hatte er dabei gesagt.

Als die beiden Damen die Halle betraten, stand Frederic bereits in der Mitte des großen Raumes und begrüßte soeben einen älteren Engländer, der in Begleitung seines Neffen gekommen war. Dieser trug die Uniform eines Kavallerie-Leutnants und salutierte knapp.

Karoline trat neben Frederic, und in der nächsten Viertelstunde war sie vollauf damit beschäftigt, die Gäste willkommen zu heißen. Alle waren der Einladung gefolgt: die Winzer der Umgebung ebenso wie Bekannte aus Kapstadt, Wellington und sogar aus Hermanus.

Im Empfangsraum gleich neben der Halle standen Josy, Elli und zwei andere Mädchen und schenkten Punsch aus. Die Gäste unterhielten sich angeregt, man bewunderte die geschmackvolle Dekoration, die Karoline auch hier angebracht hatte, und griff immer wieder in die gefüllten venezianischen Glasschalen, in denen Lebkuchen, Datteln und kleine Zimtsterne lagen.

»Wenn deine Gäste sich weiterhin am Gebäck sättigen, werden sie das Festmahl, das vorbereitet wurde, nicht mehr genießen können.« Hannah trat neben Karoline, die sich bis dahin mit zwei älteren Damen aus Wellington unterhalten hatte. »Du solltest zu Tisch bitten.«

Karoline nickte. »Du hast recht, länger zu warten wäre fatal. Josy sieht schon in der Küche nach dem Rechten.« Sie schlug kurz an ihr Glas. »Liebe Freunde, ich darf jetzt zu Tisch bitten. Drüben im großen Saal ist gedeckt.« Sie machte eine auffordernde Handbewegung in Richtung der doppelflügeligen Tür, die in den weitläufigen Raum führte, dessen Blickfang die wunderschöne Weihnachtstanne war.

Ein Raunen ging durch die Gästeschar, man applaudierte und bewunderte begeistert den festlich geschmückten Raum. Von nebenan erklang Musik, dort saß ein Quartett und spielte sowohl deutsche als auch englische Weihnachtslieder.

Karoline aß kaum etwas, nur von den Pasteten kostete sie und von dem zarten Entenbraten, der mit Orangensoße serviert wurde. Unauffällig kontrollierte sie, ob alle Gäste zufrieden waren, sie plauderte charmant mit ihrem Tischherrn, dem Gouverneur, und dachte doch immer wieder voller Wehmut daran, dass David Bernhard bei diesem Fest nicht an ihrer Seite sein konnte. Ihre Sehnsucht nach ihm wuchs von Tag zu Tag. Sie vermisste seine Zärtlichkeiten, die interessanten Unterhaltungen mit ihm, sie vermisste seine Ruhe und Besonnenheit.

Das Fest dauerte bis weit nach Mitternacht, und als die Gäste sich endlich verabschiedeten, waren sich alle einig, dass dieser Weihnachtsball der Höhepunkt des Jahres gewesen war.

»Mein Kompliment, Missis Ruhland.« Der Gouverneur küsste ihre Hand. »Sie sind nicht nur bezaubernd schön, Sie sind auch klug und verstehen es, die Menschen für sich zu gewinnen.« Er verbeugte sich galant, so dass die Orden an seinem Frack leise klirrten. »Meine Frau und ich würden uns freuen, Sie bald bei uns begrüßen zu können.«

»Ich danke Ihnen für Ihre Freundlichkeit, Exzellenz.« Karoline brachte den weißhaarigen Herrn mit dem gepflegten Backenbart und seine Begleitung persönlich zur Tür. Die Nacht war warm und sternenklar. Nachdem die Kutschen abgefahren waren, blieb Karoline einige Minuten vor der Tür stehen und sah hinauf zum Himmel, wo hell der Abendstern leuchtete.

»David …« Sie presste die Hand aufs Herz. »Ich brauche dich! Bald komme ich zurück nach *Hopeland.*«

11

Emsige Geschäftigkeit herrschte im Haus, als Karoline, Hannah und Frederic sich zum Frühstück niederließen. Es ging schon auf Mittag zu.

»So lange habe ich schon ewig nicht mehr geschlafen«, lachte Karoline. »Aber es ging ja auch schon auf Morgen zu, als die letzten Gäste aufbrachen.«

»Es war ein gelungenes Fest, dazu kann man dir nur gratulieren«, meinte Frederic. »Es hat sich mal wieder gezeigt, wie wichtig es ist, auf diese Weise Kontakte zu halten.«

»Oder neue zu knüpfen«, warf Hannah ein. »Ich habe mich eine Weile mit der Gattin des Gouverneurs unterhalten.« Sie zwinkerte Karoline zu. »Wir sind demnächst bei ihr zum Tee eingeladen.«

»Ach, du liebe Güte, nur das nicht. Die Damen sitzen zusammen, trinken Tee und knabbern dabei an den unvermeidlichen Gurkensandwiches. Die Gespräche drehen sich fast ausschließlich um Mode. Dafür ist mir meine Zeit zu kostbar.«

»Du bist unverbesserlich!« Hannah lachte. »Dabei weiß ich genau, dass du dir drei neue Kleider bestellt hast. Sag also nicht, du wärest nicht eitel.«

»Es war einfach notwendig, mir etwas Neues zu bestellen. Auch draußen auf dem Weingut kann ich nicht wie eine graue Vogelscheuche herumlaufen.«

Es klopfte, ein dunkelhäutiges Hausmädchen, in schwarzem Kleid und mit langer weißer Schürze darüber, meldete: »Draußen ist ein Kurier für Mister Horseley. Er sagt, es sei sehr wichtig.«

Frederic stand auf. »Danke, ich komme sofort.« Er wandte sich an die beiden Damen. »Ihr entschuldigt mich bitte.« Und schon eilte er aus dem Zimmer.

Als sie allein waren, beugte sich Hannah vor, legte ihre Rechte auf Karolines Hand und fragte: »Magst du mir nicht endlich eingestehen, was mit dir los ist in den letzten Wochen?«

Karoline runzelte die Stirn und gab sich ahnungslos. »Ich weiß nicht, was du meinst, meine Liebe. Mir geht es gut. Ich bin zufrieden, da die Geschäfte gut laufen und alle auf *Hopeland* gesund sind.«

»Karoline!« Kopfschüttelnd sah Hannah sie an. »Du kannst mir nichts vormachen! Ich kenne dich fast so gut wie mich selbst. Also – wer oder was hat dein Leben so verändert?«

Ohne aufzuschauen, antwortete Karoline: »Es gibt nichts, das ich dir sagen könnte!«

Hannah aber ließ nicht locker. »Ich spüre doch, dass dich etwas bedrückt. Aber auch glücklich macht. Und wenn du dich in diesem Zwiespalt befindest, kann nur ein Mann die Ursache sein.« Sie stand auf und legte die Arme um die Schultern der Jüngeren. »Haben wir uns nicht immer alles erzählt? Du kannst mir ruhig eingestehen, wer dein Herz gewonnen hat. Bei mir ist dein Geheimnis gut aufgehoben.«

»Ach, Hannah! Es ist alles so kompliziert!« Karoline drehte sich halb um und sah zu Hannah auf. »Er ist ... es ist ... David Bernhard!«

»Oh!«

»Jetzt weißt du, warum ich nicht darüber sprechen will.« Karoline rührte angestrengt in ihrer Tasse. »Er hat mich schon bei unserer ersten Begegnung fasziniert. So souverän gab er sich, so sicher ist er auch jetzt in all seinen Entscheidungen ... er beeindruckt mich immer wieder aufs Neue.«

»Aber er ist – nicht weiß.« Zögernd hatte Hannah die letzten Wörter ausgesprochen.«

»Na und? Ist er deshalb ein schlechterer Mensch?«

»Natürlich nicht. Nur ... du weißt, wie man hierzulande denkt.«

Karoline biss sich auf die Lippen. »Sicher weiß ich das. Und das macht mich ja so wütend. Und traurig zugleich. David ist ein so kluger Mann! Er ist sensibel und weltoffen, gebildet und ...«

Hannah lächelte. »Ich glaube dir gern, dass er ein wunderbarer Mann ist, mein Liebes. Mir ist er auch sehr sympathisch. Dennoch muss ich dich warnen, deine Zuneigung zu ihm wird dich nur unglücklich machen. Lass die Gefühle am besten gar nicht zu intensiv werden.«

Karoline schwieg. Sie brachte es nicht fertig, Hannah einzugestehen, dass sie sich schon ganz und gar an David verloren hatte. Hannah würde es wohl nicht verstehen. Die Gesellschaft, in der sie beide aufgewachsen waren, trennte nun einmal sehr strikt zwischen Weiß und Schwarz.

Sie straffte die Schultern. »Ich werde vernünftig sein«, sagte sie. »Hab keine Sorge um mich.«

Noch bevor Hannah etwas erwidern konnte, kam Frederic Horseley zurück. Seine Augen leuchteten, als er berichtete: »Man hat auf dem Stück Land, das ich am Oranje erworben habe, mehrere große Diamanten gefunden! Stellt euch vor – zum Teil sollen es haselnussgroße Stücke sein! Der Kurier, den mein Vertrauensmann losgeschickt hat, hält es für dringend ratsam, dass ich mich so bald wie möglich dorthin begebe.«

»O nein, Frederic, bitte nicht! Das ist eine so unwirtliche Gegend!« Hannah schüttelte den Kopf so heftig, dass sich zwei lange Strähnen ihres Haares lösten.

»Du musst mich nicht begleiten, Liebling. Ich verstehe gut, dass es für eine Lady nicht die richtige Umgebung ist.« Er zog ihre Hände an die Lippen und küsste sie. »Versteh aber bitte, dass ich so rasch als möglich aufbrechen will.«

12

Buffy, komm her! Fuß, Buffy!« Der kleine Hund, ein Terrier mit klugen dunklen Augen, blieb in zwei Metern Abstand vor seinem Herrchen sitzen. Ein kurzes Bellen forderte Victor auf, den Ball, den er in der Hand hielt, erneut über den Hof zu werfen. »Du sollst doch erst mal herkommen«, lachte der Junge.

»Er will lieber spielen.« Charlotte stellte einen bunten Kreisel auf die Erde und setzte ihn in Gang. »Das gefällt Buffy auch.« Sie lachte, als der Hund das sich drehende Spielzeug aufgeregt bellend umsprang. Dann machte er Anstalten, hineinzubeißen, zuckte aber immer wieder zurück.

»Unsinn, er versteht doch gar nicht, was das ist. Du machst ihm Angst.«

»Buffy hat vor gar nichts Angst.«

»Angst sollte der Hund auch nicht vor euch haben, jedoch Respekt.« Unbemerkt von den Kindern war Mathew Browling aus dem Haus gekommen. Er hielt eine Schale mit Fleischresten in der Hand. »Kommt, wir gehen in den Garten und versuchen, Buffy mit kleinen Belohnungen zu erziehen.« Er strich Charlotte kurz übers Haar. »Wenigstens habt ihr jetzt den Hund, wo doch eure Mutter keine Zeit für euch hat.« Gespannt sah er bei diesen Worten Victor an, dessen Gesicht sich prompt verdüsterte.

»Sie ist in der Stadt und feiert mit wichtigen Leuten.« Charlotte nahm ihren Kreisel auf. »Ich bin viel lieber hier draußen bei Josy und den Tieren.«

Der Hauslehrer nickte. »Hier ist es ja auch wunderschön. Aber eure Mama ist jung und sehr schön. Ihr müsst verstehen, dass sie gern ausgeht – ins Theater vielleicht oder auf einen Ball. Jetzt ist Saison.«

»Was ist Saison?«, wollte Victor wissen.

»Das ist ein Zeitraum, in dem Feste gefeiert werden«, erwiderte Mathew Browling nicht ganz korrekt.

»Sie soll wieder zu uns kommen.« Victor, stets eifersüchtig, stampfte mit dem Fuß auf. »Nie hat sie Zeit für uns!«

»Aber Junge, mäßige deinen Ton! Deine Mutter ist sehr eingespannt. Das Gut muss verwaltet werden. Deshalb ist sie ja auch so oft mit David Bernhard zusammen.« Bewusst warf er diesen Namen ein.

Victor verzog nur das Gesicht, dann wandte er sich wieder dem Hund zu.

Gemeinsam mit ihrem neuen vierbeinigen Spielgefährten tollten die Kinder eine Stunde lang im Garten herum, dann mahnte Mathew Browling: »Kommt jetzt herein, es ist in der Mittagshitze viel zu heiß. Wir üben noch ein wenig Rechnen, später können wir wieder hinausgehen.«

Charlotte kam der Aufforderung sofort nach, während Victor zunächst so tat, als hätte er nichts gehört.

Er lief mit Buffy hinüber zur Rosenlaube. Hier fand er einen Gedichtband und schlug die Seite auf, die Karoline mit einer getrockneten Rose gekennzeichnet hatte.

»Du solltest das Buch wieder zurücklegen.« Der Hauslehrer stand neben dem zartgelb blühenden Rosenstrauch, dessen Blüten sich weit der Sonne entgegenstreckten.

»Das sind ja nur Gedichte!« Mit einem geringschätzigen Schulterzucken legte Victor das Buch zurück.

»Ja. Liebesgedichte.« Mathew Browling nahm den kleinen Band kurz auf. Seine Miene wurde hart, als er murmelte: »Das passt zu ihr.«

»Wie meinen Sie das, Sir?« Victor war kein Wort entgangen. Fragend sah er zu seinem Lehrer auf.

Der legte ihm kurz die Hand auf die Schulter und schob ihn aus der Laube. »Lass uns nicht darüber reden. Das sind Dinge, die allein deine Mutter angehen. Und höchstens noch den Mann, dem sie zugeneigt ist.«

»Aber …«

»Schweig.« Mathew ging rascher zum Gutshaus zurück. Um seine Lippen spielte ein zufriedenes Lächeln.

An diesem Abend ging er wieder einmal zu Nelly. Die junge Frau lag schon im Bett und schlief, als er, ohne anzuklopfen, bei ihr eintrat. Für einen Moment blieb er neben dem Lager stehen und sah auf die Schläferin hinab. Sie war eine hübsche Person. Das Gesicht, schmal und ebenmäßig geschnitten, wurde von einem zartroten Mund beherrscht. Lange dunkle Wimpern beschatteten die Augen, die Nase war klein und ungewöhnlich zierlich für eine Mulattin.

Rasch entkleidete sich der Mann und schob die Decke zur Seite. Ungewöhnlich zärtlich küsste er Nelly, die sich schlaftrunken an ihn schmiegte.

»Ich hatte Sehnsucht nach dir«, flüsterte er, dann begann er, ihre Brust zu streicheln. Und obwohl er aus reiner Berechnung zu ihr gekommen war, weckte die Vertrautheit ihres Körpers immer stärker seine Begierde. Er beugte sich über die zierliche Gestalt und nahm sie mit aller Leidenschaft.

Nelly seufzte glücklich auf und schlang die Arme um den starken Mann. Sie küsste ihn, streichelte seine weiße Haut und glaubte sich im siebten Himmel, als er ihre Zärtlichkeiten mit ungewöhnlicher Innigkeit erwiderte.

Erst als er sich ganz in ihr verausgabt hatte und ermattet neben ihr lag, kam Mathew auf den wahren Grund seines Hierseins zu sprechen. »Du liebst mich doch, Nelly, nicht wahr?«

»Sehr. So sehr!« Ein sehnsüchtiges Seufzen begleitete ihre Worte.

»Dann möchtest du doch auch gewiss, dass ich glücklich bin.«

»Natürlich.« Sie richtete sich auf, stützte den Kopf auf den Arm und sah ihn an. »Sag mir nur, was ich tun soll. Ich könnte …« Sie beugte sich über ihn und begann, ihn zu küssen. Langsam glitt sie tiefer, und der Mann musste sich beherrschen, um sich nicht wieder in der Lust zu verlieren.

»Nein, lass das. Das meinte ich nicht.« Er schob sie fort.

»Was denn?« Unsicher sah sie ihn an.

»Nelly, du weißt, dass ich dich mag. Und wenn du tust, was ich möchte, werden wir verreisen. Nur du und ich. Wir fahren ans Meer.« Er sah sie nicht an, als er ihr vorschwärmte, wie wundervoll es werden würde, wenn sie zusammen *Hopeland* verließen. »Wir könnten ein neues Leben anfangen«, sagte er unter anderem. »Aber erst musst du etwas für mich tun.«

»Alles«, versprach sie aufgeregt.

»Du darfst keine Fragen stellen. Du musst tun, was ich dir sage.«

»Sicher, Mathew. Alles, alles tue ich für dich.«

»Gut.« Zufrieden sah er sie an. »Bist mein braves Mädchen.« Er hauchte einen Kuss in die Luft.

Dann, während er ihren zarten Körper mechanisch streichelte, erläuterte er ihr, was er von ihr erwartete.

13

Ein leichter Wind wehte vom Tafelberg herab und sorgte nach Tagen endlich für ein wenig Abkühlung. Seit dem Jahreswechsel herrschte ungewöhnlich starke Hitze in Kapstadt, die Luft war drückend; nicht einmal in den Abendstunden war es merklich kühler geworden. Die Bewohner der Stadt hielten sich, soweit es eben ging, in ihren Häusern auf. Allein auf den Märkten und im Hafengebiet herrschte der übliche Trubel.

Es dämmerte bereits, als Karoline und Hannah das Haus verließen, um einige Einkäufe zu tätigen. Am kommenden Tag würden sie zurück nach *Hopeland* fahren, zuvor galt es, noch ein paar Dinge zu besorgen.

»Lass uns noch rasch zu Madame Marguerite gehen«, schlug Hannah vor. »Sie hat mir versprochen, neue Schnitte aus Frankreich zu besorgen.«

Karoline seufzte unterdrückt auf. »Wenn es denn

sein muss. Ich werde bei dieser Hitze aber kein Teil anprobieren, das sage ich dir gleich.«

»Musst du ja auch nicht. Sie hat ja deine Maße!« Hannah lachte. »Und tu nur nicht so, als wäre dir die neue Mode egal! Ich bin sicher, du findest ein paar Stoffe, die dir gefallen.«

Karoline zuckte mit den Schultern. »Im Grunde genommen ist es so unwichtig. Viel mehr interessiert mich im Moment die neue Weinpresse, die man in Italien konstruiert haben soll. Wenn sie wirklich so effektiv arbeitet, wie ich gelesen habe, sollte ich …«

»Hör schon auf!«, lachte Hannah. »Ich will davon nichts hören. Nicht heute! Morgen bist du wieder auf *Hopeland*, da kannst du dich ganz den Geschäften widmen.«

Karoline nickte nur. Sie konnte es kaum erwarten, zurück aufs Gut zu kommen. Zu ihrer Sehnsucht nach den Kindern kam die Sehnsucht nach David Bernhard. Wie sehr sie ihn vermisst hatte in den letzten Tagen!

In stillen Stunden allerdings ging sie hart mit sich ins Gericht. Wie kam sie dazu, solche Gefühle zuzulassen? Sie war verantwortlich für zwei große Weingüter, von ihr hingen viele Menschen ab. Ihre Kinder hatten das Recht darauf, dass sie sich in jeder freien Minute um sie kümmerte. Und doch … da war dieser Mann mit der hellbraunen Haut und den samtdunklen Augen, auf den sich alle heimlichen Wünsche konzentrierten. Wenn sie die Augen schloss, fühlte sie seine Lippen auf ihrem Mund, seine zärtlichen Hände auf der Haut. Er war ein ebenso ausdauernder wie rücksichtsvoller Geliebter; bei ihm fand sie vollkommene Erfüllung.

»Woran denkst du schon wieder?« Hannah nahm

lachend ihren Arm. »Komm, drüben ist der Salon von Madame Marguerite schon!«

Die nächste Stunde verbrachten sie damit, Stoffe auszuwählen, sich exquisite Modelle anzuschauen und ein paar aparte Accessoires zu kaufen. Vor allem Hannah schwelgte in Seidentüchern, Straußenfedern und aparten Hutkreationen. Da sie sich nicht entscheiden konnte, nahm sie schließlich drei Hüte.

»Ich bin gespannt, was Frederic dazu sagt.«

»Und ich frage mich, wann du das alles anziehen willst.« Ein nachsichtiges Lächeln umspielte Karolines Gesicht. »Draußen in der Einsamkeit am Oranje River vielleicht?«

Hannahs Gesicht verdüsterte sich. »Erinnere mich nur nicht daran! Ich bin froh, noch eine Weile hierbleiben zu können. Und vielleicht kommt Frederic ja auch viel eher zurück als gehofft.«

»Ich wünsche es euch beiden.« Karoline beschleunigte ihren Schritt. »Komm, es sieht so aus, als würde es bald regnen. Ein Gewitter, das die drückende Schwüle aus den Straßen vertreibt, wäre nicht schlecht. Dann ist die Fahrt hinaus nach *Hopeland* auch viel angenehmer.«

Der Regen ließ auf sich warten. Immer dichter wurden allerdings die Wolkenkissen, die den Tafelberg umgaben. Die Luft flirrte vor Hitze, und der Kutscher ließ die Pferde nur langsam traben. Eine einzige Galoppstrecke legten sie ein, danach waren die Pferde nassgeschwitzt.

»Ich will die Tiere nicht noch stärker belasten«, sagte der Mann, als sie an einer Weggabelung kurz anhielten.

»Nicht dass sie noch zusammenbrechen.« Der Schwarze, seit vielen Jahren in den Diensten der Familie Ruhland, richtete das Geschirr.

»Du musst wissen, was du tust, Steve.«

Karolines Ungeduld wuchs mit jeder Meile. Doch sie sah ein, dass der alte Mann recht hatte. Und so stand die Sonne hoch am Himmel, als sie gegen Mittag auf *Hopeland* eintrafen.

Kaum hielt der Wagen, kamen Victor und Charlotte lachend auf ihre Mutter zugelaufen. »Meine Lieben!« Karoline umarmte und küsste ihre Kinder. »Ich habe euch sehr vermisst.«

»Wirklich?« Mit einer brüsken Bewegung löste sich Victor von ihr und sah sie skeptisch an.

»Natürlich habt ihr mir gefehlt.« Irritiert zog Karoline ihre kleine Tochter noch fester an sich. »Ich habe euch etwas mitgebracht.« Sie wies ins Innere der Kutsche. »Das Christkind hatte noch etwas vergessen.«

»Au fein!« Die kleine Charlotte hüpfte aufgeregt hinüber zur Kutsche. »Vier Geschenke«, jubelte sie, als sie die Kartons, die liebevoll verpackt waren, auf der gepolsterten Bank liegen sah.

»Die Päckchen mit rotem Band sind für dich, die mit goldenem Band für Victor.« Karoline sah sich um. Der Gutshof war leer, nur Josy und die junge Nelly kamen aus dem Haus, um beim Ausladen zu helfen. Das schwere Gepäck trug der Kutscher ins Haus, Josy und Nelly nahmen Hutschachteln und diverse Kleinigkeiten, die leicht waren.

Als sie die Halle durchquerte, kam Mathew Browling die Treppe herab. »Die Kinder haben die Kutsche gehört und wollten Sie unbedingt gleich begrüßen«, sagte er und verbeugte sich vor Karoline.

»Ich habe mich gefreut, sie gleich in die Arme schließen zu können.« Karoline reichte dem Hauslehrer die Hand. »Es ist hoffentlich alles in Ordnung?«

»Selbstverständlich. Seit vorgestern habe ich den Unterricht wieder aufgenommen, allerdings machen wir eine längere Mittagspause. Es ist einfach zu heiß.«

»Das ist eine kluge Entscheidung.« Karoline nickte ihm zu. »Sie entschuldigen mich – ich muss mich frisch machen. Die Fahrt war bei der Hitze nicht sehr angenehm.«

Charlotte kam hereingelaufen und schmiegte sich an die Mutter. »Darf ich mit dir kommen? Dann packe ich meine Geschenke dort aus.«

»Natürlich darfst du das.« Karoline sah sich nach ihrem Sohn um, der seiner Schwester langsamer folgte. »Möchtest du auch mitkommen, Victor?«

Der Junge zögerte, er warf einen fragenden Blick zu seinem Lehrer und schüttelte dann den Kopf. »Ich packe in meinem Zimmer aus.«

»Ganz wie du möchtest.« Karoline legte den Arm um ihre Jüngste und stieg mit ihr die Treppe zu den privaten Räumen hinauf. Während sie sich umkleidete und erfrischte, erfreute sich Charlotte an den Mitbringseln. Es waren eine Hundeleine für Buffy, eine Kiste mit bunten Perlen und ein Buch.

»Der Struwwelpeter«, las Charlotte laut vor. »Davon hab ich schon gehört! Danke, Mama!«

Karoline kam aus dem Bad. Sie trug einen Hausmantel und hatte ihr Haar gelöst. »Ich freue mich, dass es dir gefällt.« Sie wies auf die Perlenkiste. »Damit kannst du dir Ketten und Armbänder machen.«

»Ja. Und ich schenke Josy eine Kette. Sie mag bunte Perlen doch so gern!«

»Eine gute Idee, mein Liebes.«

Charlotte sah zu, wie sich ihre Mama vor den Frisiertisch setzte, das Haar mit einer silbernen Bürste ausgiebig kämmte und es dann an den Seiten locker aufsteckte. »Wie war das Fest in der Stadt?«, erkundigte sie sich nach einer Weile. »Hast du getanzt?«

Karoline schüttelte den Kopf. »Nein, das nicht. Aber ich habe mich gut unterhalten.«

»Wann darf ich mal dabei sein?« Charlotte trat neben ihre Mutter und sah sie im Spiegel an. »Mister Browling hat gesagt, du wolltest uns nicht dabeihaben, damit du dich ungestört amüsieren könntest. Ist das wahr?«

»Wie bitte?« Karoline drehte sich zu ihrer Tochter um. »Hat er das so gesagt? Ganz ehrlich?«

»Ja.« Tränen traten in Charlottes blaue Augen. »Bitte, schimpf nicht mit mir, weil ich das erzählt habe, Mama. Mister Browling hat es sicher nicht böse gemeint.«

Karoline zog die Kleine an sich. »Aber nein, mit dir schimpfe ich doch nicht, mein Liebling. Alles ist gut.« Sie schob Charlotte ein Stück von sich ab und wischte ihr dann die Tränen vom Gesicht. »Ich verspreche dir, dass du im übernächsten Jahr mitfeiern darfst. Dann bekommst du ein neues Kleid und darfst bis nach Mitternacht aufbleiben!«

»Au ja! Das wäre schön!« Die Kleine ließ sich rasch trösten und widmete sich gleich wieder dem Buch mit den interessanten Geschichten von Paulinchen, dem Suppenkaspar und dem Struwwelpeter. Karoline jedoch hatte Mühe, ruhig zu bleiben. Am liebsten hätte sie Mathew Browling gleich zur Rechenschaft gezogen, doch sie wollte nichts überstürzen. Sie nahm sich jedoch vor, schon bald ein ernstes Wort mit dem Hauslehrer zu sprechen. Sie konnte nicht dulden, dass er sie bei ihren Kindern in ein schlechtes Licht setzte und seine Kompetenzen weit überschritt.

Im hohen Gewölbe des Weinkellers herrschte angenehme Kühle. An beiden Längsseiten stapelten sich die Fässer, nur drei Fackeln an den Wänden spendeten diffuses Licht. Karoline stellte die Lampe, die sie vorsorglich mitgenommen hatte, auf einem alten Holztisch ab.

Es war schon spät am Abend, doch die junge Winzerin fand keine Ruhe, und so hatte sie nach dem Abendessen noch einmal das Haus verlassen und war zum Weinkeller gegangen.

»Ich schaue mal, was der junge Wein macht«, sagte sie zu Josy, die den Tisch abräumte. Die Kinder spielten in ihren Zimmern, Mathew Browling hatte am Essen nicht teilgenommen, er hatte sich entschuldigen lassen.

Im hinteren Teil des Kellers lagerten die ausgereiften Weine. Die hohen Eichenfässer stellten ein Vermögen dar. Vorne, in zwei Reihen aufgestapelt, standen die Fässer mit dem noch jungen Wein. Karoline zog sich eine Probe und ließ die Flüssigkeit im Glas kreisen. Noch war der junge Wein wasserhell, erst später, wenn der Reifeprozess abgeschlossen war, würde er seine goldgelbe Farbe erhalten. Konzentriert prüfte sie den Farbverlauf am Glasrand, dann steckte sie die Nase tiefer ins Glas und nahm vorsichtig einen ersten Schluck.

»Er ist ganz annehmbar, nicht wahr?« Unbemerkt war David Bernhard eingetreten und trat dicht hinter Karoline.

»Ja, er ist schon recht weich und harmonisch.« Langsam stand die junge Frau auf und drehte sich um. »David …« Das Glas noch in der Hand, streckte sie die Arme aus. »Endlich!«

Er umarmte sie, wühlte sein Gesicht in ihr Haar und hauchte viele kleine Küsse auf ihre Wangen, ehe er mit seinen Lippen endlich ihren Mund verschloss. »Du hast mir gefehlt«, flüsterte er, ohne sie loszulassen.

»Ich habe es vor Sehnsucht nach dir kaum noch ausgehalten. Ich musste früher als geplant heimkommen.«

»Ein wunderbarer Gedanke.« David nahm ihr das Glas aus der Hand und stellte es auf den Tisch, dann zog er Karoline noch fester an sich, und für eine kleine glückliche Ewigkeit wurden sie eins.

14

Nelly sah sich suchend im Garten um. Mister Mathew hatte sie herbestellt, doch sie konnte ihn nirgendwo entdecken.

»Hierher, Nelly.« Er trat aus dem Schatten einer dichten Ligusterhecke und winkte ihr zu.

Nelly hastete auf ihn zu. Ihre Augen leuchteten, als sie dem Mann gegenüberstand, doch als er nicht die geringsten Anstalten machte, sie zu umarmen oder zu küssen, glitt ein Schatten über ihr Gesicht.

»Hast du dich mit dem Kellermeister getroffen?«, fragte Mathew und strich ihr dabei kurz über die Wange.

Das junge Mädchen machte ein unglückliches Gesicht. »Ich weiß nicht, was ich machen soll. Mister David beachtet mich gar nicht. Und ich habe schon die dritte Nacht vor seiner Hütte auf ihn gewartet.«

»Du solltest nicht vor der Hütte warten, du sollst dich zu ihm ins Bett legen, dumme Gans!« Mathew Browling schob die junge Schwarze von sich. »Stell dich nicht so albern an, Nelly, es kann doch nicht so schwer für dich sein, einen Mann zu verführen.«

»Aber ...«

»Hör auf, mich zu verärgern! Spätestens morgen erwarte ich, dass du ihn in dein Bett gekriegt hast.«

Nelly biss sich auf die Lippen und krallte die Finger in den hellen Baumwollstoff ihres Kleides. Es tat weh, Mathew so reden zu hören. Störte es ihn denn gar nicht, wenn sie mit einem anderen Mann schlief? »Ich kann mich doch nicht einfach zu ihm legen. Es ... es schickt sich nicht.«

»Hör auf, mich mit solchem Unsinn zu belehren. Tu es endlich, er wird dich gewiss nicht fortjagen. Schleiche dich in sein Haus und leg dich zu ihm ins Bett.« Mathew grinste hinterhältig. »Oder, besser noch, geh zu ihm, wenn er schon schläft. Dann kann er dich nicht rauswerfen.«

»Und dann?«

»Um alles andere kümmere ich mich. Und jetzt geh, man muss uns nicht unbedingt zusammen sehen.« Als sie keine Anstalten machte, seiner Aufforderung zu gehorchen, beugte er sich über sie und küsste sie kurz. »Los, lauf schon.«

Nelly kämpfte mit den Tränen. Ihr war klar, dass sie Mathew verlieren würde, wenn sie nicht tat, was er von ihr verlangte. Bitterkeit regte sich in ihr, doch sie wusste, dass ihr keine Wahl blieb.

In der kommenden Nacht schlich sie sich zu David Bernhards Haus. Es stand nahe des Gutshofes und war schon recht alt. Weiter entfernt, hinter dem Gemüsegarten, waren vor Jahren neue Häuser für die Gutsarbeiter errichtet worden. Davids Haus war eins der ersten, die gebaut worden waren. Einst hatte hier Will, der erste Kellermeister von *Hopeland*, gewohnt. Drei Stufen führten zu einer Terrasse, auf der ein Schaukelstuhl stand. Vor der Treppe blühte ein Rosenbusch, der kleine, blutrote Blüten hervorbrachte, die besonders süß dufteten.

Leise, bemüht, kein Geräusch zu machen, trat Nelly ins Haus. Zum Glück knarrte die Tür nicht so wie die ihres eigenen Häuschens. Für einen Moment blieb sie stehen, sah sich im Dämmerschein um. Es gab nur zwei kleine Räume, im vorderen standen neben einem Tisch nur drei Stühle, ein Herd, ein Schrank mit Büchern, am Fenster ein bequemer Ohrensessel.

Die Tür zum Nebenraum war nur angelehnt, vorsichtig trat Nelly näher. Nur mit einer dünnen Leinenhose bekleidet, lag David Bernhard auf seinem Bett. Er atmete regelmäßig, offensichtlich schlief er sehr tief.

Das junge Mädchen zögerte. Konnte sie es wagen, sich zu ihm zu legen?

Der Schläfer drehte sich zur Wand, und Nelly beschloss, sich erst einmal vor dem Bett niederzuhocken und abzuwarten. Skrupel plagten sie, aber auch die Angst vor der Reaktion des Kellermeisters. Wie die meisten anderen hatte Nelly großen Respekt vor David Bernhard.

Immer noch war es drückend heiß; alle in der Region warteten sehnsüchtig auf Regen. Die Schwüle im Zimmer wurde für Nelly schier unerträglich. Sie zog sich das Kleid aus und saß, nur mit Hemd und einer dünnen Unterhose bekleidet, vor dem Bett.

Draußen erklangen plötzlich Schritte. Nelly hielt den Atem an und schloss die Augen – so als könne sie so alles Unheil fernhalten.

Karoline erwachte von einem Geräusch, es klang, als hätte sie jemand gerufen. Doch als sie ans Fenster trat, war draußen alles still. Die Luft war immer noch von der Hitze des Tages erfüllt, das Atmen fiel schwer. Der Mond stand als weiße Sichel am nachtdunklen Himmel, umgeben von einer Unzahl heller Sterne.

Wieder hörte Karoline einen ungewohnten Laut, und schnell ging sie zur Tür und öffnete. Auf dem Flur war es dunkel, niemand war zu sehen. Doch zu ihren Füßen lag eine kleine rote Rose.

»David …« Schnell bückte sie sich und hob die Blüte auf, die zart duftete, als sie sie an die Nase hielt. Es war ein einzigartiger Duft, den Karoline genau kannte. Nur der Rosenstrauch an Davids Haus hatte so herrlich duftende Blüten. Ein zärtliches Lächeln glitt über ihr Gesicht. Welch romantische Idee, sie so zu sich zu locken!

Schnell ging sie zurück ins Zimmer, tauschte das dünne Batistnachthemd mit den hellroten Seidenbändern gegen ein leichtes Hauskleid. Die Mühe, sich die Haare zu richten, machte sie sich nicht, ein paar Bürstenstriche sollten genügen.

Einen kurzen Blick warf sie noch auf die Rose, die auf dem Frisiertisch lag, dann hastete Karoline erwartungsvoll hinaus. Niemand war zu sehen, als sie leise das Haus verließ. Von ferne hörte man das Rufen eines Nachtvogels, eines der Pferde im Stall wieherte leise, als gäbe es seinem gefiederten Freund Antwort, sonst war alles still.

Kurz sah sich die junge Gutsherrin um. Niemand war zu sehen. Zwei Lampen drüben am Eingang zum Weinkeller verbreiteten nur wenig Helligkeit. Wie ein schmaler Schatten huschte Karoline hinüber zu den Häusern der Gutsarbeiter. Leise knarrten zwei der alten Holzdielen, als sie auf die Terrasse trat.

Da sie sicher war, dass David sie erwartete, klopfte Karoline nicht an, sondern öffnete sogleich die Tür – und blieb in der nächsten Sekunde wie vom Blitz getroffen stehen!

»Nein!« Sie glaubte zu schreien, doch nur ein Hauch kam über ihre Lippen.

Nelly, die beim Knarren der alten Treppenstufen aufgeschreckt war, hatte sich schnell zu David Bernhard aufs Bett gelegt. Angsterfüllt wartete sie auf das, was nun geschehen würde.

»Missis Karoline …« Das Mädchen sprang auf und zog sich das dünne Hemd über der Brust zusammen. »Ich … wir …« Voller Angst sah sie von der Gutsherrin zu David Bernhard, der sich schlaftrunken aufrichtete und im ersten Moment nicht begreifen konnte, was gerade geschah.

Nelly huschte zur Tür, erleichtert darüber, dass niemand sie aufhielt und zur Rechenschaft zog.

»Karoline …« David stand auf, mit ausgebreiteten Armen ging er auf die blonde Frau zu, die wie erstarrt an der Tür stand. Aus brennenden Augen sah sie zu ihm auf. »Ich weiß nicht, wie das geschehen konnte. Glaub mir, ich …« Hilflos brach er ab.

»Sei still.« Karoline drehte sich um und rannte hinaus. Fast wäre sie auf der Treppe gestürzt. Im letzten Moment konnte sie sich fangen und hastete, tränenblind und taub für die Rufe, die David ihr nachschickte, zum Haus zurück.

Den Mann, der im Schatten des Pferdestalles an der Wand lehnte und ihr mit gehässigem Blick nachsah, bemerkte sie nicht.

Fort! Nur fort von hier!

Nichts anderes konnte Karoline denken, während sie mit zitternden Fingern ihre Koffer packte. Wahllos warf sie Kleider und Röcke, Blusen und Unterwäsche hinein. Obendrauf legte sie Stiefeletten und Strümpfe ... egal, ganz egal.

In dieser Nacht fand Karoline keinen Schlaf mehr. Wie ein gefangenes Tier ging sie in ihren Räumen auf und ab, immer wieder von Weinkrämpfen geschüttelt.

Aber auch Zorn machte sich in ihr breit. Zorn auf David, der sie so schändlich betrogen hatte. Wie kam er dazu, sie zu sich zu rufen, wo doch schon eine andere in seinem Bett lag? War das eine perfide Variante des Liebesspiels? Mutete er ihr so etwas wirklich zu?

Als der Morgen graute, hörte sie, dass er vor ihrer Tür stand und sie leise rief. Immer und immer wieder flüsterte er ihren Namen. Er beteuerte seine Unschuld, versuchte zu erklären – doch sie wollte nichts hören.

Die Tür blieb verschlossen.

Erst als es Zeit war, gemeinsam mit den Kindern zu frühstücken, verließ Karoline ihre Räume. Sie war erschreckend blass, nur die Augen, rot vom Weinen, brannten in ihrem Gesicht. Sie hatte krampfhaft überlegt, was sie tun sollte. Hierbleiben, ihn tagtäglich sehen … nein, das ging über ihre Kräfte. Eine Aussprache herbeizuführen schien ihr ebenso unmöglich. Nein, sie wollte keine Lügen, keine billigen Ausflüchte hören. Was sie gesehen hatte, genügte.

Es gab nur einen Weg, nicht ganz den Verstand zu verlieren vor Schmerz: Sie musste fort! Irgendwohin, wo sie untertauchen und wieder zu sich selbst finden konnte!

Im ersten Impuls wollte sie David entlassen, ihn mit Schimpf und Schande davonjagen. Aber nicht einmal dazu hatte sie die Kraft. Später würde er gehen müssen. Später, wenn sie selbst wieder Herrin ihrer Gefühle und Gedanken war und den Betrieb leiten konnte.

»Um Himmels willen, Missis Karoline, was ist passiert?« Josy schlug die Hände über dem Kopf zusammen. Sie wollte die junge Frau in den Arm nehmen, doch die wehrte ab.

»Lass mich bitte, Josy, ich … ich muss gleich fahren.« Sie biss sich auf die Lippen. »Bitte frag nicht. Später erkläre ich dir alles. Und ich schreibe dir und sage dir dann, wo ich bin.«

»Aber …«

»Dräng mich nicht, Josy, ich bitte dich. Und … sag Mister Bernhard, er soll sich um das Gut kümmern.«

Josy schüttelte nur den Kopf. »Warum sagen Sie es ihm nicht selbst?«, hatte sie auf der Zunge, zu fragen, doch sie schwieg. Karoline Ruhland hatte gewiss einen guten Grund, nicht mit dem Kellermeister zu sprechen.

Tausend Fragen brannten der alten Getreuen noch auf den Lippen, aber sie erkannte, dass sie nicht in die junge Gutsherrin dringen durfte. Es musste etwas

Schreckliches passiert sein, denn Karoline Ruhland sah aus wie der leibhaftige Tod. Wahrscheinlich ist David Bernhard der Grund für ihr Elend, sinnierte Josy. Aber das werde ich herausfinden. Mir wird er die Wahrheit sagen müssen. Und wehe ihm, er hat sich schuldig gemacht!

Sie rief nach Nelly, das Mädchen war den ganzen Morgen über noch nicht zu sehen gewesen. Josy wusste, dass das junge Ding sich mit dem Hauslehrer eingelassen hatte. Misstrauisch sah die alte Getreue sich um – Nelly schien wie vom Erdboden verschluckt. Und auch Mathew Browling kam erst am späten Vormittag von einem Ausritt zurück. Wo er gewesen war, sagte er nicht.

Beim Frühstücken versuchte Karoline sich mit aller Gewalt zu beherrschen, doch Charlotte und Victor merkten gleich, dass etwas nicht in Ordnung war.

»Hast du geweint, Mama?« Charlotte kletterte auf den Schoß der Mutter und schlang die Arme um ihren Hals. »Tut dir etwas weh?«

Ein trauriges Lächeln glitt über Karolines blasse Züge. »Nein, weh tut mir nichts. Aber es ist etwas Schlimmes geschehen. Und deshalb muss ich fort.« Sie zog das Mädchen fester an sich, ihr Blick suchte den von Victor, doch der Junge blickte starr auf seinen Teller.

Karoline zerriss es das Herz, ihn so trotzig zu sehen. Wie gern hätte sie offen mit ihm gesprochen. Aber das ging nun wahrlich nicht.

»Victor, glaub mir, ich gehe nicht leichten Herzens«, sagte sie und schob die Hand über den Tisch. Doch noch bevor sie seine Finger fassen konnte, bog er sich zurück und verschränkte die Arme vor der Brust. Kein

Wort sagte er, aber sein Blick war eine einzige Anklage.

»Ich muss ganz dringend in die Stadt; es ist ein Unglück geschehen …« Sie schämte sich der Lüge, doch es war die einzige Möglichkeit, wenigstens das Gesicht zu wahren. »Wenn es ihr möglich ist, wird Tante Hannah kommen und sich um euch kümmern. Ansonsten habt ihr ja Josy und Mister Browling, die für euch sorgen werden.«

»Kann ich nicht doch mitkommen?«, bettelte Charlotte.

»Nein, mein Herz, das geht wirklich nicht. Aber ich werde so rasch als möglich wieder zu euch zurückkehren.«

15

Der Februar des Jahres 1871 war so regenreich wie seit Menschengedenken nicht mehr. Nach der sengenden Hitze, die seit den Weihnachtstagen Mensch und Tier belastet hatte, kam der Regen wie eine Erlösung über das Land. Tagelang hingen tiefe Wolken über dem Kap der Guten Hoffnung, zogen dann weiter ins Landesinnere und blieben an den Bergen hängen.

Seit vier Tagen waren Karoline und Hannah in Richtung Nordosten unterwegs. Nässe und Kälte drangen in die Kutsche, von Stunde zu Stunde wurde die Fahrt beschwerlicher.

Zweimal schon hatte der Kutscher die Pferde wechseln müssen. Vor allem die Überquerung der Karee-Berge war mühevoll und verlangte Menschen und Tieren das Letzte ab. Insgeheim hatte Karoline Sorge, dass die Kutsche der Belastung nicht standhalten würde.

»Ich glaube, keiner meiner Knochen ist mehr an der richtigen Stelle«, seufzte Hannah, als das Gefährt eine schmale Passstraße entlangholperte. »Wenn wir nur nicht abstürzen.« Sie blickte hinaus und schauderte, denn links von ihr tat sich eine tiefe Schlucht auf.

»Schau nicht hin«, riet Karoline mit matter Stimme.

»Das sagt sich so leicht! Was soll ich denn sonst tun? Da du nicht reden willst, muss ich mir ja die Landschaft ansehen!« Sie beugte sich vor und griff nach Karolines Händen. »Liebes, sag doch endlich, was passiert ist. Meinst du nicht, ich hätte ein Recht darauf, zu erfahren, warum wir so überstürzt aus Kapstadt aufgebrochen sind? Ich weiß nur, dass es wegen David Bernhard war.«

Karoline biss sich auf die Lippen und sah hinaus in den Regen, der wie ein grauer Tropfenschleier vom Himmel fiel. »Ich … ich schäme mich so«, flüsterte sie. »Er hat mich betrogen. Mit Nelly, der Küchenmagd! Das … das konnte ich dir nicht gleich sagen.«

»Das glaube ich nicht!« Vehement schüttelte Hannah den Kopf.

»Ich habe es mit eigenen Augen gesehen. Und deshalb … Ich musste fort, verstehst du?«

»Ja. Und dennoch – ich bin sicher, dass es sich um ein Missverständnis handelt. Du hast gesagt, er liebt dich. Und wenn ein Mann deine Zuneigung gewonnen hat, wird er sich nicht mit einer anderen abgeben.«

»Ach, Hannah, sei nicht naiv! Du hast doch auch schon an Frederics Treue gezweifelt.«

»Ja, aber …« Sie fiel zur Seite, als die Kutsche gefährlich ins Schlingern geriet, und vergaß ihre Argumente. »Meine Güte, wenn wir jemals heil in New Rush ankommen, werde ich eine Kerze in der Kirche anzünden.«

»Ich kann mir nicht vorstellen, dass es in dieser Stadt eine Kirche gibt. Die Männer, die dort nach Diamanten suchen, werden sicher nicht beten.«

»Das klingt wieder nach meiner vernünftigen Karoline!« Hannah lächelte die Freundin an. »Ach, mein Liebes, es ist gut, dass wir unterwegs sind. Das bringt dich auf andere Gedanken.«

»O mein Gott, wo sind wir hier denn gelandet?« Kopfschüttelnd sah sich Hannah um. Die Kutsche hatte auf einem kleinen Hügel oberhalb von New Rush angehalten, die beiden Frauen waren ausgestiegen, um sich einen Überblick über den Landstrich zu verschaffen, in dem angeblich Diamanten von seltener Größe gefunden wurden.

»Hände hoch! Keinen Schritt weiter!« Eine raue Männerstimme ließ Karoline und Hannah zusammenzucken. Nur zögernd kamen sie der Aufforderung nach, während der Kutscher krampfhaft versuchte, das Gefährt still zu halten. Ein alter Mann in schmutziger Kleidung, einen breitrandigen Hut tief ins Gesicht gezogen, hielt ihm eine Flinte an die Brust. Ein zweiter, jünger und besser gekleidet, trat auf die beiden Frauen zu.

»Was haben Sie hier zu suchen?« Sein Blick war unstet, glitt von einer zu anderen und dann wieder hinüber zu einem größeren, mit Geröll überhäuften Hügel, der demjenigen, auf dem sie standen, genau gegenüberlag. Vier Männer knieten dort auf der Erde und gruben, ohne aufzusehen, im Gestein.

»Wir wollen nach New Rush.«

»Das liegt dahinten.« Der Mann wies in nördliche Richtung. Dabei fixierte er die beiden Frauen abschätzig. »Ich denke aber nicht, dass das der richtige Ort für Sie ist.«

»Mein Mann arbeitet da.«

»Ach ja?« Ein ironisches Lächeln glitt über das bärtige Gesicht. »So wie Sie aussehen, Lady, glaube ich nicht, dass Ihr Mann in der Erde nach Diamanten wühlt.«

»Er hat aber ein Stück Land am Vaal River gepachtet, das hat er uns geschrieben. Und deshalb lasst uns jetzt durch.« Karoline legte Autorität in ihre Stimme.

»Meinetwegen – Henry, lass sie passieren.« Der älteste der Männer wandte sich an den Kutscher. »Halt nirgendwo an, bis ihr in der Stadt seid. Meide den Hügel und die Ufer des Vaal, wo gegraben wird. Und – pass auf die Ladys auf.«

Der alte Steven tippte kurz an seinen Hut. »Hab verstanden. Ich passe auf.«

Karoline und Hannah kletterten schweigend zurück in die Kutsche.

»Das war knapp«, meinte Hannah und tupfte sich über die Stirn.

»Ich beginne zu ahnen, was auf uns zukommt.« Karoline seufzte auf. »Hoffen wir nur, dass es in der Stadt halbwegs zivilisiert zugeht.«

Häuser aus Holz, roh zusammengezimmert, wechselten sich mit armseligen Zelten ab. Am Ortsrand gab es kaum ein ordentlich aufgerichtetes Gebäude. Hunderte Zelte oder auch nur simple Planen boten den Menschen Unterschlupf. Die Straßen waren vom Regen aufgeweicht, die Räder der Kutsche versanken zu einem großen Teil im Schlamm. Karoline und Hannah hörten den Kutscher unterdrückt fluchen, er hatte große Mühe, das Gefährt in der Spur zu halten. Die Pferde, erschöpft von der langen Reise, ließen die Köpfe hängen und waren kaum noch anzutreiben. Immer häufiger musste der alte Steve die Peitsche schwingen.

Je mehr sie sich dem Zentrum näherten, umso besser wurden die Häuser, einige waren zum Teil aus Stein und sahen recht annehmbar aus, wenn sie auch keinem Vergleich mit den Gebäuden in Kapstadt standhielten.

Steven entdeckte zwei besonders ansprechend aussehende Häuser und lenkte die Kutsche dorthin. Breite Holzschilder über den Türen wiesen darauf hin, dass es sich zum einen um das Sunshine Hotel und bei dem anderen um das Diamond Hotel handelte.

Es gab keine Bürgersteige in der Stadt, und die beiden Frauen stiegen nur zögernd aus. Ein paar Männer, verwegen aussehende Gestalten, kamen aus einer schräg gegenüber liegenden Schänke; einer pfiff durch die Zähne, als er die beiden Damen bemerkte.

Karoline und Hannah hatten sich betont schlicht gekleidet auf der langen Fahrt, doch in dieser tristen Umgebung fielen sie sogar in ihren einfachen Kleidern auf. Die Männer, die durch den Schlamm hasteten, trugen derbe, verschmutzte Arbeitskleidung und verdreckte Stiefel. Die Gesichter wirkten müde und angespannt, allen sah man an, dass sie unter großem Druck standen.

Nur die wenigsten suchten um diese Stunde Ablenkung in einem Wirtshaus.

»Wo mag Frederic sein?« Angstvoll sah sich Hannah um.

»Wir fragen in den beiden Hotels, ich denke, er ist dort abgestiegen.« Schon ging Karoline, die Röcke vorsichtig hochgezogen, auf das Hotel zu, das ihr am seriösesten erschien.

In der Halle des Diamond Hotels hielten sich nur wenige Männer auf. Sie waren bessergekleidet und diskutierten in einer Ecke der Halle angeregt miteinander. Gerade wollte Karoline nach dem Rezeptionisten rufen, als Frederic Horseley die Treppe herabkam. Mitten im Schritt hielt er inne, als er seine Frau und Karoline bemerkte.

»Ja, um Himmels willen, was macht ihr denn hier?« Mit langen Schritten hastete er auf Hannah zu und zog sie in die Arme. »Mein Liebes ... das nenne ich eine Überraschung!« Er zog ihre Hände an die Lippen und küsste sie, bevor er sich Karoline zuwandte und auch sie herzlich begrüßte. Dann, nach der ersten Freude, fragte er besorgt: »Was ist passiert? Warum seid ihr gekommen?«

»Ich hatte solche Sehnsucht nach dir.« Hannah schmiegte sich an ihn.

»Liebes ... du wusstest doch genau, dass ich Anfang März zu euch nach *Hopeland* kommen wollte. Was ist der wahre Grund?« Über Hannahs Kopf hinweg schaute er Karoline an.

»Ich wollte für eine Weile fort von zu Hause.« Sie senkte kurz den Blick. »Frag bitte nicht, warum. Es wäre nur gut, wenn wir für eine Weile hierbleiben könnten.«

»Natürlich.« Frederic war bereits wieder Herr der Lage. »Ich lasse euch Zimmer bereitstellen. Wartet hier bitte.« Er winkte einen dunkelhäutigen Jungen heran. »Hol Missis Cleveland, Bobby. Und sag ihr, dass es eilt.« Dann wandte er sich wieder an Hannah und Karoline. »Missis Cleveland gehört das Hotel. Und noch zwei andere Häuser ganz hier in der Nähe.« Er räusperte sich, dann fügte er hinzu: »Seid bitte nicht schockiert. Sie ist ... nun ja, ihr könnt euch gewiss denken, dass sich nicht jede Frau hierherverirrt.«

Karoline nickte. »Ich verstehe schon. Wichtig ist nur, dass sie saubere Zimmer anbieten kann.«

Hannah sah sich in der Halle um, die karg möbliert war und jeden Komfort vermissen ließ. »Wie kannst du es in einer solchen Umgebung nur aushalten, Frederic?«

Lächelnd nahm er sie in den Arm. »Dies ist ein Ort für Abenteurer. Für Männer, die nur eins im Sinn haben: Diamanten zu finden und dadurch schnell reich zu werden. Für Bequemlichkeit oder gar Luxus interessiert sich niemand.« Er führte Hannah und Karoline in eine Nische, wo ein Tisch und ein paar halbwegs solide aussehende Sessel standen. »Ich für meinen Teil kann mich arrangieren. Doch ich werde froh sein, wenn ich in wenigen Wochen ans Kap zurückkehren kann.«

»Du hast also Erfolg gehabt?«

Der Mann nickte. »Das erzähle ich später, wenn wir allein sind. Es ist nicht gut, alle Welt wissen zu lassen, wie viel Diamanten man gefunden hat. Meine Männer haben die richtigen Stellen entdeckt – und ich konnte mir die Rechte an diesem Bereich sichern. Aber wie ihr noch sehen werdet, ist der Hügel drüben, der Colesberg Kopje, schon an einigen Stellen abgetragen. Ich bin sicher, dass man in kurzer Zeit damit beginnen muss, in der Erde zu suchen.«

»Was ist mit den Flüssen?«, fragte Karoline.

»Dort wird man auch fündig. Aber es sind nur die Steine, die mit dem Wasser angeschwemmt wurden. Der Vaal, aber auch der Oranje transportieren eine gewisse Menge des diamantführenden Gesteins mit, das ist subvulkanisches Material aus der unteren Erdkruste, aber auch aus dem oberen Erdmantel. In dieser ganz besonderen Mischung sind in Jahrmillionen die Diamanten gepresst worden.«

Er unterbrach sich, als eine Frau mittleren Alters quer durch die Halle auf sie zukam. Sie war sehr groß und füllig, das Gesicht zeugte auch jetzt noch von einstiger großer Schönheit. Der Mund, viel zu rot geschminkt, verzog sich zu einem Lächeln, als sie Karoline und Hannah begrüßte. Ihr Haar war rostrot und am Hinterkopf locker hochgesteckt.

»Ladys, ich heiße Sie willkommen.« Mit herzlicher Gebärde streckte sie Hannah und Karoline die Hand entgegen. »Sie haben Glück, dass ich drei ordentliche Zimmer frei habe. Gestern erst sind sie durch Zufall frei geworden.«

Frederic räusperte sich und sah die Vermieterin mahnend an. Er wollte nicht, dass sie die näheren Umstände erklärte, die zu dem plötzlichen Freiwerden der Räume geführt hatten. In der Tat war es so, dass zwei Händler aus Pretoria in einen Schusswechsel geraten waren – beide lebten nicht mehr, von den Diamanten, die sie bei sich geführt hatten, fehlte jede Spur.

»Können wir die Zimmer bald beziehen?«, erkundigte sich Karoline. »Ich gestehe, dass ich mir gern den Reisestaub abwaschen würde.«

»Natürlich. Sofort. Gerry wird Ihr Gepäck hochbringen.« Sie winkte einem hünenhaften Schwarzen, der mit ihr hereingekommen war und in der Nähe der Tür stehen geblieben war. Er war Missis Clevelands ganz persönlicher Beschützer, ohne ihn ging sie kaum vor die Tür.

Die Hotelzimmer waren nicht elegant, aber sauber und bequem eingerichtet. Und auch für Steve, den Kutscher, fand sich noch ein akzeptables Quartier.

Hannah bezog ein großes Zimmer gleich neben den beiden Räumen von Frederic, Karoline wurden zwei Zimmer schräg gegenüber angewiesen.

»Ich hoffe, Sie sind zufrieden. Mehr Luxus kann man hier in der Einöde nicht erwarten. Sie verstehen das sicher.« Missis Cleveland war in der Tür stehen geblieben und sah zu, wie Karoline ihren Reisemantel abstreifte.

»Natürlich. Wir sind froh, ein gutes Quartier gefunden zu haben.« Sie zögerte, dann fügte sie offen hinzu: »Ehrlich gesagt hatte ich nicht erwartet, dass New Rush so … so …« Hilflos brach sie ab.

»Sie wollten sagen, Sie dachten nicht, etwas so Primitives vorzufinden«, kam ihr Missis Cleveland zu Hilfe. »Sie brauchen keine Hemmungen zu haben, dies auszusprechen. Ich bin, ehrlich gesagt, auch nur hier gestrandet, weil mein Mann, Gott hab ihn selig, unbedingt an den Vaal wollte.« Sie biss sich auf die Lippen, ein wehes Lächeln glitt über den rot geschminkten Mund. »Er war Farmer, dachte, dass die Leute hier frisches Fleisch und Gemüse bräuchten.«

»Damit hatte er sicher recht«, warf Karoline ein. »Auf dem Weg haben wir gesehen, dass sich etwas außerhalb mehrere Farmen befinden.«

»Ja. Nur hat sich mein James dann vom Diamantenfieber anstecken lassen. Er ist im Vaal River umgekommen.«

»Das tut mir leid.« Mitleidig legte Karoline der Wirtin die Hand auf den Arm.

»Danke. Aber er war selber schuld. Musste sich ja nicht mit irgendwelchen Raufbolden anlegen. Man sagt, er hätte sich mit einigen Männern geprügelt und wäre von einem der Kerle mit dem Kopf unter Wasser gedrückt worden.« Sie straffte sich. »Aber nun Schluss mit den alten Geschichten. Es ist eben so, wie es ist. Ich habe das Beste draus gemacht und mit dem letzten Geld dieses Hotel eröffnet. Inzwischen gehören mir zwei weitere Häuser und zwei Wirtshäuser. Finanzielle Not leide ich nicht. Und wenn mir der Himmel gnädig ist, kann ich in zwei, drei Jahren heimkehren nach England.«

»Wenn Sie Wirtshäuser betreiben, können wir dort sicher auch etwas essen. Ich gestehe, dass ich Hunger habe.«

»Ja, jedoch ... Wenn es recht ist, lasse ich Ihnen besser hier auf dem Zimmer servieren. Oder Sie kommen zu mir – in meine Privatwohnung.« Sie lächelte etwas verlegen. »Die Räume sind auch nicht elegant, aber Sie sind dann vor unangenehmen Blicken sicher.«

»Verstehe. Und ich denke, wir nehmen Ihr Angebot gern an.« Karoline bekam immer mehr den Eindruck, dass dieser Ort nicht dazu angetan war, sich längere Zeit hier aufzuhalten.

16

»Mach endlich weiter! Du bist nicht hier, um Maulaffen feilzuhalten!« Die herrische Stimme des Farmers, eines rotgesichtigen Buren mit hellem Haar und kleinen grünen Augen, riss Nelly aus ihren Gedanken. Schnell bückte sie sich wieder über den Acker und jätete das Unkraut, das zwischen den Kohlköpfen und auf dem Nachbarfeld zwischen den Bohnenbüschen wucherte. Disteln zerstachen ihr die Finger, und einmal mehr wünschte sich Nelly zurück nach *Hopeland*.

Wenn nur Mathew endlich zu ihr käme und sie von hier fortholte, wie er es versprochen hatte! Doch er ließ nichts von sich hören.

Nelly bereute von Tag zu Tag mehr, dass sie sich dazu hergegeben hatte, Mathew bei seiner Intrige zu helfen. Dabei hatten ihr weder Karoline Ruhland noch der Kellermeister etwas Böses getan. Doch Mathew war böse auf die beiden, sehr böse sogar. Und er hatte gesagt: »Wenn du mich liebst, dann hilf mir, mich zu rächen.« Und sie, verliebt und froh, ihm einen Gefallen tun zu können, hatte alles getan, was er von ihr verlangte.

»Wir werden danach zusammen sein – für immer«, hatte Mathew ihr versprochen.

Aber jetzt wartete sie schon die fünfte Woche auf ihn! Und sie hatte ihm etwas so Wichtiges zu sagen! Zart strich sich Nelly über den Bauch. Noch sah man nicht, dass sie ein Kind erwartete, aber sie wusste es. Und ihre Angst vor der Zukunft war noch größer geworden. Nachts, wenn sie nicht schlafen konnte, bereute sie, Mathew zu Willen gewesen zu sein und sich zu Mister David geschlichen zu haben. Was hatte sie davon gehabt? Nur Unbill.

Zwei Stunden nachdem Missis Ruhland sie im Haus des Kellermeisters gesehen hatte, war sie von Mathew fortgebracht worden. Er hatte, ohne sie zu fragen, ihre wenigen Habseligkeiten gepackt und hinter den Sattel seines Pferdes gebunden. Auch Nelly musste reiten, obwohl sie es nur schlecht konnte. Ihr Ziel war die Farm von Jan van Hoersten, weit draußen im Osten. Sie lag einsam und war alles andere als gut instand gehalten. Vom Haus blätterte der Kalk in großen Flecken, an einigen Stellen war gar das innere Geflecht zu sehen. Das Dach war windschief, zwei große Löcher sah man vom Boden aus, doch niemand machte Anstalten, hinaufzuklettern und die Lücken zu verschließen. Die Fenster waren blind vor Schmutz. Auf der breiten Terrasse an der Westseite, von den Buren *Stoep* genannt, standen verwitterte Holzmöbel. Nur einen Sessel benutzte der Farmer, alles andere war zu morsch.

»Hier wird man dich nicht so rasch finden«, sagte Mathew. »Ich habe mit Jan vereinbart, dass du frei essen und wohnen kannst. Viel zahlen will er nicht, aber das ist nicht wichtig, Geld bekommst du ja von mir, wenn wir erst zusammen sind.« Dann hatte er sie noch einmal geküsst, ihr Bündel einfach in den sandigen Hof geworfen und war in raschem Galopp davongeritten.

»Mathew! Nein! Ich … ich will nicht hierbleiben!« Sie war ihm nachgerannt, bis sie keine Kraft mehr hatte. Als sie dann völlig erschöpft zur Farm zurückgekommen war, hatte Jan van Hoersten nur gemeint: »Füg dich, es ist besser für dich. Los, die alte Gakuru wird dir sagen, was zu tun ist. Sie zeigt dir auch deine Kammer.«

Das war jetzt schon viele Tage her, und Nellys Unglück nahm mit jeder Stunde, die verging, zu. Das Essen war karg und schlecht, die Arbeit hart. Oft schmerzte ihr Rücken so stark, dass sie nicht in den Schlaf fand.

Auch jetzt hatte sie wieder Schmerzen. Gekrümmt saß sie auf einer grob gezimmerten Bank im Schatten der Hütte, die sie mit vier anderen schwarzen Mädchen bewohnte, als ein Reiter hinter einer breiten Weißdornhecke auftauchte.

»Mathew!« Sie erkannte ihn sofort, sprang auf und lief auf ihn zu. Vergessen waren die Schmerzen, die Angst, ihn nie wiederzusehen. »Endlich bist du da!«

Der Mann auf dem hochbeinigen Braunen runzelte unwillig die Stirn. Er parierte durch und wartete, bis Nelly herangekommen war, dann erst stieg er aus dem Sattel.

Seine Umarmung war flüchtig, sein Kuss ohne jedes Gefühl. Doch Nelly, viel zu glücklich, ihn zu sehen, merkte es nicht.

»Komm, wir reiten drüben zu den Bäumen, da ist es angenehm schattig und wir sind ungestört.« Er stieg wieder aufs Pferd, streckte den Arm aus und zog Nelly zu sich.

Sie schmiegte sich an ihn und gestand: »Ich hatte solche Angst, dass du mich schon vergessen hättest. Wie war es denn mit Missis Ruhland? Hat sie noch sehr geschimpft?«

»Ach was, es war ihr egal.« Sein hinterhältiges Grinsen bei diesen Worten konnte Nelly nicht sehen, sie war erleichtert, dass es keinen Ärger gegeben hatte.

»Dann kann ich ja wieder zurückkommen, ja?«

»Ich werde Missis Ruhland fragen. Aber jetzt lass

dich erst mal richtig küssen.« Sie hatten die Baumgruppe erreicht, und nur zu gern ließ sich Nelly ablenken.

»Wann kommst du und holst mich hier fort?«, fragte sie, als Mathew ermattet neben sie gesunken war. Wieder hatte er sie ohne jede Zärtlichkeit genommen, nur an seine eigene Lust gedacht. Doch Nelly wollte sich nicht beklagen, im Gegenteil, sie war bereit, auch das zu ertragen, was sie so abstoßend fand, was Mathew aber beim Liebesspiel besonders genoss. Auch jetzt schob er seine Finger wieder in ihre intimste Stelle, sah sie aufmerksam dabei an und schien es zu genießen, als sie vor Schmerz aufschrie.

»Nicht«, flüsterte sie. »Ich ... ich bin ... Wir bekommen ein Kind!« Während sie es gestand, wagte sie nicht, ihm in die Augen zu sehen.

»Was sagst du da?« Er schlug zu, ehe sie wusste, wie ihr geschah. »Du bist wirklich das dümmste Geschöpf unter der Sonne! Ein Kind ...« Er stand auf und sah auf Nelly herab, die wie ein Häufchen Elend im Gras hockte und das Gesicht in den Händen verborgen hatte.

»Ich ... ich kann doch nichts dafür«, stammelte sie und versuchte aufzustehen.

Kurz zögerte Mathew, dann streckte er die Arme aus und zog sie hoch. »Schon gut.« Flüchtig strich er ihr übers Haar. »Es tut mir leid, dass ich dich geschlagen habe. Der Schock ... Verzeih mir.« Nur mühsam kamen die Worte über seine Lippen, während er krampfhaft nachdachte.

Dass er Nelly auf diese abgelegene Farm gebracht hatte, wo niemand sie finden konnte, hatte er lange geplant gehabt. So hatte er verhindert, dass Karoline Ruhland die naive Nelly ausfragen konnte. In ihrer

Dummheit hätte das junge Ding gewiss seinen hinterhältigen Plan verraten.

Das habe ich verhindert, dachte Mathew, und das nächste Problem werde ich auch lösen!

Um Nelly in Sicherheit zu wiegen, zog er sie noch einmal an sich, bettete sie ins Gras und schlief noch einmal mit ihr. Diesmal bemühte er sich, sanft zu sein. Während er sich rhythmisch in ihr bewegte, sah er zu den Baumwipfeln hoch, durch die die letzten Sonnenstrahlen brachen. »Bald hole ich dich, dann fangen wir weiter im Norden ein neues Leben an. Nelly, bald wird alles gut.« Er lächelte ihr zu, küsste sie und wusste, dass es ein letztes Mal sein würde.

Drei Stunden später verließ er die Farm wieder. Am Rand eines Maisfeldes traf er mit einem der Arbeiter zusammen, den er vor Monaten zufällig in einem Wirtshaus im Hafen von Kapstadt kennengelernt hatte. »Josh, dieses Mädchen, das ich zu euch gebracht habe, wird mir lästig.«

»Verstehe.« Der grobschlächtige Mann grinste verschlagen und rieb Daumen und Zeigefinger aneinander.

Mathew Browling zögerte kurz, ein paar Herzschläge lang kamen Skrupel in ihm auf. Dann straffte er sich, griff unter sein Hemd, wo an einem Lederriemen eine flache Geldtasche hing. Er drückte dem pockennarbigen Schwarzen ein paar Geldscheine in die Hand. »Schaff sie mir vom Hals.«

17

Schaut euch diese Steine an!« Frederic Horseleys Augen glänzten vor Begeisterung. Er zog einen Leinenbeutel aus der Tasche und schüttete fünf große Steinbrocken auf die Tischdecke. Einer von ihnen war fast faustgroß, die anderen hatten knapp die Hälfte des Umfangs.

»Man kann sich kaum vorstellen, dass nach dem Schleifen aus diesem Gestein ein glitzernder Diamant wird«, meinte Karoline und nahm den größten Stein in die Hand. Nachdenklich hielt sie ihn gegen das Licht.

»Aber es ist ein Diamant, ganz sicher.« Frederic lehnte sich stolz in seinem Sessel zurück. »So ein großer Brocken ist schon lange nicht mehr gefunden worden. Morgen kommt John O'Reilly her, mit ihm werde ich über den Verkauf verhandeln.«

»Von dem Händler wird hier viel gesprochen«, warf Karoline ein. »Er ist es gewesen, der als Erster erkannt hat, dass es sich bei den glitzernden Mineralien um Diamanten handelt.«

»Stimmt. Er hat sie vor drei Jahren an die Rhodes-Universität gebracht, dort hat man einwandfrei festgestellt, dass es sich um die wertvollen Steine handelt.«

»Und seitdem ist hier der Teufel los«, sagte Hannah leise. »Es ist eine schreckliche Gegend, Frederic. Ich muss gestehen, dass ich es hier nicht mehr lange aushalte.«

»Der Ort wächst mit einer Schnelligkeit, die beängstigend ist.« Karoline legte den Rohdiamanten zurück auf den Tisch, stand auf und trat ans Fenster. Sie schob die Gardinen aus dichtem Tüll zur Seite und sah hinaus auf die Straße, in der es turbulent und laut zuging. »Man könnte denken, jeden Tag kommen tausend Menschen mehr in die Stadt.«

»So ist es gewiss. Es spricht sich herum, dass man hier sein Glück machen kann.« Frederic trat neben sie. »Es gibt keinen Wohnraum mehr, also stellen sie immer mehr Zelte auf. Und der Kampf um einen guten Schürfplatz wird rauer und brutaler. Ich kann froh sein, dass ich mir meine Parzelle habe sichern lassen.«

»Hoffen wir, dass deine Leute loyal sind«, gab Karoline leise zurück. Sie drehte sich nach Hannah um, die mit gesenktem Kopf am Tisch saß. Blass und elend wirkte sie, der Blick war starr auf die Teetasse gerichtet, die vor ihr stand. Die Diamanten, die ein immenses Vermögen darstellten, hatte sie mit keinem Blick gewürdigt.

»Du solltest bald mit Hannah nach Hause fahren«, sagte Karoline leise. »Sie ist sehr unglücklich hier. Und ich fürchte, sie wird krank werden, wenn sie länger bleiben muss.«

»Ja, ich weiß. Und ich habe bereits alles Notwendige in die Wege geleitet.« Frederic sah Karoline offen an. »Sie ist nicht so stark wie du, das ist mir bewusst.«

»Nun, ich kann auch nicht gerade sagen, dass ich mich hier wohl fühle. Man mag sich in den Straßen kaum aufhalten, allein ist es gar nicht möglich, auszugehen. Man wird angerempelt und angepöbelt.«

Frederic machte eine bedauernde Handbewegung. »Ja, es ist kein Aufenthalt für eine Lady. Ich hoffe doch, du kommst mit uns zurück.« Er hatte von Hannah erfahren, was Karoline widerfahren war. Und wenn er auch nicht verstand, dass sie das Gut verlassen hatte, statt David Bernhard davonzujagen, so tolerierte er ihren Entschluss und drang nicht in sie.

Karoline zögerte, dann nickte sie. »Gewiss. *Hopeland* braucht mich. Und die Kinder fehlen mir sehr.« Sie wandte sich ins Zimmer zurück. »Bring die Steine in Sicherheit, Frederic. Und dann mach mit Hannah einen Ausflug an den Fluss. Weiter westlich, dort, wo der Vaal in den Oranje mündet, soll es wunderschön sein.«

»Ein guter Gedanke! Ich werde allerdings zwei Männer zur Sicherheit mitnehmen. In der Gegend ist man nirgendwo mehr sicher. Es gibt allenthalben Wegelagerer.«

»Du kommst doch mit, nicht wahr?« Hannah wandte sich an Karoline. Bei der Vorstellung, für einen oder zwei Tage der Tristesse von New Rush entfliehen zu können, belebte sich ihre Miene.

»Nein, ich bleibe hier. Genießt ihr mal das Alleinsein.«

Frederic schüttelte den Kopf. »Ich kann es nicht verantworten, dich schutzlos in der Stadt zurückzulassen. Komm lieber mit, Karoline.«

»Die Landschaft ist beeindruckend.« Mit leuchtenden Augen sah sich Karoline um. »Mal fließt der Oranje durch endlos scheinende Dünenfelder, dann wiederum durchschneidet er schroffe Bergketten. So etwas habe ich noch nie gesehen.«

»Wie gut, dass wir hergekommen sind.« Auch Hannah und Frederic waren begeistert. Sie standen auf einer Anhöhe, gegen die Mittagssonne geschützt von drei alten, knorrigen Schirmakazien. Zu ihren Füßen schlängelte sich, sanft und von graublauer Farbe, der Oranje durch die Landschaft. Seine Ufer waren weitläufig und sandig. Obwohl sie nur knapp fünfzig Meilen von New Rush entfernt waren, tat sich eine ganz andere Welt auf.

Auf der Fahrt hierher waren sie an zwei Farmen vorbeigekommen. Inder und Schwarze arbeiteten auf den Feldern, sie ernteten Mais und Kürbisse, aber auch Zitronen, Aprikosen und Äpfel. Einen krasseren Gegensatz zu der lauten, staubigen Stadt, aus der sie kamen, konnte man sich nicht vorstellen.

Der alte Steve saß weiter unterhalb auf dem Kutschbock des Landauers, die Zügel fest in den Händen. Vorsichtig sah er sich um, während seine Herrschaft sich an der Landschaft ergötzte. Steve jedoch hatte keinen Blick für die Schönheit, die sich seinen Augen bot. Er war, so wie die beiden Mulatten, die Frederic zum Schutz engagiert hatte, völlig darauf konzentriert, die Gegend abzusuchen. Einer von ihnen, Elias hieß er, hatte dem Kutscher am Abend zuvor erzählt, dass sich immer mehr Banditen in der Gegend herumtrieben.

»Es sind arbeitsscheue Kerle, die nicht nach Diamanten suchen wollen, sondern sie sich rauben. Hin und wieder findet man ja auch am Ufer die wertvollen Steine, das hat einige der Glücksritter hierher verschlagen. Und diese Einzelgänger werden leicht zum Opfer eines hinterhältigen Überfalls.«

Die beiden Frauen ahnten davon nichts, sie genossen unbeschwert den Tag. Betty Cleveland hatte ihnen alles für ein Picknick eingepackt – kaltes Huhn, Schinken, Lammbraten, gegrillte Maiskolben, Obst und frisch gebackenes Brot.

Gerade als Karoline aufstehen wollte, um auch den beiden Wachleuten und Steve etwas zu essen zu bringen, peitschte ein Schuss auf. Der alte Kutscher griff sich an die linke Schulter, stöhnte auf vor Schmerz. Eine Kugel hatte seinen Oberarm getroffen, Blut sickerte aus der Wunde.

»Runter vom Bock – und alle in Deckung!«, rief Frederic. Er selbst hastete zur Kutsche und griff in die Zügel. Im letzten Moment gelang es ihm, Steve die Lederriemen abzunehmen; der alte Mann sank halb besinnungslos vor Schmerz zur Seite. Noch bevor Frederic sich um ihn kümmern konnte, wurde erneut geschossen. Aus drei Gewehren flog das gefährliche Blei auf die beiden Frauen und ihre Begleiter zu.

»Verdammt!« Elias, der ältere der Wachmänner, schrie auf, eine Kugel hatte ihn an der Hüfte getroffen. Und auch Frederic war verletzt worden. Zum Glück war die Kugel an den silbernen Verzierungen seines Gürtels abgeprallt. Aber als Frederic die Hand gegen die schmerzenden Rippen presste, bemerkte er, dass die Finger blutig waren. Also hatte es ihn doch erwischt! Er presste die Lippen zusammen, um einen Schmerzenslaut zu unterdrücken. Die beiden Frauen sollten nicht noch mehr geängstigt werden.

Vorsichtig sah sich Frederic um. Elias saß in Deckung der Kutsche im Sand und versuchte gerade, ein Stück seines Hemdes gegen die Wunde zu pressen, um so die Blutung zu stoppen. Der zweite Mulatte, knapp zwanzig Jahre alt und ein breitschultriger Kerl, lag auf der Erde. Seine gebrochenen Augen sahen ins Himmelsblau hinauf.

»Nein ... nein, das nicht!« Hannah kauerte wie paralysiert auf der Decke, auf der noch die Picknickreste lagen. Sie hatte die Hände vors Gesicht geschlagen und wimmerte vor sich hin.

»Hör auf zu heulen, komm lieber mit in Deckung!« Karoline schlich gebückt zur Kutsche. Hannah folgte ihr, doch sie duckte sich nicht tief genug – eine Kugel zischte dicht an ihrem Haar vorbei. Sie taumelte und fiel zur Erde.

»Hannah!« Ohne auf die Gefahr zu achten, rannte Frederic auf seine Frau zu. Er ignorierte den Schmerz, der wie ein Feuerstrahl durch seinen Körper zuckte, als er Hannah aufhob und in die sichere Deckung der Kutsche brachte.

»Wir müssen hier weg«, rief Karoline ihm unterdrückt zu.

»Wahrlich, da hast du recht.« Er küsste Hannah flüchtig auf die Stirn und bat: »Klettere in die Kutsche, Liebes. Ich will schauen, wie es Steve und Elias geht.«

»Ich bin wieder ganz in Ordnung, Mister Horseley.« Der alte Kutscher hielt sich den Arm, von dem das Blut tropfte. Er war vom Bock geklettert und lehnte an einem der Räder.

»Das sieht mir nicht so aus.« Karoline, das Gewehr im Anschlag, sah sich forschend in der Gegend um. Von den Angreifern war nichts zu sehen. »Du musst verbunden werden, Steve.«

»Das mache ich.« Hannah hatte sich wieder gefasst. Sie riss sich einen Streifen des weißen Unterrocks ab und kletterte zurück zur Erde. »Lass sehen, Steve.«

Die Wunde, die der alte Mann davongetragen hatte, war nicht sehr groß, doch tief. Als Hannah vorsichtig den Stoff ringsum löste, zog Steve zischend die Luft in die Lungen.

»Es tut verflixt weh, das kann ich mir denken«, sagte

Hannah. »Aber ich muss erst eine Kompresse auflegen, damit die Blutung zum Stillstand kommt.« Sie hatte ein paar Leinenstreifen doppelt gelegt und so einen provisorischen Druckverband hergestellt. »Fertig.« Mit einem bemühten Lächeln zog sie dem alten Mann die Jacke zurecht. »Hoffentlich hält es.«

»Ich bin zäh, macht Euch keine Sorgen, Missis.« Steve verfiel wieder in die alte Anrede, die seit Jahren nicht mehr gebräuchlich war.

»Was ist mit Elias?«, erkundigte sich Karoline. Doch noch bevor ihr jemand antworten konnte, klangen erneut Schüsse auf. Drei Männer preschten hinter einem kleinen Erdhügel hervor. Es waren zerlumpt wirkende Gestalten in abgerissenen Kleidern. Einer hatte einen Strohhut schräg in die Stirn geschoben, die beiden anderen hatten braune Kappen auf dem Kopf. Die breiten Schirme verdeckten halb die Gesichter. Nur dass einer von ihnen einen langen grauen Bart hatte, konnte Karoline erkennen.

Wieder peitschten Schüsse auf, diesmal schossen nicht nur die Wegelagerer, auch Frederic hatte sein Gewehr erhoben. Er holte einen der Männer aus dem Sattel.

»Damned!« Der Bärtige zog eine Pistole aus dem Gürtel. Karoline sah noch das Blitzen des Mündungsfeuers, dann durchfuhr sie ein so heftiger Schmerz, dass sie für kurze Zeit die Besinnung verlor.

18

Der Mond stand, hell wie ein Teller aus Porzellan, am dunklen Himmel. Ein seltsames Licht warf er auf die Erde, ließ die Bäume wie mit einem Silberschein überzogen aufleuchten.

David Bernhard saß auf der untersten Treppenstufe, die zu seiner Hütte führte, und blickte hinauf zu dem Silbermond, der von Tausenden Sternen umgeben war. In der Ferne rief ein Käuzchen, ein zweites antwortete.

Ein leichter Wind kam aus Westen und vertrieb für kurze Zeit die Hitze des Tages. Leises Kichern kam aus dem alten Weinberg, der sich gleich hinter dem Gutshof erstreckte. Einige der jungen Arbeiterinnen und Arbeiter hatten sich dorthin zurückgezogen, genossen die Nachtkühle und verstohlene Zärtlichkeiten.

David Bernhard schloss die Augen. Ein Schmerz, der kaum zu ertragen war, zerriss seine Brust, quälend und nicht zu lindernd. Immer und immer wieder stellte er sich die Frage, warum Karoline Ruhland nicht offen mit ihm gesprochen hatte, warum sie *Hopeland* überstürzt verlassen hatte, nachdem sie die Küchenmagd Nelly in seinem Haus gesehen hatte.

Nelly … so ein unreifes, dummes Ding! Niemals hätte er sich mit ihr abgegeben!

Seit dieser verhängnisvollen Nacht war Nelly verschwunden, niemand hatte etwas von ihr gesehen oder erfahren, wo sie sich aufhielt.

»Sie wird ein schlechtes Gewissen haben und davongelaufen sein«, meinte Kimani lakonisch, als er einmal mit Josy und Pandu in der Küche zusammensaß. »Es wäre ja nicht das erste Mal, dass so ein junges Ding sich Flausen in den Kopf setzt.«

Pandu schüttelte den Kopf. »Ich glaube nicht, dass sie aus freiem Willen gegangen ist. Am nächsten Morgen habe ich zwei Pferde vermisst – sie kamen erst am Nachmittag zurück. Erschöpft und schmutzig. Irgendwer hat sie heimlich aus dem Stall gestohlen und dann kurz vor dem Gut laufen lassen.«

»Wer sollte das getan haben?«

Josy wies zum Fenster hinaus, dorthin, wo die größeren Häuser der Arbeiter standen. »Der Hauslehrer war an diesem Morgen auch nicht da«, sagte sie. »Wir haben ihn gesucht, denn die Kinder waren ja allein.«

»Was willst du damit sagen?« Ihr Enkel sah sie fragend an.

»Nichts. Gar nichts will ich sagen. Weil ich nichts weiß.« Mühevoll stand sie auf. »Und jetzt raus mit euch, ich habe zu tun.«

Von dieser Unterhaltung hatte Pandu dem Kellermeister erzählt. »Ich weiß, dass Nelly sich hin und wieder mit dem Hauslehrer getroffen hat. Sie war bei ihm im Haus.« Pandu zuckte geringschätzig mit den Schultern. »Als würde der feine Weiße so ein Mädchen wie Nelly achten! Ein Spielzeug war sie für ihn, mehr nicht!«

»Da magst du recht haben. Aber bewiesen ist damit gar nichts.«

David hatte für einen kurzen Moment erwogen, Mathew Browling nach Nelly zu fragen, es dann aber doch nicht getan. Der Mann würde ihm, so er etwas wusste und an Nellys Verschwinden beteiligt war, niemals die Wahrheit sagen! Zudem brachte ihm das Karoline nicht zurück.

Wo mochte sie nun sein? In Kapstadt, im Stadthaus, war sie nicht, das wusste er genau. Ob sie gemeinsam mit Missis und Mister Horseley nach England gereist war? Nein, den Gedanken verwarf er auch bald wieder. Niemals würde Karoline ihre Kinder so lange allein lassen.

Zwei der schwarzen Mädchen kamen lachend den schmalen Pfad herunter, der aus dem Weinberg direkt zum Gut führte. David erkannte in einer von ihnen Zoe, Nellys beste Freundin.

»Zoe!« Er stand auf und winkte das Mädchen heran.

Zögernd kam das junge Ding näher. Zoe war gerade mal fünfzehn Jahre alt, ein hübsches, leichtsinniges Ding, das sich oft des Nachts herumtrieb. Jetzt hatte sie Angst, der Kellermeister würde sie maßregeln.

David ging ihr einige Schritte entgegen. »Du hast immer noch nichts von Nelly gehört, oder?«, fragte er unumwunden.

»Nein.« Zoe, erleichtert, dass es nicht um sie selbst ging, schüttelte den Kopf. »Sie ist einfach weggelaufen.«

»Weißt du das mit Bestimmtheit?«

»Na ja …« Zoe kam einen Schritt näher und senkte die Stimme. »Ich denke, sie musste weg. Wo sie doch ein Kind von Mister Browling bekommt.«

»Was sagst du da?« Fest umspannte David den Arm des Mädchens. »Lüg mich nicht an, du!«

»Sie hat es mir gesagt. Mir allein. Und – es ist die Wahrheit.« Zoe warf den Kopf in den Nacken. »Sie ist oft mit Mister Browling zusammen gewesen. Er … er hat ihr Perlen geschenkt und ein seidenes Tuch. Ganz bestimmt, Mister David. Zoe lügt nicht.«

David ließ den Arm sinken. »Ich glaube dir, Zoe. Und jetzt geh schlafen.«

Er selbst blieb, von tausend tristen Gedanken gequält, auf seiner Veranda sitzen, bis der Morgen graute.

19

Sie braucht einen Arzt. Die Kugel steckt dicht neben dem Herzen, da kann ich gar nichts machen.« Betty Cleveland richtete sich auf und tauchte ihre blutverschmierten Finger in eine Schüssel. Seit einer halben Stunde bemühte sich die Hotelbesitzerin um Karoline; sie hatte den provisorischen Verband, den Hannah angelegt hatte, vorsichtig entfernt, die Wunde gereinigt und neu verbunden. Eine Küchenmagd, eine dralle Holländerin, kümmerte sich um Elias und Steve, nachdem sie Hannah frisches Verbandmaterial für Frederic gegeben hatte.

Karoline lag mit geschlossenen Augen auf ihrem Bett. Sie hatte viel Blut verloren, blass und wächsern war ihr sonst so frisches Gesicht. Der Pistolenschuss hatte sie in die Brust getroffen, knapp oberhalb des Herzens.

Wie sie zurück nach New Rush gekommen war, wusste Karoline nicht mehr, während der Fahrt war sie immer wieder ohnmächtig geworden.

Nach dem ersten Schreck war Hannah über sich selbst hinausgewachsen. Während die Männer wie wild um sich schossen und die zwei Banditen schließlich erfolgreich in die Flucht jagten, riss sie ihren Unterrock entzwei und verband Karoline, so gut es eben möglich war.

Die Fahrt zurück nach New Rush war ihr und Frederic ewig lang vorgekommen. Elias saß neben Steve, den toten zweiten Wachmann hatten sie auf sein Pferd gebunden. Frederic ritt vorweg, immer wieder sah er sich um. Er war zum Glück nur leicht verletzt worden. Dass der Verband, den Hannah ihm angelegt hatte, durchblutete und er immer stärkere Schmerzen litt, sagte er nicht. Wichtig war nur eins: Sie mussten so rasch als möglich in die Stadt zurück! Karoline war am schwersten verletzt und drohte zu verbluten, wenn sie keine Hilfe bekam.

Elias hielt sein Gewehr schussbereit auf den Knien. So wie Frederic suchte er mit seinen Blicken die Umgebung ab, immer bereit zu schießen. Steve trieb die Pferde an, schonte die Tiere nicht eine Minute lang. Als sie endlich vor dem Diamond Hotel eintrafen, waren die Pferde schweißnass, Schaum troff ihnen von den Mäulern.

Frederic war noch nicht aus dem Sattel gesprungen, da kamen schon ein paar Männer auf ihn zugeeilt und boten Hilfe an.

»Missis Ruhland braucht ganz dringend einen Arzt. Und auch wir müssen verbunden werden.«

»Doktor McAllister ist am Fluss und sucht nach Diamanten.«

»Dann holt ihn her, verdammt noch mal!«

Aber es dauerte lange, bis der knorrige Schotte endlich eintraf. Er trug verschmutzte Kleidung und sah, alles in allem, absolut nicht vertrauenerweckend aus. Aber er war, soweit Betty Cleveland wusste, der einzige Arzt weit und breit.

»Gehen Sie rüber zu Zimmer vier«, sagte sie. »Das ist gestern frei geworden. Ich lasse Ihnen heißes Wasser und saubere Kleidung bringen. So, wie Sie aussehen, können Sie nicht zu der Kranken.«

»Ich hab einen der Burschen in die Praxis geschickt, er holt unterdessen meine Arzttasche.« Andrew McAllister verschwand im Zimmer und säuberte sich. Die Kleider, die er dann trug, waren zwar nicht von bester Qualität, aber sauber.

Karoline rührte sich kaum, als er an ihr Bett trat, den Verband, der bereits wieder blutig war, löste und die Wunde untersuchte. »Die Kugel muss raus, aber ... es ist riskant, sie mit einer Pinzette rauszuholen. Sie steckt viel zu nah am Herzmuskel.« Er biss sich auf die Lippen und schluckte schwer.

Niemand hier in der Stadt wusste, warum Andrew McAllister seine Heimat verlassen hatte. Der Grund waren seine Alkoholsucht und seine Spielleidenschaft gewesen. Sein ganzes ererbtes Vermögen hatte er leichtfertig vertan. Er hatte seine Familie ins Elend gestürzt und seine Berufsehre verloren. Hier, an diesem gottverlassenen Flecken Erde, wollte er noch einmal neu anfangen. Die Männer in den Minen waren nicht zimperlich, ihnen konnte er helfen, wenn sie sich verletzt hatten.

Aber jetzt lag eine zarte Frau vor ihm – mit einer Kugel in der Brust! Die Gier nach einem Schluck Gin stieg in McAllister auf, er schluckte und griff nach dem Wasserglas, das neben dem Krankenbett stand, leerte es in einem Zug.

Leise klopfte es, ein junger Bursche reichte die Arzttasche herein und machte gleich, dass er wieder davonkam.

»Wer kann mir assistieren?« Fragend blickte der Arzt erst Hannah, dann Betty Cleveland an.

»Das mache ich«, entschied Betty.

»Dann gehen die anderen bitte hinaus.«

Zögernd nur kamen Hannah und Frederic der Aufforderung nach, doch sie sahen ein, dass der Arzt recht hatte.

McAllister breitete zunächst ein weißes Laken über dem kleinen Nachttisch aus, legte einige Instrumente darauf und wandte sich dann an Karoline.

»Sie können mich hören, nicht wahr?«

Nur langsam, wie in Trance, öffnete Karoline die Augen und sah ihn verständnislos an. »Ja ... Aber warum ...«

»Gut, wenn Sie mich verstehen können. Ich bin Arzt, Dr. McAllister. Sie sind verletzt, meine Liebe, und ich werde jetzt versuchen, die Kugel aus Ihrem Körper zu schneiden.« Er zögerte, dann fuhr er fort: »Leider habe ich kaum etwas hier, womit ich Sie betäuben könnte. Nur ein wenig Äther ... ob es reicht, weiß ich nicht. Sie sind also bereit?«

Hilfesuchend sah sich Karoline um. Als ihr Blick an der rothaarigen Hotelbesitzerin hängenblieb, streckte sie die Hand nach Betty aus.

»Ganz ruhig, Kindchen, das machen wir schon.« Betty lächelte aufmunternd. »Ich werde dem Doktor auf die Finger schauen, versprochen. Und Ihnen werde ich, wenn es notwendig sein sollte, einen doppelten Brandy einflößen. Der ist fast so gut wie eine Narkose.«

»Ich versuche erst mal, mit einer Pinzette die Kugel herauszuholen.« Konzentriert beugte sich der Arzt über seine Patientin. Seine Finger zitterten kaum merklich, als er sich abmühte, die Kugel zu fassen. Doch es gelang nicht, nur die Blutung verstärkte sich, und er hatte Mühe, sie mit Mullkompressen zu stoppen.

»So geht es nicht. Ich muss einen Hautschnitt machen. Sie sind damit einverstanden?«

Karoline wollte antworten, doch es war unendlich mühsam, Worte zu formen. Sie fühlte sich so elend wie nie zuvor im Leben. Schmerzen quälten sie, aber da war auch eine dumpfe Angst in ihr. Angst, nie wieder von hier fortzukommen. Sie seufzte auf und wollte aufstehen, sie wollte fliehen, heimlaufen nach *Hopeland*. Aber ... es ging nicht. Mit einem wehen Laut sank sie zurück und verlor erneut das Bewusstsein.

»Drei Tage hält das Fieber jetzt schon an.« Hannah sah sorgenvoll zu ihrem Mann hoch. »Ich weiß nicht, was ich noch machen soll. Wadenwickel helfen nicht, und die Medizin, die Dr. McAllister vorbeigebracht hat, nutzt auch nichts.«

Frederic zuckte hilflos mit den Schultern. »Ich weiß auch keinen Rat mehr. Hier, an diesem gottverlassenen Ort, wird uns keine Hilfe zuteil werden. In Kapstadt oder auf *Hopeland* sähe alles anders aus.«

Karoline stöhnte unterdrückt auf, sie warf den Kopf mit dem verschwitzten Haar hin und her. Unruhig glitten ihre Hände über die Bettdecke.

»So geht es seit Stunden.« Hannah hatte Tränen in den Augen. »Manchmal ruft sie auch nach den Kindern – und nach David.«

»Wenn er nur hier wäre!« Frederic trat ans Fenster und sah hinaus auf die staubige Straße. Pferdefuhrwerke ratterten hinüber zu dem Hügel oder dem Fluss, die das diamanthaltige Gestein in sich bargen. Täglich kamen mehr Menschen her, um ihr Glück zu versuchen. Kaum jemand machte sich die Mühe, solide Gebäude aufzurichten. Am Ortsrand standen fast nur noch ärmliche Hütten.

»Ich habe ab morgen kaum noch Zeit für euch«, sagte Frederic wie zusammenhanglos. »Der Diamantenhändler kommt wieder einmal her, wie ich schon berichtete. Ich bin sicher, dass er mir einen sehr guten Preis für meine Steine machen wird. Sie sind von außerordentlicher Größe. Eine Rarität, denke ich«, fügte er stolz hinzu.

»Ach, du mit deinen albernen Steinen!« Hannah sah ihn zornig an. »Nur deshalb sind wir in einer so unglückseligen Lage!«

»Ich bitte dich, meine Liebe, das stimmt so nun wahrlich nicht.« Frederic drehte sich um und kam zum Bett zurück. Eine Weile stand er am Fußende und schaute auf Karoline hinab, deren Bewegungen immer unruhiger wurden. Schon seit dem frühen Morgen schien sie in Traumbildern gefangen. Plötzlich richtete sie sich auf, streckte die Hände nach Frederic aus und rief: »David! Du bist da! David!« Ihr Blick war starr, Schweißperlen standen auf der Oberlippe. Das blonde Haar klebte in feinen Strähnen an ihrer Stirn.

Schockiert trat Frederic einen Schritt zurück. Aber im nächsten Moment hatte er sich gefangen. »Vielleicht ist das die Rettung«, murmelte er.

»Was meinst du?«

»David Bernhard. Sie ruft doch nach ihm. Wenn er hier wäre ... wenn sie seine Nähe spüren könnte, wäre das sicher hilfreich.«

Über Hannahs müdes Gesicht glitt ein Lächeln. »Da

könntest du recht haben«, meinte sie. »Sie liebt David immer noch, egal, was er ihr auch angetan haben mag. Woran ich sowieso nicht glaube.« Sie stand auf und trat neben Frederic. »Lass ihn herholen«, bat sie eindringlich. »Schick einen Boten nach *Hopeland.*«

20

Samtdunkle Nacht senkte sich über die Stadt. Wie ein großer grauer Riese wachte der Tafelberg über Kapstadt und seine Bewohner. Vor dem Gouverneurspalast hielten vier Soldaten Wache, sie salutierten, als ein ranghoher Offizier in goldbetresster Galauniform das Gebäude verließ und in eine bereitstehende Kutsche stieg.

In den Straßen flackerten die ersten Laternen auf und beleuchteten die hell getünchten Häuser und die Büsche und Bäume in den gepflegten Gärten. Auch das Stadthaus der Familie Ruhland wurde von Laternen erleuchtet, die gleich neben dem Eingang standen. Die breite Auffahrt hin zu dem Stall, in dem Kutschen und Pferde ihren Unterstand hatten, war ebenfalls von Lampen erhellt.

»Lasst das Licht am Eingang brennen«, befahl Mathew Browling, als er, im eleganten Frack und mit Zylinder auf dem Kopf, das Haus verließ. »Es wird gewiss spät werden.«

»Sehr wohl, Mister Browling.« Die alte Zita – seit vielen Jahren stand sie dem Personal im Stadthaus vor – nickte und schloss hinter dem Hauslehrer die Tür.

Jedoch trat sie gleich darauf an ein Fenster und spähte neugierig zur Straße. Dort stieg Mathew Browling soeben in eine Lohnkutsche.

»In die Strand Street, bitte. Zum Koopmans-De Wet House«, befahl Mathew dem Kutscher. Mit einem zufriedenen Lächeln auf den Lippen lehnte er sich dann in den Lederpolstern zurück. Endlich einmal eine angenehme Abwechslung in seinem öden Alltag!

Er tastete in die Jackentasche, wo sich eine Rolle mit Geldscheinen befand. Richard, ein Angestellter von Maria De Wet, hatte ihm nicht ganz eigennützig die Einladung für den heutigen Abend beschafft. Dreißig Pfund Sterling hatte er verlangt!

»Das ist es mir wert«, murmelte Mathew vor sich hin. Denn ihn erwartete nicht nur ein exzellentes Dinner, sondern auch eine bedeutende Kunstausstellung. Maria Koopman-De Wet, die Hausherrin, gehörte zur besten Gesellschaft der Stadt. Wer bei ihr eingeladen war, zählte zur Crème de la Crème Die elegante junge Frau war nicht nur Kunstmäzenin, sie engagierte sich auch politisch, und so waren Diplomaten ebenso eingeladen wie Geschäftsleute, Musiker und Maler.

Mathew Browling, der einst mit viel Enthusiasmus ein Kunststudium begonnen hatte, war schon lange nicht mehr bestrebt, seine Zeichen- und Malkunst zu vervollkommnen. Als Landschaftsmaler hatte er sich einen Namen machen wollen – lange war das her! Seit fast zwei Jahren hatte er keinen Pinsel mehr in die Hand genommen. Das letzte Bild, an dem er sich versucht hatte, war ein Porträt von Hannah gewesen. Das Resultat war höchst unbefriedigend gewesen – vielleicht weil seine Liebe zu der blonden jungen Frau mit Füßen getreten worden war.

Nun, es gab andere Möglichkeiten, von sich reden zu machen! Und – es gab noch viele schöne, wohlhabende Frauen, um die es sich zu bemühen lohnte! Der heutige Abend war eine Gelegenheit, solch eine junge Dame kennenzulernen.

Mit einem ironischen Lächeln auf den Lippen stieg er vor dem Haus der Familie Koopman-De Wet aus. Ein paar Herzschläge lang blieb er stehen und sah zu der neoklassizistischen Fassade hoch, die eine der elegantesten der ganzen Stadt war. Zwei Säulen flankierten den Eingang, die hohe Fensterfront war beeindruckend. Als zwei weitere Kutschen vorfuhren, beeilte er sich, ins Gebäude zu kommen.

Richard, den er vor Monaten in einem Lokal am Hafen kennengelernt hatte, stand etwas abseits an einem Türbogen. In dem angrenzenden Raum wurde die Garderobe der Gäste aufbewahrt.

»Mister Browling! Es ist ein Vergnügen, Sie hier zu sehen.« Mit öligem Lächeln kam der hagere, etwa vierzig Jahre alte Mann auf Mathew zu. Während sie sich die Hände schüttelten, wechselte eine Geldrolle den Besitzer. »Amüsieren Sie sich – und genießen Sie den Abend. Wir sehen uns später.«

Mathew nickte nur und ging in den angrenzenden Raum, in dem schon etliche der Gäste zusammenstanden und von den angebotenen Getränken nahmen. Drei schwarze junge Mädchen reichten, auf Silbertabletts angerichtet, delikate Häppchen herum.

Da er niemanden kannte und so wenig wie möglich auffallen wollte, schlenderte Mathew von Raum zu Raum. Er war überrascht, wie geräumig das Gebäude war, denn von außen wirkte es nicht allzu groß. Es war, so hatte er erfahren, schon 1701 errichtet worden und gehörte immer noch zu den schönsten privaten Gebäuden der Stadt. Von außen war es schon von seltener Eleganz, innen zeugten sowohl die wertvollen Möbel als auch die vielen Silbersachen und Kunstgegenstände aus Glas und edlem Delfter Porzellan vom Reichtum der alteingesessenen Kaufmannsfamilie.

Maria Koopman-De Wet, die Gastgeberin, war mit schlichter Eleganz gekleidet. Das zimtfarbene Kleid betonte ihre schlanke Gestalt, das dezente Dekolleté war nur mit einer schmalen Spitze verziert; so kamen die kostbaren schwarzen Perlen, die auf ihrer Haut schimmerten, besonders gut zur Geltung. Lange Ohrringe, aus Perlen und Diamanten, zogen manch bewundernden Blick auf sich.

Charmant plaudernd ging die Hausherrin von einem zum anderen und machte die Gäste auf einige herausragende Exponate aufmerksam.

Der heutige Abend war ganz den italienischen Künstlern gewidmet. An den Wänden hingen, besser anzuschauen als in jedem Museum, Werke von Tizian, Belotto, Canaletto und sogar zwei Werke von Botticelli.

»Venedig ... eine wundervolle Stadt.« Eine ältere Lady in violetter Robe stellte sich neben Mathew und sah bewundernd zu einem Bild von Canaletto hin, das, wie so viele Werke des Malers, eine Ansicht von Venedig darstellte. »Das ist die Piazza San Marco mit dem Dogenpalast.« Die Engländerin hob ihr Lorgnon und schaute sich das Bild intensiver an. »In meiner Jugend war ich dort ... ach, was waren das Zeiten!« Ein rascher Blick streifte Mathew.

»Ja, eine Stadt voller Wunder«, beeilte er sich zu versichern. »Ich beneide Sie darum, dass Sie alles in natura anschauen konnten.«

»Ja, mein Gemahl, Gott hab ihn selig, hat viele Reisen mit mir unternommen. Die letzte führte hierher, ans Kap der Guten Hoffnung. Es war seine letzte diplomatische Mission.«

»Sehr bedauerlich.« Mathew verbeugte sich und sah sich diskret um. Er hatte wahrlich keine Lust, der Engländerin länger Gesellschaft zu leisten.

Zum Glück entdeckte sie soeben einen stattlichen Herrn, der mit Orden geschmückt war, und eilte lächelnd auf ihn zu. »Mein lieber Baron Wodehouse! Welche Freude, Euch zu sehen, John! Bisher hatte ich noch nicht die Möglichkeit, Euch zu gratulieren. Earl of Kimberley ... das ist eine hohe Auszeichnung.«

Der distinguiert wirkende Herr mit der hohen Stirn und dem dunklen Kinnbart verbeugte sich leicht. »Ich danke, Lady Dorothee. Ja, Ihre Majestät war sehr gütig.«

Mathew blieb ein paar Schritte entfernt stehen und hörte zu. So erfuhr er, dass der Earl of Kimberley von der englischen Königin vor kurzem zum Lordsiegelbewahrer ernannt worden war. Es ist schon beeindruckend, wer hier alles verkehrt, sinnierte er. Langsam schlenderte er weiter, bewunderte aufrichtig die ausgestellten Bilder, genoss zwischendurch ein paar Delikatessen und den exzellenten Wein. Dem Motto des Abends entsprechend gab es keinen südafrikanischen, sondern italienischen Wein.

Keinen Gedanken verschwendete Mathew an Victor und Charlotte. Seine Schutzbefohlenen hatte er in der Obhut der alten Josy gelassen, die sich gewiss verantwortungsvoll um die Kinder kümmern würde.

»Ich muss dringend für drei Tage in die Stadt«, hatte er erklärt. »Sicher wirst du die beiden gern betreuen.«

Er hatte gar nicht gefragt, ob Josy einverstanden war, sondern ihre Zustimmung vorausgesetzt.

Als die letzten Gäste sich verabschiedeten, ging auch Mathew. Die Gastgeberin reichte ihm freundlich die Hand und sagte: »Ich hoffe, Sie haben sich gut unterhalten.«

»Es war ein großes Vergnügen für mich.« Er zog ihre Hand an die Lippen. »So viele hervorragende Kunstschätze kann man nur selten bewundern. Mein Kompliment, Madame.«

Maria Koopmans-De Wet neigte lächelnd den Kopf. Derartige Komplimente hatte sie mehrfach an diesem Abend gehört. Es bedeutete ihr nicht viel. Wichtiger war es ihr, den Menschen die Augen für derlei Schönheiten zu öffnen.

Richard stand an der Tür und winkte die wartenden Kutschen heran. Als Mathew an ihm vorbeiging, sagte er leise: »In einer halben Stunde kann ich von hier fort, dann ist sicher der Letzte gegangen. Warte auf mich im *Red Lion*.«

»Ist gut.« Mathew verzichtete darauf, sich eine Lohndroschke zu rufen. Die Nacht war mild, es würde ihm guttun, bis zum Hafen zu laufen.

Eine gute halbe Stunde brauchte er bis zu seinem Ziel. Das *Red Lion* war noch vor Jahren eine einfache Schänke gewesen, in der Matrosen einkehrten und dort ihr Vergnügen suchten. Seit einiger Zeit war das schlichte Wirtshaus allerdings umgebaut worden. Die breiten, grob geschliffenen Holztische waren kleinen runden Lacktischen gewichen, die von Samtfauteuils umstanden waren. Es gab im hinteren Bereich eine Bühne, auf der jeden Monat neue Künstlerinnen auftraten. Ihr Können bestand in erster Linie darin, sich freizügig zu zeigen, zu tanzen und später die Gäste zu unterhalten.

Links neben der Bühne hing ein verblichener roter Vorhang, er verbarg eine Tür, die in ein großes Séparée führte. Ein Roulettetisch stand hier, man konnte zudem Black Jack spielen und würfeln. Seit Mathew Browling zum ersten Mal mit Richard hier gewesen war, zog es ihn immer wieder in den Spielsaal. Dreimal bereits hatte er gewonnen, jeweils einen Betrag, der seinen Lohn als Hauslehrer um vieles überstieg. Beim letzten Mal allerdings hatte er alles verloren.

Heute werde ich wieder gewinnen, sagte er sich, als er, an zwei leichtbekleideten Tänzerinnen vorbei, in den nur spärlich erhellten Raum ging. Gerade hatte er sich einen Drink bestellt, als Richard erschien.

»Wir können gleich mit dem ersten Spiel beginnen«, sagte der hagere Engländer und zog das Geldbündel, das Mathew ihm einige Stunden zuvor zugesteckt hatte, aus der Tasche. »Ich denke, heute sollten wir pokern.«

»Einverstanden.« Mathew Browlings Finger zitterten leicht, als er in seine Brieftasche griff und ein paar Scheine herauszog. Sein Blick streifte die Mitspieler – einen alten, spitznasigen Holländer, zwei Engländer und einen breitschultrigen Fremden, der nach Tang und Fisch roch, obwohl er einen grauen Anzug trug. Richard schien ihn zu kennen, denn die beiden begrüßten sich mit kumpelhaftem Schulterklopfen.

Während des Kartenspiels wurde allerdings nur das Nötigste gesprochen. Richard verlor schon bald alles Geld und erklärte: »Ich gehe nach vorn. Und du?« Fragend sah er Mathew an. Der schüttelte den Kopf. »Ich komme später nach.« Er hatte gerade die Glückssträhne, die er sich erhofft hatte.

Als er in der ersten Morgendämmerung das *Red Lion* verließ, hatte er fast fünfhundert Pfund gewonnen, ein immenses Vermögen.

»Das müssen wir feiern!« Richard legte ihm den Arm um die Schultern. »Ich weiß auch schon, wo.« Er zog seinen Begleiter weiter in Richtung Hafen. »Ich kenne ein paar Mädchen, die sich freuen werden, wenn wir jetzt noch kommen.« Er grinste Mathew an. »Wie kann man einen solchen Gewinn besser feiern als in den Armen einer schönen Frau?«

»Wunderbar! Du hast die besten Ideen, mein Freund.«

Richard Hurlington grinste. Wenn du wüsstest, wie gut meine Ideen immer sind, dachte er. Ohne Umwege brachte er Mathew zu einem Bordell, das ihm seit Jahren gehörte. Hier wurde den Männern nicht nur Freude bereitet. Immer wieder kam es vor, dass Fremde, die über gewisse Mittel verfügten, spurlos von hier verschwanden. Richard und seine Geliebte, die rothaarige Jane, besaßen keinerlei Skrupel, wenn es galt, die Besucher des eleganten Freudenhauses um Geld – und oft auch um ihr Leben zu bringen.

Mathews Euphorie in dieser Nacht war grenzenlos. Heute, das hatte er von Anfang an gewusst, war sein Glückstag! Ohne zu zögern, folgte er Richard in das schmale Haus, über dessen Tür eine kleine rote Lampe brannte.

Zwei junge Schwarze, nur mit dem Nötigsten bekleidet, umarmten ihn gleich zur Begrüßung. Er spürte die Lippen der einen auf seinem Mund, sah, wie die andere ihre Bluse weiter öffnete und ihm einen Blick auf ihre kaffeebraune, seidig schimmernde Haut erlaubte.

Sein Herzschlag beschleunigte sich, das Blut geriet in

Wallung. Willenlos ließ er sich von den beiden Huren mitziehen. Sie führten ihn in ein mit roter Seidentapete ausgekleidetes Zimmer, das von einem breiten Bett beherrscht wurde. Lachend zogen sie ihn auf die Seidenlaken, und während die eine ihn mit ihren Küssen verwöhnte, begann ihn die andere geschickt zu entkleiden. Seine Jacke, die Hose, das elegante Seidenhemd – alles fiel achtlos zu Boden.

Mathew kümmerte es nicht. Er gab sich ganz dem sinnlichen Rausch hin, der ihn erfasst hatte. Die Lippen der beiden Mädchen waren überall auf seinem Körper, sie bereiteten ihm höchste Lust, und er konnte nicht anders, als sie laut herauszuschreien – was seine Gespielinnen mit begeistertem Kichern quittierten.

Als sich die Tür öffnete und ein zartes, rothaariges Geschöpf mit grünen Augen hereinkam, stockte ihm beinahe der Atem. Die junge Frau war nackt – bis auf eine mit Federn besetzte Maske, die ihr halbes Gesicht verbarg.

»Man sagte mir, dass sich heute ein ganz besonderer Freund zu uns begeben hätte«, sagte sie, und ein gutturales Lachen begleitete die Worte, während sie die beiden Mulattinnen mit einer knappen Handbewegung zur Seite scheuchte. »Bist du bereit für ein besonderes Spiel, mein Süßer?«

»Ja.« Mathews Stimme klang heiser vor Erregung. Er streckte die Hand nach der schönen Maske aus, doch diese schüttelte den Kopf, dass die rotblonde Lockenmähne in wogende Bewegung geriet.

»Nicht anfassen«, sagte sie. »Noch nicht.« Und dann begann sie, ihn zu streicheln – so intensiv, dass der Mann das Gefühl hatte, jeden Moment zu explodieren.

»Bitte … lass mich …«, bettelte er.

Sie lachte, dann setzte sie sich auf ihn, begann sich erst langsam, dann immer schneller auf ihm zu bewegen.

»Hast du Lust auf Champagner?« Kleine perlende Tropfen fielen auf seine Brust, wurden von weichen Lippen aufgenommen. Wenn er gedacht hatte, seine Erregung ließe sich nicht steigern, wurde er so eines Besseren belehrt. Dann wurde ihm das Glas an die Lippen gesetzt.

Sein Mund war wie ausgedörrt, er trank den vergifteten Champagnerkelch in einem Zug leer. »Gut, mein Süßer. Und jetzt …« Weiches Haar nahm ihm die Sicht, er merkte nicht, dass Richard eintrat, seine Kleidung samt Geld nahm und mit den Mulattinnen und dem Maskenmädchen das Zimmer wieder verließ.

Mathew Browling merkte gar nichts mehr in diesem Leben. Es war ein süßer Tod, den ihm die diebischen Huren schenkten.

21

Diese Bergkette dehnt sich ja endlos aus!« Verzweifelt sah David Bernhard zu den Karee-Bergen hin, die von vor Hitze flirrender Luft umgeben waren. Die Sonne brannte unbarmherzig vom Himmel, die Pferde stolperten mühevoll voran.

»Wir sollten zwei, drei Stunden Pause machen«, mahnte Gerry. Der breitschultrige Schwarze ritt einen hochbeinigen Falben, der besonders ausdauernd war.

Doch auch dieses Pferd war völlig erschöpft, so wie Davids Apfelschimmel.

Gerry, der Leibwächter von Betty Cleveland, hatte es übernommen, nach *Hopeland* zu reiten und David Bernhard von der schweren Erkrankung der Gutsherrin zu informieren. Er war ein schweigsamer Mann, doch Betty treu ergeben. Vor Jahren hatte sie ihm das Leben gerettet, als er von drei betrunkenen Weißen verprügelt worden war. Sie ließen auch nicht von ihm ab, als er, blutend und mit zerschlagenen Gliedern, auf der Erde lag. Betty, damals gerade Witwe geworden, hatte die drei Angreifer mit einer Schrotflinte vertrieben und sich dann wochenlang um den Verletzten gekümmert. Das würde er ihr ewig danken.

»Traust du dich, durch den Oranje zu schwimmen?« Fragend sah Gerry zu David hin, der sein Pferd zu einem Felsvorsprung lenkte, der ein wenig Schatten bot.

»Natürlich.« David sah ihn stirnrunzelnd an. »Warum fragst du?«

»Wenn dein Gaul ebenso gut schwimmt wie mein *Devil*, ist alles in Ordnung. Dann können wir es riskieren, den Fluss weiter östlich zu überqueren. Das spart Zeit.« Er zog eine Flasche vom Sattel, trank einen Schluck und ließ dann Wasser in die hohle Hand fließen. Davon gab er seinem Pferd zu saufen.

»Und – der normale Weg? Wie wäre der?« David tat es ihm gleich, dabei musste er sich beherrschen, nicht die ganze mitgeführte Flüssigkeit auszutrinken. Seine Kehle war wie ausgedörrt, er hatte sogar schon ein paar reife Kakteenfrüchte gegessen, um den Durst zu löschen.

Gerry zuckte mit den Schultern. »Es gibt eine Furt im

Norden, dort rasten immer wieder Händler und Farmer, bevor sie weiterziehen. Aber wenn du schwimmen kannst, kürzen wir ab.«

»Einverstanden.« David ließ sich auf einem sonnenwarmen Felsen, der jetzt im Schatten lag, nieder und schloss die Augen. »Eine Stunde«, murmelte er erschöpft. »Eine Stunde muss ich mich ausruhen, dann geht es weiter.«

Als er erwachte, stand die Sonne bereits tief im Westen. Die Bergkette war in ein rotgoldenes Licht getaucht. Als David aufsprang, warf seine Gestalt einen langen Schatten.

»Gerry, warum hast du mich nicht geweckt?« Mit langen Sätzen hetzte er auf den Schwarzen zu, der ihm, ohne auf die Beschimpfung einzugehen, die mit frischem Wasser gefüllte Flasche entgegenhielt.

»Trink und iss ein paar von den Kakteen zum Dörrfleisch. Ich hab mich umgesehen – wenn wir bis Mitternacht durchreiten, sind wir morgen Mittag in New Rush.«

Ungläubig sah ihn David an. »Glaubst du das wirklich?«

Gerry nickte. »Ich kenne die Gegend aus meiner Kindheit. Wir lebten damals in einer kleinen Siedlung am Fuß der Berge. Mein Vater und mein Onkel besaßen Viehherden. Aber ... wir wurden von den Buren vertrieben. Sie stahlen erst unser Vieh, dann erschlugen sie meinen Onkel.« Er atmete ein paarmal tief durch, ehe er ruhig weiterredete: »Mein Vater und meine Mutter zogen weiter gen Osten. Ich blieb dort, bis sie starben. Dann kam ich zurück.«

»Du wolltest Rache.«

»Ja, aber ...« Er zuckte mit den Schultern. »Dann

traf ich Missis Cleveland – und blieb bei ihr.« Genaueres sagte er nicht, und David fragte nicht nach. Hastig aß er ein paar Bissen des Dörrfleisches, dazu drei von den Kakteenfrüchten. Dann drängte er Gerry, weiterzureiten.

Mit der einsetzenden Dämmerung kam auch leichter Wind auf. Das Reiten war angenehmer als am Tag, und es war wirklich so, wie Gerry es gesagt hatte: Gegen Mittag des folgenden Tages erreichten sie New Rush!

»Dear heaven«, murmelte David und sah über die sich bis zum Horizont ausbreitende Zeltstadt hinweg. »Das ist … unglaublich.«

Gerry wies zu dem Hügel, auf dem, wie Ameisen, Hunderte von Männern mit Hacken und Schaufeln nach Diamanten gruben. »Es werden von Tag zu Tag mehr«, meinte er lakonisch. »Hütten werden kaum noch gebaut, die Männer hausen in Baracken oder unter einfachen Planen.«

Dass es an vielem, vor allem an sanitären Einrichtungen mangelte, merkte man, je näher man dem Stadtkern kam. Es stank erbärmlich, denn Abfälle und Abwässer wurden bedenkenlos auf den Straßen und Gassen entsorgt. Ein paar Männer zogen Karren mit Unrat hinter sich her, sie brachten für ein geringes Entgeld alles zu einer Sammelstelle im Norden; dort kreisten Geier am Himmel und streunten Hyänen herum.

»Und hierher hat sie sich geflüchtet«, murmelte David entsetzt. »Wo ist sie, Gerry?«

»Drüben in dem hellgelb getünchten Haus.« Gerry gab seinem Falben die Sporen. »Komm hier weg.« Aus den Augenwinkeln heraus hatte er eine Gruppe zerlumpter Gestalten bemerkt, die sich hinter einem Schuppen zusammengerottet hatten. Die beiden Männer auf den gutgenährten Pferden schienen ihnen leichte Beute zu sein.

Vor dem Diamond Hotel stand eine Kutsche, ein halbwüchsiger Mulatte saß auf dem Bock, ein Gewehr in der Hand, und bewachte das Gefährt.

»Der Doktor ist im Haus«, sagte Gerry. »Warte lieber, bis er fort ist. Er … er hasst die Schwarzen.«

»Das schert mich nicht.« David sprang aus dem Sattel und warf Gerry die Zügel zu. »Kümmere dich drum«, bat er und hetzte mit langen Sätzen die Stufen zum Eingang hoch.

In der Halle kam ihm eine rothaarige Frau entgegen. Das grüne Seidenkleid raschelte zart, als sie auf ihn zueilte. »Sie sind David, nicht wahr?«

»Ja.«

»Dann rasch – kommen Sie mit.«

Die rothaarige, recht füllige Person stieg unerwartet behende die Treppe ins erste Stockwerk hinauf, führte David Bernhard einen langen, mit einem roten Teppich ausgelegten Flur entlang und blieb vor einer Tür stehen. »Seien Sie leise – und sehr behutsam. Sie fiebert stark, laute Geräusche erschrecken sie.«

»Ja … danke.« Er nickte der Frau, von der er annahm, dass ihr das Haus gehörte, zu. Als er anklopfen wollte, schüttelte sie den Kopf und drückte vorsichtig die Klinke nieder.

»Gehen Sie zu ihr, der Arzt ist gerade gegangen.« Sie schob David, der nur zögernd einen Fuß vor den anderen setzte, ins Zimmer.

Das Erste, was er sah, war Hannahs blasses Gesicht, in dem die Augen, von dunklen Schatten umgeben, brannten. Sie saß dicht neben dem Bett, hatte soeben eine kühlende Kompresse von Karolines Stirn genommen. Noch hielt sie das Leinen in der Hand, doch achtlos warf sie den weißen Streifen fort, als sie David bemerkte.

»Endlich, David!« Sie streckte ihm beide Hände entgegen, die er für einen flüchtigen Moment ergriff und sanft küsste.

»Ich bin gekommen, so rasch es ging, Missis Horseley.« Sein Blick ging zum Bett – und ein Laut des Entsetzens kam über seine Lippen, als er Karoline sah. Das stets golden schimmernde Haar lag ihr in feuchten Strähnen um den Kopf, ihre Wangen waren rot vom Fieber. Kleine Schweißtropfen standen ihr auf der Stirn. Die Lippen, die er so oft geküsst hatte, waren rissig und schienen blutleer zu sein.

»Meine Liebste!« Ungeachtet der Tatsache, dass sie nicht allein waren, sank er neben dem Bett auf die Knie, griff nach Karolines rechter Hand und zog sie an die Lippen. Zart glitt sein Mund über die einzelnen Finger, er spürte das Zucken, doch als er aufsah, hatte Karoline die Augen immer noch geschlossen.

»So liegt sie seit dem frühen Morgen«, sagte Hannah leise. »Der Arzt meinte, er sei am Ende seiner Kunst. Ihr Körper müsse sich jetzt selber helfen.«

»Ein Quacksalber«, murmelte David, dann beugte er sich tiefer über die Kranke, zog sie aus den Kissen auf und wiegte sie in seinen Armen sacht hin und her. Dabei murmelte er Koseworte in ihr Ohr.

Ob Karoline ihn hörte? Ob sie seine Nähe spürte?

Niemand wusste es, doch es schien so, als würde die Kranke ruhiger. Ihr Atem normalisierte sich, die Hände, die voller Unruhe über die Bettdecke geglitten waren, so, als suchten sie etwas, lagen jetzt still.

»Wenn es Ihnen nichts ausmacht, gehe ich kurz hinüber in mein Zimmer und mache mich frisch.« Hannah stand auf und richtete mit müden Bewegungen ihr Haar. Einige Nadeln und Kämme hatten sich gelöst, in lockigen Strähnen fielen ihr die Haare über die Schultern. Seit dem gestrigen Nachmittag wachte Hannah bei der Freundin, sie war müde und erschöpft.

»Sie können sich gern ausruhen. Ich bleibe – wenn es möglich ist«, fügte David zögernd hinzu.

»Danke.« Hannah nickte ihm zu. »Ich bin sicher, dass Sie für Karoline die beste Medizin sind.«

Der große Mann nickte nur. In seinem Gesicht arbeitete es, die Wangenknochen mahlten, man sah ihm an, wie aufgewühlt er war. Doch erst als er mit Karoline allein war, ließ er seinen Gefühlen freien Lauf. Er beugte sich über die Fiebernde und küsste sie, murmelte dicht an ihren Lippen immer wieder: »Ich liebe dich, meine Schöne. Ohne dich ist mein Leben nichts wert. Verlass mich nicht, Karoline, mein Alles.«

Erst als die Schatten des Tages länger wurden, als sich die Dämmerung über die Stadt senkte, spürte er, dass Karoline noch ruhiger wurde als bereits am Nachmittag. Leise kam die Hotelbesitzerin zweimal ins Zimmer, sie brachte ihm Kaffee und einen Teller mit kaltem Fleisch und Brot.

Der Abend brach herein, die Diamantsucher kehrten in ihre bescheidenen Unterkünfte zurück. Etliche suchten Zerstreuung in den Schänken, die sich ebenso rasch in der Stadt ausbreiteten wie die Zelte und Baracken der Männer, die hier in New Rush ihr Glück machen wollten.

Auch im Diamond Hotel ging es jetzt lebhafter zu. Im angrenzenden Wirtshaus wurde gegessen und getrunken, dabei drehten sich die Gespräche fast ausschließlich um Schürfrechte und herausragende Funde. In einem kleinen, abgeteilten Nebenraum saßen drei Händler und begutachteten die Steine, die man ihnen vorlegte.

Betty Cleveland hatte kaum noch Zeit, sich um Karoline zu kümmern, sie war in der Hotelhalle ebenso präsent wie im angrenzenden Schankraum. Nichts entging ihr, und sobald einer der Männer zu randalieren begann, winkte sie Gerry und zwei andere Burschen herbei, die den Ruhestörer entfernten.

Es war schon spät, als Doktor McAllister das Diamond Hotel durch einen Seiteneingang betrat. Der hagere Arzt schwankte leicht, als er die Treppe zum ersten Stock hinaufging. Seine Arzttasche schlug gegen das Holz, er fluchte unterdrückt, als das alte Schloss aufsprang. Ein Hörrohr und zwei Zangen fielen auf den Boden.

Hannah, die sich ausgeruht hatte und nun auf der anderen Seite von Karolines Bett saß, runzelte die Stirn. »Was ist denn da draußen los?« Sie stand auf und öffnete die Tür einen Spaltbreit. »Doktor McAllister! Sie sind spät!« Vorwurfsvoll sah sie ihn an. »Und Sie sind nicht mehr nüchtern! Wollen Sie vielleicht in diesem Zustand zu Ihrer Patientin?«

»Warum nicht? Ich bin ganz klar.« Er schob Hannah einfach beiseite.

David Bernhard war beim Eintritt des Arztes aufgestanden. Er überragte Dr. McAllister um einen halben Kopf. Noch bevor er ein Grußwort sagen konnte, brüllte der Arzt los:

»Was will denn dieser Wilde hier? Raus mit dir, Kerl, ehe ich dir eins auf den Pelz brenne!« Drohend ging er ein paar Schritte auf David Bernhard zu.

»Aber Herr Doktor ... was soll das?« Irritiert wich David einen Schritt zurück.

»Du dreckiger Bastard, raus mit dir!« Wild fuchtelte der Arzt mit den Händen durch die Luft. »Rühr meine Patientin nur nicht an, sonst lass ich dich auspeitschen wie einen räudigen Hund!«

»Doktor McAllister, Sie vergessen sich!« Hannah trat vor David und sah den betrunkenen Arzt zornig an. »Was sollen diese Beschimpfungen? Mister Bernhard ist ein guter Bekannter von uns ... er hat jedes Recht, hier zu sein.«

»Er oder ich!« Der Arzt ließ seine Tasche fallen und ging zum Bett. »Ich weigere mich, die gleiche Luft zu atmen wie dieser dreckige Neger!«

Hannah blieb vor Empörung die Luft weg. Kopfschüttelnd sah sie von einem zum anderen.

»David ...« Karoline, von den lauten Stimmen aufgeweckt, streckte die Hand nach David Bernhard aus. »Du ...«

Sofort wandte der Mann seine ganze Aufmerksamkeit der Kranken zu. Liebevoll beugte er sich über sie und nahm ihre Hand. »Ich bin da, hab keine Angst, alles wird gut.«

»Aber du ... du hast ... Nelly ...« Sie brach ab, ein weher Laut kam über ihre Lippen, dann sank ihr Kopf zur Seite.

»Kerl, was erdreistest du dich?« Dr. McAllister wollte sich auf David stürzen, doch Hannah hielt ihn mit aller Macht am Arm zurück.

»Sie wissen nicht, was Sie tun, Doktor. Gehen Sie, und kommen Sie erst wieder, wenn Sie Herr Ihrer Sinne sind.« Ruhig, doch sehr bestimmt klang ihre Stimme.

»Ach, Sie halten es wohl auch mit den vermaledeiten Schwarzen! Pack ist das, gemeines, blödes Pack!« Er drehte sich um und taumelte aus der Tür. »Ihr könnt mich mal!«, schrie er mit sich überschlagender Stimme, dann polterte er die Treppe hinab. Seine Tasche stand noch auf dem Stuhl neben Karolines Bett, doch weder Hannah noch David Bernhard machten Anstalten, sie dem Arzt nachzubringen.

»Er ... er ist betrunken.« Verlegen sah Hannah zu David hin, der sich ans Fenster gestellt hatte. Starr blickte er hinaus in die Dunkelheit. Die Hände waren zu Fäusten geballt – das einzige Zeichen seiner inneren Erregung. »Sie sollten seine Worte nicht ernst nehmen.«

Langsam drehte sich David um. In seinem gutgeschnittenen Gesicht arbeitete es. »Doch, ich nehme sie ernst. Sehr ernst sogar. Es ist nicht das erste Mal, dass man mich wegen meiner Hautfarbe angreift.« Ein rascher Blick ging zu Karoline. »Und mir ist sehr genau bewusst, was das für die Zukunft bedeutet.« Er musste es nicht aussprechen, Hannah wusste, dass er auf ein gemeinsames Leben mit Karoline anspielte. Sie senkte den Kopf, denn auch sie gab dieser Liebe nicht die geringste Chance.

»Was wollen Sie jetzt tun?«, fragte sie leise.

»Erst einmal ist nur Karoline wichtig.«

Hannah nickte zustimmend. »Sie sollten jetzt in Ihr Zimmer gehen. Ich bin ausgeruht und werde bei Karoline wachen.«

»Nein, bitte nicht. Ich ... ich möchte bei ihr sein.«

»Gut, ganz wie Sie wollen.« Hannah nickte lächelnd. »Rufen Sie mich, wenn Sie Hilfe brauchen.«

Er nickte nur, dann setzte er sich neben das Bett und bewachte Karolines unruhigen Schlaf. Still wurde es auf den Straßen, nur ein paar Nachtschwärmer waren noch zu hören, ihr Lachen und Grölen verklang jedoch rasch. Von den nahen Bergen erklangen zwei Schüsse, ein paar Hunde bellten, erhielten Antwort von wilden Artgenossen, die sich im Abfall etwas Essbares zusammensuchten. Dann war es wieder still.

Die beiden dicken Kerzen, die an der Längsseite des Zimmers auf einem hohen Sideboard standen, waren herabgebrannt; nur noch die Lampe neben Karolines Bett spendete diffuses Licht.

»David …«

»Liebes!« Er nahm die Hand, die sie nach ihm ausgestreckt hatte, und hielt sie zärtlich fest. »Wie fühlst du dich?« Mit Erleichterung stellte er fest, dass Karoline nicht mehr so stark fieberte. Ihre Augen blickten klar, die Haut war nicht mehr so glühend heiß wie noch vor Stunden.

»Was … was machst du hier?« Ihre Stimme, die eben noch zärtlich seinen Namen gesagt hatte, klang spröde, die Finger in seiner Hand zuckten, so, als wolle sie sich seinem Griff entziehen.

»Karoline … wir müssen reden. Aber erst später, wenn du wieder gesund bist. Mein Herz, es gibt so vieles, das zwischen uns steht. Aber ich schwöre dir bei meinem Leben: Ich liebe dich. Dich allein!«

»Aber Nelly war bei dir!«

Er nickte. »Ja. Aber sie hat sich heimlich zu mir geschlichen, sie wollte wohl von dir entdeckt werden.« Für einen Moment wallte wieder Zorn in ihm auf, nur mit Mühe gelang es ihm, ruhig weiterzusprechen: »Nelly ist seit jener Nacht verschwunden.«

»Warum …« Mit wehem Blick sah Karoline ihn an.

David zog ihre Finger an die Lippen und küsste sie zärtlich. »Ich denke, dass irgendwer ihr befohlen hat, sich in mein Haus zu schleichen. Nenn es eine Intrige –

oder einen bösen Scherz. Wichtig ist mir nur eins: Du musst mir glauben, dass mir dieses Mädchen nichts bedeutet. Ich liebe nur dich, Karoline, dich allein!«

Wie wundervoll es war, ihm zuzuhören! Und wie gern sie ihm Glauben schenken würde ... Aber da war das Bild vor ihrem geistigen Auge, das sie nicht mehr losließ und sie bis in die Träume verfolgte: Nelly, die aus Davids Bett kam und sich dann leise verdrückte. Nelly, jung, leichtsinnig, lebenslustig ... und schwarz!

Schwarz wie er!

»Karoline, mein Liebling, ich flehe dich an, schau mir in die Augen.« Weich und wie ein Streicheln auf der Haut war seine Stimme. In ihrer Erinnerung stiegen Stunden voller Innigkeit und Leidenschaft auf. Stunden, in denen David ihr mit genau dieser Stimme geschworen hatte, sie zu lieben.

Und auf einmal war ihr, als zerreiße ein Schleier vor ihren Augen. Sie wusste plötzlich mit Bestimmtheit, dass sie das Opfer eines Komplotts geworden war.

»David, komm her.« Sie war zu kraftlos, um ihn zu sich zu ziehen. Aber da war er schon bei ihr, sie roch den vertrauten Duft seiner Haut – und es gab keine Zweifel, keine Tränen mehr. »Bring mich heim«, bat sie. »Bring mich zurück nach *Hopeland*.«

22

Sie ist schon wieder mit ihm unterwegs.« Victor Ruhland, vor einigen Tagen sechzehn Jahre alt geworden, sah aus zusammengekniffenen Augen den beiden Reitern nach, die in östliche Richtung das Weingut verließen. »Es ist so abstoßend! Und widerwärtig! Eine weiße Gutsbesitzerin und dieser … dieser Bastard!« Er spuckte aus.

»Lass das, es ist ungehörig.«

»Lass mich in Ruhe. Du bist wie sie.« Mit geringschätzigem Lächeln sah er seine jüngere Schwester an. »Steckst auch andauernd mit diesem Neger zusammen! Das ist ekelhaft, wenn du mich fragst!«

Charlotte biss sich auf die Lippen. Der Schmerz half, die Tränen zurückzuhalten, die ihr in die Augen steigen wollten. »Du bist gemein. Und ungerecht«, flüsterte sie. »Wir kennen Pandu doch schon eine Ewigkeit. Er versorgt die Pferde, bei ihm haben wir reiten gelernt … Warum soll ich nicht mit ihm reden?«

»Du bist dumm.« Victor, dem kein wirkliches Argument einfiel, rettete sich in diese Plattitüde. »Ich gehe in mein Zimmer«, erklärte er. »Übermorgen fahre ich zum Glück wieder nach Stellenbosch, dann muss ich das alles hier nicht sehen.«

Seit gut einem Jahr besuchte Victor das Stellenbosch-Gymnasium. Er war sehr begabt, das Lernen fiel ihm leicht. Nach dem plötzlichen Verschwinden von Mathew Browling hatten die Kinder monatelang keinen richtigen Unterricht erhalten. Karoline hatte getan, was sie konnte, um ihnen den Unterrichtsstoff zu vermitteln, doch bald sah sie ein, dass sie mit dieser Zusatzaufgabe überfordert war.

Nach längerem Suchen stellte sie dann Miss Lilian Fairchild ein, eine zweiundvierzigjährige, sehr liebenswerte Engländerin. Charlotte akzeptierte die neue Lehrerin sofort, doch Victor langweilte sich im Unterricht.

»Der Junge ist unterfordert«, erklärte Missis Fairchild nach einigen Wochen. »Es wäre zu überlegen, ob er nicht in der Stadt ein Gymnasium besuchen sollte. Das, was ich ihm beibringen kann, reicht bei weitem nicht, um seinen Wissensdurst zu stillen.«

Und so lebte Victor nun die Woche über in Stellenbosch. Richard und Tracy Kingsley, gute Freunde von Karoline, nahmen ihn gern bei sich auf. Sie hatten einen Sohn in Victors Alter, die beiden Jungen wurden rasch Freunde.

Karoline bekam stets ein schlechtes Gewissen, wenn sie sich wieder von ihrem Sohn verabschieden musste, doch insgeheim war sie erleichtert, ihn nicht täglich auf dem Gut um sich zu haben. Victor sparte nicht mit versteckten Bosheiten, wenn er David Bernhard sah. Er hatte es sogar gewagt, seine Mutter zu maßregeln, weil sie sich zu intensiv mit dem Kellermeister abgab.

»Weißt du eigentlich, was du tust?«, hatte er vor einigen Wochen gesagt und Karoline dabei ganz empört angesehen. »Du hebst ihn in einen Rang, der einem Schwarzen nicht zusteht!«

»Victor! Was redest du da?«

»Ich sage das, was viele denken. Aber du ... du bist einfach nur ...« Kurz hatte er gezögert, dann aber doch weitergesprochen: »Du bist peinlich. Es gehört sich einfach nicht, mit einem Schwarzen zusammen zu sein!«

»So ein Unsinn! Wer hat dir beigebracht, so zu denken?« Karoline war empört. »Lernst du diesen Unsinn in der Schule? Dann muss ich mir überlegen, ob du da noch länger bleiben kannst.«

»Wenn du mich von der Schule nimmst, rede ich nie wieder mit dir!« Victor, fast so groß wie seine Mutter, hatte sie aus brennenden Augen angesehen. Dann hatte er das Zimmer verlassen.

Seither war ihr Verhältnis zueinander, das stets liebevoll und von innigem Vertrauen geprägt gewesen war, gestört. Immer wieder bemühte sich Karoline, mit ihrem Sohn zu reden, ihm klarzumachen, dass alle Menschen gleich waren, doch Victor blieb bei seiner Haltung.

An die Missstimmung, die oft zwischen ihr und Victor herrschte, dachte Karoline an diesem Tag jedoch nicht. Sie ritt mit David hinüber nach *Summerset*, wo mit der Lese der roten Trauben begonnen worden war.

»In diesem Jahr werden wir zum ersten Mal so viel ernten, dass wir vernünftigen Rotwein produzieren können. Die Pinot-Noir-Trauben reifen an diesen Lagen besonders gut.« David Bernhard hielt sein Pferd auf einem grünen Hügel an. »Schau, die beiden Hänge sind schon abgeerntet. Ich bin sicher, dass wir einige Fässer füllen können.«

»Rotwein vom Kap.« Karoline sah lächelnd in die Runde. »Das wird hoffentlich ein Erfolg.«

»Da bin ich sicher.« David lenkte sein Pferd dicht neben ihres. »Wenn der Wein gekeltert ist, sollten wir verreisen. Ich wäre so gern einmal ganz allein mit dir. Irgendwo, wo wir keine Angst haben müssen, entdeckt zu werden.«

Karoline streckte die Hand nach ihm aus. »Das wäre wunderbar.« Verliebt sah sie ihn an. »Ich bin diese Heimlichkeiten so leid! Warum dürfen wir nicht aller Welt zeigen, dass wir uns lieben?«

»Das weißt du genau. Du bist eine wohlhabende Weiße, ich aber …« Er machte eine resignierende Geste, »ich habe nun mal das Blut eines Schwarzen in mir.«

»Na und? Macht dich das zu einem schlechteren Menschen?« Karoline biss sich auf die Lippen. »Ich wünschte, wir würden nicht in einem Land leben, in dem solche Unterschiede zwischen den Menschen gemacht werden.«

David nahm die Zügel wieder auf. »Es ist, wie es ist«, sagte er. »Wir werden es nicht ändern können. Komm, reiten wir weiter.« Er sah sie lächelnd an. »Im Gutshaus von *Summerset* sind wir ungestört.«

Karoline errötete sacht, dann gab sie ihrem Pferd die Sporen und folgte David hinüber zum Gut. Seit ihrer Genesung war sie schon einige Male mit dem geliebten Mann hier gewesen. Die Weinberge mussten kontrolliert, die Arbeiter eingeteilt werden. Der Kellermeister und Kimani, der Vorarbeiter, ritten jede Woche von *Hopeland* hierher nach *Summerset*. Vor allem jetzt, zur Weinlese, war es David Bernhard wichtig, den Zeitpunkt genau zu bestimmen, an dem ein Hang abgeerntet wurde. Oft entschieden sechs oder sieben Sonnentage darüber, wie gut der Wein wurde.

Karoline wollte jedoch auch selbst beurteilen können, wie der Stand der Weinlese war. Und so prüfte sie auch an diesem Tag die Trauben, die zur Presse geschafft wurden, sie kostete den jungen Wein des vergangenen Jahres und besprach mit den Leuten den Arbeitsablauf für die nächsten Tage.

Es war schon dunkel, und Stille senkte sich über das Land, als sie endlich Ruhe fand. Maggie, das Hausmädchen, das das Haus in Ordnung hielt, hatte ein schmackhaftes Lammragout zubereitet. Dazu gab es Kürbisgemüse, gegrillte Maiskolben und zum Dessert frisches Obst.

Satt und müde von dem anstrengenden Tag, der hinter ihnen lag, ruhte Karoline auf einer Chaiselongue im Wohnraum. Die hohen Fenster waren erst im vorigen Jahr eingesetzt worden und gestatteten den Ausblick auf die Hügelkette im Westen. Hannah und Frederic hatten das Haus sehr geschmackvoll eingerichtet, und Karoline fühlte sich hier fast so zu Hause wie auf *Hopeland*. Sie hatte hier zwei eigene Räume, die sie bewohnte, wenn sie auf dem Gut nach dem Rechten schaute. Umgekehrt hatten auch Hannah und Frederic auf *Hopeland* ihr eigenes kleines Reich. Zurzeit hielten sich die beiden in Kapstadt auf, wo Frederic seinen diversen geschäftlichen Verpflichtungen nachkommen musste. Er ist immer noch ein Abenteurer, sinnierte Karoline, unruhig und stets auf der Suche nach neuen Herausforderungen. Aber gerade das macht ihn liebenswert. Am sympathischsten aber ist, dass er Hannah über alles liebt und ihr jeden Wunsch von den Augen abliest.

Sie seufzte unterdrückt auf. Wenn sie selbst sich doch auch so offen zu ihrer Liebe bekennen dürfte! Immer wieder war sie versucht, sich gegen die Gesellschaft zu stellen, alle Konventionen zu ignorieren. Doch dann dachte sie an ihre Kinder, an die Aufgabe, die sie im Leben hatte. »Der Verzicht auf vollkommenes Glück ist mir wohl vom Schicksal auferlegt«, sinnierte sie leise.

Die Sonne war schon vor mehr als drei Stunden untergegangen, angenehme Kühle senkte sich über das Land. David Bernhard hatte noch mit einigen Männern die Arbeit der nächsten Tage besprochen. Jetzt kam er, frisch gekleidet, ins Zimmer und beugte sich über Karoline.

»Meine Liebste, endlich haben wir Zeit für uns.« Er reichte ihr ein Glas, in dem roter Wein funkelte. Im vergangenen Jahr hatten sie ein großes Fass gekeltert, und David war sich sicher, dass daraus ein hervorragender Wein entstanden war. »Das ist das erste Glas unseres

Pinot Noir.« Er hob sein eigenes Glas gegen das Licht. »Koste und sag mir, was du davon hältst.«

Auch Karoline schaute sich den Wein im Glas erst einmal an, dann roch sie daran. »Ich rieche Beeren. Und ein wenig … Zimt vielleicht.« Sie trank den ersten Schluck und lächelte zufrieden. »Herrlich. Noch ist er zu jung, aber ich bin mir sicher, dass wir ihn in drei Jahren als eine Sensation präsentieren können.«

»Das hoffe ich auch.« David trank noch einmal. »Ihm fehlen noch Kraft und Fülle, aber uns war ja von vornherein klar, dass ein Rotwein Zeit zur Reife braucht.«

»Wir sind auf einem guten Weg.« Karoline trank das Glas halb aus, dann stellte sie es auf dem kleinen runden Mahagonitisch ab und streckte die Hand nach David aus. »Küss mich«, bat sie. »Ich vergehe vor Sehnsucht nach dir.«

Sie schloss die Augen, als er ihre Lippen sanft berührte. Insgeheim schämte sie sich, weil meist sie es war, die ihn zu einer Zärtlichkeit animierte. David hielt sich zurück, er schien sich seiner Position immer und überall bewusst zu sein. Doch an diesem Abend vergaß er alle gesellschaftlichen Schranken, er vergaß seine dunkle Haut, seine Herkunft, die ihn für immer von Karoline trennen würde.

Das Verlangen war stärker als alle Skrupel und Bedenken. Sanft hob er Karoline hoch und trug sie hinüber in ihr Schlafzimmer. Es war mit hellen Ahornmöbeln eingerichtet. An der Stirnseite, gegenüber dem zweiflügeligen Fenster, stand ein breites Bett, auf das er sie sanft gleiten ließ.

»Schließ die Vorhänge«, murmelte Karoline.

Rasch kam er der Aufforderung nach. Die zartgelben Seidenportieren schlossen die Nacht aus, ließen keinen

Blick ins Zimmer mehr zu. Zwei venezianische Lampen an der Wand spendeten mattes Licht, zauberten Schatten auf das Bett mit dem seidenen hellen Laken und auf den weichen, mit gelb-blauen Ornamenten ausgestatteten Teppich, der die Hälfte des Raums bedeckte.

Links vom Bett stand eine kleine Kommode mit wertvollen Intarsien; hier bewahrte Karoline ihre Parfüms und eine silberne Haarbürste auf. In einer grünen Glasschale lagen Kämme und mit kleinen Perlen verzierte Haarspangen. An der Wand hing ein venezianischer Spiegel im breiten vergoldeten Rahmen. Das wertvollste Stück im Zimmer war allerdings ein Bild von Thomas Gainsborough. Vor Jahren hatte es Karoline von einem alten Engländer, der in Geldnot geraten war, gekauft. Sie liebte das Bild, das ein Dorfmädchen mit Hund und einem Henkelkrug in der Hand darstellte. Jahrelang hatte es auf *Hopeland* im Esszimmer gehangen, doch vor einigen Monaten hatte Karoline dieses Bild nach *Summerset* bringen lassen. Hier, in ihrem ganz privaten Reich, konnte sie sich immer wieder daran erfreuen.

David entzündete drei Kerzen, die in einem kleinen Silberleuchter auf der Kommode standen, dann zog er sich mit einem Ruck das Hemd aus, warf es achtlos zur Erde. Sein breiter, muskulöser Oberkörper hob und senkte sich im schnellen Atemrhythmus, als er sich vor das Bett kniete. Zart strich er über Karolines Wangen, zeichnete behutsam mit dem Finger den zarten Brauenbogen nach, die schmale gerade Nase, die schön geschwungenen Lippen, die sich unter seinem Kuss öffneten.

Nur noch einen Wimpernschlag lang zögerte David, dann streifte er Karoline das Kleid von den Schultern.

Er küsste ihre Halsbeuge, sacht glitten seine Lippen tiefer, eroberten die zarten Brustspitzen, die sich gleich voller Verlangen aufrichteten.

»Du …« Er streifte seine Hose ab, während Karoline das Kleid auszog. Darunter trug sie nur ein dünnes Baumwollhemd, das er ihr mit behutsamer Bewegung über den Kopf zog. Nackt, in ihrer ganzen fraulichen Schönheit lag sie vor ihm, bar jeder Scham zeigte sie sich dem Mann, den sie leidenschaftlich liebte.

David kniete zwischen ihren Beinen, vorsichtig beugte er sich über Karoline und küsste jeden Zentimeter ihrer Haut. Seine Lippen bereiteten ihr eine beinahe unerträgliche Lust, so dass sie leise, keuchende Schreie ausstieß. Immer enger drängte sie sich an ihn, sie wollte ihn endlich ganz spüren. Und dann wurden ihre Körper wirklich eins, als sie gemeinsam dem ersten Höhepunkt entgegenkamen.

Als es vorüber war, lag Karoline in Davids Arm, fest hielt er sie, streichelte mit dem Zeigefinger über ihre Brust und liebkoste ihre blonden Locken. »Ich liebe dich.« Es war eines der wenigen Male, in denen er diese drei Worte aussprach.

Karoline drehte sich ein wenig, damit sie ihn ansehen konnte. Seine Augen waren wie dunkler Samt, sie schimmerten feucht, als er sie noch fester an sich zog. »So müsste es immer sein«, flüsterte er.

»So kann es immer sein.« Sie richtete sich auf, stützte sich auf den linken Arm und sah ihn eindringlich an. »Wir müssen nur den Mut haben, uns zu unserer Liebe zu bekennen.« Einen Herzschlag lang zögerte sie, dann fügte sie hinzu: »Ich habe den Mut! Du und ich – wir gehören zusammen!«

David Bernhard schwieg. Er war sich, mehr wohl

noch als Karoline, der Tatsache bewusst, dass ihre Hautfarbe sie trennte. In der Gesellschaft, in der sie lebten, war ein Farbiger minderwertig. Es wäre der Ruin von Karoline, der Ruin von Gut *Hopeland*, wenn sie sich zu ihm bekannte. Das aber durfte nicht geschehen!

»Es ist gut so, wie es ist«, sagte er. »Die Stunden, die wir haben, wollen wir voll auskosten. Ich liebe dich über alles, mein Herz, und was immer ich tun kann, um dich glücklich zu machen, werde ich tun.«

»Aber ich will mit dir leben! Ganz öffentlich leben!« Karoline schob die Lippen trotzig vor. »Ich bin Karoline Ruhland, und niemand soll es wagen, mir vorzuschreiben, wen ich lieben darf und wen nicht.«

David lächelte. Es war ein trauriges Lächeln, das seine Augen nicht erreichte. »Lass uns heute Nacht nicht darüber nachdenken«, bat er, und als er sie wieder mit aller Innigkeit nahm, vergaß sie für eine Weile die widrigen Umstände, die sie trennten. Sie schenkte sich ihm mit leidenschaftlicher Hingabe, und David erstickte ihre kleinen Lustschreie mit seinen Küssen.

23

Die Sonne, vom aufziehenden Gewitter noch nicht erreicht, stach wie mit glühenden Nadeln auf die Menschen ein, die auf den Äckern und Feldern arbeiteten. Es war unerträglich schwül, immer wieder schaute Karoline prüfend zum Himmel.

»Hoffentlich sind wir in New Rush, bevor das Unwetter losbricht«, sagte sie.

»Ich denke schon, dass wir es schaffen. Noch die Hügelkette dort«, David wies in nordöstliche Richtung, »dann sind wir am Ziel.« Verstohlen sah er zu den Wolken hinauf, die sich im Osten zusammenballten und sich rasend schnell ausbreiteten. Hoffentlich war er nicht zu optimistisch gewesen. Er trieb die Pferde zu noch schnellerem Galopp an.

Seit drei Tagen waren sie unterwegs, im Gepäck zwei große Fässer Wein, die sie Betty Cleveland versprochen hatten. In einem kleinen, dritten Fass befand sich Rotwein. »Den kann Betty noch drei Jahre ruhen lassen, danach hat sie eine Besonderheit anzubieten«, hatte Karoline gesagt, als sie befahl, auch dieses Fass aufzuladen.

Die geschäftstüchtige Betty besaß inzwischen ein weiteres Hotel. Es war eleganter eingerichtet und bot den Engländern und Holländern, die in immer größerer Zahl nach New Rush kamen, standesgemäße Unterkunft.

»Ich werde auch noch ein gutes Restaurant eröffnen«, hatte Betty gesagt, als Frederic und Hannah das letzte Mal bei ihr gewesen waren. »Ihr könntet mir von eurem Wein bringen, wenn ihr das nächste Mal herkommt.«

Jetzt stand ein besonders wichtiger Termin für Frederic in New Rush an: Er wollte mit den Brüdern Johannes Nicolaas und Diederik Arnoldus de Beer Geschäfte machen!

»Wie ich hörte, wollen die Brüder ihre Diamantminen verkaufen. Der Markt wird enger, der Druck auf die beiden ist ins Unermessliche gestiegen. Man munkelt, dass sie alles verkaufen und stattdessen Ackerland erwerben wollen.«

»Wenn es euch recht ist, komme ich mit«, hatte Karoline gesagt, als sie von den Reiseplänen hörte.

»Nur zu gern!« Hannah umarmte die Jüngere. »Für mich ist New Rush ein bedrückender Ort. So euphorisch manche Männer dort auch sind, wenn sie einen besonders großen Stein gefunden haben – die meisten landen doch im Elend. Sie werden von den großen Minenbesitzern ausgebeutet oder von dubiosen Händlern betrogen.«

»Die Welt ist leider nicht nur bunt und schön«, hatte Karoline erwidert. »Aber ich denke, wenn wir gemeinsam unterwegs sind, ist es leichter zu ertragen.«

Es lag Karoline viel daran, dass David sich die Zeit nahm, sie an den Oranje zu begleiten. Es war ein aufregender Ort, und Karoline war sicher, dass man hier in naher Zukunft Geschichte schreiben würde.

Die Wolkenwand kam bedrohlich näher, innerhalb von wenigen Minuten verdunkelte sich der Himmel. Die Sonne, die eben noch mit Macht das Land in schattenloses Licht getaucht hatte, wurde von dichten Wolken verdeckt.

Die Feldarbeiter, die vor einer halben Stunde noch unter der drückenden Hitze gestöhnt hatten, packten in Windeseile ihre Sachen zusammen, beluden Handkarren und Fuhrwerke und beeilten sich, zurück zu den Farmen zu kommen.

Als die ersten Tropfen fielen, lenkte David gerade das Gefährt in die Hauptstraße von New Rush. Doch bevor sie das Diamond Hotel erreicht hatten, waren sie bis auf die Haut nass, denn es ergoss sich ein regelrechter Wolkenbruch über sie.

»Geht ins Haus, rasch!« Betty stand unter der Tür und wies ihren getreuen Gerry und zwei andere Männer an, David und Frederic zu helfen. »Die Männer können sich um die Pferde und die Ladung kümmern.«

»Ich würde dich gern umarmen, Betty, aber ich bin nass wie eine Katze«, lachte Karoline. Seit langem fühlte sie sich Betty freundschaftlich verbunden. »Sind die Zimmer fertig?«

»Aber natürlich! Kommt, ich helfe euch.« Sie winkte einer drallen jungen Frau mit kaffeebrauner Haut. »Bring heißes Wasser in die Badezimmer, Nayka. Und beeile dich.«

»Du hast Badezimmer einbauen lassen?« Karoline war beeindruckt. »Das ist wundervoll!«

Betty lächelte. »Ich wusste, dass du es genießen würdest. Und Sie auch, Missis Hannah.«

»Das tun wir! Dieser Staub allenthalben war schrecklich.« Hannah zog sich die nassen Schuhe aus. »Und jetzt kam noch der Regen dazu … Ich habe das Gefühl, eine Schlammschicht auf dem Körper zu haben.«

»Dann genießen Sie das Bad.«

Die Nachricht verbreitete sich wie ein Lauffeuer in der Stadt: Fleetwood Rawstorne hatte eine Handvoll großer Diamanten am Colesberg Kopje gefunden!

»Jetzt wird es nicht mehr lange dauern, dann ist von dem Hügel gar nichts mehr zu sehen. Die meisten der Männer sind vom Fluss fortgegangen und haben sich Schürfstellen am Hügel abgesteckt. Einige von ihnen beginnen gar schon, in der Erde zu graben.« Frederic Horseley saß, gemeinsam mit Hannah, Karoline und David Bernhard, im Restaurant des Diamond Hotels. »Ein Glück für mich, dass ich schon übermorgen eine

Verabredung mit den Brüdern de Beer habe. Wenn nichts dazwischenkommt, werde ich ihnen einen größeren Anteil an ihren Minen abkaufen.«

»Fürchten Sie nicht, dass die Preise sinken? Wenn immer mehr Diamanten gefunden werden, ist die Nachfrage nicht mehr so groß«, meinte David. Er trank gerade einen Schluck Wein, als ein hagerer, etwa fünfzigjähriger Mann mit flachsblondem Haar sich neben ihn stellte und ihm mit einer raschen Bewegung das Glas aus der Hand schlug.

»Was soll das denn?« Empört sprang David auf.

Der Kapholländer wich keinen Schritt zurück. »Raus mit dir, du dreckiger Neger«, schrie er. »Hier hast du nichts verloren! Das ist ein Restaurant für Weiße!«

Frederic erhob sich mit einem Ruck, sein Stuhl kippte nach hinten. Wie schützend stellte sich der hochgewachsene Engländer vor David.

»Sie vergreifen sich im Ton, mein Herr«, sagte Karoline mit scharfer Stimme. »Mäßigen Sie sich, sonst ...«

»Du willst mir drohen? Du, die Hure eines schwarzen Mannes?«

»Kerl!« Ehe der Bure wusste, wie ihm geschah, hatte Frederic ihm einen rechten Haken verpasst. Lautlos sackte der Mann zu Boden.

»Mein Gott ... was soll das?« Hannah rang verzweifelt die Hände.

»Das ist diese verfluchte Gesellschaft, die die Menschen in zwei Klassen unterteilt«, schimpfte Karoline. »Da sieht man, was daraus wird!« Sie legte einen Geldschein auf den Tisch. »Kommt, wir gehen. Es ist gewiss besser so.«

David stand, den Anzug vom Wein benässt, neben dem Tisch und ballte die Hände zu Fäusten, als er bemerkte, dass drei weitere Buren näher kamen. Sie waren ganz offensichtlich auf Händel aus. Einer hatte bereits eine Waffe gezogen, die beiden anderen hatten Messer in den Händen.

»Willst du kneifen? Versteckst du dich gar hinter einem Weiberrock?« Provozierend sah der jüngste der Männer David an.

»Nicht, David, bitte.« Karoline hielt den geliebten Mann am Jackenärmel zurück.

»Hör auf das, was deine Herrin dir sagt!« Gelächter folgte, einige der Restaurantbesucher grinsten.

»Raus! Sofort, sonst lasse ich nachhelfen!« Unbemerkt war Betty Cleveland hereingekommen, neben ihr standen Gerry und Billy. Beide hielten Gewehre im Anschlag.

»Ach, so ist das! Hier ist ein Negernest! Deshalb ist der Fraß auch ungenießbar. Kommt, Leute, verlassen wir den stinkenden Negerkraal!«

Der blonde Kapholländer sah sich beifallheischend um, doch angesichts der Gewehre von Gerry und Billy wagte es niemand mehr, etwas Anstößiges zu sagen oder ihm gar zuzustimmen.

»Bitte, Mister, nehmt ein neues Glas.« Ein Mann, etwa dreißig Jahre alt, mit wettergegerbtem Gesicht und einem hellen Bart, reichte David ein gefülltes Glas Weißwein. »Ich bitte für diese Leute um Entschuldigung.« Er sah zu, wie die Buren das Restaurant verließen. Gerry und Billy folgten ihnen bis nach draußen.

David biss sich auf die Lippen, in seinem gutgeschnittenen Gesicht arbeitete es. Aber er nahm das Glas, hob es kurz hoch und trank einen Schluck. »Danke. Sehr freundlich von Ihnen.«

Der Bärtige wollte schon zu seinem Tisch zurückgehen, als Karoline ihn aufhielt. »Mögen Sie sich nicht zu uns setzen? Wie ich sehe, sind Sie nicht in Gesellschaft.«

»Ich möchte nicht stören.«

»Das tun Sie ganz und gar nicht.« Sie wies auf einen freien Stuhl.

Der Mann verbeugte sich. »Ich bin Pieter van Houwen«, stellte er sich vor, bevor er sich niederließ.

Frederic übernahm es, sich und die anderen vorzustellen. Dann fragte er: »Seit wann leben Sie hier in New Rush?«

Der blonde Mann, der offensichtlich holländische Vorfahren hatte, schüttelte den Kopf. »Ich bin geschäftlich hier«, erklärte er. »Meine Familie besitzt eine Farm bei Bloemfontein. Mein Bruder Willem und ich kommen alle paar Wochen her und beliefern einige Läden mit unserer Ware.« Er zögerte, dann setzte er leise hinzu: »Ich hoffe, Sie bringen uns nicht mit diesen Leuten in Verbindung, die immer noch denken, sie allein hätten hier in der Gegend das Sagen. Unakzeptables Herrendenken ist das – ich verabscheue es zutiefst!«

Pieter van Houwen wurde Karoline immer sympathischer. »Sie kommen aus Bloemfontein …« Nachdenklich stützte sie den Kopf in die Hand. »Soweit ich weiß, ist der Ort von einem der Voortrekker gegründet worden.«

»Richtig. Das war vor etwa dreißig Jahren.« Pieter biss sich kurz auf die Lippen. »Es ist nicht ruhmreich für uns Weiße, was damals geschehen ist. Wir haben den meisten der Einheimischen damals die Existenzgrundlage genommen.«

»Sie waren damals ja wohl noch ein Baby«, warf Hannah ein.

»Das stimmt wohl. Ich weiß es nur aus den Erzählungen meiner Eltern. Sie sind damals mit Johannes Nicolaas Brits mit dem Großen Treck ins Landesinnere gezogen. Mein Vater erzählt gern, dass sie eine längere Rast an einer von bunten Blumen umwachsenen Quelle gemacht haben – und in der Gegend geblieben sind. So bekam der Ort schließlich auch seinen Namen.«

»Das hört sich romantisch an.« Karoline lächelte ihm zu.

Pieter zuckte mit den Schultern. »Ich glaube nicht, dass es romantisch war. Die ersten Jahre müssen sehr hart gewesen sein. Es gab immer wieder Händel mit den Griqua und Sotho, die von uns Weißen aus ihrer Heimat vertrieben wurden. Ruhe ist erst in den letzten Jahren eingekehrt, seit offiziell die Republik *Oranje-Freistaat* gegründet wurde.« Er nahm einen Schluck aus seinem Glas. »Aber ich möchte Sie nicht damit langweilen. Heute geht es meiner Familie gut, wir leben auf unserer Farm recht zurückgezogen, haben weder mit dem Diamantenfieber hier noch mit politischen Querelen etwas zu tun.«

»Sie sind ein sehr gerechter Mann, das gefällt mir.« Karoline trank ihm zu. »Wir leben auf *Hopeland*, einem Weingut im Süden. Wenn Sie es zeitlich einrichten können, kommen Sie uns besuchen. Ich würde mich freuen, Sie zu Gast zu haben.«

Pieter deutete im Sitzen eine Verbeugung an. »Sie sind sehr gütig, Madame. Aber vielleicht schauen Sie sich erst einmal meine Heimatstadt an. Es sind nur wenige Meilen von hier bis Bloemfontein. Unsere Farm liegt am südlichen Stadtrand, sie heißt *Sweet Gardens* und ist sehr bekannt.«

»Wir kommen sicher einmal vorbei.«

24

Ein Trupp berittener englischer Soldaten ritt an der Kutsche vorüber, die in Richtung Osten die Stadt verließ.

»Sie kontrollieren wieder die Diamantfelder«, sagte David, der auf dem Kutschbock saß. Besorgt sah er den Rotröcken nach. »Ich fürchte, es wird auf Dauer Ärger geben. Die Engländer wollen die absolute Macht im Land erringen – wenn es sein muss, mit Gewalt.«

»Sie sorgen aber auch für Recht und Ordnung. Seit sie die Diamantfelder besetzt haben, gibt es nicht mehr so viele tödliche Duelle zwischen den Männern, die so verzweifelt nach den wertvollen Steinen graben«, gab Karoline zurück. Sie saß in einem offenen Landauer und genoss es, dem Lärm und Gestank, die in New Rush herrschten, für eine Weile entfliehen zu können. Und die Tatsache, dass sie immer wieder Soldaten begegneten, verlieh ihr eine gewisse Sicherheit.

»Es ist schade, dass Hannah und Frederic nicht mitgekommen sind«, meinte sie, als sie sich der Stadt näherten.

David antwortete nicht, er gestand sich insgeheim ein, dass es ihm gut gefiel, eine Weile mit Karoline allein sein zu können. Frederic Horseley traf sich an diesem Tag mit den Brüdern de Beer, es war so gut wie sicher, dass sie ihm einen gewissen Anteil an ihren Minen verkaufen würden.

Karoline hatte ihre Zweifel daran, dass dieses Geschäft so lukrativ sein würde, wie Frederic es sich erhoffte. Da sie jedoch von derlei Transaktionen nichts verstand, behielt sie ihre Bedenken für sich.

Bloemfontein war ein beschaulicher Ort, der Karoline sofort bezauberte, denn es gab viele Parks, in denen es grünte und blühte; die Häuser wirkten gepflegt, die Straßen waren sauber.

»Bevor wir zu den van Houwens fahren, möchte ich mich erst mal im Ort umschauen«, hatte Karoline gesagt, und so fuhren sie eine Stunde lang durch die Ortschaft, die inmitten einer trockenen Hochebene lag. In der Stadt selbst jedoch herrschte kein Wassermangel, denn die Gründerväter hatten es geschafft, das Quellwasser der *Bloemfontein* in kleine Kanäle zu lenken und Zisternen anzulegen.

Beeindruckend fand Karoline den *First Raadsaal*, das älteste Gebäude der Stadt. Aber auch der *Fourth Raadsaal* mit seiner gigantischen Kuppel war sehenswert. Hier war das Parlament eingerichtet worden und tagte regelmäßig.

»Wenn wir die St. George's Street noch ein Stück hinunterfahren, kommen wir zur Quelle«, sagte David. »Möchtest du dahin?«

»Natürlich!« Karoline lehnte sich entspannt zurück. »Woher weißt du das übrigens?«

»Ich habe Pieter gefragt, bevor er aus New Rush abgefahren ist.« Er drehte sich kurz zu ihr um. »Ich weiß doch, wie interessiert du an allem Neuen bist!« Er nahm die Zügel auf, das Kutschpferd verfiel in einen raschen Trab.

Karoline genoss es sehr, sich ungestört und in Ruhe die Stadt ansehen zu können, die noch keine vierzig Jahre alt war. Im Jahr 1840 entdeckte der Voortrekker Johannes Brits an dieser Stelle eine Quelle, die von wilden, süß duftenden Nelken umgeben war. Er nannte die Stelle »Blumenquelle« – und schon rasch wurde der Ort besiedelt. Schon jetzt besaß er etliche bedeutsame Gebäude, die von herausragender architektonischer Schönheit waren! Das Haus, an dem sie gerade vorbeifuhren, besaß an der linken Seite einen von sieben hohen Bögen gezierten Übergang zum Nachbarhaus.

Flüchtig überlegte Karoline, ob es nicht hübsch aussähe, auf *Hopeland* oder besser noch auf *Summerset* auch einen Arkadengang anzulegen. Doch gleich darauf verwarf sie den Gedanken wieder. Es gab so viel Wichtigeres, das sie anschaffen mussten, wenn die Rotweinproduktion erst einmal richtig anlief! Ihre Gedanken schweiften ab und gingen in die Zukunft. Wenn all das gelang, was sie heimlich plante, wenn sie *Hopeland* zum führenden Rotweinproduzenten der Kapregion machen könnte ... Das laute Rufen eines Gelbschnabeltokos, der ganz in der Nähe in einem Baum saß, riss sie aus ihren Gedanken. Fasziniert sah sie zu, wie der große Vogel auf einmal zur Erde stürzte – und dann, eine Maus im Schnabel, in den Schatten eines Rosenbusches lief.

Erst als die Sonne langsam unterging, fuhren sie hinaus zur Farm der Familie van Houwen. Weithin sichtbar dehnten sich die Felder aus, auf denen zu dieser Stunde noch gearbeitet wurde. Es wurde Mais angebaut, verschiedene Gemüse- und Salatsorten. Aber auch kleinwüchsige Obstbäume fanden sich. In langen, exakt gezogenen Reihen wuchsen Aprikosen- und Apfelbäume, Mangobäume und Bananenstauden.

David Bernhard lenkte die Kutsche auf den halbrunden Platz vor dem Farmhaus. Es war ein langgestrecktes, zweigeschossiges Gebäude, das bis zum ersten Stockwerk weiß getüncht war. Das zweite Stockwerk war aus Holz, das Dach zog sich weit über die Seitenwand. Karoline bemerkte entzückt die vielen Töpfe und Tontröge neben dem Eingang. Sie waren mit bunt blühenden Blumen und Rabatten bepflanzt und ließen vergessen, dass der hellgelbe Verputz des Hauses an einigen Stellen abblätterte und die alte Holztür dringend hätte ausgebessert werden müssen.

Die Kutsche war gerade zum Halten gekommen, als Pieter van Houwen aus der Tür trat, gefolgt von einer schlanken Frau mit glänzendem schwarzen Haar. Sie trug ein hellblaues, einfach geschnittenes Leinenkleid, dessen einziger Schmuck eine breite Baumwollspitze am Hals war. Ein breiter Ledergürtel, lässig um die Taille geschlungen, betonte ihre zierliche Figur.

»Herzlich willkommen!« Lächelnd streckte Pieter die Hand aus und half Karoline aus der Kutsche. Dann wandte er sich um und zog seine Frau näher. »Das ist Rebecca, meine Frau.«

»Ich freue mich, dass Sie uns besuchen kommen.« Rebecca van Houwen sprach Englisch mit deutlichem Akzent. Noch bevor Karoline überlegen konnte, woher sie wohl kommen mochte, erklärte Pieter: »Rebeccas Familie stammt aus Prag.«

»Wir sind erst seit zehn Jahren in Afrika. Und ich habe mit dem Afrikaans immer noch meine Schwierigkeiten. Englisch geht viel besser«, fügte sie wie entschuldigend hinzu.

»Prag ... das soll eine wunderschöne Stadt sein!«

»Das ist es.« Rebeccas Augen verschatteten sich für einen Moment. »Es ist die schönste Stadt der Welt. Nur ... für uns Juden wurde es immer enger dort. Und so hat mein Vater nach dem Tod meiner Mutter beschlossen, nach Südafrika auszuwandern. Er hat immer von einer Farm geträumt.« Sie wandte sich ab.

»Er ist vor einem Jahr gestorben«, erklärte Pieter leise. »Das Klima hat ihm zugesetzt.«

»Das tut mir leid.«

»Wir wollen nicht davon reden.« Rebecca hatte sich wieder gefangen. »Bitte kommen Sie ins Haus. Ich habe zwei Zimmer für Sie vorbereitet.«

»Wir möchten keine Mühe machen. Wir können auch in der Stadt in einem Hotel übernachten«, sagte Karoline.

»Das kommt gar nicht in Frage!« Pieter half David, die zwei Reisetaschen aus der Kutsche zu heben. Dann führte er die Gäste ins Haus, das schlicht, aber geschmackvoll möbliert war.

Auch das Essen, das Rebecca mit Hilfe eines indischen Hausmädchens servierte, war einfach, aber höchst schmackhaft.

Karoline fühlte sich sehr wohl im Kreis dieser Menschen, die ihr, aber auch David mit großer Herzlichkeit entgegenkamen. Rebecca, die in ihrer Jugend selbst erlebt hatte, was es heißt, ausgegrenzt zu werden von der Gesellschaft, gab sich David gegenüber aufgeschlossen und ohne jedes Vorurteil.

Es ging schon auf Mitternacht zu, als sie sich zu Bett begaben. Lächelnd registrierte Karoline, dass ihre Zimmer eine Verbindungstür besaßen. Der Raum, den sie bewohnen sollte, war mit weiß lackierten Möbeln eingerichtet: Zwei schmale Schränke boten Platz für die Garderobe, vor dem Fenster stand eine kleine, ebenfalls weiß lackierte Frisierkommode.

Über dem breiten Bett lag eine geblümte Decke, die

Karoline rasch zurückschlug, bevor sie sich rücklings in die Kissen fallen ließ.

»Endlich allein und ungestört!«

David stand im Türrahmen. Zur dunkelbraunen Hose trug er ein weißes Hemd, darüber eine hellbraune Lederweste. Obwohl er im vorletzten Jahr vierzig Jahre alt geworden war, besaß er eine schlanke Figur mit schmalen Hüften und breitem, muskulösem Oberkörper. Im Dämmerlicht wirkte seine Haut dunkler, als sie war; hell schimmerten seine Zähne, als er Karoline lächelnd ansah.

»Du bist die verführerischste Frau der Welt«, murmelte er, bevor er sich aufs Bett setzte.

Leise lachte sie und strich ihm über das krause, stets ein wenig störrische Haar. »Das will ich hoffen! Zumindest für dich will ich es sein.« Sie streichelte über seinen Arm, nahm dann seine Hand und legte sie auf ihre linke Brust. Er spürte den erregten Schlag ihres Herzens und beugte sich tiefer, um sie zu küssen.

Aufseufzend schlang Karoline ihre Arme um seinen Nacken, drängte sich enger in seine Umarmung, genoss die Wärme und Stärke seines Körpers. Auch David wurde schnell von seinen Gefühlen mitgerissen. Die Vertrautheit von Karolines Körper weckte seine Begierde, er stand auf und entledigte sich ungeniert seiner Kleidung.

Karoline setzte sich auf den Bettrand und zog den hellgrauen, in acht Bahnen genähten Rock aus, dessen breites Taillenbund ihre schlanke Taille betonte. Dann nestelte sie ungeduldig an der Seidenschleife, mit der ihre Batistbluse am Hals verziert war. Die kleinen Knöpfe aus edlem Perlmutt, mit denen die Bluse am Rücken geschlossen werden musste, wollten sich nicht öffnen lassen.

»Hilf mir«, sagte sie und wandte David den Rücken zu. Die Hände des Mannes zitterten leicht, als er die fünfzehn kleinen Knöpfe endlich geöffnet hatte. »Warum nur sind es so viele?« Seine Stimme klang heiser vor Leidenschaft, und Karoline erschauderte sacht, als er ihr die Bluse von den Schultern streifte und die zarte Haut ihres Nackens mit kleinen Küssen bedeckte.

»David, David!«, flüsterte Karoline, und es war ein wunderbares Gefühl, seine Arme zu spüren, die sie hielten.

Sacht glitten seine Finger über ihre Brustwarzen, begannen, sie sanft zu kneten, bis sie sich aufrichteten und so die Erregung verrieten, die sich immer stärker in Karoline ausbreitete. Wie ein Feuer war es, das sie innerlich zu verzehren drohte.

Und David wusste wie kein zweiter Mann auf der Welt, wie er diesem Feuer begegnen musste.

Lange liebten sie sich in dieser Nacht, und erst als der Mond verblasste, als sacht im Osten das erste Morgenrot die Wolkenränder mit rosafarbenem Glanz überzog, schliefen sie eng umschlungen ein.

Teil 3

1

Bitte, Victor, sei doch nicht so halsstarrig und komm mit nach Hause! Du darfst doch bei Josys Beisetzung nicht fehlen!« Flehentlich sah Charlotte ihren Bruder an, der mit undurchdringlicher Miene hinter seinem Schreibtisch saß und ein Buch nach dem anderen aufnahm, es dann von rechts nach links legte, ohne wirklich zu wissen, was er tat.

Der Tod der alten Josy, die ein Teil seines Lebens gewesen war, berührte ihn mehr, als er sich eingestehen wollte. Und doch ... er brachte es nicht über sich, nach *Hopeland* zu fahren.

»Es geht nicht«, presste er hervor. »Ich kann sie einfach nicht zusammen sehen, meine Mutter und diesen ... diesen Schwarzen!« Das letzte Wort spuckte er aus, als hätte er etwas Bitteres im Mund.

»David Bernhard ist nur zu einem Viertel schwarz«, erinnerte ihn seine Schwester. »Er sieht wirklich gut aus. Und er ist ein sehr guter Kellermeister.« Sie machte eine kleine Pause, dann fügte sie hinzu: »Am wichtigsten aber ist: Mutter liebt ihn.«

»Diese Liebe ist abartig! Sie kann und darf nicht sein!« Victor sprang auf und trat ans Fenster. »Ich ertrage es nicht, sie zusammen zu sehen!«

»Komm wenigstens zur Beisetzung. Du kannst dann ja gleich wieder nach Kapstadt zurückfahren.« Charlotte, die eine bezaubernde junge Frau geworden war, trat hinter ihren Bruder und legte ihm die Hand auf den Rücken. »Bitte! Tu es mir zuliebe.«

»Nein.«

»Victor!« Charlotte ließ nicht locker. Als ihr Bruder weiterhin starr aus dem Fenster blickte, schob sie die Gardine ein wenig zur Seite und schaute ebenfalls hinaus. Gerade ritt ein Trupp Soldaten durch die Straße, alle hatten ihre Paradeuniformen an. »Schmuck sehen sie aus«, meinte Charlotte lächelnd. Ihr Blick folgte einem hochgewachsenen Leutnant auf einem Rappen, dessen Fell im Sonnenlicht glänzte wie edle Seide.

»Schmuck ...« Geringschätzig schüttelte Victor den Kopf. »Das kann auch nur eine Frau sagen, die von Politik und militärischen Einsätzen nichts versteht!« Er drehte sich um. »Hast du denn nicht gehört, dass Großbritannien sich seit einigen Tagen im Krieg mit den Buren befindet?«

»Mit den Buren? Aber die meisten von denen leben doch weiter nordöstlich im Hinterland!«

»Ja, sie haben sogar eine eigene Republik gegründet.« Victor ließ keinen Zweifel daran, dass er dies nicht gutheißen konnte. »Sie haben sie die ›Südafrikanische Republik‹ genannt.«

»Das ist doch in Ordnung, oder meinst du nicht?« Charlotte sah immer noch den Soldaten nach, die den Weg zur Garnison einschlugen.

»Sie stellen sich ganz offen gegen die englische Vorherrschaft, das finde ich ganz und gar nicht in Ordnung!« Victor machte ein paar Schritte im Zimmer hin und her. Er war ein schlanker junger Mann mit braunem Haar, das in großen Locken um seinen Kopf lag. Viele Frauen hätten ihn um diese Haarpracht beneidet, Victor hingegen hatte für Äußerlichkeiten nur wenig übrig. Er studierte seit drei Jahren Medizin und war ein höchst strebsamer Student. Seit kurzem jedoch engagierte er sich auch politisch, er hatte sich einer kleinen Gruppe angeschlossen, die vehement für die Rechte der Engländer in Afrika kämpfte. In der Kolonialisierung des Kontinents sah er die einzige Chance für dieses Land – so wie Cecil Rhodes, den er sehr verehrte. An der Wand hing ein Bild des Engländers, darunter ein Zitat:

»All diese Sterne ... diese weiten Welten außerhalb unserer Reichweite. Wenn ich könnte, würde ich sie annektieren.«

Langsam drehte Victor sich zu seiner Schwester um, sah sie eindringlich an. »Verstehst du nicht ... dieser Krieg, der jetzt auszubrechen droht, ist ein weiterer Grund für mich, nicht nach *Hopeland* zu fahren. Ich werde ...« Kurz zögerte er, dann sagte er entschlossen: »Ich werde gemeinsam mit den Engländern kämpfen. Ich habe mich schon beim Sanitätstrupp vorgestellt.«

»Aber du bist doch keiner von ihnen! Außerdem stehst du kurz vor einem Examen. Wenn Mutter erfährt, was du vorhast ...« Tränen stiegen Charlotte in die Augen.

»Mutter muss endlich akzeptieren, dass ich erwachsen bin und meinen eigenen Weg gehen werde. Sie tut das ja auch.« Bitter lachte er auf. »Dabei macht sie sich zum Gespött der ganzen Stadt – im Gegensatz zu mir.«

»Sag so etwas doch nicht!«

»Warum nicht? Es entspricht den Tatsachen.« Victor ging zur Tür. »Man hätte sie längst aus der Stadt gejagt, sie und ihren schwarzen Liebhaber, wenn sie nicht so einflussreich wäre, die wohlhabende Gutsherrin von *Hopeland*!«

2

Man schrieb den 27. Februar 1881.

Wie ein roter Feuerball stand die Sonne über den Drakesbergen. Erschöpft vom anstrengenden Marsch hoch auf den Majuba Hill, hatte Generalmajor Colley Befehl gegeben, auszuruhen und neue Kräfte zu sammeln. Die Soldaten, die einen langen Marsch von Durban am Indischen Ozean bis zu dem hohen Gebirgszug im Transvaal hinter sich hatten, suchten schattige Plätze auf. Einige, vom Durst geplagt, schnitten sich Kakteenfrüchte ab und aßen sie.

»Wenn es doch nur Wasser hier oben gäbe!« Victor Ruhland war vor einigen Tagen mit einem Bataillon von Osten zu den etwa vierhundert Soldaten gestoßen, die von General Colley befehligt wurden. Von Durban aus, das am Indischen Ozean lag, war die Armee quer durchs Land gezogen. Da es in diesem Gebiet weder Straßen noch Eisenbahnen gab, mussten Ochsenkarren alles an wichtigem Gerät ziehen.

Nachdem er bereits einige Niederlagen hatte hinnehmen müssen, war der General zu dem erloschenen Vulkan *Majuba Hill* gezogen. Von hier aus wollte er die Buren zum Rückzug zwingen, denn dieser Berg überragte die Stellungen der Buren bei weitem.

»Wasser …« Ein junger Soldat, dem die rote Uniform zu groß war, zog sich den weißen Helm vom Kopf. »Ich werde noch verrückt, wenn ich nicht was zu trinken kriege.« Er wollte aufstehen, taumelte aber gleich in den Schatten eines Felsens zurück, als ein Schuss aufpeitschte. Nur knapp ging die Kugel an seinem Kopf vorbei.

»Sie kommen immer näher, die verdammten Buren!« Victor, der mit einem Militärarzt und zwei Sanitätern ein Zelt aufgebaut hatte, stand auf und ging ein paar Schritte hinaus. Besorgt sah er über einen Felsvorsprung hinweg. Vom Lager der Burenarmee war nichts zu sehen, aber Victor war von großer Unruhe erfüllt. »Wir hätten uns besser verschanzen müssen«, sagte er.

»Unsinn, unsere Späher haben herausgefunden, dass General Joubert es nicht wagen will, den Gipfel zu erstürmen.«

»Darauf würde ich mich nicht verlassen.«

»Warum so pessimistisch, Ruhland?« Ein älterer Sanitäter sah ihn stirnrunzelnd an, während er sich Kautabak zwischen die gelb verfärbten Zähne steckte. »Der General schläft sogar, er hat nicht mal Vorposten aufgestellt, also sind wir so sicher wie in Abrahams Schoß.«

Victor erwiderte nichts darauf, doch seine Unruhe wuchs, je mehr Zeit verging. Und dann, die Sonne stand im Zenit, erklangen plötzlich von mehreren Seiten Schüsse. In kleinen Gruppen waren die Buren den Hügel hinaufgekommen, suchten immer wieder hinter Felsen Deckung – und schossen auf jeden Rotrock, den sie ausmachen konnten.

Sir George Pomeroy Colley, der Gouverneur von Natal und Befehlshaber der britischen Armee, mochte zunächst nicht glauben, dass er angegriffen wurde. Nur zögernd gab er Befehl, das Feuer zu erwidern.

Als er endlich begriffen hatte, wie ernst die Lage war, erklomm er einen der höchsten Punkte, stellte sich auf das schmale Geröllfeld und brüllte seinen Leuten Befehle zu. Der Pulverdampf nahm zu, immer wieder erklangen die Salven aus den Gewehren der Rotröcke auf. Und dann, wie aus heiterem Himmel, fiel wieder einer von ihnen zur Erde. Meist hatten die Soldaten Kopfschüsse, denn mit ihren weißen Helmen boten sie das ideale Ziel für die aus dem Hinterhalt agierenden Buren.

»Nein!« Entsetzt musste Victor mit ansehen, wie General Colley, tödlich getroffen, auf einem Steinhaufen zusammensank. Ohne lange nachzudenken, rannte er auf ihn zu – und fiel, nur eine Armeslänge von ihm entfernt, zu Boden. Der Schmerz in seinem linken Bein raubte ihm fast die Sinne.

Noch während er in die gebrochenen Augen des Generals schaute, wurde ihm klar, dass er selbst schwer verletzt war. Das Blut pulsierte in hellem Strahl aus der Wunde.

Mit größter Kraftanstrengung gelang es Victor, in sichere Deckung zu robben. Im Schutz einer Felsnase konnte er einen Streifen seines Hemdes abreißen und das Bein abbinden.

Der Pulverdampf wurde rasch weniger. Die Briten, geschockt durch den Tod ihres Generals, rannten planlos durcheinander. Panik hatte die meisten der Soldaten erfasst, und sie hatten nur noch ein Ziel: das eigene Leben in Sicherheit zu bringen.

Entsetzt sah Victor, dass mehrere Männer wie irre losrannten, sie stürzten die Felshänge herab, die sie nicht rechtzeitig bemerkt hatten. Ein junger Leutnant, gerade einmal so alt wie er selbst, sank mit einem Wehlaut zur Erde, die Hand in den Stoff der Uniform verkrampft, der von Blut getränkt war. Victor versuchte, zu dem Leutnant zu kommen, doch schon nach wenigen Yards traf ihn eine weitere Kugel und riss ihn zu Boden.

Mit weit geöffneten Augen lag er da, über ihm der helle Himmel, die sengende Sonne.

Victor aber sah die weiten grünen Hügel von *Hopeland* vor sich, hatte plötzlich den Geschmack von Wein auf seinen Lippen. Er lächelte. Alles war gut!

3

Nervös saß Karoline Ruhland auf dem alten Holzstuhl, den man ihr auf den Flur gestellt hatte. Es roch nach Desinfektionsmitteln und Äther. Fröstelnd zog Karoline den Mantel enger um sich. Ihr war kalt, obwohl draußen die Sonne schien. Aber in ihrem Herzen herrschte Kälte – und Angst. Grausame Angst!

Als sich endlich die Tür zum Krankensaal öffnete und ein Arzt, gefolgt von drei Krankenschwestern und zwei Soldaten, herauskam, sprang sie auf und hastete auf den Mann im weißen Kittel zu.

»Herr Doktor, auf ein Wort …«

»Ja bitte?« Der Arzt, dessen eisgraues Haar wirr von seinem Kopf abstand, verhielt den Schritt.

»Wie ich hörte, ist mein Sohn hier eingeliefert worden – Victor Ruhland.«

»Ruhland?« Fragend sah der Arzt zu der ältesten der Krankenschwestern hin. »Haben wir den?«

Sie nickte. »Sie haben ihn am Morgen operiert. Die Beinamputation.« Das letzte Wort sagte sie sehr leise, doch Karoline hatte es doch gehört. Für zwei Atemzüge lang schwankte sie, dann aber hatte sie sich wieder in der Gewalt.

»Er ist also hier?«

»Ja.« Der Arzt nahm ihren Arm. »Kommen Sie mit in mein Arbeitszimmer. Dort spricht es sich besser.« Er machte eine auffordernde Handbewegung. »Ich bin Dr. Sherman und leitender Chirurg bei den hier stationierten Truppen.«

Er führte sie durch drei lange Korridore. Aus einigen Krankensälen drang unterdrücktes Stöhnen, Schwestern hasteten hin und her, trugen Tabletts mit Verbandmaterial oder Teekannen in die Räume.

»Bitte, Missis Ruhland, hier hinein.« Der Arzt hielt Karoline eine grün gestrichene Holztür auf. Dahinter befand sich sein Arbeitszimmer, das von einem großen Schreibtisch beherrscht wurde. In einer Ecke hing, von einem Skelett halb verdeckt, die britische Fahne.

Dies alles registrierte Karoline ganz automatisch. Sie nahm auf dem verschlissenen Ledersessel, den Dr. Sherman ihr anbot, Platz und verschlang die Hände ineinander. »Bitte sagen Sie mir, was mit meinem Sohn ist, Herr Doktor.« Flehend sah sie ihn an. »Seit man mir die Mitteilung überbrachte, er sei schwer verletzt worden, bin ich außer mir vor Sorge. Ich habe mich sofort in eine Kutsche gesetzt und bin hergekommen.« Sie biss sich auf die Lippen, dann fuhr sie leiser fort: »Wir leben auf einem Weingut, Victor ist mein einziger Sohn. Es war nicht leicht, herauszufinden, ob er es wirklich ist, den man zu Ihnen ins Hospital gebracht hat. Schließlich ist er kein Engländer, kein Mitglied der britischen Armee.«

Dr. Sherman nickte. »Ich weiß, einer seiner Kameraden hat es mir gesagt. Glauben Sie mir, ich verstehe Ihre Ängste. Deshalb sage ich Ihnen als Erstes: Ihr Sohn wird leben! Aber ich musste ihm das Bein abnehmen.

Während des langen Transportes hatte sich Wundbrand gebildet, es ... es gab keine andere Möglichkeit, sein Leben zu retten.«

Karoline schlug die Hände vors Gesicht. Sie weinte vor Erleichterung, vor Entsetzen, vor Angst. Widerstreitende Gefühle erfüllten sie. Aber eines dominierte: das Glück darüber, dass Victor lebte!

Für einen kurzen Moment ließ der Arzt sie gewähren. Dann räusperte er sich:

»Sie können zu ihm, wenn Sie sich stark genug fühlen. Er wird sicher bald aus dem Narkoseschlaf erwachen. Da ist es gut, wenn er einen vertrauten Menschen um sich hat.« Langsam, beinahe schwerfällig erhob er sich und reichte Karoline die Hand. »Mich entschuldigen Sie, ich muss mich noch um etliche andere Verwundete kümmern.« Aus müden Augen sah er sie an.

»Danke, Herr Doktor.« Karoline musste alle Selbstbeherrschung aufbieten, um aufrecht das Zimmer zu verlassen.

Eine Ordensschwester mit einem schmalen, gütigen Gesicht führte sie zu dem Krankensaal, in dem Victor lag. »Was ist schon ein Bein«, sagte sie und drückte Karolines Arm. »Er lebt. Er wird weiterhin bei Ihnen sein können – nur das zählt, nicht wahr?«

Karoline nickte nur. Fest hielt sie die Lippen zusammengepresst, um das wehe Schluchzen, das in ihrer Kehle brannte, zurückzuhalten.

In dem abgedunkelten Krankensaal standen ein Dutzend Betten. In dem ersten, der Tür am nächsten, lag ein Mann, dessen Kopf fast vollständig verbunden war. Auch drei andere Männer trugen Kopfverbände, einer von ihnen schrie immerzu einen Namen.

»Gebt ihm doch endlich was gegen die Schmerzen.«

Ein älterer Mann, der in seinem Bett saß und immerzu auf den Armstumpf starrte, der ihm verblieben war, blickte die Ordensfrau kurz an. »Das hält kein Mensch aus, das Geschrei.«

»Er hat alles bekommen, was er haben darf.« Die Schwester trat zu dem wie irre Rufenden und legte ihm beruhigend die Hand auf den Arm. »Ich bin ja da«, sagte sie leise. »Sei still, alles wird gut.« Tiefer beugte sie sich zu ihm, so dass der Schleier ihrer Ordenshaube weit nach vorn fiel. Und wirklich wurde der schwerverwundete Soldat für ein paar kurze Augenblicke still. Dann aber, als sie seine Hand wieder losließ, begannen die Schreie erneut.

Aufseufzend wandte sich die Ordensfrau ab. »Er wird sterben«, sagte sie leise zu Karoline. »Die Kopfwunde ist zu groß.«

»Aber – kann man denn nichts tun?«

»Nein.« Die Nonne wandte sich dem letzten Bett zu. Hier lag, noch im Narkoseschlaf, Victor Ruhland. »Setzen Sie sich zu ihm. Er wird so bald noch nicht wach werden. Ich lasse Ihnen Tee bringen. Eine starke Tasse Tee hilft immer.« Tröstend drückte sie Karolines Arm, dann ging die Nonne zurück zu dem jungen Soldaten, der noch ein paarmal laut aufstöhnte, sich kurz aufbäumte und dann seinen letzten Atemzug tat. Mit Tränen in den Augen sah Karoline zu, wie die Schwester ihm mit einer beinahe zärtlichen Geste übers verbundene Gesicht strich, ehe sie mit gesenktem Kopf den Raum verließ.

Karoline schluckte schwer. Sie wusste inzwischen, dass es bei der Schlacht in den Drakesbergen über 400 Tote gegeben hatte, mehr als 300 Soldaten waren verletzt worden. Sie dankte ihrem Herrgott, dass er ihr

Victor nicht genommen hatte. Wenn er auch verwundet worden war – er war ihr geblieben!

Mit tränenumflortem Blick sah sie ihren Sohn an. Wie elend er aussah! Die Wangen waren eingefallen, die Lippen rissig. Sacht blähten sich seine Nasenflügel beim Atmen. Immer wieder seufzte er auf, unruhig warf er den Kopf hin und her.

Sie wollte seine Hand nehmen, die wie leblos auf dem weißen Leinenlaken lag, als sie mitten in der Bewegung innehielt. Bisher hatte sie nur Victors Gesicht gesehen, hatte jeden Blick auf seinen Körper vermieden. Jetzt sah sie zu seinen Beinen hin ... nein, nur rechts war eine Erhebung zu sehen. Auf der linken Bettseite war – nichts.

Weh schluchzte Karoline auf, als sie behutsam nach Victors Hand griff. Alles, was in den letzten Jahren trennend zwischen ihnen gestanden hatte, war vergessen. Hier lag ihr schwerverwundetes Kind, das sie brauchte. Jetzt mehr denn je. Nichts anderes zählte.

Die Zeit kroch dahin; die Zeiger der großen runden Uhr, die an der Kopfseite des Krankensaales angebracht war, schienen sich nicht vorwärtsbewegen zu wollen. Schwestern kamen und gingen. Sie sahen nach den Verwundeten, verabreichten Medizin, trösteten, so gut sie es vermochten, und wussten doch in so vielen Fällen, dass es keine Hoffnung mehr gab.

Stunde um Stunde saß Karoline Ruhland neben ihrem Sohn, sah immerzu in sein Gesicht – und suchte in den blassen Zügen vergeblich nach dem kleinen Jungen, der einst so übermütig durch die Weinberge von *Hopeland* getollt war.

»Mutter ...« Aus fiebrig glänzenden Augen sah Victor sie an. »Es ... es ist vorbei, nicht wahr?«

Sacht nahm Karoline sein viel zu schmales Gesicht in ihre Hände, streichelte zärtlich über die blassen Wangen. »Nein«, widersprach sie und straffte sich. »Es fängt gerade erst an, dein neues Leben.«

4

Das erste Morgenlicht legte einen zarten roten Schleier über die Weinberge, die sich bis in den Himmel zu erstrecken schienen. Jeder Hügel rund um das Gut war mit Weinstöcken bepflanzt, an denen die ersten Trauben des Jahres heranwuchsen.

Die frechen Kapsperlinge zankten sich mit einem Schwarm von Glanzstaren um die Früchte. In der Ferne stritten ein paar Affen, sie hatten den Kapgeier erspäht, der in einem alten knorrigen Baum saß und auf Beute wartete. Im Blumengarten von Gut *Hopeland* hatten sich Sugarbirds eingefunden, die auf den großen Königsproteen saßen und genüsslich den Nektar schlürften. Vor Jahren hatte Karoline Ruhland einige der Blumen, die mit ihren schön gefärbten Blumenköpfen zum Artenreichtum des *fynbos* zählten, im Garten angepflanzt. Sogar dann, wenn die brennende Sonne die letzten Rosen welken ließ, konnte man eine Königsprotea schneiden und als Blumenschmuck auf den Tisch stellen.

Im Gutshof wurde es unruhig, die ersten Männer erschienen zur Arbeit.

»Guten Morgen, mein Liebling.« David Bernhard beugte sich über Karoline und küsste sie sanft. Ihr Haar, durch das sich die ersten grauen Fäden zogen, duftete wie immer nach Limetten. »Ich muss los, es ist schon viel zu spät geworden.«

»Bleib doch noch«, bat Karoline und schmiegte sich in seinen Arm. »Es ist so albern, dass du dich nach all den Jahren noch immer aus meinem Schlafzimmer stiehlst.«

»Aber du weißt doch, warum ich es tue.« David Bernhard, der auch mit über fünfzig Jahren noch ein sehr attraktiver Mann war, schlug die Bettdecke zurück. Die Bitterkeit in seinen Worten war nicht zu überhören. Dennoch lächelte er Karoline zärtlich zu, als er sie zum Abschied küsste. »Wir sehen uns ja noch, bevor du abfährst.«

»Komm doch mit, David. Ich bitte dich sehr.« Auch Karoline stand auf. Sie trug ein dünnes, zartgelbes Nachthemd, dessen oberste Knöpfe offen waren. David sah die zarte Rundung ihrer Brust, sah, wie sich unter seinem Blick die Brustwarzen hart aufrichteten. Sein Herzschlag beschleunigte sich. Noch immer war er leidenschaftlich in Karoline Ruhland verliebt, die Sehnsucht nach ihr hatte nicht nachgelassen in den letzten Jahren. Wenn er sie so wie jetzt vor sich sah, musste er sich beherrschen, um sie nicht erneut zum Bett zu führen und zu lieben.

Ihr leises Lachen ließ erkennen, dass sie seine Gedanken erraten hatte. »Ich würde auch gern«, sagte sie, trat dicht vor ihn und küsste ihn rasch auf den Mund. »Aber wir haben keine Zeit mehr. In zwei Stunden wollen wir losfahren. Bitte komm mit. In Kapstadt ist doch alles einfacher. Außerdem kann keiner unseren Rotwein besser präsentieren als du. Und dagegen hat nicht mal Victor Argumente.«

»Unsinn«, widersprach er brüsk. »Du bist mindestens

so kompetent wie ich. Wir haben den Wein schließlich gemeinsam kreiert.«

»Bitte, David. Ich brauche dich.«

Wie selten waren die Momente, in denen Karoline sich eine Schwäche eingestand! Sie war eine erfolgreiche Winzerin, die Weine von Gut *Hopeland* verkauften sich in ganz Europa. Seit drei Jahren war sie mit der Rotwein-Produktion erfolgreicher als alle anderen Winzer am Kap, in ihrer Qualität konnten sich diese Weine mit den besten Lagen Frankreichs messen. Und doch ... sie sehnte sich danach, mit dem Mann, den sie liebte, offiziell zusammen zu sein!

»Und – deine Kinder?«

Sie zuckte mit den Schultern. »Victor ist verbittert, seit er in dem Scharmützel ein Bein verloren hat. Und seit er zusehen muss, wie seine Schwester umworben wird und wohl bald die Liebe kennenlernt, ist es ganz schlimm mit ihm.« Sie seufzte auf. »Ich würde ihm so gern helfen, aber er sieht sich als nutzlosen Krüppel – und niemand kann ihn von dieser Einstellung abbringen. Doch Charlotte mag dich sehr, das weißt du ja. Zudem ist sie ganz auf Peter Dielburg konzentriert.«

»Du meinst den jungen Mann, der mit diesem Adolf Lüderitz in unser Land gekommen ist?«

»Ja. Allerdings ist Peter Dielburg Jurist, soviel ich weiß, während Lüderitz Tabakhändler ist.«

»Und ein gewiefter Taktiker, wenn du mich fragst. Er hat viel Land in der Gegend um die Oranje-Mündung gekauft. Und ich habe gehört, dass er mit den Herero in Verhandlungen steht. Er will wohl auch einen Teil unseres Landes kolonialisieren.« David wirkte verbittert. »Und einige der einheimischen Stämme lassen sich darauf ein! Es ist unfassbar für mich!«

Karoline schwieg. Sie konnte die Kolonialpolitik, die zurzeit getrieben wurde und die den Menschen des schwarzen Kontinents immer mehr von ihrer Freiheit nahm, auch nicht gutheißen. Aber es lag nicht in ihrer Macht, daran etwas zu ändern. Engländer, Franzosen, Portugiesen und jetzt auch die Deutschen hatten wohl vor, das Land unter sich aufzuteilen.

»Vielleicht kannst du deine Bedenken in den nächsten Tagen vorbringen. Es ist also wichtig, dass du mitkommst zur Einweihung des *Houses of Parlament.*«

»Du gibst nie auf, nicht wahr?«

»Nein, niemals.« Karoline straffte sich. »Und deshalb finde ich, wir sollten gleich zusammen frühstücken. Gegen zehn Uhr werden Hannah und Frederic von *Summerset* herüberkommen, damit wir gemeinsam nach Kapstadt fahren können.« Sie lächelte. »Es ist so schön, die beiden wieder einmal hier zu haben. Frederic ist viel zu umtriebig, wenn du mich fragst. Er besitzt ein riesiges Vermögen, doch er ist immer noch auf der Suche nach neuen Möglichkeiten, seinen Reichtum zu mehren.«

»Ich glaube, das ist mehr Abenteuerlust als Ehrgeiz.«

»Da magst du recht haben. Arme Hannah, sie wird über kurz oder lang wieder auf ihn verzichten – oder ihn auf einer Reise ins Ungewisse begleiten müssen.«

Eine halbe Stunde später saßen sie auf der Terrasse und tranken Kaffee. Die Sonne hatte die Hügelkette im Osten überwunden und trocknete die letzten Tautropfen. Mit vier Pferdefuhrwerken wurden die Arbeiter in die umliegenden Weinberge gebracht, denn jetzt war es Zeit für den letzten Laubschnitt, damit die Trauben ungehindert in der Sonne reifen konnten.

Charlotte, die vor einigen Wochen ihren fünfundzwanzigsten Geburtstag gefeiert hatte, war schon fertig angekleidet. Zu ihrem hellen Haar passte das lichtblaue Kleid mit den dunkelblauen Paspelierungen am Revers ausgezeichnet. Der in acht Bahnen geschnittene Rock betonte ihre schlanke Taille, die weiße Bluse mit der breiten Borte aus Brüsseler Spitze unterstrich den zarten Teint. Im Gegensatz zu der herrschenden Mode war Charlottes Haut leicht gebräunt, man sah genau, dass sich die junge Frau viel im Freien aufhielt.

»Ich bin ja so aufgeregt«, gestand Charlotte, als sie ein wenig von ihrem Kaffee verschüttete. »Ob Peter Dielburg auch geladen sein wird?«

»Das denke ich schon. Er hat einige einflussreiche Freunde in der Stadt.« Karoline drückte die Hand ihrer Tochter. »Und falls er nicht geladen ist, wird er es sicher einzurichten wissen, in deine Nähe zu gelangen.«

»Mama!« Charlotte errötete.

»Deine Mutter hat recht.« David lächelte der jungen Frau zu. »Wenn man liebt, ist kein Hindernis zu groß.«

»Welch sinnige Erkenntnis! Und das aus deinem Mund!« Victor kam, auf zwei Krücken gestützt, auf die Terrasse. Mühsam nahm er Platz.

»Warum hast du deine Prothese nicht angelegt?«, erkundigte sich Charlotte. »Wir wollen doch gleich in die Stadt fahren.«

»Fahrt ohne mich. Ich bleibe hier.« Victor nahm sich Brot und etwas Käse. »Ein Krüppel wäre euch nur hinderlich.«

»Du sollst so etwas nicht sagen!«, rügte Karoline. »Du hast ein Bein verloren, wohl wahr. Aber alles andere ist vorhanden – dein Verstand vor allem. Du besitzt Wissen, das für viele Menschen in diesem Land von Bedeutung ist. Du hast fertig studiert, hast ein Jahr im Krankenhaus gearbeitet. Warum …«

»Du weißt, warum ich das nicht mehr mache«, fiel er ihr ins Wort. »Und jetzt bitte ich dich – lass mich in Ruhe frühstücken.« Hastig trank er seinen Kaffee aus, dann stand er auf. »Genießt den Aufenthalt in der Stadt und amüsiert euch.« Er warf David einen hasserfüllten Blick zu. »Sei nur vorsichtig mit deiner Begleitung, Mutter.«

Karoline sprang auf, doch noch bevor sie etwas sagen konnte, legte ihr David die Hand auf den Arm.

»Es gibt Defizite, die sind schlimmer als ein fehlendes Bein«, sagte Charlotte. »Darüber solltest du einmal nachdenken, Bruder.«

Victor zuckte nur mit den Schultern, dann ging er, auf die Krücken gestützt, zurück ins Haus.

»Er ist unverschämt. Und unbelehrbar. Wenn ich nur wüsste, warum er sich so vehement gegen dich stellt, David.« Karoline tupfte sich über die Augen. Alles, wirklich alles hatte sie versucht, um das Verhältnis zwischen den beiden Männern zu verbessern. Doch Victor lehnte den Kellermeister, der so viel für *Hopeland* getan hatte und den seine Mutter liebte, nach wie vor ab.

»Er ist eben ein Rassist.« David Bernhard stand auf. »Wir werden es ertragen müssen.«

»Nein, das stimmt nicht!« Charlotte schüttelte den Kopf. »Ich glaube eher, dass er ein Ventil für sein Unglück sucht. Der Grund ist, da bin ich sicher, diese Krankenschwester, an die er sein Herz gehängt hat. Aber sie muss ihn zutiefst verletzt haben. Nicht umsonst hat er Hals über Kopf die Klinikarbeit niedergelegt. Er ist verbittert, aber auch verzweifelt. Er tut mir so leid!«

Karoline nickte ihrer Tochter zu. »Du magst recht haben. Und doch ist sein Verhalten kränkend. Ich ... ich weiß nicht, wie lange ich es noch ertragen kann.«

Victor, der hinter der doppelflügeligen Tür lehnte, biss sich auf die Lippen, bis er Blut schmeckte. Er schämte sich für sein Betragen – und konnte doch nicht dagegen an. Dass seine Mutter und David sich so innig zugetan waren, dass ihre Liebe alle Widrigkeiten überdauerte, machte ihn eifersüchtig. Das Wissen, dass er selbst noch nie so geliebt worden war, nagte an ihm. Nie, da war Victor Ruhland sich sicher, würde er eine Frau finden. Wer wollte schon einen Krüppel?

Die Szene vor zwei Jahren, die Stunde, in der all seine Zukunftshoffnungen zerstört worden waren, stand wieder vor seinem geistigen Auge. Oft, wenn er des Nachts wach lag und ihn die Phantomschmerzen plagten, sah er Silvana vor sich. Langes schwarzes Haar umrahmte das herzförmige Gesicht. Große dunkle Augen konkurrierten in ihrer Schönheit mit dem roten Mund, den er so gern geküsst hätte.

Silvana hatte ihm mit vielen Gesten gezeigt, dass sie sein Werben guthieß, dass es sie freute, wenn er in ihrer Nähe war. Und dann, einen Tag nachdem er seinen Doktortitel errungen hatte, ging er zu ihr. Sie bewohnte zwei kleine möblierte Zimmer in der Nähe der Klinik.

Victor erstand ein Rosenbouquet und einen schmalen goldenen Ring. Lächelnd empfing ihn Silvana. »Sie verstehen zu überraschen, lieber Victor«, sagte sie. »Kommen Sie doch herein und trinken Sie einen Tee mit mir.«

»Gern. Aber erst ...« Er zögerte, dann reichte er ihr die Blumen. »Silvana, es muss gesagt werden. Sie ahnen gewiss schon, was mir auf dem Herzen brennt. Seit ich Sie kenne, seit Sie mir mit so viel Freundlichkeit entgegengekommen sind …« Sekundenlang hielt er inne, doch da sie nichts sagte, wagte er es, weiterzusprechen. »Silvana, ich liebe Sie über alles. Wollen Sie meine Frau werden?«

Stille erfüllte für eine Weile den kleinen Raum. Stille, die plötzlich von Silvanas Lachen unterbrochen wurde. »Ich – Sie heiraten?« Sie legte die Blumen auf einen kleinen Tisch am Fenster, dann sah sie Victor mit einem so kalten Blick an, dass er taumelte. Der Stock, den er brauchte, wenn er seine Holzprothese anhatte, fiel zu Boden. Silvana zeigte mit dem Finger darauf, als sie fortfuhr: »Nein, Victor, das kann nicht Ihr Ernst sein! Ich mag Sie, wirklich, Sie sind ein guter Arzt, und es ist angenehm, sich in langen Nachtdiensten mit Ihnen zu unterhalten. Aber ich kann mir nicht vorstellen …« Sie wies auf sein Holzbein. »Nein, ich mag es mir nicht vorstellen, mit Ihnen das Bett zu teilen.«

Jeder Blutstropfen wich aus seinem Gesicht. Nur mit Mühe gelang es ihm, aufrecht stehen zu bleiben. »Schon gut. Vergessen Sie alles, was ich gesagt habe.«

Gerade wollte er sich nach seinem Stock bücken, als aus dem Nebenzimmer ein Mann kam – Dr. Bertram Werlinghouse. Groß, breitschultrig, mit vollem dunklen Haar. Er trug nur Hose und Unterhemd. Mit zwei Schritten war Silvana bei ihm und schmiegte sich an ihn – eine Geste, die mehr sagte als alle Worte.

Hämisch grinsend hob Bertram Werlinghouse den Stock auf und reichte ihn Victor. »Sie sollten sich nicht in die Kreise Ihrer Vorgesetzten begeben, Ruhland«, sagte er ironisch lächelnd. »Das tut Ihnen nicht gut.«

Noch heute wusste Victor nicht, wie er aus dem

Haus gekommen war. Scham, Zorn, Selbstmitleid und eine unendliche Traurigkeit hatten ihn erfasst.

An diesem Tag beschloss er, die Klinik zu verlassen und nicht mehr als Arzt zu arbeiten.

5

Eine Kutsche nach der anderen fuhr durch die Government Avenue, sie hielten vor dem *Houses of Parlament*, einem repräsentativen Neubau im viktorianischen Stil. Elegant gekleidete Paare betraten das Gebäude, das in einer Stunde mit einem Festakt eingeweiht werden sollte.

Karoline und Charlotte saßen in einer Kutsche, die von zwei wunderschönen Rappen gezogen wurde. Pandu hielt die Zügel in Händen, während David Bernhard den beiden Damen galant aus der Kutsche half. Beide waren sehr elegant gekleidet; Karoline trug ein nachtblaues Seidenensemble, das am Kragen und an den Ärmelenden mit weißem Hermelin abgesetzt war. Der neuen Mode entsprechend war das Kleid körpernah geschnitten, nur eine Tornüre aus Fischbein bauschte den Rock unterhalb der Taille auf, er endete in einer kleinen Schleppe, die aus siebenfach getäfeltem Taft bestand. Das Haar hatte sie zu einem Chignon geschlungen, an den Seiten wurde es mit dünnen Nadeln hochgesteckt. Als Kopfschmuck hatte sie einen schmalen Reif aus Seide, an dem einige Marabufedern befestigt waren, gewählt.

Charlotte, in einem apricotfarbenen Kleid aus Atlasseide, sah sich unauffällig um. Ein Lächeln glitt über ihr Gesicht, als sie den Mann bemerkte, der hinter einer der Säulen auftauchte und ihr rasch entgegenkam. »Meine Damen, ich freue mich, Sie hier zu treffen.« Peter Dielburg beugte sich erst über Karolines Hand, dann nahm er zärtlich Charlottes Finger in seine Rechte.

Karoline lächelte. »Ein charmanter Zufall, das denke ich auch.« Sie wandte sich an ihre Tochter. »Geht schon vor bitte. Ich will schauen, wo David bleibt.«

Charlotte ließ es nur zu gern zu, dass der junge Deutsche ihren Arm nahm. »Ich habe es extra so eingerichtet, dass ich heute hier sein kann.« Sein Blick war eine einzige Liebkosung. »Freuen Sie sich ein wenig, Miss Ruhland?«

Charlotte sah ihn offen an. Eine sachte Röte färbte ihre Wangen, als sie eingestand: »Es freut mich sogar sehr, lieber Peter.«

»Charlotte!« Er zog ihre Hand erneut an die Lippen. Langsam schlenderten sie zum Eingang. Erst als sie das Haus schon betreten hatten, sah sich Charlotte suchend um. »Wo bleiben meine Mutter und David?«

Auf halbem Weg zum Parlamentsgebäude waren zwei ältere Männer Karoline und David entgegengetreten. Einer von ihnen, stämmig und mit stechendem Blick, stellte sich dem Kellermeister in den Weg. Der andere, ein kapholländischer Geschäftsmann, der seit Jahren Wein von Gut *Hopeland* bezog, sah David geringschätzig an. »Sie werden es doch wohl nicht wagen, zu dieser Feierstunde zu gehen? Ein Mann Ihrer Herkunft – unmöglich!« Er winkte einen Wachmann herbei. »Lassen Sie sich von dem Kerl seinen Ausweis zeigen.«

»Mister Cornelson! Ich bitte Sie!« Empört sah Karoline den glatzköpfigen Mann an.

»Um was wollen Sie mich bitten, Missis Ruhland? Um Toleranz einem Schwarzen gegenüber? Meine Liebe, es ist unverschämt von Ihnen, die gesellschaftlichen Grenzen zu ignorieren. Aber bitte, wenn Sie sich mit einem solchen Menschen gemeinmachen wollen …«

»Mit Mister Bernhard gern. Mit Ihnen allerdings nicht mehr.« Karoline warf den Kopf in den Nacken. »Ich möchte Sie bitten, sich einen anderen Weinhändler zu suchen. Von mir bekommen Sie keinen Tropfen mehr!« Dann lächelte sie David zu. »Komm, Lieber, in dieser Gesellschaft wird mir übel.«

6

Rebläuse! Wir haben Rebläuse im südlichen Hang und auch bereits auf den beiden Hügeln im Osten.« Kimani stand das Entsetzen ins Gesicht geschrieben. Ohne anzuklopfen, war er in Karolines Arbeitszimmer gestürzt, hielt einen halbvertrockneten Rebstock in der Hand und deutete auf das Wurzelwerk.

»Nein!« Alles Blut wich aus Karolines Gesicht. Sie stützte sich mit beiden Händen auf der Schreibtischplatte ab, als sie sich langsam erhob und das Wurzelwerk genauer untersuchte. »Du bist dir ganz sicher, Kimani, ja?«

»Ja. Ich habe Mister David gefragt, er meint es auch.«

»Wo ist Mister David?«

»Am östlichen Hügel. Da, wo wir die neuen Anpflanzungen vorgenommen haben.« Er zögerte, dann fuhr er leise fort: »Die meisten Stöcke sind schon welk. Diese Viecher … sie haben ganze Arbeit geleistet.«

»Habt ihr das denn nicht schon früher gemerkt?«

Der alte Gutsverwalter senkte den Kopf. »Das Bewässerungssystem funktioniert, alles war in Ordnung. Erst vor drei Tagen ist mir aufgefallen, dass einige Stöcke dennoch vertrocknet sind.«

»Wie konnte das nur passieren?« Karoline war verzweifelt. »Kimani, was können wir tun?«

Der alte Mann zuckte mit den Schultern. »Sie wissen es doch genauso gut wie ich, Missis Ruhland – gegen die Rebläuse gibt es kein Mittel. Die verfluchten Viecher sitzen nur ein paar Tage lang an den Blättern, den meisten Schaden richten sie im Boden an, wenn sie die Wurzeln anfressen und so die Pflanze daran hindern, Wasser aufzunehmen.«

Karoline ging zur Tür. »Ich komme gleich raus und sehe mir alles selbst an, Kimani. Ich will mich nur kurz umziehen.«

Schon zehn Minuten später ritt sie hinüber zum östlich gelegenen Hang, an dem erst vor kurzem neue Stöcke gepflanzt worden waren. David Bernhard stand, von drei schwarzen Arbeitern umringt, vor einem Haufen ausgerissener Reben.

Als er Karoline bemerkte, kam er auf sie zu und half ihr beim Absitzen.

»Sind es wirklich Rebläuse?« Sie ging hinüber zu dem Hügel aus verdorrten Rebstöcken und nahm einen von ihnen auf. Die Wurzel war angefressen und wies an einigen Stellen sogar Pilzbefall auf.

»Es besteht kein Zweifel.« David war zu ihr getreten und legte ihr die Hand auf die Schulter. »Wir haben an verschiedenen Stellen Proben genommen – der ganze

Hang ist befallen.« Er zögerte, sagte dann bedrückt: »Und ich fürchte, nicht nur dieser.«

Seine Prognose bewahrheitete sich in den nächsten Tagen. Fast ein Drittel der Reben wies Schäden auf. Ununterbrochen waren die Männer im Einsatz, um die Rebstöcke auszugraben und zu Bergen aufzuschichten, die dann verbrannt werden mussten. An vielen Stellen im Rebland brannte es, die meisten Winzer am Kap waren von der Plage heimgesucht worden. Mit rasanter Geschwindigkeit breitete sich die Reblaus aus, befiel Hang um Hang. Es gab kaum ein Weingut, das verschont wurde.

Karoline ritt tagelang über ihr Land, mit Tränen in den Augen sah sie zu, wie die Männer immer neue Feuer legten.

»Hoffentlich gelingt es ihnen, die Epidemie zu stoppen«, murmelte sie. »Sonst ist *Hopeland* in Gefahr.«

7

Niemanden ließ das Geschehen unberührt. Charlotte, die ihr Herz für Peter Dielburg entdeckt hatte und glücklich war, dass der sympathische Jurist ebenso empfand, versuchte, ihre eigenen Interessen zurückzustellen. So wie alle anderen auf *Hopeland* tat sie alles, um bei der Bekämpfung der Reblausplage zu helfen.

So wie sie tat auch Victor, was immer in seiner Macht stand. Konnte er auch nicht im Weinberg helfen, so kümmerte er sich um die Versorgung der Arbeiter, fuhr

Verpflegung zu den abgelegenen Hügeln und versuchte, alles über diese Plage und ihre Bekämpfung herauszufinden. Aber es schien wirklich so, als gäbe es kein Mittel gegen die kleinen Tiere, die so großen Schaden anrichteten. Nur die Weingärten, die auf Sandböden angelegt waren, wurden verschont. Hier schienen sich die Läuse nicht halten zu können.

»Es gibt in Frankreich Versuche mit Rebstöcken aus Amerika«, sagte er nach zehn Tagen, als er abends mit Karoline und David zusammensaß. »Man sagt, da gäbe es reblaustolerante Reben – die kann man als sogenannte Unterlagsreben nehmen. Sie werden dann mit Edelreisern bepfropft und …«

»Ja, so könnte der verheerende Kreislauf unterbrochen werden! Das ist einleuchtend!« David beugte sich erregt vor. »Woher hast du die Information?«

»Aus einer Zeitschrift.« Victor lehnte sich in seinem Sessel zurück und steckte sich ein Zigarillo an. »Sie wird in Kalifornien herausgegeben, es war Zufall, dass ich auf den Artikel gestoßen bin.«

»Aber es könnte unsere Rettung sein, nicht wahr?«, fragte Karoline. Sie war in diesen wenigen Tagen gealtert, Falten, die bisher nicht da gewesen waren, lagen um ihren schönen Mund.

»Vielleicht.« Victor nahm einen letzten Zug, dann stand er mühsam auf. »Bewiesen ist noch gar nichts, man hat wohl auch noch keine Versuche gestartet. Der Artikel liegt auf deinem Schreibtisch, Mutter. Gute Nacht.«

»Gute Nacht.« Karoline sah ihrem Sohn nach, wie er ins Haus ging. »Wenn es wirklich stimmt, was er gelesen hat …«

»Es wäre ein Hoffnungsschimmer.« David Bernhard

erhob sich. Er war müde, seit dem ersten Sonnenstrahl war er auf den Beinen. »Wir sollten zu Bett gehen. Morgen werden wir die letzten Reben verbrennen.«

Drei Feuer gleichzeitig wurden entzündet, die Arbeiter warfen Tausende Rebstöcke ins Feuer. Hell loderten die Flammen auf, knisternd verbrannten die Reben, die noch vor Wochen den Reichtum von *Hopeland* dargestellt hatten.

David Bernhard ritt von einer Feuerstelle zur anderen und kontrollierte, ob die Männer auch sorgfältig arbeiteten und kein Wurzelstock vergessen wurde.

Inzwischen war klar, dass es im Umkreis kein Weingut gab, das verschont worden war. Es war eine Katastrophe, deren Ausmaß man noch nicht vorhersehen konnte.

»Wir werden, wenn nicht ein Wunder geschieht, noch einmal ganz von vorn anfangen müssen«, sagte Karoline mit Tränen in den Augen, als sie die gerodeten Hänge sah. »Ich weiß nicht, ob ich das schaffe.«

Charlotte legte ihr den Arm um die Schultern. »Du schaffst es, Mama, da bin ich sicher. Du bist so stark, so tapfer … du wirst auch diesen Schicksalsschlag überwinden.«

So, wie sie es versprochen hatte, half Charlotte auch an diesem Tag, so gut sie es vermochte. Sie war gerade auf dem Weg zu einem der Hänge, um den Männern Proviant zu bringen, als sie drei kleine Buben bemerkte, die Pechfackeln in Händen hielten.

»Hallo, ihr da!« Sie lenkte den leichten Landauer auf die drei kleinen Schwarzen zu, doch die rannten laut kreischend davon, die lodernden Fackeln immer noch in Händen.

Charlotte sah ihnen nach, bis sie hinter einer Baumgruppe verschwunden waren. Hoffentlich machen die drei keinen Unsinn, schoss es ihr durch den Kopf.

Ein paar hundert Yards hinter dem kleinen Eichenhain befand sich eine der großen Feuerstellen. Weithin sichtbar loderte das Feuer, Rauch erfüllte die Luft, das Kutschpferd wieherte angstvoll und war nur mit Mühe zum Weitergehen zu bewegen.

In gebührender Entfernung hielt Charlotte den Wagen an und sprang vom Kutschbock. Sie sah sich nach David Bernhard um, der auf seinem Apfelschimmel gut auszumachen war.

Als sie ihn entdeckte, winkte sie ihm zu. »Wollt ihr jetzt eine Pause machen?«, fragte sie. »Die Zitronenlimonade und das Wasser sind noch kühl. Eine Erfrischung tut sicher allen gut.«

David nickte und rief seinen Leuten einen knappen Befehl zu. Alle Männer, die jetzt auf den leichten Landauer zukamen, wirkten müde und erschöpft. Gesichter und Kleidung waren rußig. Dankbar nahmen sie die kühlen Getränke und die Sandwiches, die Charlotte vorbereitet hatte, entgegen.

»Noch drei Tage, dann ist es geschafft«, sagte David und lehnte sich müde gegen eins der Wagenräder. »Wir können nur hoffen, dass wir dann alle Hänge gesäubert haben. Kimani ist drüben am östlichen Hang.«

»Ich weiß. Victor ist dorthin unterwegs.« Sie legte David die Hand auf den Arm. »Mach für heute Schluss hier«, bat sie, »und komm mit mir aufs Gut zurück. Mutter braucht dich. Sie ist verzweifelt und glaubt nicht mehr an einen Neuanfang.«

David schüttelte den Kopf. »Ich muss hier nach dem Rechten …« Er hatte noch nicht ausgesprochen, als einer der Männer einen lauten Schrei ausstieß und aufsprang. »Nicht, Tiago! Amaru – kommt da weg!« Er rannte auf das lodernde Feuer zu. Zwei der etwa siebenjährigen Jungen, die Charlotte eben getroffen hatte, versuchten, ihre Pechfackeln ins Feuer zu werfen. Viel zu nah kamen die kleinen Gestalten an die brennenden Reben heran.

Noch ehe der Gutsarbeiter den kleinen Tiago erreicht hatte, stob ein dichter Funkenregen auf die beiden zu. Tiago, voller Panik, versuchte fortzurennen, doch er stolperte über einige Äste und fiel zu Boden. Sein Schrei mischte sich mit dem des Mannes, der verzweifelt versuchte, den Jungen aufzuheben.

»Das ist sein Sohn«, sagte einer der schwarzen Arbeiter, und seine Stimme klang hohl vor Entsetzen.

Ein Fuß des Jungen hatte sich im Geäst verkantet, es war nicht möglich, ihn einfach aufzuheben und davonzutragen. In die Schmerzensschreie des Jungen mischten sich die Hilferufe des verzweifelten Vaters.

David Bernhard sprang auf und rannte zur Unglücksstelle. Ein zweiter Mann folgte. Rasch griff er sich den kleinen Amaru, der wie erstarrt dastand und zusah, wie das Hemd seines Freundes Feuer fing, und brachte den Jungen in Sicherheit. David Bernhard zog sich den Hut so tief wie möglich ins Gesicht, um sich vor den Feuerzungen zu schützen. Er zog die glühenden Scheite zur Seite und half dem Arbeiter, Tiago vom Boden hochzuheben. Gemeinsam gelang es ihnen nach einigen Sekunden, das Kind, das laut schrie vor Schmerzen, zu befreien. Tiagos Hemd hatte Feuer gefangen, mit bloßen Händen hatte sein Vater die Flammen erstickt.

Charlotte stand wie erstarrt und sah der gespenstischen Szene zu. Erst als die Männer mit Tiago auf die Kutsche zurannten, kam wieder Leben in sie. Ohne zu zögern, riss sie sich die Bluse vom Körper, übergoss sie mit Wasser und wickelte den Jungen in das feuchte Leinen. Dass sie nur noch ein dünnes Unterkleid anhatte, störte in diesem Moment nicht.

»Er muss zum Arzt.« David, mit rußgeschwärztem Gesicht, sank zu Boden. »Victor ... wo ist er?«

»Bei der Feuerstelle Richtung *Summerset*«, erwiderte einer der Männer. Er strich sich über das rußgeschwärzte Gesicht und atmete mühsam.

»Holt ihn her. Nehmt mein Pferd ...« David hustete, der beißende Rauch war in seine Lungen gedrungen und nahm ihm den Atem.

Der Apfelschimmel, sonst nur von David zu reiten, ließ es in dieser Situation tatsächlich zu, dass ein junger Arbeiter in den Sattel sprang und in die östliche Richtung davongaloppierte. Spürte das Tier die Not, in der die Menschen waren? Das große Pferd raste dahin, und es dauerte nicht lange, dann sah Marlo, der junge Arbeiter, Victors Kutsche auf sich zukommen.

»Mister Ruhland! Doktor! Hilfe!« Er winkte aufgeregt, und kaum war Victor in der Nähe, rief er ihm zu, was geschehen war.

Einen Herzschlag lang zögerte Victor. »Nein!«, wollte er zurückschreien, »ich will nicht mehr Arzt sein. Ich kann nicht!« Doch nichts dergleichen tat er, sondern gab dem Kutschpferd die Peitsche und fuhr, so rasch es möglich war, zum Unglücksort.

8

Fast ein Jahr war vergangen. Die Rebhügel waren gesäubert und die Hälfte von ihnen bereits neu bepflanzt. Es war ein hartes Jahr für die Bewohner von *Hopeland* gewesen. In manchen Nächten hatte Karoline Ruhland in ihrem Arbeitszimmer gesessen und über Kalkulationen, Bestellungen und Rechnungen gebrütet. Dann hatte sie geglaubt, es nicht zu schaffen, denn die Belastungen schienen zu groß.

»Wir müssen das Gut aufgeben«, sagte sie einmal zu David. »Es kann nicht gelingen, es neu aufzubauen. Die Verluste waren zu groß.«

Er nahm sie in den Arm und hielt sie fest. »Sei nicht so verzagt, mein Herz«, bat er und küsste ihr Haar, das an den Schläfen weiß geworden war in den harten Monaten, die hinter ihr lagen. »Noch ist nichts verloren. Wir haben den Rotwein von *Summerset*, der sich gut verkaufen lässt. Wir haben noch acht Fässer des besten Chardonnays und auch noch ein paar große Fässer Muskateller.«

Und wirklich – die Kunden aus Europa bestellten auch weiterhin den Wein von Gut *Hopeland*, zumal auch in den französischen und deutschen Rebhängen die Reblaus gewütet und viele Weinberge zerstört hatte.

Davids Nähe, seine treue Liebe machten Karoline zuversichtlich. Vor allem jedoch die Tatsache, dass ihr Sohn Victor endlich wieder vollkommen am Leben teilnahm, dass er sich mit David ausgesöhnt hatte und auch seinen Arztberuf wieder ausübte, machte sie glücklich.

Seit dem Tag, an dem er den kleinen Tiago, dessen Vater und David versorgt hatte, war ihm bewusst geworden, dass das Arztsein seine Berufung war.

»Ich werde mich in Kapstadt niederlassen und eine Praxis eröffnen«, sagte er eines Tages. »In einer Klinik wäre ich fehl am Platz, am OP-Tisch werde ich niemals stehen können. Aber eine Praxis kann ich führen.«

Mit viel Elan richtete er sich, nur wenige Straßen vom Stadthaus der Familie entfernt, eine Praxis ein. Zunächst war sie nur mit dem Nötigsten ausgestattet, doch nach und nach, wenn er die erforderlichen Mittel besaß, wollte er sie ausbauen, vielleicht sogar eine Sprechstundenhilfe einstellen.

In den ersten Monaten stand ihm seine Schwester zur Seite. Doch nach ihrer Verlobung mit Peter Dielburg, am Ostersonntag des Jahres 1886, war Victor genötigt, sich eine neue Helferin zu suchen. Er fand sie in Olivia Terjung, einer zarten jungen Frau, die bis vor zwei Jahren in Wellington gelebt hatte. Olivia war dreiundzwanzig Jahre alt, besaß blauschwarzes langes Haar, das sie meist offen trug. Nur eine breite Spange hielt es im Nacken zusammen. Die veilchenfarbenen Augen blickten ernst in die Welt, das Lachen schien Olivia verlernt zu haben.

Sie war scheu und sehr zurückhaltend. Nur wenn Kinder in die Praxis kamen, lebte sie auf. Victor war von Tag zu Tag mehr von ihr eingenommen, doch sie schien eine Mauer um sich errichtet zu haben, die er nicht durchbrechen konnte.

Karoline beobachtete ihren Sohn aufmerksam. Es gefiel ihr sehr, dass er wieder als Arzt arbeitete. Und auch Olivia fand sie mehr als sympathisch. Zweimal schon hatte sie sich angeregt mit der jungen Frau unterhalten, die sehr gebildet war. Doch sobald man sie auf ihr Privatleben ansprach, verschloss sie sich.

An einem kühlen Tag im Mai lud Karoline all ihre Lieben zu einem Abendessen ins Stadthaus ein. Es galt, wieder einmal Abschied von Hannah und Frederic zu nehmen, die in die Republik Transvaal reisen wollten.

»Es wird mein letztes Abenteuer sein, das verspreche ich euch«, sagte Frederic, als er sein Glas erhob und Karoline für das opulente Abschiedsessen dankte. »Ich weiß, dass ihr mich kaum verstehen könnt ... und auch Hannah ist nicht allzu glücklich über meinen Entschluss, nach Norden zu reisen. Aber ich muss es einfach tun.« Ein verwegenes Lächeln, das sein Gesicht wieder ganz jung machte, umspielte seine Lippen, als er fortfuhr: »Am Witwatersrand hat man eine Unmenge an Gold gefunden. Das muss ich mir einfach ansehen.«

»Und investieren«, warf Karoline ein.

»Ja, das auch, wenn es möglich ist. Die Schürfrechte an einer Goldmine zu haben wäre nicht schlecht.« Frederic lachte leise auf. »Ich verspreche euch – danach werde ich sesshaft werden.«

»Darauf trinke ich.« Hannah hob ihr Glas. Sie war immer noch sehr schön, doch ihre Gestalt war ein wenig fülliger geworden mit den Jahren. »Noch einmal wirst du mich nämlich nicht dazu überreden können, mit dir ins Ungewisse zu reisen.« Sie sah Charlotte und Peter an. »Hättet ihr nicht Lust, mit uns zu kommen? Es wäre doch für Sie, Peter, gewiss auch von Interesse, sich diese Gold-Seife anzusehen. Man sagte mir, es sei eine der größten weltweit, ein kleines geologisches Wunder.«

Der junge Jurist winkte ab. »Danke für diese Einladung, aber das ist mir leider nicht möglich. Ich habe versprochen, einem Freund in der Kanzlei zu helfen. Die Praxisarbeit interessiert mich sehr. Mein Freund wollte sich zunächst in Deutsch-Südwestafrika niederlassen, denn er ist ein Bekannter von Adolf Lüderitz. Nun zieht er es aber doch vor, hierher ans Kap zu kommen.«

»Schade. Ich hätte euch gern bei mir gehabt.« Hannah nahm noch einen Schluck Kaffee. »Dann werde ich allein mit meinem Abenteurer in Richtung Witwatersrand reisen müssen.«

Der Abend verging mit lebhaften Unterhaltungen. Karoline war glücklich darüber, dass ihre Familie endlich in vollkommener Harmonie lebte. Charlotte und der strebsame Jurist Peter Dielburg würden Ende des Jahres heiraten, das hatten sie ihr gestern verkündet. Und auch Victor schien sein Herz entdeckt zu haben. Die Blicke, die er Olivia zuwarf, sprachen von großer Zuneigung.

Die junge Frau allerdings gab Karoline Rätsel auf. Sie war klug, liebenswert und von bezaubernder Anmut. Doch es schien sie ein Geheimnis zu umgeben, das niemand zu lüften vermochte. Schade für dich, mein Sohn, dachte Karoline, die sah, wie verliebt Victor seine junge Assistentin anschaute.

Nach dem Essen ließ Karoline Mokka servieren. David und Frederic gingen für ein paar Minuten hinaus in den Garten, um eine Zigarre zu rauchen.

»Ich darf mich jetzt verabschieden«, erklärte Olivia, nachdem sie ihren Kaffee getrunken hatte. »Herzlichen Dank für Ihre Einladung, Missis Ruhland. Es war mir eine Ehre, hier bei Ihnen sein zu können.«

Karoline sah ihren Sohn auffordernd an. »Du möchtest Fräulein Olivia sicher nach Hause begleiten,

Victor. Ich sage Pandu Bescheid, dass er die Kutsche vorfährt.«

Doch Olivia winkte ab. »Danke, aber das ist wirklich nicht nötig. Ich kann die kurze Strecke zu Fuß zurücklegen.«

»Dann begleite ich Sie!« Victor stand auf und ging zur Tür. Sein Gang war mit der Zeit immer sicherer geworden, den Stock brauchte er daheim gar nicht mehr.

Draußen vor dem Haus wehte ein heftiger Wind von Nordost, und Olivia zog sich das wollene Tuch, das sie gegen die Nachtkühle schützen sollte, fester um die Schultern. Sie war versucht, rasch nach Hause zu laufen, doch in Victors Begleitung war das nicht möglich.

»Sie frieren.« Der junge Arzt zog seinen Pelerinenmantel aus und hängte ihn ihr um.

»Aber jetzt wird Ihnen kalt.«

Er winkte lächelnd ab. »So rasch friere ich nicht.«

Eine Weile gingen sie schweigend weiter. Der Wind wurde noch heftiger, die ersten Regentropfen fielen vom nachtdunklen Himmel.

»Gehen Sie zurück, Herr Doktor, ich laufe schnell die beiden Straßenzüge, dann bin ich daheim.« Olivia blieb stehen und wollte Victor seinen Mantel zurückgeben. Dicht standen die beiden jungen Menschen voreinander, die Blicke ließen sich nicht mehr los.

»Olivia, ich …« Victor zögerte. Im flackernden Licht der Gaslaterne wirkten Olivias Augen übergroß. »Ich begleite Sie bis zu Ihrer Wohnung.«

»Ja.« Sie senkte den Kopf, bewegte sich aber keinen Schritt weiter.

Victor zögerte noch einen Atemzug lang, dann ließ er den Stock fallen und nahm das Mädchen, das er liebte, in den Arm. Der erste Kuss war voller Süße. Nur zart berührten sich ihre Lippen, aber dann war es Olivia, die sich fester in Victors Arme schmiegte.

Doch nur Sekunden dauerte die vertraute Nähe, dann riss Olivia sich los und wollte davonlaufen.

»Bleib stehen! Olivia, bitte!« Hinkend versuchte Victor, ihr zu folgen, doch auf dem feuchten Pflaster rutschte er aus und fiel zu Boden. Sein unterdrückter Schmerzensschrei ließ Olivia innehalten.

Als sie sah, dass er allein nicht aufstehen konnte, hastete sie zurück und stützte ihn. »Es tut mir leid«, flüsterte sie. »Verzeih, aber ich kann nicht …«

»Was kannst du nicht? Mich lieben?« Der Mann ignorierte den Schmerz in seiner linken Hüfte. Er legte die Hand unter Olivias Kinn und zwang sie, ihm in die Augen zu sehen.

Sie biss sich auf die Lippen und senkte den Blick.

»Olivia, bitte, hab doch Vertrauen zu mir und sag, was dich bedrückt.« Victor zog die Widerstrebende an sich. »Was immer es auch ist – ich werde es verstehen.«

Mit einem Ruck warf sie den Kopf zurück, schlug das Tuch zur Seite und schob die Haare nach hinten. »Hier, schau genau hin: Hast du schon mal etwas so Hässliches gesehen?«

In Victors Gesicht regte sich kein Muskel. »Das Feuermal … ist es das, was dich daran hindert, mich zu lieben?« Er lachte leise und beugte sich vor, um die dunkelrote Hautstelle hinter ihrem linken Ohr zu küssen. »Ich weiß seit langem davon. Das Feuermal zieht sich bis hin zu deinem Nacken, es endet in einer wulstigen Narbe. Ich denke, dass sich ein unfähiger Chirurg daran versucht hat. Dennoch ist es ein sehr aparter Nacken.«

Die junge Frau sah ihn erst fassungslos an, dann blitzte es in ihren Augen auf. »Du nimmst mich nicht ernst! Oder – ist es Mitleid?«

»Mitleid?« Victor wischte sich die Regentropfen aus dem Gesicht. »Hast du mit mir Mitleid?«

»Nein.« Heftig schüttelte Olivia den Kopf.

»Dann ist ja alles gesagt.« Er nahm ihren Arm. »Wenn wir noch lange hier im Regen stehen, haben wir morgen beide einen Schnupfen.«

»Aber ...«

»Keine Widerrede mehr. Ich bringe dich jetzt heim – und dann ...«

»Dann gehst du durch den Regen zurück.« Sie stellte sich auf die Zehenspitzen, küsste ihn zärtlich, und Victor war sich sicher, dass sie ihre Worte nicht ernst gemeint hatte.

Olivia wohnte in einem schmalen Haus in der Caledon Street. Die Fassade war ohne jeden Schmuck, nur vier schmale Fenster ließen Licht von der Straße her ins Haus. Je näher sie dem Haus kamen, umso langsamer wurden Olivias Schritte.

Unter einer Laterne, zehn Schritte von ihrem Wohnhaus entfernt, blieb sie stehen. Zart legte sie Victor die Hände ums Gesicht. »Du kannst nicht mit mir kommen«, sagte sie leise. »Ich lebe nicht allein. Mein Onkel ... er ist sehr streng.«

»Du lebst mit deinem Onkel zusammen? Allein mit ihm?« Fassungslos sah Victor sie an.

»Die Tante ist vor anderthalb Jahren gestorben, kurze Zeit nachdem wir nach Kapstadt gezogen sind.« Sie biss sich auf die Lippen. »Wo sollte ich hin? Er ist mein einziger Verwandter und war lange Jahre hindurch mein Vormund.« Wie von selbst glitten ihre Finger hoch zum

Nacken. Es war eine unbewusste Geste, doch sie verriet Victor alles.

»Dein Onkel ist streng. Aber das ist es nicht allein, nicht wahr?« Eindringlich sah er sie an. »Liebling, du kannst, du musst mir alles sagen! Ich werde dich schützen!«

Tränen schimmerten in Olivias Augen, als sie flüsternd gestand: »Er … er kommt mir nicht mehr zu nahe, seit …« Sie biss sich auf die Lippen. Dann fuhr sie fort: »Die Narbe habe ich von ihm. Er hat mich mit seinem Stock gezüchtigt.«

Scharf zog Victor die Luft ein. Doch noch bevor er etwas sagen konnte, fuhr Olivia fort: »Es waren keine allzu harten Schläge, doch das Feuermal platzte auf, und dann … dann musste ich zum Arzt.« Sie sah Victor an. »Seither lässt er mich in Ruhe. Aber ich möchte nicht, dass er uns zusammen sieht.«

Victor straffte sich. »Doch, das wird er. Zumindest heute Abend. Wir gehen zu ihm, du nimmst dir ein paar persönliche Dinge und kommst sofort wieder mit zu uns. – Keine Widerrede. Ich hätte keine ruhige Minute mehr, wenn ich dich allein mit ihm wüsste.« Er küsste Olivia innig. »Hab keine Angst mehr, mein Liebling.«

9

Seit vier Tagen regnete es ununterbrochen. Die tiefhängenden Wolken umhüllten die Hälfte des Tafelbergs, sein »Tafeltuch«, für das er so berühmt geworden war, hatte einen grauen Schleier. In den Straßen stand das Wasser, vermischte sich mit dem braunen Sand zu zähem Schlamm. Wer nicht dringend etwas erledigen musste, blieb daheim.

»Es wird Zeit, dass man endlich mit der Pflasterung der Straßen beginnt«, sagte Karoline, als sie aus ihrer Kutsche stieg. »Seit zwei Jahren sprechen unsere Stadtväter schon davon, doch nichts geschieht.« Sie ließ sich von David Bernhard zu den breiten Bretterstiegen heben, die vor einigen Geschäftshäusern angebracht worden waren. Doch die grob zusammengefügten Holzplanken boten nur wenig Schutz vor dem Straßenschmutz.

Am Abend war Karoline zu einem Festessen eingeladen, das ein bedeutender Schiffseigner gab. Jan van Meiskopjes lebte seit Jahren in einem der elegantesten Häuser an der Queen Victoria Street. Zu Ehren eines Besuchers aus der Niederländischen Ostindienkompanie hatte er Freunde und Geschäftspartner in sein Haus gebeten.

Bevor sie dorthin fuhr, wollte Karoline noch rasch eine Bestellung bei ihrer Schneiderin aufgeben. Das Atelier von Madame Bertrand war trotz des schlechten Wetters gut besucht. Die neuen Modemagazine aus Paris waren eingetroffen, und wer immer es sich leisten konnte, ließ bei Madame Bertrand nach französischem Vorbild schneidern.

Als Karoline eintrat, verstummte für ein paar Augenblicke lang das lebhafte Geplauder einiger Damen, die in einer Nische saßen, Tee tranken und von den köstlichen Madeleines naschten, die Madame Bertrand angeblich selber backte. Das Rezept habe sie von ihrer französischen *grand-mère*, pflegte sie gern zu erzählen.

»Guten Tag.« Karoline nickte den Damen, von denen sie zwei flüchtig kannte, zu. David, der ihr folgte, zog seinen Hut und entbot den Damen ebenfalls einen höflichen Gruß.

Ein elegant gekleidetes Paar, das an der Verkaufstheke stand, drehte sich kurz um. »Das wagen Sie ja wohl nicht«, zischte der Mann und wies mit seinem Spazierstock auf David. »Mit Schwarzen halte ich mich nicht in einem Raum auf.« Noch bevor jemand reagieren konnte, wandte er sich an Madame Bertrand: »Sie gewähren solchen Subjekten tatsächlich Zutritt zu Ihrem Salon? Wenn das so ist, werden wir ab sofort in einem anderen Atelier schneidern lassen!«

Madame Bertrand rang die Hände. Sie wollte diesen Kunden, dessen Frau gestern schon drei Kleider bestellt hatte, nicht verlieren. Auf der anderen Seite kannte sie Karoline Ruhland schon sehr lange. Die Besitzerin von *Hopeland* durfte sie erst recht nicht verärgern, denn ihr Einfluss war groß in der Gesellschaft der Stadt.

»Ich bitte Sie«, die Atelierbesitzerin rang die Hände, »es ist doch kein Problem …«

»Für mich schon. Ich halte mich nicht im selben Raum auf wie ehemalige Sklaven und ihre Abkömmlinge. Komm, Mathilde!«

Seine Begleiterin ließ widerspruchslos den dünnen Lederhandschuh, den sie gerade in Händen hielt, sinken und folgte ihm mit gesenktem Kopf nach draußen.

»Halt!« Karoline stellte sich dem Mann, der sie um fast eine Kopfeslänge überragte, in den Weg. »Was erlauben Sie sich, Herr! Wie können Sie es wagen, meinen Begleiter derartig zu beleidigen?«

David nahm ihren Arm. »Lass gut sein, Karoline, ich warte draußen«, sagte er.

»Nein!« Karoline warf den Kopf in den Nacken.

»Das kommt nicht in Frage.« Sie wandte sich an Madame Bertrand. »Was denken Sie – soll Mister Bernhard gehen?«

Die Französin biss sich auf die Lippen. »Ich meine … Sie wissen doch, wie man hier denkt und …«

Mit geringschätzigem Lächeln sah Karoline sie an. »Das reicht mir. Ich werde ab sofort in einem anderen Salon schneidern lassen.« Grußlos ging sie hinaus.

Draußen auf der Straße atmete sie tief durch. »So, jetzt ist mir wohler!« Sie hängte sich bei David ein. »Diese Kleingeister! Ich hätte Lust, ihnen die Haut aufzuschneiden und ihnen zu zeigen, dass ihr Blut genauso rot ist wie deins.«

»Lass gut sein.« David nahm ihren Arm. »Ich habe dir immer und immer wieder gesagt, dass es nicht diplomatisch ist, wenn wir uns gemeinsam in der Stadt zeigen. Ich bin schwarz, und du …«

»Hör auf, so etwas Dummes zu sagen!« Karoline blieb stehen und legte ihm die Hände auf die Schultern. »Du bist der Mann, den ich liebe – egal, ob deine Haut schwarz, gelb oder weiß ist.«

10

Laut und lebhaft ging es zu im Hafen; es war ein buntes Sprachengemisch, das nur von dem Tuten der großen Dampfer übertönt wurde, die sich einen Weg aus dem *Alfred Basin* bahnten. Wie immer schmeckte die Luft hier in der Gegend von Simons Town nach Salz und Meer. Etliche Segelschiffe lagen am Kai vor Anker, vier Fischerboote liefen ein, der Fang wurde entweder gleich am Hafen verkauft oder der Fisch gepökelt.

Ein portugiesischer Dampfer wurde entladen, wild gestikulierend versuchte der Erste Offizier, einigen dunkelhäutigen Hafenarbeitern klarzumachen, dass sie die Säcke mit den wertvollen Gewürzen nicht wahllos übereinanderwerfen sollten.

Von einem alten Frachter liefen Ratten die Taue entlang zur sicheren Erde. Gleich wurden sie von drei Hunden gejagt, die in der Gegend herumstreunten und in den Ratten leichte Beute witterten. Doch die Nager bissen zu, und die Hunde verzogen sich leise jaulend.

Am Ende des Kais stand Karoline Ruhland und winkte einem auslaufenden Dampfschiff nach, bis Charlotte und Peter Dielburg, die an der Reling standen, nicht mehr zu erkennen waren.

»Die beiden werden eine herrliche Hochzeitsreise haben.« Olivia trat neben Karoline und legte ihr die Hand auf den Arm. »Es war ein wundervolles Hochzeitsfest, das du ihnen ausgerichtet hast.«

»Charlotte war eine bezaubernde Braut, nicht wahr?« Mütterlicher Stolz schwang in Karolines Worten mit.

»Das war sie. Und ich bin sicher, dass sie mit Peter glücklich werden wird.«

»Hoffentlich nimmt seine Familie sie freundlich auf.« Karoline seufzte, doch im nächsten Moment lachte sie leise. »Ich bin eine alte Glucke. Dabei sollte ich mich freuen. Peter wird in den diplomatischen Dienst berufen, er wird gewiss Karriere machen. Und dennoch – es ist nicht so einfach, die einzige Tochter ziehenzulassen.«

»In einem halben Jahr ist sie wieder da«, tröstete Olivia. »Und du wirst sehen, die Zeit vergeht wie im Flug.«

Karoline hakte sich bei der Jüngeren ein. »Du hast recht, Liebes. Außerdem habe ich dich – du bist mir lieb wie eine eigene Tochter.«

Olivia senkte den Kopf. »Du bist so gut zu mir!«, flüsterte sie. »Nie zuvor im Leben habe ich mich so aufgehoben, so beschützt gefühlt wie in deiner Familie.«

»Du ahnst gar nicht, was du für uns getan hast. Seit Victor dich kennt, ist er ein neuer Mensch. Er hat sein Lachen wiedergefunden, seinen Optimismus, die Freude an seinem Beruf. Und –« Sie atmete tief ein und aus, »er hat endlich meine Zuneigung zu David akzeptiert.«

»David ist ein wundervoller Mensch«, warf Olivia ein.

»Das ist er. Nicht nur, dass er sich um *Hopeland* sorgt, als sei es sein eigener Besitz, er ist mir der beste Partner, den ich mir wünschen kann.«

Während sie sich unterhielten, waren sie zwei Straßenzüge weitergegangen. Die Häuser in dieser Gegend waren noch alt, zum Teil stammten sie aus dem achtzehnten Jahrhundert.

Vor einem alten, windschiefen Gebäude blieb Karoline stehen. Aus der Schankstube drangen nur wenige Stimmen. »Weißt du, was unsere Familie mit dem Wirtshaus verbindet?« Fragend wandte sie sich an Olivia.

»Nein.« Die junge Frau schüttelte den Kopf. Seit sie unter Karolines Schutz im Stadthaus der Ruhlands lebte, war sie aufgeblüht. Ihr Onkel hatte sich, nach einer Unterredung mit Karoline und Victor, damit einverstanden erklärt, dass Olivia noch vor der Hochzeit sein Haus verließ.

»Ich werde Sie vor Gericht bringen, wenn Sie nicht einwilligen«, hatte Victor gedroht.

»Und – wessen wollen Sie mich anklagen?« Der

Mann, vierschrötig, mit rotem Gesicht und kleinen, stechenden Augen, hatte die Arme in die Seiten gestemmt und den jungen Arzt von oben herab angesehen.

»Nun, wenn Sie es ausgesprochen hören wollen: wegen Nötigung und Unzucht, wegen Unterschlagung des Eigentums Ihrer Nichte und …«

»Unsinn. Das sind alles Lügen.«

Karoline hatte sich erhoben und war zur Tür gegangen. »Ganz wie Sie wollen. Wir sehen uns dann vor Gericht wieder. Komm, Victor, hier ist jedes Wort vergeblich.«

Dazu jedoch wollte es Kaspar Terjung dann doch nicht kommen lassen. Und so nahm er es zähneknirschend hin, dass Olivia sein Haus für immer verließ.

»So schäbig sah es bei uns in Wellington auch aus«, sagte die junge Frau leise, als sie noch näher auf das Gasthaus zugingen. »Wir haben oft Not gelitten, die Eltern und ich. Es wurde erst besser, als Vater für ein paar Monate am Oranje nach Diamanten suchte. Er fand ein paar Steine, aber …« Sie zuckte mit den Schultern, »der Onkel hat sie wohl verkauft.«

»Und dir nichts von dem Geld gegeben.« Karoline drückte ihre Hand. »Mach dir nichts draus, das alles ist Vergangenheit – so wie dieses alte Haus.« Sie wies auf das verwitterte Schild über dem Eingang, auf dem noch der Name *Zum Rheinfels* zu lesen war. »Hier lebte die Frau, die einst Ben Ruhland, dem Begründer von *Hopeland*, geholfen hat, seine Weinreben in Sicherheit zu bringen. Sie war aus seiner Heimat, hat ihn wohl sehr gemocht.«

»Die Hanne Schneeberger.« Olivia nickte. »Ich habe auf dem Friedhof von *Hopeland* ihr Grab gesehen.«

Eine junge Frau trat aus der Küche. Sie war schlank

und hatte eine weiße, blitzsaubere Schürze vorgebunden. »Es tut mir leid, doch noch ist geschlossen. Wir eröffnen unsere Konditorei erst in einigen Wochen.«

»Eine Konditorei wollen Sie aus dem Lokal machen?« Karoline sah sich um. Die alten Holztische waren schon verschwunden, der Fußboden bereits abgeschmirgelt und blank gescheuert. »Eine schöne Idee! So etwas gibt es hier in der Gegend noch nicht.« Sie lächelte der blonden Frau zu. »Wenn wir das nächste Mal in der Stadt sind, werden wir vorbeikommen.«

»Das wäre sehr liebenswürdig. Ich verspreche, dass Sie dann den besten Apfelstrudel der Welt bekommen.«

»Apfelstrudel ... das ist eine Spezialität aus Wien, nicht wahr?«

»Nicht nur aus Wien. Aber ich habe dort bei einem der bekanntesten Zuckerbäcker gelernt. Kennen Sie die Sacher-Torte?«

»Aber ja! Zumindest habe ich darüber gelesen. Es heißt, dass Fürst Metternich einst den Befehl gab, eine besonders delikate Nachspeise zu kreieren.«

»Genau richtig. Damals war der Seniorchef noch ein Lehrbub.« Sie lachte. »Das Rezept ist geheim, die Torte backe ich nicht. Aber Sie werden von meinem Strudel begeistert sein.«

»Wir kommen ganz sicher, sobald wir wieder in der Stadt sind.«

Langsam schlenderten die beiden Frauen weiter. Vor der Saint Francis Church bestiegen sie eine Lohndroschke und ließen sich zurück zum Stadthaus der Ruhlands bringen, das in der besten Gegend lag. Überall blühten jetzt, im November, die Jacarandabäume. Ihr helles Violett oder das leuchtende Blau konkurrierten mit dem Blau des Sommerhimmels.

»Wenn du nichts dagegen hast, steige ich bei der Praxis aus und schau nach, ob Victor noch Hilfe braucht.«

Karoline nickte verständnisvoll. Sie erinnerte sich zu gut an die Zeit der ersten Liebe – und verstand, dass Olivia und Victor ein paar ungestörte Momente erleben wollten.

Sie dankte insgeheim dem Schicksal, das ihnen Olivia geschickt hatte. Mit der jungen Frau waren Lachen und Harmonie nach *Hopeland* zurückgekehrt.

»Ich werde dann schon mal ein paar Dinge packen. Übermorgen fahren David und ich nach Johannesburg, zu Hannah und Frederic.«

»Aber ihr werdet nicht unter die Goldgräber gehen, nicht wahr?« Olivia sagte es lächelnd, doch insgeheim hatte sie Angst um Karoline, die ihr lieb wie eine Mutter war. Die Nachrichten, die aus der Goldgräberregion kamen, waren alles andere als beruhigend. Immer mehr Menschen drängten sich zum Witwatersrand, das Goldfieber lockte Tausende von ihnen an. Und oft genug war verbrecherisches Gesindel unter den Abenteurern.

»Bestimmt nicht! David und ich werden auf dem Weingut gebraucht, wir nehmen uns nur die Zeit für einen Besuch.« Sie rückte ihren Hut gerade, eine Kreation aus Panamastroh und Seidenbändern. »Allerdings muss ich gestehen, dass ich neugierig bin auf diese unbekannte Gegend.«

Die Kutsche hielt vor dem in einem hellen Sandton gestrichenen Haus, in dem Victor Ruhland seine Praxis hatte. Waren es am Anfang gerade mal drei Räume gewesen, die er angemietet hatte, so waren es jetzt bereits fünf. Ein Zimmer, hell und mit bunt lackierten Möbeln versehen, war für die kleinen Patienten eingerichtet worden. Spielzeug und Bilderbücher sollten ihnen die

Wartezeit vertreiben. Es gab keinen Arzt in der Stadt, der so auf seine kleinen Patienten einging wie Victor; es war kein Wunder, dass seine Praxis immer größeren Zulauf hatte. Neben Olivia half ihm inzwischen noch eine ältere Krankenschwester.

»Wir sehen uns heute Abend.« Graziös stieg Olivia aus der Kutsche, dann eilte sie auf die Praxistür zu, die im selben Moment geöffnet wurde, da sie ihre Hand auf den Türöffner legte.

»Da bist du ja endlich!« Ungeniert nahm Victor sie in die Arme und küsste sie. »Ich habe schon befürchtet, du wärst mit aufs Schiff gegangen.«

»Wie könnte ich dich allein lassen!« Zärtlich strich ihm Olivia über das dunkle Haar. »Sind noch Patienten da?«

»Nein.« Victor zog sie ins Haus. »Wir sind ganz allein.«

»Aber …«

Er zog sie in die Arme. »Liebling, es wird höchste Zeit, dass du dieses Wort aus deinem Sprachschatz streichst.«

11

Ferreira's Camp, stand auf einem verwitterten Holzschild am Ortseingang. Wenige Yards entfernt standen Holzhütten, ein paar Wellblechhütten und Zelte, die vom graubraunen Staub bedeckt waren.

»Hier sind wir doch nicht richtig, oder?« Kopfschüttelnd sah sich Karoline um. Sie hatten nach tagelanger Fahrt den Höhenzug erreicht, der angeblich so viel goldhaltiges Gestein aufwies, dass die Goldsucher zu Tausenden in diese Gegend strömten. »Ich kann mir nicht vorstellen, dass Hannah und Frederic hier leben.«

»Lass uns weiterfahren.« David Bernhard, nicht minder irritiert als Karoline, trieb die beiden Kutschpferde zu schnellerem Trab an. »Wir sollten uns vielleicht weiter nordwestlich halten.«

Weit verstreut standen die Hütten und Zelte, ihre Zahl war nicht zu benennen. Überall klafften Löcher im Boden, Schubkarren, Schaufeln und Spitzhacken lagen herum, zeugten davon, dass die Männer oft neben ihren armseligen Behausungen nach Gold suchten. Alles wirkte grau, staubig, elend. Die Digger, denen sie begegneten, hatten verkniffene, müde Gesichter. Sie trugen Säcke und Hanfrollen, Eimer oder Spaten mit sich. Man konnte den Eindruck gewinnen, dass die Goldgräber bestrebt waren, den ganzen Höhenzug abzutragen oder auszuwaschen.

Nach etwa fünf Minuten Fahrt erreichten sie einen Platz, der von hohen Steingebäuden beherrscht wurde. Breite Straßen gingen davon ab, Häuser, fest gebaut, standen direkt am staubigen Wegrand. Die Straßen, das sollten David und Karoline später herausfinden, endeten in der Weite der Landschaft. Und je mehr sie in die Randbezirke der Stadt kamen, die erst vor wenigen Wochen, nämlich am 4. Oktober 1886, den Namen *Johannesburg* erhalten hatte, umso ärmlicher wurden die Behausungen.

»Ich frage mal dort drüben nach«, erklärte David und ging zu ein paar Männern, die aus einer Seitenstraße kamen. Sie waren verschmutzt, die Kleidung verschwitzt, die Gesichter unter einer dicken hellbraunen Staubschicht verborgen. Einer von ihnen hielt einen Leinensack fest umklammert.

»Hey, aus dem Weg!«, schrie er. »Wag es nicht, mir mein Gold wegzunehmen.«

»Das habe ich nicht vor, keine Bange. Auf ein Wort nur.« David hob die Hände. »Was ist das dort rechts für ein Gebäude?«

»Das Büro des Hauptmanns von Brandis.« Ein älterer Mann mit verwittertem Gesicht hustete heftig nach den wenigen Worten. »Willst du dir auch Schürfrechte sichern? Da kannst du dich eintragen lassen und bekommst einen Claim zugewiesen.«

»Nein. Wir suchen jemanden. – Kennt ihr zufällig Frederic Horseley? Er kommt aus Kapstadt.«

»Horseley!« Der Mann mit dem Leinensack spuckte aus. »Der Mistkerl versucht mit ein paar Freunden, alles Land hier aufzukaufen! Was hast du mit ihm zu schaffen?«

»Er ist ein Bekannter. Also – sag, wo finde ich ihn?«

Der älteste der Männer hustete zweimal kräftig, bevor er antwortete: »Er hat ein Haus irgendwo hier in der Gegend. Frag in der Queensroad nach. Vornehm leben die Herrschaften dort. Sie sind sich zu schade, um selbst im Dreck zu graben.«

»Danke.« David tippte sich an den Mützenschirm. Die Sonne stach vom Himmel, es war heiß und so trocken, dass das Atmen schwerfiel. Auf halbem Weg blieb er nochmals stehen. »Gibt es hier ein Hotel, das empfehlenswert ist?«

Die Männer lachten auf. »Für dich oder die feine Dame in deiner Gesellschaft?«, fragte einer.

»Für uns beide.«

»Fahr rüber zum *Golden Heart*«, sagte einer. »Da seid ihr relativ sicher.«

Das Hotel, ein dreistöckiges Haus im kapholländischen Stil, sah alles andere als vertrauenerweckend aus. Laute Musik drang aus einem Schankraum, dessen Türen weit offen standen. Das Gegröle von Betrunkenen mischte sich mit dem Kreischen einiger Frauen.

In dem Moment, da David die Pferde anhalten wollte, torkelten ein paar Männer auf die Straße. Ohne auf die Kutsche oder ein paar Lastesel, die vorübergetrieben wurden, zu achten, warfen sie sich in den Straßenstaub und schlugen wild aufeinander ein.

»Fahr weiter, David.« Karoline drückte sich in die Polster, entsetzt sah sie auf die Männer, die sich hemmungslos prügelten. Zwei junge Burschen schleppten Wassertröge über die Straße, im letzten Moment gelang es ihnen, drei Reitern auszuweichen, die in vollem Galopp aus einer Seitengasse kamen.

David lenkte die Kutsche in nördliche Richtung. Hier waren die Häuser alle aus Stein errichtet, wirkten relativ sauber und gepflegt. Kaum einen Digger sah man auf den Wegen. David atmete erleichtert auf. »Jetzt müssen wir nur noch die Queensroad finden.«

Noch bevor er jemanden fragen konnte, kam ein Einspänner aus einer breiten Hauseinfahrt.

»Hannah!« Karoline winkte mit beiden Händen. »Das ist Hannah!«

Minuten später hielten sie sich umarmt. Tränen liefen über Hannahs Wangen, sie stammelte immer wieder: »Dass du da bist! Dass du gekommen bist!«

»So schlimm?« Karoline streichelte ihren Rücken. Mitleid mit Hannah, die elend wirkte, erfasste sie.

»Noch schlimmer. So rau, so unwirtlich ist es hier … Die Stadt hat kein Wasser, man hat sie ganz bewusst hier aufgebaut, denn so gräbt es sich leichter. Doch jeder Tropfen Wasser muss mühevoll hergeschafft werden. Es ist der unzivilisierteste Ort, den du dir vorstellen kannst.«

Den Eindruck hatte Karoline auch gewonnen. »Wie lange will Frederic denn noch hierbleiben?«, erkundigte sie sich, als sie später in Hannahs Salon saßen. Erfrischt und vom Reisestaub befreit, fühlte sich Karoline wieder besser. Sie trank Tee und kostete von der Pastete, die ein dunkelhäutiges Mädchen servierte. Der Raum war geschmackvoll eingerichtet, doch er ließ einiges von der Behaglichkeit, mit der Hannah ihre Wohnungen in Kapstadt und auf *Summerset* eingerichtet hatte, vermissen. Nach der langen Reise hierher, die sie durch zum Teil unwegsames Gelände geführt hatte, war Karoline klar, wie mühevoll es sein musste, Mobiliar oder auch nur delikate Esswaren in diese Öde und Einsamkeit zu bringen.

»Ich beginne zu begreifen, wie trist und entbehrungsreich dein Leben hier ist.« Teilnahmsvoll nahm sie Hannah erneut in den Arm.

»Er hat versprochen, dass er nur noch zwei Geschäftspartner in *Pilgrims Rest* treffen will, dann kommen wir heim.«

Der Pilgrims Creek, ein Bach mit glasklarem Wasser, durchschnitt eine dichtbewaldete, hügelige Landschaft. Doch an Stellen, an denen vor zwanzig Jahren höchstens ein paar Jäger oder Einheimische am Ufer Rast gemacht hatten, gruben sich immer mehr Goldsucher in die Erde. Sie kamen aus allen Ländern der Erde, aus Deutschland, England, Italien und sogar aus Russland. Gold, das fast an der Oberfläche der Erde lag, zum Greifen nah – dieser Faszination konnten sich nur die wenigsten entziehen.

Frederic Horseley war es in den vergangenen Monaten gelungen, etliche Claims für sich zu reservieren. Im Durchschnitt war ein Claim gerade mal fünfzig Quadratmeter groß; viele Digger, die auf ihren Schürfstellen nicht fündig geworden waren und alles, was sie besaßen, verloren hatten, mussten schließlich für ihn oder für andere wohlhabende Landbesitzer arbeiten.

Seit einigen Wochen verhandelte Frederic Horseley mit einigen Landsleuten, die hier in der Einsamkeit investieren wollten. »Es steht fest, dass in dieser Gegend unendlich viel Oberflächengold zu finden ist«, sagte er, als er mit einigen Herren in seinem schlichten Büro zusammensaß. »Allein können wir aber nicht so effektiv schürfen, als wenn wir uns zusammenschlössen.«

»Und – was schwebt Ihnen da vor?« Ernest Oppenheimer sah seinen langjährigen Bekannten fragend an.

»Wir gründen eine Minenkooperation. Damit werden wir auf lange Sicht mehr Erfolg haben als mit dem Ausbeuten kleiner Claims.«

»Die Theorie hat etwas für sich.« Der dritte Mann nickte. »Ich bin gespannt, was Cecil Rhodes dazu sagen wird, wenn er eintrifft.«

Frederic lächelte selbstsicher. »Er wird zustimmen und sich an diesem Projekt beteiligen, da bin ich sicher.«

Ernest Oppenheimer zog seinen Füllhalter aus der Tasche. »Dann sollten wir heute zumindest schon einen Vorvertrag aufsetzen.«

»Da bin ich ganz Ihrer Meinung.« Frederic stand auf und holte einige Papiere, die er schon vorbereitet hatte. »Meine Herren, die Unterzeichnung dieser Verträge sollten wir feiern. Ich darf Sie bitten, mich in mein Haus zu begleiten.«

12

Es war der Nikolaustag im Dezember 1886. Hannah packte mit Hilfe von Karoline ihre Sachen zusammen, denn sie wollten das Weihnachtsfest gemeinsam auf *Hopeland* feiern. David war beim Hufschmied, da eines der Pferde lahmte und neu beschlagen werden musste. Frederic war unterwegs, um zwei englische Geschäftspartner zu treffen. Einer von ihnen war Cecil Rhodes, den Frederic schon aus New Rush kannte.

»Wenn Frederic Erfolg hat und es ihm gelingt, eine Minenkooperation zu gründen, will er das feiern, wie ich ihn kenne. Ich muss zumindest noch einen Imbiss richten.« Hannah sah auf die drei Reisetaschen, die schon fertig gepackt waren. »O Karoline, ich kann dir gar nicht sagen, wie froh ich sein werde, wenn ich wieder daheim bin.« Sie strich sich über das leichte Baumwollkleid. »Nicht einmal ein paar elegante Kleider habe ich dabei.«

»Die wären in dieser Gegend auch völlig fehl am Platze.« Karoline, die ihr Haar locker aufgesteckt hatte, strich sich eine Haarsträhne hinters Ohr. Sie trug ein dünnes Leinenkleid, das im Gegensatz zur herrschenden Mode einen weiten Rock besaß, der viel Bewegungsfreiheit garantierte. »Ich hole mir noch ein Glas Limonade. Möchtest du auch etwas?«

»Ja, gern.« Hannah faltete ein hellrotes Schultertuch zusammen und legte es auf eine der Taschen. »Die Hitze ist kaum zu ertragen. Zudem habe ich den Eindruck, dass ich seit Tagen nur noch trockenen Staub atme.«

»Bald ist es ja vorbei. Wann erwartest du Frederic zurück?« Karoline sah zu der kleinen französischen Uhr, die auf einer schmalen Kommode stand.

»Vor Einbruch der Dämmerung wollte er auf jeden Fall wieder da sein, auch wenn es zu keiner Einigung kommen sollte.« Hannah ging zum Fenster und sah hinaus. Ein blühender Hibiskusbusch, der neben zwei alten Weißdornbüschen stand, war der einzige Farbtupfer in ihrem kleinen Vorgarten. Ihr Blick ging zu den bewaldeten Hügeln im Norden, das satte Grün war Balsam für die Augen.

»Sie kommen schon!« Sie hob den Rock ihres safrangelben Baumwollkleides und hastete zur Haustür, um ihrem Mann selbst zu öffnen.

Karoline folgte ihr langsamer. Sie freute sich mit Hannah und Frederic, der in Begleitung von zwei dunkelgekleideten Herren aus dem offenen Landauer stieg. Eine zweite Kutsche, von Apfelschimmeln gezogen, folgte und hielt dicht hinter dem Landauer.

Aus dem Augenwinkel heraus bemerkte Karoline drei Reiter, die jedoch von der Straße abbogen und ihrem Blickfeld bald wieder entschwanden.

Auf halbem Weg blieb Karoline stehen und sah zu, wie Hannah auf ihren Mann zueilte. Frederic nahm den Hut ab und winkte ihr damit, ehe er sich wieder seinen Begleitern zuwandte. Er machte gerade eine einladende Geste zum Haus hin, als Schüsse aufpeitschten.

Hannah, die nur noch einen Schritt von ihrem Mann entfernt war, blieb wie erstarrt stehen. Frederic und ein hagerer Mann im dunkelgrauen Anzug, der direkt neben ihm ging, taumelten. Frederic ruderte mit den Armen durch die Luft, hilfesuchend machte er noch einen Schritt auf Hannah zu, dann sank er zu Boden.

»Nein!« Hannahs Schrei hatte kaum noch etwas Menschliches. Sie warf sich über ihren Mann, versuchte, seinen Kopf hochzuheben – da erklangen erneut Schüsse.

Ungläubig sah Hannah zu der Hecke hinüber, aus der der Feuerstrahl gekommen war. Sie griff sich an die Brust, in der ein ungeheurer Schmerz tobte. Dann sah sie zu Frederic, der mit gebrochenen Augen im Staub lag.

»Mein … Liebling …« Sie wollte sich über ihn beugen, ihn ein letztes Mal küssen – und brach tot über ihm zusammen.

13

Wie in jedem Jahr, so stand auch in diesem Jahr wieder eine hohe Tanne in der großen Halle von *Hopeland*. Olivia und Victor hatten den Baum geschmückt. Die Kerzen aus edlem Bienenwachs verströmten zarten Duft, die alten Kugeln, seit Generationen im Familienbesitz, hatte Olivia zuvor sorgfältig vom Wachs der letzten beiden Jahre gereinigt. Lamettafäden glitzerten im satten Grün, die Strohsterne, die Victor als Kind zusammen mit seiner Schwester gebastelt hatte, kamen erneut zu Ehren, so wie es Tradition war.

Mit der Köchin hatte Karoline schon vor ihrer Abreise an den Witwatersrand das Weihnachtsmenü besprochen. Emmi, eine wohlbeleibte Schwarze, die es wie keine andere verstand, mit den Augen zu rollen, wenn sie erregt war, hatte Plätzchen gebacken und zudem alles eingekauft, was für einen kräftigen Punsch benötigt wurde.

Doch festliche Weihnachtsstimmung wollte in diesem Jahr nicht aufkommen, die Trauer um Hannah und Frederic, die so hinterhältig erschossen worden waren, überschattete die Festtagsfreude.

Drei Tage vor dem Heiligen Abend waren die Verstorbenen auf dem Friedhof von *Hopeland* zur letzten Ruhe geleitet worden. Es war eine Beisetzung im engsten Familienkreis gewesen.

»Ich ertrage keine fremden Menschen um mich«, hatte Karoline gesagt. »Nicht an dem Tag, an dem ich von meiner Hannah Abschied nehmen muss.«

»Aber die Geschäftspartner von Frederic ... die Freunde, die ihr in Kapstadt habt – sollen diese Menschen sich nicht von Hannah verabschieden können?«, fragte David, der ebenso erschüttert war wie Karoline.

Victor trat zu dem Sessel, in dem Karoline saß. Zum ersten Mal kam seine Mutter ihm alt vor. Das Haar schien allen Glanz verloren zu haben. Scharfe Linien zogen sich von der Nase zu den Mundwinkeln. Die Augen, die sonst so lebhaft in die Welt schauten, waren verweint. Müde wirkte Karoline, müde und ohne jeden Elan.

»Wir bestatten die beiden hier in aller Stille«, sagte Victor. »Und ein paar Wochen später werden wir in

Kapstadt eine Trauerfeier abhalten, an der alle anderen, denen die beiden etwas bedeutet haben, teilnehmen können. Was denkt ihr darüber?«

»Ja, das ist ein guter Gedanke.« Karoline sah mit starrem Blick wieder hinaus in den Garten. Die Rosen blühten in verschwenderischer Fülle, der Duft des Jasmins drang bis ins Zimmer. Ein paar Perlhühner, die aus ihrem Gehege ausgebrochen waren, pickten Käfer und Würmer aus der Rasenfläche. Sie hasteten ängstlich davon, als sich ein Bokmakiri neben einem Jasminbusch niederließ. Kurze Zeit später gesellte sich das Weibchen zu seinem Gefährten. Die beiden Vögel mit ihren gelben Bäuchen begannen gleich ein Pfeifkonzert.

»Diese Vögel hat Hannah besonders gern gemocht«, murmelte Karoline. Sie lächelte dabei. Es war ein sanftes, stilles Lächeln, das David ins Herz schnitt.

»Ich gehe noch mal in den Weinkeller«, sagte er. »Die Fässer müssen kontrolliert werden.«

Karoline antwortete nicht. Sie, die Starke, die Frau, die seit Jahren die Geschicke *Hopelands* lenkte, schien jeden Lebensmutes beraubt. David fühlte sich hilflos, er wusste nicht, was er tun sollte, um die geliebte Frau zu trösten. Das Einzige, was er tun konnte, war, ihr für eine Weile die Verantwortung für das Gut abzunehmen.

Im Gewölbekeller, dort, wo zwei Dutzend große Weinfässer und unzählige kleine Fässer lagerten, war es angenehm kühl. David prüfte die Bestände an leeren Fässern – es waren viel zu viele. Die Reblausplage des vergangenen Jahres hatte dazu geführt, dass auf *Hopeland* nur ein Drittel der normalen Menge gekeltert werden konnte. Seufzend ging er zu einem kleinen Fass mit Rotwein. Er kostete von dem noch jungen, hellroten Saft, der aber schon ein gutes Bouquet entfaltete. Dann setzte er sich an den kleinen alten Holztisch, an dem Karoline und er so oft gesessen und Wein verkostet hatten. Aufseufzend legte der Mann den Kopf in die Hände.

»Herr im Himmel, wie viel willst du ihr denn noch aufbürden?«, murmelte er. »Noch mehr Schicksalsschläge kann Karoline nicht ertragen.«

Meine geliebte Charlotte! Hinter uns liegt das traurigste Weihnachtsfest, das wir je auf unserem Gut gefeiert haben. Natürlich haben wir wieder eine wunderschöne Tanne aufgestellt, es gab Geschenke für alle, wir haben sogar »Stille Nacht, heilige Nacht« gesungen. Glaub mir, mein Kind, ich hätte mich am liebsten in mein Zimmer zurückgezogen und allein um Hannah und Frederic getrauert. Doch die Pflicht gegenüber unseren Leuten hat mich bewogen, auch in diesem Jahr das Weihnachtsfest zu begehen. Es galt schließlich, die Ankunft unseres Herrn Jesus zu feiern. Sicherlich ahnst Du, wie schwer mir diese Stunden geworden sind.

Als Deine Nachricht kam, dass Du in gesegneten Umständen bist, habe ich mich zum ersten Mal seit Wochen wieder freuen können. Wie gern hätte ich Dich jetzt in meiner Nähe. Doch ich sehe ein, dass Du Deinen Mann bei seiner Mission in Frankreich unterstützen musst. Ich freue mich für euch, dass er im diplomatischen Dienst so erfolgreich ist. Genieße Paris, ich habe so viel über diese wunderschöne Stadt an der Seine gelesen! Den Louvre wirst Du Dir gewiss anschauen. Wie beneide ich Dich darum, dass Du die berühmte Mona Lisa bestaunen und die Bilder von Dürer und Rembrandt ansehen kannst! Du musst mir unbedingt aus Paris schreiben!

Sei umarmt und geküsst von – Deiner Mutter

Karoline faltete den Brief zusammen, dann ging sie hinunter in den Gutshof, der seit einiger Zeit mit Kopfsteinpflaster bedeckt war. Sauber und ordentlich sah alles aus; ein paar Rosensträucher vor der Terrasse und vier Weinstöcke neben dem Eingang zum Weinkeller an der linken Seite schmückten den Platz.

Der alte Kimani und zwei junge Arbeiter kamen aus der Scheune, sie hatten einen Korb mit Werkzeug und Hanfrollen dabei.

»Geht ihr zu den Sémillon-Hängen?«, rief Karoline ihnen zu.

Kimani nickte. »Wir wollen kontrollieren, ob noch an einigen Stellen hochgebunden werden muss. Beim Grauburgunder hängen schon die ersten Trauben an den Stöcken.«

»Danke.« Karoline nickte den Männern zu, dann ging sie langsam zum Weinkeller, wo sie David wusste. Er arbeitete seit Wochen an einem neuen Wein, war aber mit den bisherigen Ergebnissen nicht zufrieden.

»Liebes!« Als er Karoline sah, kam er rasch auf sie zu. »Wie gut, dass du kommst. Hier, koste mal. Ich meine, er hat immer noch zu viel Säure.« Er hielt ihr ein Glas entgegen.

Karoline zögerte. »Mir ist nicht nach Arbeit«, sagte sie leise. »Ich … ich bin so ohne Mut, ohne Perspektive für die Zukunft.«

»Du brauchst noch ein wenig Zeit. Lass ein paar Wochen vergehen, dann wirst du dich besser fühlen.«

Liebevoll legte er ihr die Hand an die Wange. »Man sagt doch, dass die Zeit alle Wunden heilt. Ich denke, an diesem Spruch ist viel Wahres.« Er wollte sich wieder dem Wein zuwenden, doch sie hielt ihn zurück.

»Halt mich fest, David. Ich ... ich brauche dich jetzt mehr denn je. Ich kann nicht allein sein.« Und dann begann sie zu weinen. So verzweifelt zu weinen, wie er es noch nie zuvor erlebt hatte.

Sie legte den Kopf an seine Brust, und es war tröstlich, zu spüren, dass seine Arme sie hielten. Seine Hände streichelten ihren zuckenden Rücken, seine Lippen liebkosten sanft ihr Haar. Und Karoline hatte endlich wieder das Gefühl, dass sie lebte, dass sie anderes empfinden konnte als nur diese grausame Leere, in der sie seit Hannahs und Frederics Tod verharrt hatte.

14

Eng umschloss der lindgrüne Reitdress Karolines immer noch schlanke Gestalt. Sie hatte an diesem Morgen auf eine Kopfbedeckung verzichtet, das Haar im Nacken nur locker zusammengebunden. Der weite Hosenrock, den sie bevorzugte, weil sie so nicht gezwungen war, im Damensattel zu reiten, wirbelte Staub auf, als sie zu den Stallungen hinüberging, aus denen leise Geräusche drangen.

Die Sonne war noch nicht hinter den Hügeln im Osten emporgestiegen. Sanftes Dämmerlicht, das die Rebengärten mit einem zarten rosafarbenen Schleier überzog, hüllte Gut *Hopeland* ein. Die Vögel begannen ihr

Morgenlied, weckten den Hahn im Stall gleich neben dem Schuppen, in dem die Traubenpressen standen. Sein Krähen wurde von sanftem Wiehern einiger Pferde beantwortet.

Als Karoline den Stall betrat, kamen Pandu und David Bernhard mit zwei gesattelten Pferden soeben aus den Boxen. Seit Wotan, der hochbeinige Apfelschimmel, zu alt war für ausdauernde Ritte, hatte sich David einen Fuchswallach zugeritten, der durch große Ausdauer und Gehorsam bestach. Leise schnaubend begrüßte Sheila, die gefleckte Rappstute, Karoline, die wie immer eine kleine Leckerei bereithielt.

»Missis Ruhland, Sie haben keinen Hut dabei.« Pandu wies auf Karolines helles Haar. »Es wird heiß werden heute.« Er ging zu einem Verschlag und kam mit einem breitrandigen Strohhut wieder. »Nicht schön, aber gewiss nützlich.« Und als Karoline zögerte, den Strohhut anzunehmen, schlug er vor: »Ich kann aber auch rasch Ihren Reithut holen gehen.«

»Ach was, ich nehme deinen Hut.« Karoline nickte ihm dankbar zu. »Du hast wahrscheinlich recht, gegen Mittag würde mir die Sonne die Haut verbrennen.«

»Um die Mittagszeit sind wir hoffentlich schon auf *Summerset.*« David Bernhard zurrte den Sattelgurt fester, dann half er Karoline aufs Pferd, ehe er sich selber in den Sattel schwang.

Im Schritt ritten sie über den Hof, und erst als sie den Gutsbereich hinter sich gelassen hatten, erlaubten sie den Pferden einen Galopp.

»Das macht den Kopf frei!« Karolines Atem ging rascher, als sie an einem Eichenhain anhielten. Sie drehte sich nach David um, der angestrengt in südwestliche Richtung schaute. »Was ist denn?«

»Ich weiß nicht recht, ich glaubte, ein paar Soldaten gesehen zu haben.«

»Das könnte stimmen. Es kommt mir so vor, als patrouillierten in letzter Zeit immer wieder englische Trupps durch die Gegend. Ob es etwas damit zu tun hat, dass Cecil Rhodes den Transvaal erobern will?«

David nickte. »Das könnte der Grund sein. Ich hörte, dass er auch den Oranje-Freistaat für die Engländer annektieren soll.« Er biss die Lippen zusammen. »Die Buren werden sich das nicht gefallen lassen. Und sie haben in Paul Kruger einen streitbaren Mann an ihrer Spitze.«

Karoline nickte. »Kleinere Scharmützel sind ja seit Jahren an der Tagesordnung, leider, denn das Land ist wahrlich groß genug, dass jeder hier in Frieden leben könnte.«

»Liebes, du kennst doch die Menschen: Wer viel hat, will noch mehr. Und die Goldvorkommen und die Diamantminen stellen einen immensen Wert dar – kein Wunder, wenn die Engländer diesen Teil des Landes noch gern für sich hätten.«

»Wenn es nur nicht noch einmal zu kriegerischen Auseinandersetzungen kommt!« Sie zurrte den Lederriemen des alten Strohhutes fester. »Lass uns weiterreiten, die Sonne brennt grausam.«

Zwei Stunden später erreichten sie *Summerset*. Das Gut, das Hannah und Frederic so liebevoll renoviert hatten, lag friedlich im Glanz der Mittagssonne. Die Bergflanken im Südwesten schützten den Besitz vor dem rauen Wind, der oft heraufzog und an Büschen und Bäumen zerrte. Schnurgerade waren die Reihen der Reben gezogen, zwischen dem hellen Grün der Blätter schimmerte die rotbraune Erde durch.

Das Gutshaus, im typischen kapholländischen Stil errichtet, besaß eine imposante Giebelfassade. Die hatte Frederic Horseley erneuern lassen, als er das Haus renovierte und um einen Anbau an der Westseite erweiterte. Die Mauern waren weiß getüncht. Die Nebengebäude besaßen einen hellgelben Anstrich, der mit dem Grün, das sich zwischen den einzelnen Gebäuden erstreckte, gut harmonierte. Gelb gestrichen waren auch die Häuser der Gutsarbeiter, die ein wenig abseits im Schutz eines kleinen Eichenhains standen.

Eine Mauer umgab den inneren Gutsbereich; neben den beiden breiten Toren, die einmal nach Süden, einmal nach Osten führten, wuchsen ein paar Weinstöcke zur Zierde. Sie rankten sich an kunstvoll gedrechselten Holzbalken hoch. Auf dem Boden blühten die landestypischen Blumen des *fynbos* – Heidekraut in Weiß und Lila, Königsproteen und Geranien.

In der Mitte des Hofes stand eine alte Weinpresse, die seit vielen Jahren nicht mehr benutzt wurde. Sie bildete den Mittelpunkt eines Rondells, das Hannah mit niedrig blühenden gelben Rosen bepflanzt hatte. Sie verströmten beinahe das ganze Jahr hindurch einen zarten, süßen Duft.

Ein kleiner Gedenkstein aus rotem Marmor erinnerte an dieser Stelle an die letzten Besitzer von *Summerset*.

»Vier Jahre sind die beiden jetzt schon tot ... es schmerzt mich immer noch, wenn ich daran denke, wie grausam ihr Tod war.« Karoline warf einem jungen schwarzen Stallburschen die Zügel ihrer Stute zu. »Reib die Pferde gut ab, Bobby. Und gib ihnen vorsichtig zu saufen.«

»Mach ich, Missis Ruhland.« Der Junge tippte sich an die alte Schirmmütze, ohne die man ihn nie sah, dann führte er die Pferde fort. Bobby war auf *Summerset* geboren, seine Eltern und seine vier Geschwister arbeiteten in den Weinbergen. »Soll ich meinem Vater sagen, dass Sie hier sind?«, rief er, bevor er den Stall erreicht hatte. »Er ist mit den anderen an den südlichen Hängen.«

»Willst du erst ausruhen, oder sollen wir gleich in den Weinkeller gehen?« Fragend sah David Karoline an.

»Wir gehen erst mal ins Haus.«

»Hast du gehört, Bobby – deinen Vater treffen wir später!« David winkte dem Jungen zu, dann folgte er Karoline, die bereits auf der Terrasse von Gasira, der Haushälterin, begrüßt wurde.

»Sie haben gar nicht gesagt, dass Sie kommen wollen, Missis Ruhland. Dann hätte ich doch gebacken und einen Braten gemacht.« Gasira sah unglücklich drein. Die etwa vierzigjährige Mulattin trug ein hellgrünes Kleid mit weißen Tupfen, das Kopftuch war aus dem gleichen Stoff gefertigt. Gasira war hübsch, doch ihre linke Wange wurde von einer breiten Narbe verunziert. Sie sprach nur selten über ihre Jugend, doch David hatte sie einmal anvertraut, dass ein alter Bure sie als Kind vergewaltigt und sie so brutal mit einem Messer verletzt hatte. Damals hatte sie allen Weißen Rache geschworen, doch in Hannah und Frederic waren ihr Menschen begegnet, die keine Vorurteile kannten und die ihr nur Gutes taten. Sie dankte es mit großer Treue, die sie auch auf Karoline übertragen hatte.

»Wenn du etwas kaltes Huhn oder Obst hast, ist mir das genug.« Karoline lächelte. »Ich will mich ein wenig ausruhen, später sehen wir dann nach dem neuen Wein.«

»Seien Sie vorsichtig, wenn Sie in die Weinberge reiten. Seit Wochen treiben sich merkwürdige Gestalten in der Gegend herum. Unsere Männer haben nachts schon Wachen aufgestellt.«

David, der die letzten Worte gehört hatte, runzelte die Stirn. »Warum habt ihr nicht Bescheid gesagt?«

Gasira zuckte mit den Schultern. »Es ist ja nichts passiert. Und die Männer passen auf, keine Bange, Mister David.«

»Wahrscheinlich ein paar Wegelagerer, die sich Vorräte stehlen wollten«, meinte Karoline. Sie ging ins Wohnzimmer und ließ sich entspannt in einen Sessel fallen. »Mach dir keine unnötigen Sorgen, David.« Sie streckte die Beine in den weichen Lederstiefeln weit von sich. »Lass uns die Zeit hier genießen. Ich bin so gern mit dir hier.«

Er trat hinter den Sessel und küsste ihr Haar. David Bernhard, der im Frühling dieses Jahres 1890 seinen sechzigsten Geburtstag feiern würde, war immer noch ein gutaussehender Mann. Das krause Haar war inzwischen von weißen Fäden durchzogen, doch die hellbraune Haut immer noch glatt. Wach war der Blick seiner dunklen Augen, die auch jetzt, da er Karoline anschaute, einen zärtlichen, sehnsüchtigen Schimmer bekamen.

»Ich liebe dich.« Er beugte sich tiefer, um sie zu küssen.

»Ich liebe dich auch – heute mehr noch als am ersten Tag.« Sie drehte sich halb zu ihm um. »Weißt du noch, wie wir uns begegnet sind? Als ich dich sah, wusste ich, dass du mein Schicksal bist.«

»Und ich habe mir da bereits gewünscht, dich einmal in den Armen halten zu können.« Er lachte leise. »Ein vermessener Wunsch für einen Mann mit dunkler Haut.«

»Das hat mich nie interessiert.«

»Ich weiß.«

»David ...« Sie zog ihn neben sich auf das hellblaue Seidensofa. »Hast du nie bereut, dass du keine eigene Familie gegründet hast? Wolltest du keine eigenen Kinder?«

Statt zu antworten, küsste er sie, seine Hände umschlossen ihre Schultern, glitten tiefer, tasteten in den Ausschnitt ihres Kleides. »Ich habe immer nur eins gewollt – dich.«

15

Karoline erwachte im ersten Dämmerlicht. Ungewohnte Geräusche hatten sie geweckt. Still lag sie in den weißen Leinendecken, die einen zarten Lavendelduft verströmten. Sie spürte Davids Arm, der sie umschlungen hielt. Seine Hand lag auf ihrer rechten Brust.

Als sie sich vorsichtig bewegte, wurde David wach, seine Finger begannen sogleich, ihre zarte Haut zu liebkosen, seine Lippen küssten den Nacken.

»Hörst du das?« Seine Hand sank herab, als sie sich aufrichtete und konzentriert nach draußen lauschte.

»Nein. Es ist alles still. Du hast wahrscheinlich geträumt.«

Doch Karoline ließ sich nicht beruhigen. Sie stand auf, warf sich den leichten Morgenmantel aus hellblauer Seide über und trat an eins der Fenster. Von hier hatte sie einen weiten Blick über den Garten, in dem vor allem Gemüse angebaut wurde. Dahinter erstreckte sich ein weitläufiger Obstgarten. Äpfel-, Aprikosen-, Pflaumen- und sogar einige Orangenbäume waren hier zu finden.

Im Schatten der Bäume sah Karoline dunkle Schatten hin und her huschen.

»Komm schnell, David, irgendetwas stimmt nicht.« Aufgeregt winkte sie ihn zu sich. Doch so angestrengt sie dann beide hinausschauten – es war niemand mehr zu entdecken.

»Es waren vielleicht Tiere«, meinte David.

Karoline schüttelte den Kopf. »Das glaube ich nicht.« Sie war beunruhigt und ging ins Bad, um mit der Morgentoilette zu beginnen. Sie war kaum angekleidet, hatte sich das Haar noch nicht gerichtet, als von den Stallungen her Geschrei ertönte. Dann erklangen zwei Schüsse, denen gleich zwei längere Gewehrsalven folgten.

Als Karoline und David auf den Hof kamen, lagen zwei ihrer Arbeiter verletzt auf der Erde. Ein Schwarzer, den sie nicht kannten, lehnte an der Wand des Pferdestalles, eine brennende Fackel in der Hand. Langsam, wie im Zeitlupentempo, glitt der junge Bursche zur Erde. Seine gebrochenen Augen waren wie anklagend zum Himmel gerichtet, wo kleine weiße Wolken einen schönen Tag verkündeten.

»Feuer! Um Himmels willen – es brennt!« Karoline wies auf den hinteren Stallbereich, aus dem rotgoldene Flammen züngelten.

»Die Pferde müssen raus!« David rannte zur Tür und versuchte, die Stalltür, die mit einem breiten Riegel gesichert war, zu öffnen. Voller Panik traten die Pferde gegen ihre Boxen, rannten dann, als sie befreit waren, in wildem Galopp hinaus in die Weinberge.

In das Stampfen ihrer Hufe mischte sich das aufgeregte Geschrei einer Paviangruppe, die auf einem nahen Hügel im Schutz einer Weißdornhecke saß. Aufgeregt kratzten sie sich, die beiden ältesten Tiere fletschten drohend die Zähne, als die Pferde näher kamen. Wild fauchend stellte sich der Anführer der Horde auf, der Schwanz war drohend aufgerichtet.

Die Pferde allerdings kümmerten sich nicht um die Herde Affen, sie galoppierten weiter und blieben erst zögernd stehen, als sie einen der Bewässerungsgräben erreicht hatten.

»Hilfe! Kommt alle her, *Summerset* brennt!« Karolines Stimme klang hohl vor Verzweiflung.

Aus allen Häusern kamen die Leute, ein Bursche half David, im Stall nachzusehen, ob noch Tiere festgebunden waren. Zwei junge Frauen kümmerten sich um die beiden Verletzten, während aus dem Obstgarten erneut Schüsse ertönten. Beherzte Arbeiter versuchten, die Fremden, die sich auf das Gut geschlichen hatten, zu stellen. Wütende Rufe auf Xhosa wurden auf Englisch beantwortet, lautes, schmerzvolles Schreien bewies, dass einige der Männer verletzt waren.

»Mister David, kommen Sie schnell!« Einer der Arbeiter winkte David aufgeregt zu. Er wies zum Gutshaus. Aus dem ersten Stockwerk drangen Rauchschwaden. »Es brennt!« Der Mann, ein Khoikhoi, der schon seit vielen Jahren mit seiner Familie auf *Summerset* lebte, rannte ins Haus. »Diese verdammten Kerle haben Feuer gelegt! So ein Unglück. So ein Unglück!«

»Sei vorsichtig, Zinedine!«, rief Karoline, doch er hörte sie nicht, laut schimpfend lief er ins Haus.

David kam zu ihr, legte ihr schützend den Arm um die Schultern. »Es waren marodierende Schwarze, wahrscheinlich junge Xhosa«, sagte er. »Sie haben sicher gedacht, *Summerset* wäre der Besitz von Buren.« Er seufzte auf. »Der Hass der beiden Völker aufeinander wird noch in einer Katastrophe enden! Immer öfter kommt es zu Konflikten. Und Paul Kruger schürt diesen Hass noch.«

»Cecil Rhodes ist nicht besser«, warf Karoline leise ein. »Aber das soll uns doch nicht kümmern. Wir machen nichts als guten Wein. Wir sind doch völlig neutral!« Tränen rannen über ihre Wangen. »Ich sympathisiere weder mit den Engländern, den Buren noch den Schwarzen – wenn ich auch die Menschen, die hier geboren wurden und nach und nach von ihrem Land vertrieben wurden, gut verstehen kann. Immer mehr Farmen entstehen, die Xhosa haben schon vor dreißig Jahren die Hälfte ihres Landes an die weißen Eindringlinge verloren.«

David nickte. »Ja, ja, das stimmt. Aber es ist kein Grund, als Brandstifter durchs Land zu ziehen und wahllos fremdes Eigentum anzugreifen.« Er ließ Karoline los und hastete zu den Männern, die verzweifelt versuchten, die Flammen zu löschen. Der Stall war verloren, das trockene Holz der Wände, das innen lagernde Stroh waren in Windeseile ein Raub der Flammen geworden.

Jetzt galt es, das Gutsgebäude zu schützen und ein Ausbreiten des Feuers zu verhindern. Immer mehr Leute kamen herbei, bildeten eine Kette hin zum Haus. Wassereimer wurden von Mann zu Mann gereicht, auch einige Frauen gliederten sich ein.

Wie erstarrt stand Karoline im Hof und sah zum ersten Stock hinauf, wo jetzt auch schon aus dem vierten Fenster die Flammen loderten. Krachend brach der kleine Balkon, den sie vor ihrem Schlafraum hatte anbringen lassen, in sich zusammen.

»Nein! Nein!« Wie von Sinnen stürzte Karoline ins Haus. Keiner der Warnrufe, die erklangen, drang in ihr Bewusstsein. Beim Zusammenbrechen des Balkons war Karoline klargeworden, dass im Nebenzimmer der wertvolle Gainsborough hing, ihr Lieblingsbild.

Ich muss es retten, schoss es ihr durch den Kopf. So vieles hat man mir schon genommen im Leben – das Bild darf einfach kein Raub der Flammen werden! Sie nahm einem der Männer einen Wassereimer ab, goss sich das Nass über den Körper. Dann kämpfte sie sich weiter.

Weiter, geh weiter! Nicht aufgeben! Nur noch drei Stufen ... Sie hustete, der beißende Rauch drang in ihre Lungen, die Augen tränten.

Aber da war die Tür ... Noch vier Schritte bis zur Wand ...

Schützend hielt sie das Bild an sich gepresst, als sie das Zimmer torkelnd wieder verließ. Sie sah kaum noch etwas; immer mehr Feuerzungen griffen nach ihr. Glas zerbarst, Schreie von innen und außen erklangen ...

»Karoline!« Sie spürte Davids Arme, die sie hochhoben – dann war da gar nichts mehr, nur noch Schmerz und dunkle Nacht.

Als sie erwachte, lag sie auf einer Chaiselongue im Wintergarten. Rauch lag noch immer in der Luft, sie musste husten und hatte Mühe, sich aufzurichten. Sogleich war David da und stützte sie.

»Wie geht es dir?« Angst um sie stand in seinen dunklen Augen.

»Na ja ... es ging schon besser.« Sie versuchte sich

an einem tapferen Lächeln. »Der Gainsborough ... wo ist er?«

»In Sicherheit.«

»Und – die Leute? Sind viele verletzt?«

David schüttelte den Kopf. »Nein. Fünf haben leichte Schussverletzungen, drei Männer haben etwas zu viel Rauch abbekommen, so wie du. Aber allen geht es gut.«

»Wer war das? Wer hat uns das angetan?«

Er zuckte mit den Schultern. »Ich denke, es waren ein paar Xhosa, die wahllos alles zerstören wollten, was Weiße aufgebaut haben. Dabei haben sie keinen Unterschied zwischen Buren und Engländern gemacht.«

»Wir gehören zu keiner Gruppe.« Karoline hustete, dann schmiegte sie sich in Davids Arm. »Das Gut – was ist damit?«

»Zum Glück ist nicht allzu viel zerstört worden. Drei Zimmer sind unbewohnbar; was das Feuer nicht vernichtet hat, ist vom Löschwasser beschädigt worden. Aber das ist nicht allzu gravierend.«

»Und – die Leute? Sind ihre Häuser intakt?«

»Ja. Außer dem Stall ist nichts niedergebrannt worden.« Er hustete. »Diese Mistkerle! Nicht einen haben wir fassen können.«

»Einer ist erschossen worden«, warf Karoline ein.

»Ja. Er war es wohl, der die zwei Brandfackeln ins Haus geworfen hat.« Wieder hustete er. Besorgt sah Karoline ihn an.

»Du hast eine Rauchvergiftung. Leg dich nieder und ruh dich aus, mein Liebster.« Sie strich ihm zärtlich übers Gesicht, das noch rußgeschwärzt war.

»Aber nein.« David schüttelte den Kopf. »Ich brauche ein Bad und frische Sachen, dann geht es schon wieder.«

Er stand auf. »Vorher werde ich mir aber ein genaueres Bild über die Schäden machen, die entstanden sind.«

Karoline erhob sich ebenfalls. »Ich komme mit dir«, sagte sie. »Was immer auch durch das Feuer zerstört worden ist – wir werden alles wieder herrichten. Das Land hier wird uns niemand nehmen können!«

16

Langsam schob er den changierenden Seidenstoff zur Seite, so dass er ihre zarten Schenkel streicheln konnte. Langsam, so, als wäre es das größte Vergnügen, jeden Zentimeter ihrer Haut zu erforschen, glitten seine Hände höher, bis sie die Wölbung der Brust erreicht hatten.

Olivia spürte, wie sich ihre Brustwarzen aufrichteten, ein kleiner Seufzer entfloh ihren Lippen. Doch sie zwang sich, ruhig liegen zu bleiben und sich seinen fordernden Händen nicht entgegenzudrängen. Zu süß war das Gefühl, wenn Victor sie nach und nach eroberte, wenn er ihre Lust weckte – und sein eigenes Begehren immer noch mehr steigerte.

Sie erschauderte, als er ihr das seidene Nachtkleid von den Schultern streifte und ihren Nacken küsste – dort, wo das Feuermal leuchtete und die lange Narbe sich vom Nacken bis zum Haaransatz erstreckte. Seine Hände glitten wieder tiefer, erforschten die weiche, warme Wölbung des Bauches, tasteten sich tiefer …

»Komm … komm zu mir! Ich kann nicht länger warten, Liebling!«

Victor lachte leise. »Aber mein Fräulein! Schickt sich das?« Er küsste sie stürmisch. »Nur noch fünf Stunden, dann bist du eine achtbare verheiratete Frau. Frau Dr. Victor Ruhland!«

»Ich werde stolz sein, dass ich ab heute deinen Namen tragen darf.«

»Du bist in der Familie herzlich willkommen. Mutter liebt dich sehr.«

»Und ich liebe und verehre sie. Es ist bewundernswert, wie sie für ihre Liebe zu David gekämpft hat. Nie hat sie sich von Repressalien beeindrucken lassen.«

Victor nickte und beugte sich ein wenig vor, um die kleine Lampe auf dem Nachttisch anzuknipsen. Seit drei Monaten gab es elektrischen Strom in Kapstadt, und der Arzt war einer der Ersten gewesen, die sich für diese Neuerung begeistert hatten. »Mutter war und ist eine Kämpferin. Zudem sehr tolerant, schließlich hat sie gleich akzeptiert, dass wir bereits zusammenleben.«

»In aller Heimlichkeit«, warf sie ein und lächelte ihm zärtlich zu. »Schließlich habe ich einen guten Ruf zu verlieren.«

»Ab heute wird alles anders sein, mein Herz.« Für einen Moment zögerte er, dann fügte er hinzu: »Ich wünschte, Mutter und David könnten endlich in Frieden zusammenleben. Er ist der beste Partner, den sie an ihrer Seite haben kann. Es hat leider eine Weile gebraucht, bis auch ich das eingesehen habe.« Er richtete sich auf und sah Olivia in die Augen. »Aber davon will ich nicht reden. Ich will nur eins … dich.«

17

Der Altar der Groote Kerk war mit weißen und gelben Rosen geschmückt. Vier große Buketts standen zudem auf den Altarstufen, Efeuranken bedeckten den roten Sisalteppich. Auch an den Kirchenbänken waren kleine Rosensträuße befestigt. Lange weiße Schleifenbänder fielen bis zur Erde.

In den ersten Bänken saßen Victors Familie und die engsten Freunde. Olivias Onkel war nicht eingeladen, und außer ihm hatte sie keine Verwandten.

Karoline hatte zu diesem Fest alle, die für ihre Familie arbeiteten, eingeladen. Es war ein ungewöhnlicher Akt, und nicht wenige der Gäste aus Kapstadt sahen etwas indigniert auf die schwarzen Frauen, die sich in ihren bunten Kleidern so stark von den eleganten Damen in ihren wertvollen Seidenroben unterschieden. Doch niemand wagte, laut etwas zu sagen, zu einflussreich war Karoline Ruhland. Die Winzerin war auch jetzt noch, da die Reblaus-Plage viele ihrer Rebhänge zerstört hatte, eine höchst wohlhabende Frau. Nur wenigen Weingut-Besitzern am Kap war es in so kurzer Zeit gelungen, alles wieder aufzubauen. Karoline war mit der Rotweinproduktion so erfolgreich wie kein anderer Gutsbesitzer in der Kapregion. Der samtige Pinot Noir und der edle Merlot waren sehr begehrt.

Victor, in einem eleganten dunklen Frack, stand am Altar und wartete ebenso gespannt auf die Braut wie alle anderen.

Karoline hatte es sich nicht nehmen lassen, Olivia beim Ankleiden zu helfen. Seit Wochen schon hing das

Brautkleid bereit, ebenso der drei Meter lange Schleier aus Brüsseler Spitze.

Ein Raunen ging durchs hohe Kirchenschiff, als die Braut am Arm von David Bernhard hereinkam. Olivia sah bezaubernd aus in ihrem weißen Kleid aus schimmernder Seide. Das Oberteil war mit vielen kleinen Perlen bestickt, der lange gerade Rock endete in einer langen Schleppe. Ein breites, in sechs Falten gelegtes Seidenband betonte Olivias schmale Taille. Die schmal geschnittenen Ärmel endeten in weiten Rüschenvolants. Diese sollten sich, so war es mit der Schneiderin verabredet, um den Brautstrauß legen können.

Im dunklen Haar steckte ein Kranz aus kleinen weißen Rosen, Myrtenzweigen und Perlen. Daran war der hauchzarte Schleier befestigt.

In Victors Augen leuchtete es auf, als David ihm Olivia zuführte. Gemeinsam knieten sie am Altar nieder und tauschten, nachdem der Priester die Trauformel gesprochen hatte, die schmalen goldenen Ringe.

Die Orgel jubelte auf, und schon dachten die geladenen Gäste, die feierliche Zeremonie sei zu Ende, da traten Karoline und David nach vorn.

Niemand, nicht einmal Olivia, ahnte, was jetzt geschehen würde. Allein Victor war eingeweiht. Er winkte einem der schwarzen Mädchen, das ihm ein Bukett aus roten Rosen reichte, in das hellgrüne Weinranken gebunden waren. Diesen Strauß legte er seiner Mutter in den Arm, die sich neben David vor den Altar kniete.

»Das glaube ich nicht«, flüsterte Olivia ihm zu. »Das ist – wundervoll! Und so mutig!«

»Hoffentlich gibt es keine gravierenden Zwischenfälle«, gab Victor leise zurück. »Ich hatte ihr vorgeschlagen, in aller Stille noch vor uns zu heiraten, doch Mutter wollte es genau so. Und – es sollte niemand wissen, sie wollte alle überraschen.«

»Einen größeren Beweis ihrer Liebe hätte sie David nicht geben können.« In Olivias Augen schimmerten Tränen, als sie zu dem Brautpaar hinübersah, das schon im Herbst des Lebens stand.

David trug einen grauen Cut, sehr distinguiert sah er darin aus. Karoline hatte sich bei Madame Severine, einer jungen Französin, ein silbergraues Kleid anfertigen lassen. Der Schnitt war betont schlicht gehalten, so kam das edle Material, feinste Rohseide, besonders gut zur Geltung. Der lange Rock hatte eine leichte Glockenform, wie es in Paris schon seit drei Jahren aktuell war. Das Oberteil schloss am Hals mit einer plissierten doppellagigen Rüsche. Eine Diamantbrosche in Form einer Schleife war der einzige Schmuck.

Auf Haarschmuck hatte Karoline ganz bewusst verzichtet, Kranz und Schleier waren der jungen Braut vorbehalten. Mit schlichten Hornkämmen war Karolines Haar, das von vielen weißen Fäden durchzogen war, hochgesteckt worden.

Der Pfarrer, ein noch junger Mann, der erst vor drei Jahren aus England ans Kap gekommen war, räusperte sich zweimal, ehe er sagte: »Ein zweites Paar wird sich heute, im Angesicht des Herrn, das Eheversprechen geben. Ich frage dich, Karoline Ruhland, willst du David Bernhard zum Mann nehmen, ihn lieben und ehren, bis dass der Tod euch scheidet?«

Im Kirchenschiff entstand Unruhe, einige der Gäste ließen ihrer Verblüffung, aber auch ihrem Unmut freien Lauf. Ein alter Holländer verließ, gemeinsam mit zwei Freunden, die Kirche. Solange er im Gotteshaus war, schimpfte er verhalten vor sich hin, doch kaum draußen angekommen, machte er seinem Unmut ungeniert Luft. Und auch im Kirchenraum schüttelten etliche der Gäste verständnislos den Kopf.

Der Skandal war perfekt!

Eine wohlhabende reiche Weiße heiratete einen Mann, dessen Haut zwar nicht schwarz, aber doch dunkel war – ein Unding!

Bislang hatte die Gesellschaft es toleriert, dass Karoline Ruhland mit ihrem Kellermeister das Bett teilte. Die Liaison war stadtbekannt, doch es gab keine offiziell beglaubigte Beziehung, also konnte man den Mantel des Schweigens darüberbreiten.

Von dieser Stunde an war das anders!

Fragend, unsicher sahen sich einige der Gäste an, und erst als der Gouverneur zustimmend nickte und wohlwollend lächelte, beruhigte sich die Gesellschaft.

David, der sich diskret umschaute, biss sich auf die Lippen, als die Kirchentür hinter den drei Buren zufiel, doch Karoline lächelte nur. »Lass sie«, flüsterte sie ihm zu. »Es kümmert uns nicht.« Dann nickte sie dem Priester auffordernd zu, der dann David Bernhard fragte, ob er die verwitwete Karoline Ruhland ehelichen wolle.

»Ja, ich will.« Davids Worte klangen laut und selbstbewusst durch die Kirche. Dann beugte er sich vor, zog Karolines Hand an die Lippen und küsste sie. »Danke«, flüsterte er dabei. »Danke für deine treue Liebe.«

18

Man schrieb das Jahr 1899.

Auf *Hopeland* ging es fröhlich und lebhaft zu, denn seit zwei Wochen war Charlotte mit ihrer Familie zu Gast. Drei bezaubernde Kinder hatten Peter und sie inzwischen. Benjamin, der Älteste, war zwölf Jahre alt und seinem Vater wie aus dem Gesicht geschnitten. Er war ein kluger, ruhiger Junge, der lieber über seinen Büchern saß, als draußen herumzutollen. Zurzeit lernte er intensiv Französisch, da er sich vorgenommen hatte, so wie sein Vater einmal in den diplomatischen Dienst zu gehen.

Ganz anders waren seine beiden Geschwister Anna-Maria und Johannes. Die sechsjährigen Zwillinge hielten sich am liebsten draußen auf, sie tollten ausgelassen durch die Rebhänge oder waren in einem der Ställe anzutreffen. Die Ferien am Kap genossen sie in vollen Zügen.

»Es ist zu schade, dass ihr schon so rasch wieder abreisen müsst.« Karoline und Charlotte saßen in bequemen Korbstühlen auf der westlichen Terrasse und sahen den Zwillingen zu, die hingebungsvoll zwei Ponys striegelten. David und Peter waren zum südlich gelegenen Weinberg geritten. Dort wurden seit Tagen neue Stöcke angepflanzt, und David wollte die Arbeiten kontrollieren. Peter, ein begeisterter Reiter, nutzte die Gelegenheit zu einem langen Ausritt. Der erfolgreiche Diplomat schätzte David Bernhard sehr – von der Rassentrennung, die in Südafrika immer ungenierter praktiziert wurde, wollte er nichts wissen und zeigte sich demonstrativ mit David in der Öffentlichkeit.

»Die Kinder müssen zur Schule – es war schon ein großes Entgegenkommen der Lehrer, dass wir sie für ein paar Wochen vom Unterricht befreien konnten, denn sonst hätten wir die lange Reise gar nicht antreten können.« Charlotte griff nach der Hand ihrer Mutter. »Ich bin so froh, dass es euch gutgeht! Hoffentlich kommt es nicht zu ernsthaften Auseinandersetzungen zwischen den Buren und den Engländern. Peter hat da große Sorge. Er sagt, die Diplomaten einiger Länder versuchen, den Konflikt zu bereinigen, doch er fürchtet, dass das nicht gelingen wird.«

»Da bin ich seiner Meinung.« Karolines Miene verdüsterte sich. »Die Engländer versuchen alles, um an die wertvollen Bodenschätze im Transvaal und am Oranje zu gelangen. Und deshalb werden sie immer weiter mit ihren Truppen in diese Gebiete vorrücken.«

»Und das wird sich Paul Kruger nicht gefallen lassen. Er hat es schon einmal geschafft, die Invasoren zu vertreiben. Dazu hat ihm sogar Kaiser Wilhelm aus Deutschland gratuliert.«

»Was ihm von den Engländern verübelt wurde.« Karoline zuckte mit den Schultern. »Ich war kürzlich beim Gouverneur eingeladen, da war diese Depesche natürlich ein großes Thema. Obwohl … ich kann die Menschen verstehen, die hier einst alles aufgebaut haben, doch nach und nach aus ihrer Heimat verdrängt wurden. Die Farmer sind immer weiter nach Nordosten ausgewichen.«

Charlotte ging darauf nicht ein. Etwas anderes interessierte sie mehr. »Und – David? War er nicht eingeladen?«, fragte sie.

Karoline lächelte bitter. »Man wagt es nicht, ihn zu schneiden. Aber wir haben für uns beschlossen, dass er mich nicht immer begleitet. So gehen wir Konflikten aus dem Weg.« Sie straffte sich. »Es gibt allerdings einige Leute in Kapstadt, mit denen ich nicht mehr verkehre – und mit denen ich auch keine Geschäfte mehr machen werde. Ihr Verhalten nach unserer Hochzeit war zu beleidigend. Ich hasse Intoleranz, vor allem, wenn sie mit Dummheit und Arroganz gepaart ist.« Sie blies sich eine Haarsträhne aus dem Gesicht. »Zum Glück sind wir in einer Position, dass wir uns das leisten können.«

»Du opferst viel für deine Liebe.«

Karoline nickte. »David ist der beste Mann, den ich mir wünschen kann. Und es ist völlig egal, ob er dunklere Haut hat als ich. Sein Charakter ist lauter, er ist liebenswert und klug, nur das zählt für mich.«

»Ich stimme dir voll und ganz zu. Hoffen wir, dass diese albernen Vorurteile eines Tages bedeutungslos werden.« Charlotte griff nach einem Glas Wein und hielt es ins Licht. »Der Chardonnay ist und bleibt mein Lieblingswein«, sagte sie ablenkend, ehe sie genussvoll einen Schluck trank.

»Ich mag ihn auch. Aber ich trinke abends auch gern ein Glas Merlot. Er ist kraftvoll, aber auch im Abgang samtig weich, man schmeckt die Süße der Beeren heraus.«

»Damit habt ihr auch wirklich einen Spitzenwein kreiert. Kein Wunder, dass du so erfolgreich bist.« Charlotte sah sinnend hinüber zu den Rebhängen, die in hellem Grün leuchteten. »Die Arbeit auf dem Gut macht dir immer noch Freude, Mutter, nicht wahr?«

»*Hopeland* ist mein Leben. Seit es auf *Summerset* gebrannt hat, haben wir den größten Teil der Produktion hierher verlegt. Aber ich möchte das Gut nicht aufgeben, zu viele Erinnerungen an Hannah und Frederic hängen daran.« Sie seufzte auf. »Ich habe die größte Sorge, dass wir eines Tages in den Konflikt zwischen Engländern und Buren hineingezogen werden. Und *Summerset* liegt nur wenige Meilen von einer Burenfarm entfernt.«

»Hoffen wir, dass es nicht so weit kommt.« Charlotte seufzte leise auf. »Ich fahre wahrlich ungern zurück nach Berlin. Doch Peters Stellung erfordert es nun mal, dass wir in der Hauptstadt leben!«

»Du hast einen sehr liebenwerten Mann, mein Liebes. Er ist klug, doch auch sehr warmherzig, bei ihm weiß ich dich gut aufgehoben.« Sie drückte Charlottes Hand. »Wir sehen uns im nächsten Jahr wieder. Zu Davids siebzigstem Geburtstag schenke ich ihm eine Reise nach Europa.« Sie lachte leise. »Es ist ein wenig Eigennutz dabei, gestehe ich, denn zu gern möchte ich nach Paris, zur Weltausstellung. Den Turm, den Herr Eiffel baut, möchte ich sehen. Und die Theater der Stadt erleben. Es soll auch eine unterirdisch verlaufende Bahn geben.«

»Ja, sie heißt Metro.« Charlotte umarmte ihre Mutter. »Ich freue mich jetzt schon darauf, wenn ihr uns in Berlin besucht. Dann fahren wir einmal nach Hamburg, wenn du magst, aber auch nach Paris. Und die Zeit in der französischen Metropole werden wir gemeinsam in vollen Zügen genießen – das wird wunderbar werden.« Ihre schönen blauen Augen strahlten vor Vorfreude. »Schade nur, dass Olivia und Victor nicht mitkommen können. Aber dann ist ihr Baby gerade mal ein paar Wochen alt.« Sie lachte. »Wer hätte gedacht, dass aus meinem ungestümen Bruder mal ein so zärtlicher Ehemann und hervorragender Arzt wird! Du kannst stolz auf ihn sein, Mama.«

»Ja, er hat einen sehr guten Ruf in Kapstadt. Seine

Praxis floriert. Und Olivia ist bezaubernd – und sein guter Geist. Ihre Liebe hat Victor erst zu dem Mann gemacht, der er heute ist.«

Hufgetrappel erklang, zwei Reiter kamen langsam auf den Hof geritten. Im nächsten Moment schrien Anna-Maria und Benjamin laut auf.

»Was ist denn los?« Charlotte lief die drei Stufen hinunter und eilte in Richtung der Stallungen. »Nein!« Vor Entsetzen schlug sie die Hände vors Gesicht.

Blutüberströmt sank David vom Pferd, er hatte sich nur noch mit Mühe die letzten Minuten im Sattel halten können. Auch Peter Dielburgs Kleidung war am linken Arm zerfetzt und blutverschmiert.

»Hilf David!« Peter Dielburg wies auf den Mann, der ebenso verzweifelt wie vergebens versuchte, wieder auf die Beine zu kommen. Sein Gesicht war an der linken Seite verquollen, eine Platzwunde über dem linken Auge blutete immer noch.

Er stöhnte unterdrückt auf, als Charlotte ihm unter die Arme griff und ihn stützte, so gut sie es vermochte. Drei, vier Schritte schaffte er, dann sank er laut aufstöhnend auf die Knie. »Ich … ich kann nicht …«

»David! O mein Gott!« Karoline hastete auf ihn zu, gemeinsam mit Charlotte gelang es, den Schwerverletzten bis zur Veranda zu bringen. Halb ohnmächtig hing David in einem der Korbsessel, er hielt die Augen geschlossen und atmete schwer.

»Ruft Pandu, er muss uns helfen!«, rief Charlotte ihren Kindern zu.

Aber da kamen schon Pandu und Jamie, ein junger Mulatte, herbeigeeilt. Gemeinsam brachten sie David in sein Schlafzimmer. Der Stallmeister half Karoline, dem jetzt Besinnungslosen Jacke und Hemd auszuziehen.

»Nein … o nein!« Entsetzt sah Karoline auf die blutigen Striemen, die sich quer über Davids Brustkorb zogen. Zwei Schusswunden am linken Oberarm bluteten stark. »Wer hat dir das angetan?« Mit zitternden Fingern streichelte sie Davids Gesicht, doch der Verwundete reagierte nur mit einem unterdrückten Stöhnen.

»Er braucht einen Schluck Wein, der wird ihn beleben und neue Kraft geben.« Pandu zog David Bernhard die Stiefel und die Hose aus.

»Ja … ja, du hast recht.« Karoline straffte sich und eilte zur Tür.

Als sie mit einer Weinkaraffe zurückkam, hielt die Ohnmacht David immer noch umfangen, es gelang nicht, ihm ein wenig Wein einzuflößen.

»Emmi kommt gleich mit dem Verbandszeug.« Karoline beugte sich über ihren Mann, vorsichtig tastete sie die Wunden ab. »Die Blutungen müssen zum Stillstand gebracht werden, das ist das Wichtigste.« Sie richtete sich ein wenig auf und sah Pandu an. »Ich denke, die Kugeln sitzen nicht allzu tief. Du kannst mir helfen, nicht wahr?«

»Ja.« Pandu nickte. Sein breites, gutmütiges Gesicht wirkte auf einmal kantig, die Wangenmuskeln spielten. »Wenn ich denjenigen erwische, der Mister David das angetan hat …« Er ballte die Hände zu Fäusten.

Vorsichtig wurde die Tür geöffnet, Peter Dielburg kam herein. Er hatte die letzten Worte des Stallmeisters gehört. »Es waren vier Kerle, die uns überfallen haben«, sagte er.

»Buren? Wir haben vor einigen Tagen schon gehört, dass es zwischen ihnen und dem britischen Empire wieder einmal kriegerische Auseinandersetzungen geben soll.« Karoline schüttelte den Kopf. »Warum muss es immer irgendwelche Scharmützel hier in der Gegend geben?«

Der deutsche Diplomat schüttelte den Kopf. »Ich weiß nicht, wer es war. Zumindest schienen es keine Weißen zu sein, die unter Paul Kruger kämpfen. Es waren zerlumpte, wilde Kerle. Aber sie waren voller Hass auf David.« Er zögerte, dann fuhr er fort: »Mich haben sie wüst beschimpft, weil ich mit einem Farbigen zusammen war.« Er griff sich an den verletzten Arm. »Einer von ihnen wollte David erschießen, als der schon auf der Erde lag. Ich habe ihn vom Pferd geholt.«

»Und ... ihn erschossen?«

»Ja. Leider hat einer seiner Kumpane mich erwischt. Aber es ist nur ein Streifschuss, nichts Schlimmes.« Er beugte sich über David, der aus seiner Bewusstlosigkeit erwachte und unterdrückt aufstöhnte. »Einen der Mistkerle hab ich getroffen, einen zweiten zumindest angeschossen.« Er straffte sich. »So schnell werden die sich hier in der Gegend nicht mehr sehen lassen.«

Karoline legte ihm die Hand auf den Arm. »Danke. Aber jetzt geh und lass dich verbinden. Und beruhige Charlotte, sie macht sich gewiss Sorgen um dich. Wir kommen hier allein zurecht.« Sie nickte Pandu zu. »Auf den abgelegenen Gütern müssen wir seit jeher schauen, dass wir uns selber helfen. Ich scheue mich nicht vor blutigen Wunden.«

Der Stallmeister hatte die Schussverletzungen mit großer Vorsicht untersucht. »Die Kugeln stecken noch«, erklärte er. »Die müssen Sie rausholen, Missis Ruhland, meine Hände sind dafür zu ungeschickt. Oder soll ich einen der Burschen in die Stadt zu Mister Victor schicken?«

»Nein, nein, ich schaffe das schon. Es würde viel zu lange dauern, bis Victor hier ist.« Karoline straffte sich. »Victor kann in den nächsten Tagen herkommen und nachschauen, ob alles gut verheilt.«

In den ersten Sekunden zitterten ihre Finger leicht, als sie versuchte, mit einer langen Pinzette die Kugeln aus den zwei Wunden zu ziehen, doch dann gelang es zum Glück sehr schnell.

David biss sich auf die Lippen, nur ein unterdrücktes Stöhnen kam aus seinem Mund. Erst als der Arm verbunden war und er ein Glas Wein getrunken hatte, entspannte er sich ein wenig. »Ich fürchte, ein paar Rippen sind angebrochen«, murmelte er. »Zumindest habe ich das Gefühl. Diese verdammten Kerle! Aus dem Hinterhalt haben sie uns erwischt! Feige Bande!«

Pandu schüttelte den Kopf. »Ich denke nicht, dass Rippen gebrochen sind. Es sind Prellungen. Die Salbe wird Ihnen guttun. Ich rühre sie selber an, sie hilft immer«, fügte er hinzu.

»Danke.« David versuchte zu scherzen. »Ich weiß, dass du sie deinen Pferden aufträgst, wenn sie die Fesseln geschwollen haben.«

»Stimmt.« Pandu ließ sich nicht beirren. »Aber ich nehme sie auch. Und alle Arbeiter, wenn sie sich verletzt haben.« Treuherzig sah er von Karoline zu David. »Sie wissen doch, dass ich die Kräuterkunde schon von meiner Mutter gelernt habe.«

»Schon gut.« David lehnte sich etwas bequemer in den Kissen zurecht. »Ich vertraue dir ja, Pandu.«

»Mein Liebling … wir werden diesen brutalen Überfall anzeigen. Die Schuldigen müssen zur Rechenschaft gezogen werden.« Es gelang Karoline nur mit Mühe, ihre Tränen zurückzuhalten, als Pandu die Kräutersalbe vorsichtig auf die Wunden strich. Bei jeder Berührung zuckte der Verletzte vor Schmerz zusammen.

»Wie soll das gelingen? Die drei Überlebenden sind bestimmt schon über alle Berge.«

Karoline streichelte seine Hand. Tränen standen in ihren Augen, als sie leise sagte: »Dieses Land könnte das Paradies auf Erden sein. Warum nur können die Menschen keinen Frieden halten?«

19

Dutzende Kerzen brannten in wertvollen Silberleuchtern, sie glänzten mit den elektrischen Lampen, die vor einigen Wochen im Stadthaus der Ruhlands neu installiert worden waren, um die Wette. Der große Speisesaal mit den hohen Türen war festlich geschmückt. Bunte Lampions hingen von der Decke, Blumenbuketts standen in großen Vasen. Die weißen Damasttischdecken waren mit hellblauen und violetten Jacarandablüten verziert, passend zu dem weißen Porzellan mit dem hellblauen Rand, das Karoline hatte auflegen lassen. Es stammte aus einer bekannten Berliner Porzellanmanufaktur und war in seiner eleganten Schlichtheit zeitlos schön.

Im Nebenraum spielte eine Kapelle Melodien von Peter Tschaikowski, Puccini, Strauß und Josef Lanner. Doch auch einige englische Volkslieder, so das berühmte »Greensleeves«, erklangen.

Die Gäste waren in großer Zahl gekommen, Freunde, Geschäftspartner, einige ranghohe Militärs. Die Damen waren höchst elegant gekleidet, die meisten trugen, der aktuellen Mode entsprechend, schmal geschnittene Kleider. Die Stoffe waren sehr edel, schwere Atlasseide, weicher Samt und geheimnisvoll schimmernder Moiré dominierten.

Karoline trug ein fliederfarbenes Seidenkleid, das am dezenten Dekolleté mit Silberfäden bestickt war. Der schmale Rock endete auf der Rückseite in einer längeren, doppelt gerüschten Schleppe. Als einzigen Schmuck trug sie ein schmales Diamantdiadem und lange Diamantohrringe, die in einer tropfenförmigen grauen Perle endeten.

David, der wieder vollständig genesen war, machte in einem anthrazitfarbenen Abendanzug eine sehr gute Figur. Seine seidene Krawatte wurde von einer hellen Perle geziert.

»Wo sind denn Ihr Sohn und seine reizende Gattin? Ich habe sie lange nicht mehr gesehen.« William Barlington, ein britischer Attaché, küsste Karoline die Hand. »Ich werde Dr. Ruhland nie vergessen, dass er meinen Sohn gerettet hat.«

»Er tat nur seine Pflicht als Arzt«, erwiderte Karoline.

»Nicht so bescheiden, meine Liebe. Ich weiß sehr wohl, dass er mehr getan hat. Ohne ihn wäre Jeffrey wahrscheinlich an dem letzten schweren Malariaanfall gestorben. Doch Ihr Sohn hat es gewagt, neue Medikamente einzusetzen – und er tat recht damit. Hoffentlich sehe ich ihn noch.«

»Er kommt ein wenig später. Seine Frau ist hochschwanger, sie wollte am Essen nicht teilnehmen, sondern erst kurz vor Mitternacht herüberkommen.« Karoline lächelte. »Selbstverständlich ist Victor bei ihr geblieben. Sie werden es sich aber nicht nehmen lassen, mit uns das neue Jahrhundert zu begrüßen.« Dann wandte sie sich einem befreundeten Ehepaar aus Stellenbosch zu. Die Brightons betrieben ein kleines, nicht allzu ertragreiches Weingut, doch die Qualität ihres Weines war hervorragend, und so konnten sie sich gut behaupten. Sie waren die Ersten gewesen, die Karoline und David zur Hochzeit gratuliert hatten; Ressentiments kannten sie nicht, waren treue und aufrechte Freunde.

Karoline hatte sich lange mit der Köchin beraten, was als Hauptgang serviert werden sollte, und sich schließlich für klassischen Lammbraten und Filet Parisienne entschieden. Zuvor wurde eine Suppe gereicht. Hier konnten die Gäste zwischen einer würzigen Sauerampfersuppe oder einer kalten Gurkensuppe wählen. Danach gab es ein leichtes Fischgericht.

Das Dessert allerdings sollte eine Überraschung werden!

Als die Teller abgeräumt waren, löschten die Mädchen, die serviert hatten, alle Kerzen. Als auch die elektrischen Lampen ausgingen, kam unwilliges Gemurmel auf. Die Gäste waren irritiert – bis sich eine doppelflügelige Tür öffnete und sechs Kellner auf großen Silbertabletts Eisbomben hereintrugen. In der Mitte der eisigen Kunstwerke steckten lange Eisenstäbe, die glühten und kleine Sternspritzer in der Dunkelheit aufblitzen ließen.

»Was ist das denn?« – »So etwas Wunderbares!« – »Sind das besondere Kerzen?« Die Gäste waren fasziniert, niemand kannte bisher diese Attraktion, und begeistert wurde applaudiert, bis die Feuerspritzer verglüht waren.

»Liebe Karoline, woher haben Sie denn diese Wunderdinger? So etwas habe ich nie zuvor gesehen.« Ein englischer General griff ungeniert über den Tisch und zog das verglühte kleine Eisenstäbchen aus der Eistorte.

»Mein Schwiegersohn hat uns diese Stäbe bei seinem letzten Besuch mitgebracht. Er ist mit einem Fabrikanten aus Hamburg befreundet, der diese Stöckchen demnächst zum Patent anmelden will. Wunderkerzen sollen sie heißen.«

»Sie sind wirklich kleine Wunder. Und der Effekt ist überwältigend.«

»Ich freue mich, dass die Überraschung gelungen ist.«

Sie aß ein wenig von dem köstlichen Dessert, unterhielt sich mit den Gästen, die rechts und links von ihr saßen, und schaute diskret hin und wieder zur Uhr. Wann kamen Olivia und Victor endlich?

Gegen halb elf, das Essen war beendet und der Mokka eingenommen, spielte die Kapelle den Strauß-Walzer »An der schönen blauen Donau« – so, wie es mit Karoline vereinbart worden war.

David erhob sich und reichte seiner Frau den Arm. »Dann wollen wir mal den Tanz eröffnen.« Vor einigen Jahren hatte er Karoline zuliebe tanzen gelernt und bewies nun, unter dem Beifall der Gäste, dass er den Tanz im Dreivierteltakt perfekt beherrschte.

Es dauerte nicht lange, dann traten noch ein paar andere Paare auf die improvisierte Tanzfläche. Sie reichte von dem kleinen Saal im Westflügel bis zur Terrasse, die sich weitläufig dahinter erstreckte. Lampions erhellten den Platz, die Blumenkübel, die seitlich der Terrasse standen, waren beiseitegeräumt worden, so dass die

Ballroben der Damen keinen Schaden litten, wenn sie sich schwungvoll im Kreis drehten.

Die Stimmung war hervorragend, alle unterhielten sich bestens. Man sprach dem exzellenten Wein zu, der reichlich floss.

Kurz vor Mitternacht gab Karoline den Hausmädchen ein Zeichen, die Sektgläser zu füllen. Für den heutigen Abend hatte sie aus Frankreich einige Kisten echten Champagner liefern lassen und gemeint: »Wenn wir ihn nicht an diesem Abend trinken – wann dann?«

Die Kapelle spielte einen langsamen Walzer, doch es waren nur wenige Paare, die noch tanzten. Immer häufiger sahen die Gäste verstohlen zur Uhr, freudige Erwartung erfüllte die beiden festlich geschmückten Säle. Ein neues Jahrhundert begann, ein Jahrhundert, das unendlich viele Neuerungen versprach. Schon jetzt verblüfften Techniker, Ingenieure und Mediziner mit faszinierenden Erfindungen. So fuhren bereits ein Dutzend Automobile durch die Straßen Kapstadts. Es gab den Kinematographen, mit dem man bewegte Bilder auf die Leinwand werfen konnte. Ein deutscher Arzt namens Röntgen hatte eine Möglichkeit gefunden, feste Materie mit Strahlen zu durchleuchten. Beinahe jeden Monat erfuhr man von einer neuen Erfindung. Man durfte gespannt sein, was das anbrechende neue Jahrhundert noch alles bringen würde.

»Wo Olivia und Victor nur bleiben? So spät sollten sie nun auch nicht kommen.« Karoline schaute zum wiederholten Mal zur Tür. »Es wird doch nichts passiert sein?«

»Aber nein! Sie werden gewiss noch vor Mitternacht eintreffen.« David, selbst etwas besorgt, versuchte, die Ängste seiner Frau zu zerstreuen. »Komm, gleich ist es so weit.« Er sah sich in der Runde um, alle Gäste hielten ihre Gläser in den Händen, die Kapelle spielte die letzten Takte. Dann begann der Dirigent, die letzten zehn Sekunden des Jahres abzuzählen, und alle fielen ein.

Mit einem lauten Paukenschlag verkündete er dann: »Prosit Neujahr 1900! Heißen Sie mit uns das neue Jahrhundert willkommen!« Dann hob er den Taktstock, und die Kapelle spielte »God save the Queen«.

Als der letzte Ton verklungen war, prosteten sich Karoline und David zu, sie tauschten einen innigen Kuss.

»Ich wünsche dir Glück und Gesundheit, mein Herz«, sagte David.

»Ich liebe dich«, flüsterte Karoline, dann wandte sie sich ihren Gästen zu und trank mit ihnen auf das neue Jahrhundert. Die Kapelle spielte die Champagnerarie aus Johann Strauß' berühmter Operette »Die Fledermaus«, und schon drehten sich erneut einige Paare im Takt der Musik.

Gerade wollte der Gouverneur die Gastgeberin zur Tanzfläche führen, als Victor hereinstürmte. Ohne auf die Gäste zu achten, eilte er auf seine Mutter zu und umarmte sie.

»Victor!« Lachend sah Karoline ihn an. »Was ist passiert? Du bist ja ganz außer dir!« Sie musterte ihn kurz. Seine Weste war falsch geknöpft, das Hemd zerdrückt, die Krawatte gelockert.

»Olivia ... das Baby ist schon da!«, stieß er hervor. »Denk dir nur – gerade wollten wir losfahren, als die Wehen einsetzten. Es ging alles so schnell ... Sie ist wundervoll, meine Olivia!« Dankbar griff er nach einem Glas Champagner, das ihm David reichte.

»Sag schon – was ist es denn?«, drängte Karoline. »Und vor allem: Sind Olivia und das Baby wohlauf?«

Inzwischen waren auch viele der Gäste aufmerksam geworden, ein lockerer Kreis bildete sich um die Gastgeber.

Victor nickte. »Wir haben eine Tochter«, verkündete er in die Runde, und stolzer als er konnte kein Vater lächeln. »Sie soll Hannah heißen.«

»Ein Mädchen! Eine kleine Hannah, wie wundervoll.« Karoline traten Freudentränen in die Augen. »Dann lasst uns noch einmal anstoßen«, rief sie in die Runde. »Auf das Baby!«

Alle taten ihr Bescheid.

David legte ihr zärtlich den Arm um die Schultern, als er sein Glas hob, und sagte: »Auf das neue Jahrhundert! Und auf die Frauen von *Hopeland*!«